Hans Käser • Selekta

Hans Käser

Selekta

AUGUST VON GOETHE LITERATURVERLAG

IM GROSSEN HIRSCHGRABEN ZU FRANKFURT A/M

Das Programm des Verlages widmet sich
– in Erinnerung an die
Zusammenarbeit Heinrich Heines
und Annette von Droste-Hülshoffs
mit der Herausgeberin Elise von Hohenhausen –
der Literatur neuer Autoren.
Das Lektorat nimmt daher Manuskripte an,
um deren Einsendung das gebildete Publikum
gebeten wird.

©2009 FRANKFURTER LITERATURVERLAG FRANKFURT AM MAIN
Ein Unternehmen der Holding
FRANKFURTER VERLAGSGRUPPE
AKTIENGESELLSCHAFT AUGUST VON GOETHE
In der Straße des Goethehauses/Großer Hirschgraben 15
D-60311 Frankfurt a/M
Tel. 069-40-894-0 ✱ Fax 069-40-894-194
email: lektorat@frankfurter-literaturverlag.de

Medien und Buchverlage
DR. VON HÄNSEL-HOHENHAUSEN
seit 1987

Websites der Verlagshäuser der Frankfurter Verlagsgruppe:

www.frankfurter-verlagsgruppe.de
www.frankfurter-literaturverlag.de
www.frankfurter-taschenbuchverlag.de
www.august-goethe-literaturverlag.de
www.fouqué-literaturverlag.de
www.weimarer-schiller-presse.de
www.deutsche-hochschulschriften.de
www.deutsche-bibliothek-der-wissenschaften.de
www.haensel-hohenhausen.de

Bibliografische Information der Deutschen Nationalbibliothek
Die Deutsche Nationalbibliothek verzeichnet diese Publikation in der Deutschen
Nationalbibliografie; detaillierte bibliografische Daten sind im Internet
über http://dnb.ddb.de abrufbar.

Satz und Lektorat: Katahrina Zwing

Einbandgestaltung: Thomas Di Paolo

ISBN 978-3-8372-0469-8

Die Autoren des Verlags unterstützen das Albert-Schweitzer-Kinderdorf in Hessen e.V.,
das verlassenen Kindern ein Zuhause gibt.
Wenn Sie sich als Leser an dieser Förderung beteiligen möchten, überweisen Sie bitte
einen – auch gern geringen – Beitrag an die Sparkasse Hanau, Kto. 19380, BLZ 506 500 23,
mit dem Stichwort „Literatur verbindet". Die Autoren und der Verlag danken Ihnen dafür!

Dieses Werk und alle seine Teile sind urheberrechtlich geschützt.
Nachdruck, Speicherung, Sendung und Vervielfältigung in jeder Form,
insbesondere Kopieren, Digitalisieren, Smoothing Komprimierung, Konvertierung in andere Formate,
Farbverfremdung sowie Bearbeitung und Übertragung des Werkes oder von Teilen desselben in andere Medien
und Speicher sind ohne vorgehende schriftliche Zustimmung des Verlags unzulässig und werden auch strafrechtlich verfolgt.

Gedruckt auf säurefreiem, alterungsbeständigen Papier,
hergestellt aus chlorfrei gebleichten Zellstoff (TcF-Norm)

Printed in Germany

I

Mit einem Mal wirkte die kleine Wohnung noch bedrückender, als sie ohnehin schon war. Selbst das warme Sonnenlicht, das sonst den Buchrücken in den Regalen ein schwaches Glitzern entlockte, verbreitete eine diffuse, fast neblig scheinende Helligkeit. Hell genug, um alle Konturen klar und deutlich zu erkennen. Aber scheinbar doch zu duster, um den sonst üblichen Glanz des blonden Haares hervorzuheben, das der jungen Frau gehörte, die auf dem altmodisch wirkenden Sofa lag.

Das Haar sah stumpf und tot aus. Wie die Frau, zu der es gehörte.

Wäre ihr Gesicht nicht so eigenartig verzerrt gewesen, hätte man meinen können, sie habe sich für einen Moment hingelegt und sei dann zufällig eingeschlafen. Sie hatte noch Kleid und Stiefel an, die sie bei der Arbeit in ihrer Boutique trug. Die Finger ihrer rechten Hand, die verkrampft auf den Boden hing, waren zu einer Faust geschlossen. Das Ende eines Schmuckstücks, Armbands oder einer Halskette schaute noch hervor.

Robert Breuer hatte sofort gewußt, daß sie tot war, als er das geräumige Wohnzimmer betrat. Er wußte nicht, woher er diese Sicherheit nahm, aber überrascht war er keinesfalls. Warum auch? Hatte sie etwa nicht versucht, ihn schonend darauf vorzubereiten?

Mit Verwunderung stellte er fest, daß er nicht die geringsten Anzeichen von Trauer verspürte. Irgendwie war es ihm gleichgültig. Nur die Situation, in die er unfreiwillig hineingeschlittert war, bereitete ihm Unbehagen. Er mußte etwas tun. Woher sollte er jedoch wissen, wie man sich zu verhalten hat, wenn man wie jeden Tag die Wohnung der Geliebten betrat und sie dann tot antraf? Im ersten Moment dachte er an die Polizei, zögerte jedoch, da er nicht wußte, wie man reagieren würde. Schließlich hatte er die Tote gefunden und war seit mehr als sechs Wochen ständig mit ihr gesehen worden. Womöglich versuchte man ihm den Tod anzulasten.

Er fand jedoch keine bessere Lösung und ging zu dem kleinen

Tischchen mit der überdimensionalen Stehlampe, auf dem das Telefon stand. Mit einem kurzen Blick vergewisserte er sich nochmals, ob Marianne wirklich tot war. Es schien keine Zweifel zu geben. Mit langsamen, nahezu andächtigen Bewegungen wählte er die Notrufnummer, die in der Mitte der Wählscheibe angegeben war.

Kurz darauf klickte es in der Leitung, und eine Stimme nannte ihm einige Namen, die er jedoch nicht verstand, da seine Aufmerksamkeit damit beschäftigt war, welche Worte er zu wählen habe, um den Tod seiner Freundin zu melden.

„Hören Sie? Ich bin in der Wohnung meiner Freundin, Marianne Lutkow, sie ist tot. Könnten Sie jemanden schicken? Ich glaube, sie hat Selbstmord begangen. - Wo? - Ach so, ja, hier in Schwabing, Clemensstraße 74, zweiter Stock. - Ich sagte doch, ich bin ihr Freund. - Mein Name? - Entschuldigung, natürlich, ich heiße Robert Breuer. - Ja, ich werde warten."

Als er den Hörer auf die Gabel zurücklegte, bemerkte er, daß neben dem Telefon ein Brief lag, auf dem der Name „Rob" stand. Marianne hatte ihn immer Rob genannt. Also war der Brief für ihn, und es bestand kein Grund, ihn nicht zu lesen. Was aber würde die Polizei dazu sagen, wenn seine Fingerabdrücke auch darauf vorhanden wären? Er entschloß sich, zu warten und so wenig wie möglich in der Wohnung herumzusuchen.

Vorsichtig setzte er sich auf das andere, gegenüberliegende Sofa und starrte auf Marianne. Sie konnte noch nicht lange tot sein. Heute morgen hatte er ihr noch in der Boutique geholfen und war selbst dort geblieben, als sie ihm sagte, sie müsse sich zu Hause noch um einige schriftliche Dinge kümmern. Seither waren acht Stunden vergangen.

Langsam begann er wütend auf sie zu werden. Immerhin hatte sie ihn mit ihrer törichten Tat auf die Straße gesetzt. Seltsam und merkwürdig war sie ihm von Anfang an vorgekommen. Fast immer hatte sie von mysteriösen, nahezu kulthaften Dingen gesprochen, die er jedoch nie ernst genommen hatte. Jetzt aber erinnerte er sich an eine Aussage, die sie wiederholt in verschiedenen Verkleidungen ihm gegenüber gemacht hatte. Mit geradezu unheimlicher Selbstsicherheit deutete sie ihm hin und wieder an, daß er eines Tages nach England gehen würde, um ihre Aufgabe zu Ende zu führen, für die ihr wahrscheinlich keine Zeit mehr bleiben würde.

Ungeduldig wanderten seine Augen zu dem Brief auf dem Telefontischchen. Womöglich hatte sie ihm dort mehr über diese Aufgabe mitgeteilt. Er entschloß sich, den Brief an sich zu nehmen, noch bevor die Polizei eingetroffen war.

Gerade, als er das Schreiben aus dem Umschlag nehmen wollte, klingelte es an der Türe. Hastig steckte er den Brief in seine Innentasche und ging hinaus, um zu öffnen. Blitzartig überlegte er, ob er die Existenz des Briefes erwähnen solle. Da sein Alibi jedoch so unumstößlich war, sah er keine Veranlassung dazu.

„Herr Breuer?" fragte eine Person in Zivil, hinter der sich ein paar Uniformierte und trotz ihrer schicken Anzüge unverkennbar andere Beamte verbargen.

„Ja. Bitte, kommen Sie herein."

Er zeigte ihnen den Weg zum Wohnzimmer und folgte ihnen. Die Anwesenheit der Beamten wirkte sich beruhigend auf ihn aus.

In respektvollem Abstand betrachtete er, wie sich einer in Zivil über Marianne beugte, um dann mit selbstzufriedenem Kopfnicken deren Leblosigkeit zu bestätigen. Ohne aufzublicken meinte er gelangweilt: „Tja, da ist nichts mehr zu machen." Dann drehte er sich ruckartig um und fragte Robert: „Kannten Sie die Dame?"

„Natürlich. Ich wohne hier."

„Sind Sie ihr Mann?"

„Nein."

„Ah..." Er schien etwas aus dem Konzept gebracht. „Freund?"

„Freund und Mitarbeiter – wenn Sie so wollen."

„Ach so. Na, dann erzählen Sie mal." Hastig warf er ein: „Entschuldigung. Sie erlauben doch, daß sich meine Kollegen inzwischen etwas umsehen. Routinearbeit. Sie verstehen." Mit gespielter Freundlichkeit lächelte er ihm dabei zu.

„Aber bitte", meinte Robert, „was sollte ich dagegen haben?"

„Eben." Wieder nickte er breit grinsend, setzte sich auf das freie Sofa und bot Robert an, neben ihm Platz zu nehmen.

So gut es ging schilderte Robert sein Verhältnis zu Marianne und wie er heute abend so selbstverständlich wie jeden Tag in ihre Wohnung gekommen sei, wo er sie dann nur noch tot angetroffen habe. Er ließ dabei aus, den Brief zu erwähnen, dessen Inhalt er selbst noch nicht kannte, und verneinte auch die Frage auf etwaig geäußerte Selbstmordgedanken. Schließlich waren diese Leute nicht in der Lage, Marianne wieder zum Leben zu bringen; und ob sie jemals dazu imstande waren, Mariannes sonderbares Leben zu verstehen, bezweifelte er stark. Warum sollte er deren Arbeit unnötig erschweren?

„Wo sagten Sie, ist die Boutique, die sie betrieb?"

„Nicht weit von hier. In der ..."

„Herr Möller!" unterbrach ihn eine Stimme, die aus Richtung Bad ertönte. „Wir haben auf dem Waschbecken ein leeres Tablettenröhrchen und ein benutztes Glas gefunden. Möglich, daß das mit hier zusammengehört. Sollen wir es ins Labor schicken?"

„Ja, tun Sie das", antwortete ihm Möller. „Und sorgen Sie bitte dafür, daß die Leiche ebenfalls zur Untersuchung abgeholt wird. Ansonsten die übliche Spurensicherung. Sie wissen schon!" Mit einer Handbewegung entließ er seinen Untergebenen. Wieder zu Robert gewandt fragte er versteckt: „Sie wußten nichts davon?"

„Nein. Sagte Ihnen ja, daß ich mich hier nicht vom Fleck gerührt habe."

„Eigenartig."

„Was soll daran eigenartig sein?" Robert fühlte sich gemaßregelt.

„Nur so. Wirklich nichts von Bedeutung." Möller schien sich innerlich zu freuen, daß er bei Robert ein wenig Unsicherheit erweckt hatte. Er erhob sich, setzte sich aber gleich darauf wieder hin und sagte: „Mein Gott, die Adresse. Fast hätten wir das vergessen."

„Ihre Boutique ist in der Herzogstraße. Nicht weit von hier. Nummer zwölf. Sie heißt ‚Marianne'."

Möller bedankte sich und bat Robert, am nächsten Tag zu ihm zu kommen. Er müsse ein Protokoll anfertigen, und auch sonst seien noch einige Formalitäten zu erledigen. Als ihn Robert fragte, ob er in der Wohnung bleiben könne, zuckte er nur mit den Schultern und meinte: „Von mir aus. Wenn es Ihnen nicht unheimlich ist." Dabei hatte er wieder zu seinem stereotypen Grinsen zurückgefunden, in dem Robert einen großen Teil Schadenfreude zu erkennen glaubte.

Bevor Möller hinausging, drehte er sich nochmals um und sagte: „Möglich, daß Sie sich nach was anderem umtun müssen."

„Möglich", erwiderte Robert kurz.

Mit einem prüfenden Blick über die gesamte Einrichtung sagte Möller: „Sie scheint Sie ganz hübsch ausgehalten zu haben."

„Das geht Sie einen Dreck an."

„Na, na. Sehr viel Trauer scheinen Sie nicht in sich zu tragen."

„Wenn Sie glauben, mit diesen Bemerkungen in eine höhere Besoldungsgruppe zu kommen, dann..."

„Ja?"

„Ach nichts. Würden Sie mir einen Gefallen tun?"

„Das gehört zu unserem Beruf", versicherte Möller selbstzufrieden.

„Dann gehen Sie bitte so schnell wie möglich!"

Möllers Gesicht wirkte tief beleidigt. Er schüttelte den Kopf und verließ mit einem Teil seiner Mannschaft die Wohnung, wobei er irgend etwas von einem Adolf murmelte, der in diesem Land endlich wieder Ordnung schaffen sollte.

Inzwischen waren zwei Leute mit einer Trage gekommen, die Marianne hinausbrachten. Robert ließ noch einmal einen kurzen Blick über sie gleiten, wobei ihm auffiel, daß das Ende des Schmuckstücks nicht mehr in ihrer Hand war. Vielleicht hatten es die Beamten sichergestellt.

Er war jetzt ganz allein in der Wohnung. Es fing schon an zu dämmern, und das vorhandene Tageslicht reichte nicht mehr, den ganzen Raum auszuleuchten. Robert knipste die Stehlampe an, wagte jedoch nicht, sich auf das Sofa zu setzen, auf dem Marianne gelegen hatte. Er wurde das merkwürdige Gefühl nicht los, daß noch jemand im Raum sein müsse, schob dies jedoch auf Möllers Bemerkung von wegen ‚unheimlich sein' zurück. Wie abwesend setzte er sich auf den Boden und schaute auf die kunstvolle indische Götterfigur, die auf dem Sims des künstlichen Kamins stand. Diese Figur hatte Marianne sehr verehrt. Ein paar Mal hatte er sie dabei überrascht, wie sie in andächtiger Haltung dastand, die Figur mit geschlossenen Augen umklammerte und ein erlösendes Lächeln über ihr Gesicht huschte. So als ginge von dieser kleinen Figur eine magische Kraft aus. Auf seine Frage, woher sie diese Figur habe und was sie darstelle, hatte sie nur geantwortet: „Versprich mir, daß du ihr nie etwas antust. Wenn du sie zerbrichst, zerbrichst du auch mich." Die Figur hatte Marianne überlebt. Warum, verdammt noch mal, hatte sie sich selbst umgebracht? – Da fiel ihm der Brief ein. Blitzschnell langte er in seine Jackentasche und holte das Kuvert hervor. Mit Hilfe seines Pfeifenstopfers riß er den Umschlag auf und holte das Schreiben heraus.

Geliebter Rob,
verzeih mir, daß ich versagt habe. Was ich getan habe, mußte sein. Ich kann nicht verlangen, daß Du meine Aufgabe zu Ende führst. Es ist ein schöner, aber gefährlicher Weg. Nur wenige sind auserwählt. Ich habe Dich sehr geliebt, aber es gibt größere Dinge. Solltest Du meinen Pfad gehen, grüße St. Peter. Sei mir nicht böse, daß ich so schnell ging. Wenn Du ein Auserwählter bist, wirst Du es bald verstehen. Erinnere Dich an unsere Gespräche.
In Liebe Deine Marianne

Enttäuscht legte er den Brief beiseite. Was sollte er mit diesem wirren und rätselhaften Zeug anfangen? Zwar wußte er, daß sie in irgendwelchen undurchschaubaren Kreisen verkehrte, aber wo, wie und zu welchem Zweck hatte sie niemals verlauten lassen. Auch ihre letzten Zeilen schienen mehr Verwirrung zu stiften, anstatt

Klarheit in ihre sogenannte Aufgabe zu bringen.

St. Peter. Wer oder was war das? – Auserwählte. Wer hat denn wen ausgewählt und zu was? Er stöhnte tief und meinte, daß er es eigentlich verdient hätte, etwas mehr über ihren Vampirella-Club informiert worden zu sein.

Über diese seine eigene Formulierung – den Vampirella-Club – hatte sie sich damals sehr aufgeregt. Sie war wieder einmal von einem ihrer Wochenendausflüge nach Genf zurückgekehrt. Plötzlich fragte sie ihn, ob er schon menschliches Blut getrunken habe. Er hatte sie ausgelacht und gefragt, wie sie auf diesen Blödsinn komme. Daraufhin versuchte sie ihm für einen kurzen Moment ernsthaft zu erklären, wie herrlich das sei und welch wunderbar seltsames Gefühl einen dabei überkomme. Damals hatte er sich zum ersten Mal gefragt, ob sie noch normal sei, und hatte sie für einige Tage spaßhaft Vampirella genannt. Es war ihm dabei nicht aufgefallen, wie tief er sie dadurch gekränkt hatte. Erst später, als sie sich heftig wehrte, irgend etwas über den Aufenthalt in Genf zu erzählen, hatte er bemerkt, daß sie durchaus keinen Spaß gemacht hatte.

Er versuchte, diese Erinnerung von sich zu schieben und nahm sich den Brief erneut vor. Der Hinweis, daß er sich an ihre Gespräche erinnern solle, schien der einzige Anhaltspunkt zu sein. Er ging zu der hohen Bücherwand, in der sein Tabakstopf stand, und begann, sich eine Pfeife zu stopfen. Aus dem Kühlschrank versorgte er sich mit einer Flasche Bier und war gewillt, das kurze Leben mit Marianne von Anfang an aufzurollen.

Dasselbe naßkalte Wetter bot sich Robert, als seine Lufthansa-Maschine pünktlich in München-Riem aufsetzte. Schon in Hamburg hatte es den ganzen Tag geregnet, obwohl der April verheißungsvoll begonnen hatte und Ostern kurz vor der Türe stand. Er mußte sich beeilen, um noch ein Zimmer für die Nacht zu bekommen. Immerhin war es schon viertel nach zehn Uhr abends, und bis zur Innenstadt würde auch noch einige Zeit vergehen.

Die Hotelauskunft vermittelte ihm ein preisgünstiges Zimmer, und jetzt lag er auf dem Bett und schmiedete Pläne, wie er die nächste Zeit am besten hinter sich brachte. In Hamburg hatte er mit einem Kollegen zusammen versucht, eine kleine Importfirma aufzubauen, bis er vor sechs Tagen per Zufall dahinterkam, daß ihm sein Partner regelmäßig Geld unterschlug. Ohne viel Aufsehen zu machen hatte er den gemeinsamen Vertrag gekündigt und ließ sich so viel wie möglich von dem ihm zustehenden Betrag ausbezahlen. Eine Klage vor Gericht hätte auch nicht mehr erbracht, und das Tempo, das er von deutschen Behörden gewohnt war, hätte den Verlust durch die Inflationsrate eher vergrößert.

Mit seinen fünfunddreißig Jahren glaubte er es nicht leicht zu haben, einen gelungenen, vollkommen neuen Start zu erreichen. Im ersten Moment wollte er nur weg von Hamburg. Morgen würde er sich in München umsehen. Zeit hatte er. Sein Geld würde für einige Monate reichen, und bis dahin hätte er bestimmt etwas gefunden.

Am anderen Tag, einem Mittwoch, fuhr er mit der U-Bahn bis zur Münchener Freiheit. Er wollte sich Schwabing ansehen, bei Tag, um für die Nacht mit der Umgebung genügend vertraut zu sein.

Als er aus der U-Bahn-Station heraustrat, wehte ein heftiger Wind. Der Regen hatte für einen Moment aufgehört, aber die Pfützen an den Rändern der Straße verstärkten durch ihre Spiegelungen das triste Grau dieses Tages. Er überquerte die Straße und schlenderte lustlos an den Auslagen der Geschäfte vorüber.

Eine junge, sehr attraktiv aussehende Frau war dabei, einen Verkaufsständer mit T-Shirts vor einem kleinen Geschäft aufzustellen. Der Wind wehte ihre langen blonden Haare aus dem Gesicht, so daß ihre hohen Wangenknochen noch deutlicher zu sehen waren, die ihrem Aussehen eine vorteilhafte Härte gaben.

„Ich würde die Hemden drinlassen", schlug Robert vertraulich vor. „Bei dem Wetter kauft sowieso niemand T-Shirts, und in ein paar Minuten wird es ohnehin wieder regnen."

Sie schaute ihn prüfend an und nickte kurz darauf zustimmend.

„Ihnen wurde wohl kalt beim Anblick der Hemden?" fragte sie

freundlich.
„Nein, ich fror schon vorher!"
„Kein Wunder bei dem Jackett", meinte sie belustigt. „Ich hätte was für Sie. Eine todschicke Lederjacke. Nicht zu warm. Herrliches Material und eben erst hereingekommen. – Wollen Sie sie sehen?"
Im ersten Moment war er verdutzt, ging jedoch auf ihr Angebot ein, da ihm die Art ihrer Verkaufsgespräche gefiel. In der Boutique war es angenehm warm. Leise Musik untermalte die gemütliche Atmosphäre und machte somit dem Kunden den Aufenthalt so behaglich wie möglich. Gerade als er die ausgestellten Artikel näher betrachten wollte, kam sie hinter einem Vorhang mit der Jacke hervor.
„Bitteschön. Probieren Sie sie an!"
Robert schlüpfte hinein und suchte automatisch nach einem Spiegel. Die Jacke hielt, was die junge Frau ihm versprochen hatte.
Ihr beistimmend meinte er, daß es wirklich ein schönes Stück sei, er aber nicht die Absicht gehabt hatte, sich eine Lederjacke zu kaufen.
„Etwas so ausgesucht Wertvolles bekommen Sie nie wieder!" versicherte sie ihm. „Damit können Sie jedes hübsche Mädchen zu einer Einladung verführen!"
„Sehr gut. Ich beginne bei Ihnen!"
„Sie ..., was?"
„Ich teste Ihre Versprechung, indem ich Sie für heute abend einlade", sagte er selbstsicher und freute sich, sie überrascht zu haben.
Sie lachte und betonte, daß es nicht so gemeint war. Robert bestand jedoch auf seiner Forderung und versprach, die Jacke nur dann zu kaufen, wenn sie die Einladung annehmen würde.
„Abgemacht?" fragte er und suchte nach seinem Scheckheft.
„Erst Scheck und Scheckkarte!"
„Mißtrauisch?"
„Nnnn...jein!"
Der Handel wurde perfekt. Da keine anderen Kunden im Geschäft waren, nutzte er die Zeit und stellte sich ihr kurz vor. Nach

und nach erfuhr er, daß sie Marianne Lutkow hieß, neunundzwanzig Jahre alt war, seit drei Jahren diese Boutique mit einer Verkäuferin zusammen führte, eine kleine Wohnung nicht weit von hier habe und sich über seine freche Einladung herzlich freue.

Er verabschiedete sich, kaufte unterwegs noch ein paar Zeitungen und verbrachte den restlichen Tag mit Lesen und Schlafen in seinem Hotel.

„Stimmt so", sagte er zu dem Taxifahrer, der ihn pünktlich vor der Boutique „Marianne" abgesetzt hatte. Sie lächelte ihm zu, als er eintrat, und bat ihn noch um einen Moment Geduld, da sie mit der Abrechnung noch nicht ganz fertig sei. Er gab ihr zu verstehen, daß Zeit das einzige sei, was er momentan reichlich zur Verfügung hätte. Interessiert begann er die gefüllten Regale zu inspizieren. Hier war fast alles zu finden, was irgendwie außergewöhnlich zu sein pflegte. Von kleinen Haschischpfeifen über kunsthandwerklichen Schmuck und Postern bis zu einer ansehnlichen Abteilung exotischer Kleidungsstücke. Robert wunderte sich, daß es so viele Leute zu geben schien, die Derartiges kauften.

„Fertig!"rief sie ihm zu. „Ich sterbe vor Hunger. Haben Sie schon ein Lokal ausgesucht?"

„Nein. Das wollte ich Ihnen überlassen. Schließlich bin ich hier ein Neuling."

„Okay. Gehen wir zu Benny. Ich komme dort öfter hin und weiß seine Küche zu schätzen." Sie löschte die Lichter bis auf die Beleuchtung der Auslage und schloß sorgfältig ab. „Bei ihm kann man sich sogar unterhalten, ohne zu schreien. Ich liebe sanfte Musik", fügte sie hinzu.

„Ich auch. Allerdings nicht unbedingt in der Umgebung eines Restaurants!" Robert lachte und blinzelte ihr vielsagend zu.

„Verstehe." Marianne lachte zurück. Sie deutete ihm an, daß sie nur zehn Minuten zu gehen hätten und deshalb auf das Auto verzichten würden.

In Benny's Lokal wurde Marianne von vielen Seiten begrüßt. Kein

Wunder, sie hatte ja gesagt, daß sie dort oft verkehren würde. Sie bekamen einen kleinen Tisch in einer Nische und studierten emsig die umfangreiche Speisekarte.

Vor, während und nach dem Essen erfuhr Robert eine Menge über Marianne. Sie erzählte ihm, daß ihre Eltern polnischer Abstammung waren und während der Nazi-Herrschaft vorübergehend in ein KZ gesteckt wurden. Nach dem Krieg seien sie in den Westen geflüchtet und hätten sich in der Nähe von Passau niedergelassen. Zwei Jahre nach ihrer Geburt sei ihr Vater an den Folgen der Behandlung im Konzentrationslager gestorben. Ihre Mutter sei dann nach München gezogen und erst vor sechs Jahren verstorben. Sie habe nach dem Gymnasiumabschluß bei einem Rechtsanwalt gearbeitet; doch sei ihr nach einigen Jahren diese Arbeit zu stumpf und eintönig vorgekommen. Aus dem Nachlaß ihrer Mutter und mit Hilfe einiger Bekannter habe sie dann vor drei Jahren diese Boutique eröffnet, die sehr einträglich sei und obendrein viel Spaß bereite.

Robert fiel auf, daß sich während der ganzen Zeit eine eigenartige Melancholie in ihren Augen widerspiegelte. Das offene Lachen auf einen Scherz erstarb sehr schnell in diesem Wehmut ausdrückenden Blick. Vielleicht war das nur ein Reiz besonderer Art, den sie geschickt auzuspielen verstand. Auf seinen Vorschlag, ob sie nicht noch in ein anderes Lokal gehen sollten, meinte sie nur, daß das nicht ihr Stil wäre und sie sich zu Hause viel wohler fühle.

„Sie müssen es sehr nett zu Hause haben." Robert versuchte die Zeit mit ihr unter allen Umständen zu verlängern.

„Ja. Ich fühle mich dort sehr wohl." Und nach einer kleinen Pause fügte sie hinzu: „Ich bin gerne alleine. Ich habe zwar einen Freundeskreis, aber der paßt nicht in das Cliquen-Schema der üblichen Vergnügungslokale."

„Zählen Sie mich auch dazu?"

„Woher soll ich das wissen? – Sie ließen mich den ganzen Abend erzählen und haben nur sehr wenig von Ihnen berichtet. Ich traue mich noch nicht, Sie irgendwo einzustufen."

Robert versuchte, seinen Wunsch so direkt wie möglich vorzubringen, und sagte: „Gut, dann gehen wir zu Ihnen. Ich habe die Absicht, Ihre Gesellschaft noch länger in Anspruch zu nehmen!"

„Oh!" Sie lehnte sich zurück und schien über seinen Vorschlag nachzudenken. „Möglicherweise sind Sie dann enttäuscht. Meine Welt hat mit der, die man im allgemeinen sieht, sehr wenig zu tun. In meiner Burg herrschen andere Gesetze – für mich! Aber wenn Sie es wünschen ... Sie waren sehr nett ... also gehen wir."

Kurz darauf führte sie ihn zu ihrem Auto, einem BMW 3,0 Coupé. Robert staunte über diesen teuren Wagen, ließ sich seine Verwunderung jedoch nicht anmerken. Er fragte sich, ob sich mit einer Boutique soviel Geld verdienen lasse oder ob Marianne noch andere Geldquellen habe. Mit großer Sorgfalt fädelte sie sich in den nächtlichen Verkehr ein und hielt bald darauf vor einem renovierten vierstöckigen Wohnhaus. Als sie ihm die Tür zu ihrer Wohnung aufschloß, konnte er einen bewundernden Pfiff nicht unterdrücken. Dicke Teppiche dämpften jeden Schritt. Tische, Ablagen und Bücherwände waren in mattem schwarzem Holz gehalten, und zwei dick gepolsterte, mit blauem Samt überzogene Sofas füllten den Großteil des Raumes aus. Alles sah wertvoll, ausgesucht und sehr teuer aus. Und dennoch wirkte alles irgendwie bedrückend. Paßt zu ihren Augen, sagte er zu sich selbst und nahm auf dem ihm angebotenen Sofa Platz.

„Kaffee?" fragte sie höflich, worauf er, immer noch eifrig um sich blickend, nickte. „Ich habe auch Wein und Bier."

„Nein, nein. Kaffee ist gerade richtig."

Während sie sich in der kleinen Küche zu schaffen machte, stand Robert auf und ging zu dem künstlichen Kamin, auf dessen Sims eine fernöstliche Plastik seine Aufmerksamkeit erregt hatte. Sie zeigte eine nackte männliche Gestalt mit abstehenden Haaren. Als Schmuck hatte sie Bänder aus Totenschädeln und Schlangen um den Kopf geschlungen. Irgend erwas Bedrohliches ging von ihr aus, aber von Kunst verstand er zu wenig, um ein gültiges Urteil zu fällen. Für einen Moment betrachtete er sich in dem darüberhängenden runden Spiegel, der von einem mit viel Gold bedeckten, kunstvoll geschnitzten Rahmen eingefaßt war. Als er sich der Bücherwand rechts davon widmen wollte, rief sie aus der Küche, daß er die Deckenbeleuchtung ausschalten solle und dafür die auf den beiden Hockern stehenden Lampen anschalten möge. Sofort verwandelte sich der Raum in einen Salon, wie er ihn aus den Beschreibungen englischer aristokratischer Romane der viktorianischen Zeit in Erinnerung hatte. Die großen Stehlampen verbreiteten nur einen schwachen, nach unten strahlenden Lichtschein, der den Rest des Raumes in ein geheimnisvolles Dunkel hüllte. Mühsam versuchte er die Ecken des Zimmers zu erkennen, aber von dort wirkte nur ein stilles Schwarz auf ihn ein.

„Überrascht?"

Robert zuckte leicht zusammen. Er hatte Marianne nicht kommen sehen und mußte zugeben, daß er durch ihre Stimme ein wenig erschrak. „Ja", pflichtete er bei, „lieben Sie diese Dunkelheit?"

„Ich hatte Sie davor gewarnt, daß es in meiner Welt anders aussieht!"

Freundlich nickte er ihr zu und half die Tassen zu füllen. Marianne nahm ihm gegenüber Platz und forderte ihn auf, endlich mehr über sich selbst zu erzählen. Bereitwillig berichtete er von seinen unangenehmen Erfahrungen in Hamburg und gestand, daß er momentan ziemlich ziellos in München herumsitze.

„Warum sich ein Ziel setzen, wenn es doch wert ist, wieder zerstört zu werden? – Was hat uns die Lust, als Ziel der Masse, schon gegeben als Böses? Vielleicht sollte man das Böse zum Ziel haben, um Lust in voller Wahrheit zu erleben?"

Die Überzeugung, mit der sie diese Worte vortrug, ließ ihn zum ersten Mal erschaudern. „Sie leben auf das Böse hin?" Er hoffte, mit dieser Gegenfrage einer Antwort zu entgehen.

„Was ist das Böse, was ist gut? – Wer maßt es sich an, einem Mörder die Lust am Töten abzusprechen? Ist der Geschlechtsakt nicht nur ein privater Sadismus?" Sie schaute an ihm vorbei und fixierte einen Punkt im Dunkel an. „Wie soll man Freude auskosten, wenn man nicht dasselbe Maß an Schmerz erlebt hat?"

Robert versuchte ihr zu widersprechen und sagte: „Ich halte Schmerz nicht als Vorbedingung von Freude. Und bei einer ..."

„Psssst!" Sie legte den Finger auf den Mund und starrte noch immer auf den unsichtbaren Punkt. Die Augen weit geöffnet, starr und ohne jeglichen Glanz. – Dann drehte sie sich abrupt um, zauberte eine Schale Kekse aus dem Dunkel hervor und verfiel plötzlich in ihre geschäftliche Redeweise. „Warum wollten Sie noch länger mit mir zusammensein?"

Dieser Wechsel brachte Paul aus dem Gleichgewicht. Irritiert blickte er zur Decke und suchte nach einer Antwort. „Sie gefallen mir. Ist das so ungewöhnlich?"

„Nein." Und nach einer Pause: „Gefällt Ihnen mein Busen?"

Herrgott, dachte Robert, wie kann man ein Gespräch so zerhakken? „Ich finde Sie hübsch, ehrlich!"

„Sie haben mir noch nicht gesagt, ob Ihnen mein Busen gefällt!"

„Auch." Er bemühte sich zu lächeln. „Erzählen Sie mir von Ihren Freunden."

Sie sah ihn erstaunt an, und – Robert erkannte es genau – im Fokus ihres Blickes entwickelte sich dieselbe Melancholie, die ihm schon am Vormittag aufgefallen war. „Vielleicht", begann sie langsam. „Vielleicht werde ich Ihnen eines Tages ein Gebiet zeigen, von dem Sie noch nicht zu träumen wagten. Es ist wie eine Reise. Meine Freunde sind dort. Sie müßten sehen, was sie ... noch Kaffee?"

Verblüfft über ihren neuerlichen Wechsel stammelte Robert ein „Ja, bitte" und reichte ihr seine Tasse.

„Na, dann müssen Sie vorher schon austrinken."

Erst jetzt fiel ihm auf, daß er die erste Tasse noch gar nicht angerührt hatte. Er wurde nicht schlau aus ihr. Ziemlich hilflos lachte er vor sich hin und meinte, daß sie ihn ganz schön durcheinandergebracht habe. Es sei jedoch sehr interessant, und er würde gerne mehr von ihr erfahren.

Marianne stand auf, lächelte ihm zu und trat aus dem Lichtkreis. Kurz darauf hörte er leise Musik. Erneut zuckte er zusammen, als er plötzlich eine Hand auf seiner Schulter spürte. „Möchtest du mich

Marianne nennen?" Noch bevor er antworten konnte, sagte sie: „Ich würde Rob zu dir sagen."

Er griff nach ihrer Hand und zog so kräftig er konnte. Mit einem überraschten Aufschrei fiel sie über das Sofa direkt in seinen Schoß. Ehe sie protestieren konnte, legte er seine Lippen auf ihren Mund und hielt sie in eiserner Umklammerung. Als er merkte, daß sie keinen Widerstand mehr leistete, lockerte er seinen Griff und legte eine Hand auf ihre Brust. Sie ließ ihn gewähren. „Tja", sagte er und versuchte ihren Ausschnitt aufzuknöpfen, „gefällt mir!"

Sie stieß sich von ihm los, ließ sich auf den Boden fallen und schlug ihm scherzhaft auf die Finger. „Nimm die Hände weg, du Frechdachs!" Mit gespielter, beleidigter Miene stand sie auf und zog ihr Kleid zurecht. „Wer hat dir erlaubt, mich zu vergewaltigen?" Artig setzte sie sich auf ihren alten Platz und zog den Saum des Kleides so weit es ging über die Knie.

„Wer wollte denn wissen, ob mir dein Busen gefällt?" ulkte Robert und breitete entschuldigend die Arme aus. „Wenn nicht Busen, dann will ich jetzt die Reise antreten, von der du gesprochen hast!"

„Zieh das bitte nicht ins Lächerliche!" sagte sie ernsthaft.

Sofort wußte er, daß er einen wunden Punkt berührt hatte, und unternahm alle Anstrengungen, von diesem mysteriösen Gebiet Abstand zu gewinnen. Sie folgte ihm bereitwillig und machte ihm dann – ebenso überraschend – den Vorschlag, über Nacht bei ihr zu bleiben. Er willigte ein und sagte: „Aber nur, wenn du nicht schnarchst!"

„Döskopp!" Sie lachte und erhob sich. „Ich mach das Bett. Wenn du derweil ins Bad willst?"

Als er später in dem großen Doppelbett auf sie wartete, überlegte er, auf was sie eigentlich aus war. Wollte sie mit ihm schlafen? Genoß sie lediglich seine Untertänigkeit? Was bedeutete all das Gerede über Lust und Bösartigkeit?

„Mach bitte das Licht aus! Ich trage keinen Pyjama!" Sie hatte den Kopf durch den Türspalt gestreckt und wartete, bis er ihrer Aufforderung nachkam.

In der Dunkelheit hörte er, wie sie auf ihn zukam und zu ihm unter die Decke kroch. Sofort schmiegte sie sich an ihn, ohne ihm dabei Gelegenheit zu geben, mit den Händen aktiv zu werden. Sie war nackt. Das spürte er. Verdutzt trachtete er danach, ihr in die Augen zu blicken, was bei der Dunkelheit natürlich nicht möglich war.

„Warum tust du das?" fragte er leise.

„Sei still und schlaf!" flüsterte sie. „Man muß auch warten können!" Zärtlich umarmte sie ihn und bestand darauf, daß er einschlafen solle.

Robert unternahm den Versuch, nach ihren Brüsten zu tasten. Sie schob seine Hand jedoch energisch beiseite und wünschte ihm eine gute Nacht. Mein Gott, dachte er und grinste vor sich hin, welch ein Unterschied zwischen Hamburg und München!

Seit einer Woche wohnte er schon bei ihr. Ostern hatten sie zu Hause verbracht und gingen nur aus dem Haus, wenn der Kühlschrank keine Getränke mehr anzubieten hatte. Die meiste Zeit lagen sie im Bett, und Robert wurde ihre unersättliche Gier nach Sex allmählich unheimlich. Gab sie sich anfangs noch abweisend und desinteressiert, so schrie sie jetzt förmlich nach ihm. Schokkiert war er über die Ausdrucksweise, die sie manchmal gebrauchte. Einmal bot er ihr eine Zigarette an. Sie lachte schrill auf und rief wie irr: „Ich will keine Zigarette! – Weißt du, was ich will? Ich will deinen Schwanz!" Wahrscheinlich hatte sie gemerkt, wie entsetzt er darüber war, setzte sofort eine entschuldigende Miene auf, kroch zu ihm hin und jammerte weinerlich: „In der Liebe darf man alles. Nicht wahr? Alles. Meinst du nicht auch, daß man in der Liebe alles darf?" Er meinte, daß er sich dabei nicht so sicher sei. Er glaube fest an Grenzen, die man nicht überschreiten sollte. „Nein. Liebe ist grenzenlos!" Robert hatte keine Lust, mit ihr weiter darüber zu streiten, stand auf und schaltete das Fernsehgerät ein.

Einmal hatte sie ihn gefragt, ob er gerne nach England ginge. Als er meinte, daß er noch nie dort gewesen sei, schwärmte sie ihm von den unbeschreiblichen Parklandschaften vor, die vor allem im Morgengrauen ein faszinierend herrliches Aussehen hätten. Danach wurde sie wieder ganz still, traurig und ließ sich auf einer Woge der Melancholie dahintreiben. „Ich werde vielleicht bald hinmüssen." Sie schaute ihn dabei nicht an, sondern hatte wieder einen unsichtbaren Punkt fixiert.

„Was mußt du dort tun?"

Sie gab keine Antwort und träumte nur still vor sich hin. In solchen Momenten schien Robert für sie gar nicht zu existieren. Dann, nach einiger Zeit, drehte sie sich um und sagte freudlos: „Was würdest du tun, wenn ich plötzlich nicht mehr da wäre?"

„Dich suchen, du Aas. Was sonst?" Robert versuchte, einen Scherz daraus zu machen.

Unbeirrt schüttelte sie den Kopf und sagte: „Nicht so weg. Anders. Wenn es mich nicht mehr gibt."

„Ich will nicht, daß du solches Zeug redest!" Robert wurde ernst.

„Mein Liebling", sie lächelte wehmütig. „Vielleicht kehre ich aus England nie mehr zurück. Könnte doch sein. Es passieren viele Unfälle. Ein Flugzeugabsturz, ein Autounfall, eine Bombe der IRA..."

„Verdammt noch mal!" Robert war aufgestanden, packte sie von hinten brutal an den Armen und drehte sie zu sich um. „Erzähl mir endlich, was du überhaupt in England willst! Warum mußt du hin?" Er war sich bewußt, daß sein Griff ihr Schmerzen bereitete. Anscheinend schien sie das jedoch zu genießen, denn ihre Augen funkelten plötzlich begeistert und drückten Bewunderung für seinen Zorn aus.

„Ich kann dir das noch nicht sagen. – Noch nicht! Schau hinaus zu den Sternen. Zwischen jedem dieser weißen Punkte gibt es unheimlich viel Raum. Wir sind dagegen noch nicht einmal ein Staubkorn. Aber es gibt etwas, das größer als alles zusammen ist. Es ist nicht Gott. Er hat schon lange versagt. Es ist eine Größe, an der wir teilhaben können. Sie hat die Herrschaft schon lange angetreten, nur wehren sich noch viele dagegen." Robert hatte sie inzwischen losgelassen und schaute sie ungläubig an. Mit erhobenen Händen ging sie auf ihn zu und wisperte: „Vielleicht hast du Glück und gehörst eines Tages auch dazu."

„Wenn dir nicht gut ist, dann leg dich bitte hin!" bemerkte er abfällig und drehte ihr den Rücken zu.

Marianne schrie vor Wut hell auf, stürzte sich auf ihn und trommelte mit den Fäusten auf seinen Rücken. „Du Schwein, du Schwein!!! – Du bist doch nicht mehr als ein Strichjunge, der von mir bezahlt wird. Ja, du wirst von mir bezahlt! Du hast noch nie etwas zustande gebracht! Du bringst es bloß bis zu einem steifen Schwanz, und dann hört es auf! – Hörst du, dann hört es auf!!!"

Blitzschnell drehte sich Robert um und schlug ihr mit der Hand voll ins Gesicht. Sie taumelte rückwärts, hielt die Hände schützend vor das Gesicht. Sie sank auf die Knie und begann hemmungslos zu weinen. Schluchzend stammelte sie: „Verzeih mir, mein Liebling. - Ich weiß nicht, warum ich das gesagt habe. Verzeih mir. Bitte verzeih mir!"

Robert ging auf sie zu und wollte ihr aufhelfen. Er empfand nur tiefes Mitleid für sie. Sie umklammerte seine Beine und wimmerte, daß sie sich nicht erheben werde, solange er ihr nicht verzeihe.

„Ist gut", sagte er tröstend. „Reden wir nicht mehr davon. Steh auf. Machst du uns was zu essen?"

Mit Tränen in den Augen näherte sie sich seinem Gesicht und begann ihn zu küssen. „Ich brauch dich doch. Du darfst mich nicht alleinlassen!" Lachend wischte sie mit dem Handrücken die Tränen von der Wange. „Bleibst du bei mir?" Ihre Stimme klang besorgt.

„Gerne. Aber ich mag solche Ausfälle nicht."

„Ich verspreche dir, daß es nicht wieder vorkommen wird. Ich weiß wirklich nicht, was in mich gefahren ist."

Szenen dieser Art erlebte Robert immer wieder. Wie Wogen, mit unveränderlicher Beständigkeit, geriet Marianne in eine merkwürdige Art von Wehmut, um dann kurz darauf – er nahm sie dabei nie ernst – in einen fanatischen Wutausbruch zu verfallen, der in Tränen und winselnden Gesuchen um Verzeihung endete.

Aber bis jetzt war es ihm noch nicht gelungen, auch nur andeutungshaft, den Grund für ihr Verhalten herauszufinden.

Heute war der zweite Tag, an dem er ihr in der Boutique geholfen hatte. Sie machte ihm den Vorschlag, vorübergehend bei ihr mitzuarbeiten, bis er sich für eine geeignete Stelle entschieden habe. Auch wollte sie ihn anständig bezahlen; genauso, wie es sich für einen Angestellten gehöre.

Am Nachmittag hatte Robert Fräulein Stiller, Mariannes Verkäuferin, gefragt, ob die vergangenen Tage zwei ruhige Geschäftstage darstellten oder durchaus dem Durchschnitt entsprächen. Sie meinte, daß es ganz normal wäre; mehr gäbe es sonst auch nicht zu tun.

Das ließ Robert stutzig werden, da er die Einnahmen heimlich für sich addiert hatte und auf diese Weise im groben den monatlichen Umsatz errechnete. Da er kein Anfänger in der kaufmännischen Branche war, fiel es ihm leicht, den höchstmöglichen Gewinn festzustellen. Abzuziehen waren die Mietkosten für Geschäft und Wohnung und das teure Auto. Da war er dann schon am Ende mit dem, was ausgegeben werden konnte. Marianne mußte noch eine andere Geldquelle haben. Mit der Boutique alleine konnte sie unmöglich so aufwendig leben.

„Würdest du morgen für mich die Kassenabrechnung machen und mich dann am Samstag alleine vertreten?" Marianne lächelte ihn an und legte ihm dabei zärtlich eine Hand auf die Schulter.

„Warum? - Gehst du weg?"

„Ich fliege übers Wochenende nach Genf."

„Darf ich fragen, was du dort machst?"

„Ich treffe mich mit Freunden", erklärte sie schmunzelnd. Sie lief zum Fenster und blieb einen Augenblick stehen, ehe sie sich umdrehte und ihm fest in die Augen schaute. „Das ist nicht das erste Mal. Ich fliege öfter übers Wochenende nach Genf." Dann sehr energisch: „Frage mich aber bitte nicht, warum, zu wem und wieso!"

Robert blieb ruhig sitzen. „Glaubst du, Gründe zu haben, mir das nicht zu erzählen?"

„Mein Liebling", flüsterte sie, setzte sich zu ihm und umarmte ihn.

„Du brauchst nicht eifersüchtig zu sein. Mit uns hat das nichts zu tun. Ich treffe wirklich nur Freunde." Sie unterbrach sich selbst, legte sich auf den weichen Teppich und stützte ihren Kopf mit den Händen ab. „Es sind ein paar Ärzte und Unternehmer dabei. Aber das bedeutet nichts. Wir alle kennen uns schon einige Zeit und treffen uns ziemlich oft in Genf. Sonntag abend bin ich schon wieder zurück."

„Wann geht die Maschine?"

„Fünf nach halb sieben. Ich muß jedoch schon eher am Flughafen sein."

„Dann kann ich dich nicht hinbringen."

„Ich weiß, ich nehme ein Taxi. - Aber am Sonntag möchte ich, daß du mich abholst. Ich lasse dir meinen Wagen da." Sie hatte sich auf den Rücken gedreht und winkte ihn heran.

Ohne sich zu rühren fragte Robert: „Wann soll ich dich abholen?"

„Die Maschine landet kurz vor zehn ... aber jetzt komm her. Wir haben noch viel Zeit bis morgen!" Sie zog einen Schmollmund, bemerkte dann jedoch, daß Robert sie gar nicht ansah. „Was hast du? - Sei lieb zu mir. Ich habe dir doch schon gesagt, daß ich dich brauche. Meinst du, ich hintergehe dich?" Ihre Frage klang besorgt.

Robert schüttelte nachdenklich den Kopf. Ruhig und gelassen begann er: „Du sagst, du fliegst öfter nach Genf?"

„Ja."

„Machst du woanders auch Urlaub?"

„Was soll das? Natürlich!" Sie wurde ärgerlich. „Bitteschön. Ich gehe meist für drei Wochen in den Süden und im Winter zwei Wochen nach Seefeld zum Skilaufen! - Zufrieden?"

„Du fährst ein schönes Auto", fuhr Robert genauso gelassen fort.

„Ja, ich habe ein teures Auto, eine teure Wohnung, Schmuck und weiß der Teufel was noch alles. Ich kann es mir leisten, in der Welt herumzufliegen und sogar dich noch zu beschäftigen." Trotzig lief sie in die Küche und holte sich etwas zu trinken.

„Ich gönn' dir das ... nur ..."

„Was?"
„Woher hast du das Geld?"
Sie behielt das Glas an den Lippen, als wolle sie damit ihre Reaktion verbergen. Dann lächelte sie leicht und sagte: „Du weißt, daß ich eine Boutique führe. Also was soll die Frage?"
Gelangweilt zündete sich Robert eine Zigarette an, ehe er sagte: „Ich habe mir erlaubt nachzurechnen und festgestellt, daß dir selbst bei doppelten Einnahmen – wie heute oder gestern – niemals das Geld zum Wagen langen würde."
„Was weißt du schon", fiel sie ihm lachend ins Wort.
„Ich weiß, daß es nicht reicht!" erwiderte er barsch.
Sie nickte und trat näher zu ihm hin. So, als wolle sie ihm eine ausführliche Erklärung geben. „Hast du schon einmal ein KZ besucht? – Nein? – Nun, ich war auch noch nie dort. Aber meine Eltern!" Ihre Augen blickten wieder traurig drein, und Robert glaubte sich auf eine neue Woge vorbereiten zu müssen. Statt dessen bemerkte er plötzlich ein leichtes Glitzern in ihrem Blick, ehe sie weiterfuhr: „Meine Mutter hat mir oft davon erzählt. In Buchenwald sind jetzt noch die Fleischerhaken an der Wand, an denen die Häftlinge gehängt wurden. Man hat den Leuten Elektroschocks verabreicht und sie wie Tiere abgeschlachtet. Und dennoch mache ich den Nazis dafür keinen Vorwurf. Nicht weil ich heute noch ein monatliches Wiedergutmachungsgeld vom Staat erhalte. – Nein! – Die Leute wußten nicht, warum sie es taten. Sie taten es einfach. Das Schändliche daran ist, es zu tun, ohne zu wissen, warum." Sie drehte sich schnell um und meinte: „Soll ich deshalb vielleicht auf das Geld verzichten?"
Robert ließ durchblicken, daß er diese Geschichte über die Geldquelle nicht für wahr anerkannte. Ihre Äußerungen über die Nazi-Morde hatten ihn jedoch von seiner ursprünglichen Frage abgelenkt und ließen ihn betroffen dreinschauen.
Melancholie hatte sie wieder erfaßt. Mit geschlossenen Augen, das Glas noch fest im Griff, ließ sie sich in das Sofa zurückfallen.
„Sterben müssen wir alle", fing sie leise an. „Im Grunde leben die

Menschen doch nur, weil sie sich Hoffnung machen, daß sie sich mit ein paar guten Taten den Himmel erwerben könnten. Jahrhundertelang wurde ihnen das von den Kirchen eingehämmert. Nimm ihnen diesen Glauben, und die Masse wird daran zerbrechen, wird noch im selben Moment zu stinken anfangen. Ihr Eau de Cologne wird dann von Moder- und Verwesungsgeruch nicht mehr zu unterscheiden sein. Und dennoch stehen sie allem machtlos gegenüber." Spöttisch hob sie die Schultern. „Lohnt es sich, für dieses nichtsnutzige Stückchen Hoffnung zu leben? – Gute Taten zu vollbringen? – Den Samariter zu spielen? Oh nein! Es wird sich alles ändern! Ich kann mir das Entsetzen vorstellen, wenn eine Frau statt einem Baby ein Gerippe zur Welt bringt. Wenn man alte Menschen mit Salzsäure duscht, weil sie nicht bereit sind anzuerkennen, was das Gebot der Stunde ist. Wenn sogenannte Wohltäter sich in ihrer Verzweiflung an den eigenen Gedärmen erhängen. Wenn Männer..."

„Halt den Mund!" fuhr sie Robert an.

„Warum?" Sie schien weit entrückt zu sein. „Machst du dir etwa noch Hoffnung? – Auf irgend etwas?" Es schien, als lache sie ihn aus.

„Du bist verrückt!" behauptete Robert.

Mit einem Schlag war sie in der Gegenwart. Zornig schaute sie ihn an. „Verrückt? Du nennst das verrückt? – Weißt du überhaupt, zu wem du das sagst?" Ihr Gesicht verspannte sich, und ohne die geringste Chance der Abwehr schüttete sie Robert den Rest des Glases ins Gesicht. Fast gleichzeitig fuhr sie erschrocken hoch und schlug sich die Hände vors Gesicht. Sie stöhnte tief auf, ließ sich langsam auf ihren Sitz zurückgleiten und begann – von heftigem Schluchzen unterbrochen – zu weinen. „Mein Gott! Mein Gott!" sie schüttelte den Kopf. „Warum habe ich das nur getan?"

Robert war schweigend aufgestanden und ins Badezimmer gegangen. Er wusch sich das Gesicht und trat, sich noch abtrocknend, vor sie hin. „Wie lange gedenkst du dieses Spiel mit mir noch zu treiben?" fragte er aufgebracht. „Sieh mich wenigstens an, wenn ich mit dir rede!"

„Verzeih mir. Ich verspreche, daß..."

„Du sollst mich ansehen!" wiederholte Robert verbissen.

Sie gehorchte ihm sofort und blickte ihn aus tränenüberlaufenen Augen an. „Verzeih mir, mein Liebling."

Obwohl sich Robert vorgenommen hatte, ihr diesmal kein Mitleid entgegenzubringen, versagte seine Strenge angesichts ihres bedauernswerten Anblicks. Eben wollte er sie fragen, welches Ziel sie mit ihm verfolge, hielt jedoch inne, noch bevor er den Mund geöffnet hatte. Statt dessen kramte er ein Tuch aus seiner Tasche und begann ihr die Augen abzuwischen.

Marianne schluckte ein paar Mal hintereinander. „Weißt du", begann sie. „Manchmal habe ich das Gefühl, daß wir für einen kurzen Moment ein und derselben Meinung sind. Dann wirfst du mich mit irgendeiner Bemerkung aus dem Gleichgewicht, und ich bringe es einfach nicht fertig, meine Wut zu unterdrücken." Sie schnäuzte sich in sein Taschentuch und fuhr fort: „Ich würde dir so gerne mehr von mir erzählen, aber die Zeit dafür ist noch nicht reif. Vielleicht klingt es lächerlich, wenn ich behaupte, daß es zu gefährlich für mich sei. - Du mußt es mir glauben. Bitte, bitte!"

„Hat Genf etwas damit zu tun?"

Sie druckste eine Weile verlegen herum und sagte dann ungerührt: „Nein. Und wenn, ich würde es dir ohnehin nicht sagen."

„Hat es mit England zu tun?" fragte Norbert hartnäckig.

Marianne nickte. „Es kann gut sein, daß ich dir eines Tages alles erkläre. Schon allein deshalb, weil mir vielleicht die Zeit zu knapp wird, meine Aufgabe zu erledigen. Dann wäre ich glücklich zu wissen, daß du für mich einspringst."

„Müßte ich dann nach England fahren?"

Wieder nickte sie.

„Wohin dort?"

„Nicht jetzt", suchte sie ihn zu vertrösten. „Bitte, bitte. Ein andermal."

„Was passiert, wenn du keine Zeit mehr hast, diese kosmische

Aufgabe zu erledigen? Wäre das sehr schlimm?"

„Wir könnten uns dann für eine lange Zeit nicht wiedersehen. Es käme darauf an, wie gut du mich vertrittst." Sie legte den Kopf auf die Seite und lächelte dünn. „Möchtest du mit mir für immer zusammenbleiben?"

Robert blickte auf den Boden und lachte. „Möglich. Wenn ich über alles Bescheid weiß und deine Gefühlswogen unter Kontrolle habe."

Marianne tat so, als sei überhaupt nichts vorgefallen. Sie hatte ihre alte Fassung wieder zurückgewonnen und schickte sich an, ins Bett zu gehen. Zwar unternahm Robert noch mehrmals den Versuch, mehr über England und die Aufgabe herauszubekommen, aber sie ließ sich mit keiner weiteren Silbe darüber aus. Durch den engen Korridor hindurch sah er kurz, wie sie wieder einmal die Figur auf dem Kaminsims umklammerte. Ihm war, als würde sie dabei leise vor sich hinmurmeln. Er war sich jedoch nicht sicher und nahm keine weitere Notiz davon.

Später, als er mir ihr schlief, gab sie eigenartige Laute von sich, die zu einer fremden Sprache zu gehören schienen, die Robert noch nie gehört hatte. Als er sie hinterher danach fragte, meinte sie belustigt, daß das wahrscheinlich ihr Mantra für den Orgasmus gewesen sei. Die Meditierer würden sich doch auch durch ein Wort in Schwingung bringen. Sie habe eben ihre eigene Methode, und an den Hokuspokus des Meditierens glaube sie sowieso nicht. Ob er sich schon einmal vorgestellt hätte, was wäre, wenn er tot sei. Als er verneinte und vorschlug, doch besser vom Leben zu reden, lachte sie nur boshaft und meinte, daß der Tod unter Umständen viel schöner sein könnte als das Leben. Die Leute hätten nur keine Ahnung davon und fürchteten sich deshalb davor.

Sie richtete sich ein wenig im Bett auf und sagte hörbar: „Man muß die Menschen von ihrer Furcht befreien!"

„Wie meinst du das?"

„Genauso, wie ich es sagte."

Bei diesen Gedankengängen wurde sie Robert unheimlich. Er sagte sich jedoch, daß sie sich bestimmt nur einen Spaß daraus mache und daß seine Beunruhigung nur auf seine Phantasie zurückzuführen sei.

Am Sonntag fuhr er mit dem Wagen allein zum Chiemsee hinaus und machte einen ausgedehnten Spaziergang. Es gefiel ihm, eine Zeitlang Abstand von Marianne zu haben. Sie ist schon ein verrücktes Weib, sagte er immer wieder zu sich. Und dennoch freute er sich darauf, sie am Flughafen wieder in die Arme schließen zu können.

Sie war ganz ausgelassen, und er versicherte sich, ob sie nicht zuviel getrunken habe. Er mußte sie unterwegs öfter ermahnen, auf ihrem Sitz zu bleiben, da sie ihn durch ihre Zärtlichkeiten nur in eine unfallreife Situation bringe.

„Ist doch egal", warf sie dazwischen. „Von mir aus könnte heute die Welt untergehen." Blitzschnell fuhr sie ihm zwischen die Beine und quietschte dabei vor Vergnügen, als sie merkte, wie er den darauf außer Kontrolle geratenen Wagen mit heftigen Lenkbewegungen in Fahrtrichtung zu bringen versuchte.

Zu Hause angekommen machte sie sich nicht einmal die Mühe, ihre Sachen aus dem Koffer zu packen. Noch ehe Robert die Gläser für den Begrüßungsschluck gefüllt hatte, trat sie nackt vor ihn hin.

„Komm", flüsterte sie. „Komm, ich kann es kaum noch erwarten. Du hast mir schrecklich lange gefehlt."

Halb wurde Robert ins Bett gezogen, wo sie ihn aus großen erwartungsvollen Augen anschaute und ihn fragte, ob er ihr einen Wunsch erfülle.

„Wenn er in meinen Grenzen liegt?"

„Ja!" Sie nickte kräftig. „Ich bitte dich um eins: Mach mich fertig. Mach mich bitte so richtig fertig!"

Robert konnte ein Grinsen nicht verbergen. Innerlich fragte er sich, ob er glücklich oder traurig sein sollte.

Inzwischen waren mehr als fünf Wochen vergangen, und Mariannes seltsame Gewohnheiten wurden Robert langsam vertraut. Die Abstände zu ihren Wutausbrüchen wurden länger, ohne daß sie dabei jedoch an Heftigkeit nachließen. Als Marianne wieder einmal in Genf weilte, suchte er in der Wohnung nach irgendwelchen Anhaltspunkten für ihre mysteriösen Freunde. Er spürte schon seit einiger Zeit, daß sie irgend etwas bedrückte; sie wich jedoch all seinen Nachforschungen geschickt aus und vertröstete ihn immer wieder auf einen späteren Zeitpunkt.

Bis auf ein kleines verschlossenes Schränkchen fand er Zugang zu allen Schubladen und Türen, die sich in der Wohnung befanden. Aber nirgends entdeckte er die geringste Spur, die ihn weiterbringen könnte. Aus ihren gemeinsamen Unterhaltungen konnte er nur entnehmen, daß sie immer häufiger von einem Abschied, einer Unterbrechung, einer Zwangspause sprach. England schien ein Traum für sie zu sein. Obwohl sie eingestand, noch nie dort gewesen zu sein, schwärmte sie von der Landschaft, den alten Herrschaftshäusern, den Parks und sogar vom Nebel. Glitzernde Augen bekam sie, wenn sie von den herrlichen Möglichkeiten sprach, die ihr dieses Land bieten würde.

Aber auf alle Fragen nach speziellen Orten, Namen und Adressen hüllte sie sich in unheimliches Schweigen. Sobald Robert den Versuch machte, diese Schweigemauer zu durchbrechen, glitt sie in eine erneute Woge von Melancholie, die ihren Abschluß in einem ordinären Zornausbruch fand.

Einmal hatte sie ihn gefragt, ob er sie gerne begleiten würde. Als er sagte, daß er nur mitginge, wenn er wüßte, wohin und zu welchem Zweck, schenkte sie ihm ein nachsichtiges Lächeln.

Ungefähr zwei Wochen vor ihrem Tod wurde sie sichtlich nervöser. Sie sträubte sich immer entschiedener, mit Robert ins Bett zu gehen, und kümmerte sich kaum noch um die Boutique. Robert nahm dies anfangs als eine Laune hin, der er keine weitere Bedeutung zumaß. Nur drei Tage vorher wurde er stutzig, als sie zusammen beim Abendbrot saßen.

„Liebst du mich eigentlich?" fragte sie gequält. „Ich meine so, daß du alles mit mir teilen würdest."

„Ich liebe dich, aber du machst es mir sehr schwer", antwortete Robert.

Marianne nickte bedächtig mit dem Kopf. „Ich fürchte, ich werde versagen", sagte sie müde vor sich hin.

„Wobei?"

„Laß nur." Sie bemühte sich um einen heiteren Ton. „Vielleicht habe ich zuviel von dir verlangt. Zu viel erhofft oder erträumt. Aber...", sie stutzte einen Moment. „Aber ja, du wirst mich nicht enttäuschen. Wir sind zwei. Und wenn ich versage, bist ja immer noch du da." Sie legte ihm zärtlich die Hand auf den Arm, vermied jedoch, daß sich ihre Blicke trafen.

„Marianne. Bitte!" Robert versuchte, in sie zu dringen.

„Schon gut." Ihr Lächeln mißlang. „Schläfst du mit mir?"

Es klang nicht, als ob sie es ernst meinte. Robert kam sich ziemlich hilflos und unsicher vor. In den beiden darauffolgenden Tagen ließ sie sich kaum noch in der Boutique blicken. Sie ließ ihn verstehen, daß er momentan viel besser alleine zurechtkomme. Von England sprach sie nicht mehr. Nur die Figur auf dem Sims streichelte sie manchmal mit den Händen.

Als er sie am Abend vor ihrem Selbstmord auf das verschlossene Schränkchen ansprach, glaubte er im ersten Moment einen erschrockenen Blick in ihrem Gesicht bemerkt zu haben. Danach überdeckte jedoch die nunmehr chronische Ausdruckslosigkeit ihr Gesicht.

„Bald", flüsterte sie. „Sehr bald."

Das schrille Klingeln des Telefons riß ihn aus seinem Gedankenflug. Unschlüssig stand er auf und lief ein paar Schritte auf und ab. Robert wußte nicht, ob er abnehmen sollte. Wahrscheinlich war der Anruf für Marianne bestimmt, und der Person am anderen Ende zu sagen, daß sie tot sei, war ihm mehr als unangenehm. Das Läuten verstummte nicht, so daß er den Hörer schließlich mit einer ruckartigen Bewegung ans Ohr legte.

„Ja, bitte."

„Ist Marianne da?" fragte eine kräftige Stimme.

„Wen darf ich melden?" wollte Robert wissen und hoffte durch den Namen weiterzukommen.

„Sagen Sie ihr einen Gruß von St. Peter."
Wie ein Stich durchfuhr es Robert. Mit offenem Mund starrte er auf die Sprechmuschel, unfähig, ein Wort hervorzubringen.
„Hallo", meldete sich die andere Stimme. „Sind Sie noch da?"
„Äh, ja, natürlich", stammelte Robert. „Das wird jedoch nicht gehen, Herr Peter. Marianne ist nicht da."
„Hören Sie auf, mich Herr Peter zu nennen. – Kann ich später noch mal anrufen?" Der Fremde schien sehr ungeduldig zu sein.
„Nein!" sagte Robert leise. „Marianne kommt nicht mehr zurück!"
Es knackte in der Leitung. „Hören Sie ... Hallo ... was ist St. Peter?"
Er hatte regelrecht in die Muschel gebrüllt, obwohl er wußte, daß der andere längst aufgelegt hatte.
Seine Ungeschicktheit verfluchend stand er auf und lief ziellos im Zimmer umher. Es mußte einer ihrer geheimnisvollen Freunde gewesen sein, dachte er. Jetzt hatte er schon das zweite Mal den Namen St. Peter gehört, ohne sich im geringsten einen Reim darauf machen zu können. Sein Blick fiel auf das verschlossene Schränkchen, und er war fest entschlossen, es notfalls auch mit Gewalt zu öffnen. Mit einem Schraubenzieher bewaffnet machte er sich an die Arbeit. Es ging leichter, als er gedacht hatte. Mit wenigen Handgriffen hatte er das Schloß aus der Verankerung gerissen und klappte den Deckel zurück.
Die Schatulle war leer – bis auf ein kleines Notizbuch. Er nahm es an sich und blätterte darin. Namen, Orte, Straßen, Telefonnummern – mehr als fünfzig Adressen mochten darin angegeben sein. Auf der ersten Seite stand jedoch nur ein Datum und zwei ihm unbekannte Namen: 22. Juli, Rocquaine Bay, Fort Grey.
Heute war der zehnte Juni. Vielleicht bekam er anhand der Adressen heraus, was es mit diesem ominösen Datum auf sich hatte. Aller Wahrscheinlichkeit nach war dieser zweiundzwanzigste Juli der Zeitpunkt, für den Marianne keine Zeit mehr zu haben glaubte. Die Rocquaine Bay mußte in England liegen. Aber wo? – Hastig durchblätterte er mehrmals das kleine Buch und überprüfte die Namen.

Keinen davon hatte er jemals gehört. Ein Name stach ihm besonders ins Auge. Er mußte nachträglich mit einem andersfarbigen Stift von ihr persönlich eingetragen worden sein: Lauretta Price, London, Elm Park Road.

Zunächst wollte er sich jedoch an eine in der Nähe gelegene Adresse wenden. Er rieb sich das Kinn und suchte nach einer Münchener Telefonnummer. Voll innerer Unruhe holte er den Apparat zu sich und wählte. Am anderen Ende wurde die Nummer von einer Frau wiederholt.

„Ist Marianne da?" sagte er verlegen.

Eine kurze Pause. Dann sagte die Stimme kurz: „Wer spricht?"

„Robert Breuer ... und einen Gruß an St. Peter ...", etwas Besseres war ihm im Moment nicht eingefallen. „Marianne wollte heute zu Ihnen, und ich dachte ..."

„Hören Sie, junger Mann", fiel ihm die Frau ins Wort, „ich bin heute nicht für Späße aufgelegt. Ich kenne Sie nicht, keine Marianne und kenne auch keinen St. Peter. Vielleicht haben Sie sich verwählt!" Noch ehe er etwas erwidern konnte, hatte sie den Hörer aufgelegt.

Verflucht, schimpfte er vor sich hin. Ich Idiot! Ihm wurde plötzlich bewußt, daß er einen Fehler gemacht hatte. Da ihm schon Marianne jegliche Auskunft über ihre Freunde und all das andere verweigert hatte, konnte er nicht erhoffen, daß man ihm per Telefon jede erwünschte Auskunft gab. Im Gegenteil. Jetzt war bekannt, daß er ihre Namen und Anschriften hatte. Womöglich erwuchs ihm daraus eine Gefahr. Er steckte das kleine Büchlein in seine Jackentasche und beschloß, einen Plan auszudenken, damit ihm keine so groben Mißgriffe mehr passieren konnten.

Er verspürte Hunger, sah auf die Uhr und dachte, daß es noch nicht zu spät sei, ein Lokal aufzusuchen. Erleichtert atmete er auf, als er vor dem Haus auf der Straße stand. Im Moment wollte er nichts anderes, als Abstand zu der ganzen Sache gewinnen. Die Kühle des Abends tat ihm gut, und nach wenigen Minuten war er auf der Leopoldstraße, wo das Leben, ihm unverständlich stark, pulsierte. Er reihte sich in den Menschenstrom ein und saß bald darauf in einem kleinen Restaurant.

So gut es ging ließ er sich alles nochmals durch den Kopf gehen, kam jedoch zu keinen befriedigenden Schlüssen. Das Essen ließ er zur Hälfte stehen, zahlte und machte sich mißmutig auf den Heimweg. Umständlich kramte er den Hausschlüssel aus der Tasche und schickte sich an, die Türbeleuchtung einzuschalten.

Sie ging nicht. Verärgert drückte er noch ein paar Mal den Schalter, aber es blieb dunkel. Die Augen abschirmend suchte er nach dem Schlüsselloch und fluchte leise vor sich hin, als er es nicht sofort fand. Dann endlich hatte er es geschafft und öffnete, jeden Lärm vermeidend, die Tür.

Fast im selben Augenblick vernahm er ein heiseres zischendes Geräusch, verspürte einen Aufprall an der Schulter und hörte den zerplatzenden Knall von Stein. Erschrocken war er einen Schritt vorwärtsgetreten und schaute sich eilig um. Er tastete verwirrt nach dem Schalter im Treppenhaus und erkannte, als das Licht vor die Tür schien, daß er um Haaresbreite von einem Blumentopf erschlagen worden wäre. Aufatmend wischte er sich mit dem Arm über die Stirn, als er den Schmerz in der Schulter verspürte.

Eine Türe öffnete sich, und der Mieter der Paterrewohnung trat im Bademantel heraus. „Was ist geschehen?" fragte er ängstlich und blickte in Roberts verstörtes Gesicht.

„Nicht viel", stotterte Robert und zeigte auf die Stufen. „Es hätte mich beinahe nur ein Blumentopf erschlagen."

Der Mann im Bademantel ließ seiner Entrüstung freien Lauf und versprach, sich beim Hausmeister zu beschweren. Er vergewisserte sich, ob Robert auch wirklich nichts passiert sei, und bot ihm an, die Scherben zu beseitigen.

Nachdenklich stieg Robert die Stufen hinauf, ging ins Badezimmer und versuchte, den Schaden an seinem Rücken im Spiegel zu betrachten. Die Jacke war nicht zerrissen, und nur ein dunkler Streifen zeigte ihm, daß er nicht geträumt hatte. Aufseufzend ging er zu Bett, wo er vergeblich versuchte, in den Schlaf zu fallen.

Mariannes Bild ließ sich nicht wegschieben. Erst früh am Morgen schlief er erschöpft ein.

Es war Sonntag. Seit Mariannes Tod waren drei Tage vergangen. Auf der Polizei wurde ihm mitgeteilt, daß an ihrem Selbstmord nicht gezweifelt werden konnte und daß sich ein Anwalt gemeldet habe, der ein Testament von ihr besitze und somit den gesamten Nachlaß regele. Robert hatte die Verkäuferin für den Rest des Monats mit dem Geld der Ladenkasse ausbezahlt und die Boutique geschlossen. Der Anwalt hatte ihn angerufen und ihn auf Montag nachmittag zu sich bestellt.

Robert hatte nichts von dem Adressenbüchlein erwähnt, das er noch immer in der Jackentasche mit sich trug, inzwischen jedoch keinen Blick mehr hineingeworfen hatte. Ihm schien es wichtiger zu sein, sich um sich selbst zu kümmern, als Mariannes versponnenen Pfaden nachzugehen. Er gab sich keinen Illusionen hin und bereitete sich darauf vor, über kurz oder lang hier ausziehen zu müssen. Selbst wenn er die Wohnung hätte weiter mieten können, für seine Verhältnisse war sie einfach zu teuer. Unlustig blätterte er in den Zeitungen nach Stellenangeboten, als es an der Tür klingelte.

Etwas verblüfft ging er hinaus, um zu öffnen. Eine junge Dame, blond, rundlich und fast ein wenig dick, ganz in Schwarz gekleidet, stand vor ihm. „Ja, bitte?" fragte er bedächtig.

„Darf ich hereinkommen?" Sie senkte dabei den Kopf und ging auch schon durch die Türe. „Ich heiße Elvira Seitz und bin ...", sie stockte und errötete leicht. „Entschuldigung. Ich meine natürlich, ich war eine Freundin von Marianne." Sich umdrehend sagte sie gedehnt: „Und Sie sind Herr Breuer?"

Robert nickte und winkte ihr mit der Hand, Platz zu nehmen.

„Danke."

„Bitte."

Blitzschnell versuchte sich Robert zu erinnern, ob er ihren Namen in dem kleinen Büchlein gelesen hatte, mußte es sich selbst aber verneinen. Er wußte nicht, was er sagen sollte, räumte die

Zeitungen beiseite und setzte sich ihr gegenüber. „Woher kennen Sie mich?" begann er.

„Marianne hat mir von Ihnen erzählt. Nicht viel. Aber ihren Namen konnte ich mir behalten und ...", sie senkte wieder den Kopf.

„Und was?" fragte Robert neugierig.

„Ich glaube, daß sie Marianne sehr geliebt hat", fügte sie rasch hinzu.

Den Kopf zur Seite geneigt meinte er: „Möglich, aber vielleicht doch nicht stark genug. Oder meinen Sie, daß sie sich aus Liebe zu mir umgebracht hat?" Seine Stimme klang bereits etwas ärgerlich.

Fräulein Seitz versuchte ihn zu beschwichtigen. „Nein, nein. Das ganz bestimmt nicht."

„Sondern?" fragte er aggressiv.

„Ihr Tod kam für mich genauso überraschend", sagte sie bestimmt. „Ich bin nicht hierhergekommen, um mir Ihr Bedauern darüber anzuhören. Schließlich habe ich sie länger gekannt und dürfte reichlich Grund haben, um sie zu trauern." Sie musterte ihn mit vorwurfsvollen Augen.

„Entschuldigen Sie", flüsterte Robert. „Tut mir leid. – Ich vergaß, Ihnen etwas anzubieten. Was hätten Sie gerne?"

Während er in der Küche mit Gläsern und Flasche hantierte, rief er durch die offenstehende Türe: „Es freut mich wirklich, daß ich endlich jemanden aus ihrem Bekanntenkreis kennenlerne. Würden Sie so nett sein und mir von Mariannes Leben erzählen?"

„Ich weiß nicht, ob ich dafür die richtige Person bin", gab sie unsicher zu verstehen. „Obwohl ich sie mehr als zehn Jahre kannte, hat sie nie von ihren ganz persönlichen Dingen mit mir gesprochen. Es fiel mir nur auf, daß sie sich in den letzten drei Jahren immer mehr von mir zurückzog. Nicht plötzlich, ganz allmählich."

Roberts Hoffnungen, die er auf sie als Auskunftsquelle gesetzt hatte, schwanden dahin. „Haben Sie sie jemals nach Genf begleitet?"

„Nein."

„Sie wissen aber davon?"

„Ja."

„Was hat sie dort gemacht?"

Fräulein Seitz schaute ihn erstaunt an und sagte: „Gerade das wollte ich von Ihnen wissen! Sie haben immerhin fast zwei Monate mit ihr zusammengelebt. Wollen Sie etwa behaupten, daß Sie davon keine Ahnung hätten?"

Robert schüttelte den Kopf und lächelte. „Ja. Das will ich damit behaupten. - Kennen Sie andere Freunde oder Freundinnen, die Marianne vielleicht noch näherstanden?"

Sie hob die Brauen und schien ernsthaft nachzudenken. „Nicht viele", gab sie leise zu verstehen. „Gut möglich, daß mir noch jemand einfällt. - Werden Sie die Wohnung übernehmen?"

Mit kurzen Worten erklärte ihr Robert den Sachverhalt von Testament und Anwalt. Krampfhaft suchte er nach einem neuen Ansatzpunkt, über den er vielleicht doch noch weiterkommen könnte. Zielstrebig lief er zu der Figur auf dem Kaminsims, nahm sie in die Hand und reichte sie ihr. „Wissen Sie, was das für eine Plastik ist?"

Fräulein Seitz nahm die Figur in die Hand und wendete sie ein paar Mal verständnislos, wobei sie es fertigbrachte, ihrem Gesicht einen ungläubigen Ausdruck zu verleihen. „Nein", sagte sie dann entschlossen. „Soviel ich weiß, hat sie das Ding einst als Souvenir aus Bombay mitgebracht. Das ist schon einige Jahre her." Artig gab sie die Figur zurück.

Robert entdeckte eine Gravur auf dem Boden der Plastik, die zweifellos einem jüngeren Herstellungsdatum entsprach als die Figur selbst. „Sehen Sie", er zeigte mit dem Finger darauf. „Zwei kunstvoll ineinandergeschlungene Buchstaben. Ein R und ein B. Dazu noch ein Datum: 1973. Was mag das bedeuten?"

„Das sind doch Ihre Initialen", gluckste sie und breitete nichtwissend die Arme aus. „In diesem Jahr war sie in Indien. Womöglich bekam sie es von einem Verehrer, der dieselben Initialen hatte."

„Möglich", versetzte er abwertend. „Ich messe der Figur jedoch mehr Bedeutung bei. Teilweise hatte ich den Eindruck, sie stelle eine Art Batterie dar, an der sich Marianne von Zeit zu Zeit auflud. Da sie jedoch auch nicht mehr darüber wissen, können wir das vergessen."

„Moment", rief Fräulein Seitz. „Mir fällt eben ein, mit wem sie damals in Indien war. Auch eine gute Freundin von ihr. An sie hatte ich gar nicht mehr gedacht. Erlauben Sie, daß ich sie anrufe?" Sie hatte die Hand bereits nach dem Hörer ausgestreckt.

Robert nickte und deutete ihr an, sich zu bedienen. Merkwürdig kam es ihm vor, daß sie die Telefonnummer dieser scheinbar vergessenen Freundin auswendig wußte. Irgend etwas stimmte mit Fräulein Seitz nicht. Warum hatte sie ihn überhaupt besucht?

In höflichem Abstand wartete er auf das Ergebnis ihres Anrufs.

Sie wandte sich ihm zu und hielt eine Hand über die Sprechmuschel. „Ellen ist ziemlich schockiert. Sie hat eben erst von mir erfahren, daß Marianne tot ist. Darf ich sie bitten, hierherzukommen?"

„Warum nicht?" sagte Robert. Er entschuldigte sich und ging zur Toilette. Dort blätterte er fieberhaft in dem kleinen Büchlein und suchte nach einer Adresse mit dem Namen Ellen. Er fand keinen. Es konnte natürlich möglich sein, daß der genannte Name falsch war.

Die Zeit, solange sie auf Ellens Ankunft warteten, vertrieben sie sich mit belanglosem Geplauder. Nur einmal überlief ihn ein verlegenes, schuldbewußtes Gefühl, als Fräulein Seitz das einst verschlossene Schränkchen in die Hand nahm und meinte, es sei sehr hübsch, nur wäre es schade, daß der Verschluß beschädigt sei.

„Zu schade", stimmte Robert kleinlaut bei.

Ellens Erscheinung verblüffte ihn. Irgendwie sah sie Marianne sehr ähnlich. Dieselbe schlanke Figur, langes dunkelbraunes Haar, dieselben hochstehenden Wangenknochen und: Ihre Augen hatten denselben unwirklichen Glanz, in denen trotz allem jene kühle, stets gegenwärtige Härte durchschimmerte.

Ihm kam es nicht so vor, als habe sie die Nachricht von Mariannes Tod schockiert. Dabei konnte er sich jedoch täuschen. Schließlich kannte er sie überhaupt nicht.

Fräulein Seitz erklärte sich zuvorkommend bereit, für Getränke zu sorgen, während Ellen sofort anfing, von ihrem gemeinsamen Urlaub mit Marianne in Indien zu erzählen. Es sprudelte nur so aus ihr hervor, so daß Robert keine Gelegenheit für eine Gegenfrage sah.

„Für Sie", sagte Fräulein Seitz mit einem Tablett in der Hand und bot ihm ein großes Glas mit einer rötlichen Flüssigkeit an.

„Was ist das?" fragte Robert.

„Ein spezielles Mixgetränk von mir. Ich hoffe, es schmeckt Ihnen. Manche beklagen sich, es sei zu bitter. Probieren Sie eben."

Freundlich reichte sie auch Ellen ein Glas und begann den beiden zuzuprosten.

Das Getränk war in der Tat sehr bitter. Um höflich zu bleiben versicherte Robert, daß es ihm gut schmecke, nur befürchte er, daß es zu viel Alkohol enthalte.

Sie wischte seine Bedenken mit einer Handbewegung beiseite und meinte, daß er nach all dem Erlebten einen kräftigen Drink vertragen könne.

Ellen übernahm sofort wieder die Initiative des Gesprächs und überschüttete Robert mit unbedeutenden Urlaubserlebnissen. Er begann zu gähnen und fühlte sich durch die Unterhaltung sehr müde. Plötzlich wurde ihm gewahr, daß er kaum noch die Augen offenhalten konnte. Immer schwerer fiel es ihm, Ellens Ausführungen zu folgen, bis er sich entschloß, keinen weiteren Widerstand zu leisten und der Müdigkeit freien Lauf zu lassen.

Als er erwachte, fühlte er sich wie erschlagen. Vollkommen angezogen lag er auf dem Sofa und blinzelte in die grelle Sonne. Er setzte sich auf und bemerkte den unangenehmen Druck im Kopf, der hin und wieder von einem leichten Schwindel unterbrochen wurde. Mürrisch vor sich hinschimpfend ging er ins Bad und ließ kaltes Wasser über Gesicht, Nacken und Hände laufen. Wesentlich frischer ging er zurück ins Wohnzimmer, wo ihm erst jetzt ein Zettel auf dem Tisch ins Auge fiel. Darauf war zu lesen, daß man seinen Schlaf nicht habe stören wollen und dieser Zettel ein Adieu ersetzen solle. Herzlichen Dank – Ellen.

Scheißweiber, fluchte er vor sich hin und schaute auf die Uhr.

Zehn nach elf. Er erinnerte sich an den Termin mit dem Anwalt und beeilte sich, unter die Dusche zu kommen. Nach einem kräftigen Frühstück fühlte er sich wieder frisch und machte sich auf den Weg.

Im Wartezimmer des Anwalts dachte er nochmals darüber nach, ob er etwas von dem Adressenbüchlein erwähnen sollte und griff unschlüssig in seine Jackentasche. – Es war weg!

Mit flinken Händen durchsuchte er die übrigen Taschen und klopfte seinen Anzug ab. Nichts! Das Büchlein war weg! In ihm stieg das unangenehme Gefühl auf, von den beiden Frauen gestern hereingelegt worden zu sein. Hatten sie ihm etwas in das Getränk gemischt? Waren sie darauf aus, die Adressen zu bekommen? Warum das alles?

„Herr Breuer, bitte", unterbrach ihn die sachliche Stimme der Sekretärin.

Er nahm auf dem ihm angebotenen Stuhl Platz und wartete auf die Eröffnungen des Anwalts. Er kam aus dem Staunen nicht mehr heraus. Marianne hatte ihr gesamtes Vermögen der Evangelischen Kirche vermacht. Ihn hatte sie mit einem Betrag von fünftausend Mark bedacht, um ihm den Start für eine neue Existenz zu erleichtern. Bis Ende des Monats war es ihm gestattet, in ihrer Wohnung zu bleiben. Also nicht ganz zwei Wochen.

„Wann hat sie dieses Testament gemacht?" fragte er neugierig.

„Vor kurzem", gab ihm der Anwalt ungehalten zurück. „Ansonsten wären Sie bestimmt nicht darin erwähnt."

Robert nickte nur und starrte fassungslos auf den Boden. Wie kam Marianne bloß dazu, ihr ganzes Vermögen der Kirche zu vermachen, wo sie sich ständig bösartig und herabsetzend über sie ausgelassen hatte? Warum hatte sie vor ganz kurzer Zeit ein Testament verfaßt? Warum hatte man ihm ihr Adressenbuch entwendet? Hing der Blumenstock auch damit in Verbindung? – Es gab noch viele Fragen, auf die er keine Antwort wußte.

„Was werden Sie jetzt tun, Herr Breuer?" fragte der Anwalt mit gespielter Höflichkeit.

Er zuckte mit den Schultern und sagte: „Eine andere Wohnung und Stellung suchen. – Und möglichst schnell vergessen!"

„Sehr vernünftig", pflichtete ihm der Anwalt bei. „Viel Glück."

Zu Hause stellte Robert die gesamte Wohnung auf den Kopf, um vielleicht doch noch das Büchlein zu finden. Aber es war umsonst. Er fand nichts, was er nicht schon gesehen hatte. Er schalt sich, daß er so dumm war, keine Kopie davon angefertigt hatte oder sich wenigstens einige Namen gemerkt zu haben. Nur einen wußte er noch: Lauretta Price.

In Mariannes Abschiedsbrief wurde ihm vorgeschlagen, eine Aufgabe zu Ende zu führen. Vielleicht war es ihr Wunsch, daß er die ihm vermachten fünftausend Mark dazu benutzen sollte. Geld und Zeit hatte er. Robert entschloß sich, so bald wie möglich nach England zu fahren.

II

Unglaublich sanft setzte der Pilot die Maschine auf dem Londoner Flughafen Heathrow auf. Robert hatte sich auf das knirschende Rumpeln gefaßt gemacht, das sonst den Flugzeugkörper durchlief, wenn die Räder mit dem Boden wieder Kontakt aufnahmen. Er schmunzelte, als er danach nochmals den Werbeslogan der britischen Linie las, auf dem man ihm versprach, mehr Sorgfalt für ihn zu haben.

Im Lautsprecher hatte man vorher schon erfahren, daß das Wetter schön sei und eine Temperatur von dreiundzwanzig Grad herrsche. Nach dem vielen Regen und dem damit unweigerlich verbundenen Grau in München schien England seine Ankunft freudig zu erwarten.

Verwundert reagierte er auf die Frage des Zollbeamten, der wissen wollte, wie lange er sich in diesem Land aufhalte. Er nannte drei bis vier Wochen, wußte jedoch, daß er mit Sicherheit länger bleiben würde. Als er seinen Koffer vom Gepäckkarussell herausgefischt hatte, lief er zum Terminal-Bus, der ihn in die Innenstadt bringen sollte. Ein merkwürdig belustigendes Gefühl stieg in ihm auf, als er vom zweiten Stock des Busses erstmals den Linksverkehr beobachtete. Die weiten, satten Grasflächen, an denen sie vorbeifuhren, wurden durch vereinzelte, rötlich schimmernde Ziegelsteinbauten unterbrochen. Alles wirkte nett und betont auf Freizeit abgestimmt.

Mit seinen Sprachkenntnissen fühlte er sich sehr sicher. Hatte er doch durch die Arbeit in seiner Hamburger Importfirma sein gesamtes Schul-Englisch wieder auffrischen können, das ihm jetzt zugute kam. Ganz unmerklich hatte es begonnen, daß sich links und rechts immer mehr Häuser zusammenballten, bis von den grünen Flächen nichts mehr zu sehen war.

Am Air-Terminal erkundigte er sich nach einem Hotel in South-Kensington, da er sich auf dem Stadtplan vorher schon den Distrikt der Elm Park Road herausgesucht hatte. Mit einem Taxi ließ er sich zu dem Hotel fahren und begann sich für die nächste Zeit in dem hübschen Zimmer einzurichten. Inzwischen war es fünf Uhr am Nachmittag geworden, so daß er es für angemessen hielt, vor dem Abendessen einen Spaziergang in der näheren Umgebung zu machen.

Zum ersten Mal seit längerer Zeit fühlte er sich wieder so richtig frei. Die eigenartigen Vorkommnisse in München schienen mit der Entfernung in eine andere Welt gerückt zu sein. Heiter und zufrieden betrat er einen der zahlreichen Pubs und bestellte sich ein großes Glas dunkles englisches Bier. Er genoß die Atmosphäre des antik eingerichteten Lokals und war sich nicht schlüssig, ob er diese Lauretta Price überhaupt besuchen sollte. Die Leute um ihn herum hatten mit Sicherheit andere Probleme, die auch nicht im entferntesten etwas mit Mariannes Tätigkeiten zu tun hatten.

So nach und nach begann er den eigentlichen Zweck seiner Reise beiseite zu schieben, als ihm plötzlich bewußt wurde, daß er ja nicht sein eigenes Geld hier ausgab. Und dann machte sich auch wieder der Kitzel des Ungewissen bemerkbar, woraufhin er sich den Kopf zerbrach, auf welche Weise er die Bekanntschaft von Lauretta Price machen sollte.

Er hielt es für das Beste, zunächst ihr Haus so unauffällig wie möglich ausfindig zu machen. Die Elm Park Road war nicht weit entfernt, und ein Tourist, der sich nur die Füße vertreten wollte, würde bestimmt keinerlei Aufsehen erregen. Ja, er konnte es sich sogar erlauben, an Einheimische ein paar Fragen zu stellen. Immerhin sagte man den Briten eine ausgemachte Höflichkeit nach, die er hoffte, ausnützen zu können.

Einmal war er jetzt die bewußte Straße abgelaufen, wobei er vergeblich nach einem Türschild mit dem Namen Price Ausschau gehalten hatte. Allerdings standen an den meisten Häusern keine Namen, so daß er selbst bei auffälliger Sucharbeit nicht weiterkommen würde. Daraufhin versuchte er die Gebäude auf Grund ihrer Architektur zu bewerten. Irgendwie hatte er sich schon ein Bild von Lauretta gemacht und war der festen Überzeugung, daß das Haus, in dem sie wohnte, bestimmt zu diesem Bild passen würde.

Vier Bauten zog er in die engere Wahl. Sie hatten alle eine mehr oder weniger große Rasenfläche vor der Haustüre, die durch einen Wall Sträucher fast undurchdringlich von der Außenwelt abgeschnitten wurden. Die eisernen Gitter auf der Kante des Gehsteiges unterstrichen diese Grenze deutlich. Er war überzeugt, daß hinter jedem Gitter Wohlstand und Vermögen zu Hause sein müßten.

Schon mehrmals waren Passanten an ihm vorübergegangen, und er hatte sich immer vorgenommen, sie anzusprechen, verkniff es sich jedoch immer in letzten Augenblick, da er sich einredete, sie seien nicht gut genug informiert. Als er zum zweiten Mal, in der anderen Richtung, die Straße ablaufen wollte, entdeckte er von weitem einen älteren Mann, der seinen Hund spazierenführte. Bei ihm wollte er beginnen.

Sich selbst einen Ruck gebend ging er geradewegs auf den Mann zu. Er wünschte ihm einen guten Abend und sagte, daß er zu Besuch in London weile und zu gerne eine Bekannte aufsuchen wollte, von der er jedoch nur den Namen und die Straße wüßte, und ob er sich hier gut auskenne.

„Well." Der ältere Herr nickte und winkte seinem Hund stehenzubleiben. „Wie ist der Name, Sir?"

„Price. Lauretta Price. Sie muß hier in der Elm Park Road wohnen."

Der Mann überlegte eine Weile und blickte zuerst in die eine Richtung, dann – noch nachdenklicher – in die andere. Er kratzte sich am Kopf und fragte dann höflich, aber desinteressiert: „Hat sie ein Geschäft?"

Robert wußte nicht, was er antworten sollte, glaubte jedoch, es sei das Beste, zuzustimmen.

„Ich bin mir nicht sicher", begann er. „Aber dort hinten, nach den beiden parkenden Autos, wohnt eine Frau, die ein Haus für sich alleine hat. Ich habe nur einmal gehört, daß sie ein Geschäft auf der Kings Road habe. Vielleicht heißt sie Price. Erkundigen Sie sich doch."

Robert bedankte sich und versicherte ihm, daß er das tun würde.

Er wandte sich in die angegebene Richtung und sah noch, wie der Mann seinen Hund rief und seinen unterbrochenen Abendspaziergang fortsetzte.

Das Haus war eines seiner vier Auserwählten. Er beschloß, es näher zu beobachten, ohne jedoch hineinzugehen und sich nach Lauretta Price zu erkundigen. Welchen Grund hätte er auch vorbringen können, ihre Bekanntschaft machen zu wollen? Sollte sie zu Mariannes Kreis gehören, dann hätte er sie dadurch nur gewarnt. Fieberhaft überlegte er, wie er so unauffällig wie möglich an sie herankommen konnte. Er war vor dem Haus angelangt, blieb stehen und zündete sich eine Zigarette an. Irgendwie hatte er das Gefühl, beobachtet zu werden. Mit raschen Schritten lief er auf die andere Straßenseite, wo er sich im Schatten einer Hausnische so gut es ging verbarg.

Seine Geheimnistuerei kam ihm lächerlich vor. Wer sollte von einem Touristen, der sich zufällig in die Elm Park Road verirrt hatte, Notiz nehmen? Sich selbst einen Narren schimpfend begann er, merklich ruhiger, das gegenüberliegende Haus zu betrachten. Soweit er durch die Einfahrt sehen konnte, hatte es zwei Stockwerke, dessen Fenster alle beleuchtet waren. Ein großer schwarzer Vauxhall stand in der Einfahrt, die links und rechts von gepflegten Blumenrabatten umgeben war. Einige in Stein gehauene Figuren, die er bei der Dämmerung nicht genau erkennen konnte, zierten die Fassade des Hauses. Es mußte eine alte Villa sein, da in solch aufwendigem Stil heute nicht mehr gebaut wurde.

„Sorry, Sir", erklang eine Stimme neben ihm.

Robert bemerkte, daß er der Frau, die ihn angesprochen hatte, den Eingang zu ihrem Haus versperrte. Er entschuldigte sich sofort und nahm den neugierigen Blick wahr, der sich daraufhin in ihrem Gesicht einstellte.

„Sie sind Ausländer?" fragte sie freundlich.

„Ja."

„Franzose?"

„Nein. Deutscher."

„Ah", sie nickte und ihr Lächeln hatte sich nicht verändert.

Robert erklärte ihr, daß er sehr gerne die herrlichen alten Herrschaftshäuser in England ansehen würde, da man auf dem Kontinent kaum noch die Möglichkeit dazu hätte.

„Der Krieg", murmelte sie und schüttelte tiefsinnig den Kopf.

„Wohnen dort drüben noch richtige Adelige?" versuchte er möglichst schnell das Thema zu wechseln.

„Nein. – Es gehört einer Geschäftsfrau, die auf der Kings Road eine sehr gute Kunsthandlung hat."

„Tatsächlich?" Robert spielte den freudig Überraschten. „Dann ist das sicher das Haus von Mrs. Price."

Die Frau stutzte und sagte dann: „Woher wissen Sie das?"

Verlegen suchte Robert nach einer Antwort. „Freunde haben mir eine Kunsthandlung empfohlen. Leider erwähnten sie nur den Namen der Besitzerin und die Kings Road. Daher war es mir noch nicht möglich, das Geschäft ausfindig zu machen." Er musterte sie einen Moment und fügte dann rasch hinzu: „Es gib ja so viele Kunsthandlungen dort!"

„Ja, das stimmt", pflichtete sie ihm bei. „Sie können es jedoch nicht verfehlen. Es hat die Nummer 262 und ist an den roten Baldachinen zu erkennen."

Fast hätte er vor Freude einen Luftsprung gemacht. Schnell ging er dazu über, vom angenehmen Wetter zu sprechen und wie schön er immer wieder den Aufenthalt in dieser Stadt finde. Sie schien sehr stolz über dieses Kompliment zu sein und wünschte ihm noch einen schönen Aufenthalt.

Befriedigt über so viel Glück ging Robert zu seinem Hotel zurück. Er hatte mehr erreicht, als er zu hoffen wagte, und würde morgen dieser Lauretta einen Besuch in ihrem Geschäft machen.

Trotz des reichlichen und guten Frühstücks verspürte er eine Nervosität, als er die Kings Road entlangging und sich den leuchtend roten Baldachinen näherte. Das mußte die Kunsthandlung sein. Ein paar Häuser zuvor versicherte er sich gewissenhaft, ob die Hausnummer auch zutreffe.

Es war erst zehn Uhr am Vormittag, und auf der Straße wimmelte es von Lieferwagen, die vor den einzelnen Geschäften parkten. Fast ein wenig verstohlen näherte er sich den zwei großen Schaufenstern, die durch die Vielzahl der gezeigten Gegenstände mehr einem offenen Lagerraum als einem gediegenen Geschäft glichen. Er zuckte innerlich zusammen, als er von hinten angerempelt wurde.

„Beg your pardon", entschuldigte sich ein junger, vollbärtiger Mann, der seine Erwiderung erst gar nicht abwartete und eilig weiterging.

„Bitte, macht nichts aus", stotterte Robert hinterher und merkte erst später, daß ihn der Bursche sowieso nicht verstanden hätte. Gedankenverloren hatte er auf deutsch geantwortet.

Mensch, reiß dich zusammen, sagte er sich selbst im stillen und bemühte sich, seine Fassung wiederzugewinnen. Was konnte ihm schon passieren? – Einfach reingehen! Geh rein und schau dich um. Notfalls kannst du etwas kaufen oder den nichtverstehenden Ausländer spielen.

„Guten Morgen, Sir", tönte es ihm steif, aber höflich entgegen.

„Was kann ich für Sie tun?" Der Mann mochte etwa fünfzig Jahre alt sein. Graue Haare, die sich an der Stirnseite bereits zu lichten begannen. In seinem korrekt geschneiderten Anzug blieb er vor Robert stehen und wartete auf dessen Antwort.

„Darf ich mich etwas umsehen?" fragte Robert und achtete sehr darauf, daß man ihm den Ausländer sofort anmerkte.

„Selbstverständlich. Bitte – Sir." Mit einer einladenden Handbewegung wurde ihm angedeutet, daß er sich überall zwanglos umsehen könne.

Mit geheucheltem Interesse wandte er sich den Bildern, Plastiken und Möbeln zu und achtete darauf, daß man nicht seinen Blick bemerkte, den er immer wieder zu dem mit einem Vorhang verdeckten Ausgang richtete. Bis jetzt hatte er noch nichts von Lauretta gesehen.

Womöglich arbeitete sie gar nicht hier und überließ alles ihren Angestellten. Prüfend nahm er eine Vase in die Hand, dachte dabei jedoch nur daran, ob er den Verkäufer direkt nach Lauretta fragen solle oder nicht.

Eine befehlende Stimme erlöste ihn aus seinen Überlegungen. „Mr. Tiggling. Würden Sie bitte kurz kommen?" Es war eine weibliche Stimme. Unglaublich bestimmend und hart.

„Sofort, Madame", rief Tiggling zurück. Ohne sich um Roberts Anwesenheit zu kümmern, eilte er durch den Vorhang.

Vielleicht gehörte diese Stimme Lauretta, fragte sich Robert. Er lief in dem Raum umher, bis er plötzlich wie geschockt vor einer Figur stehenblieb. Es war eine ähnliche Götterfigur, wie sie Marianne zu Hause stehen hatte. Bestimmt zwei- oder dreimal so groß, nicht ganz dieselbe – aber täuschend ähnlich. Sie stand hinter der Ladentheke an einem separaten Platz auf einem Fensterbrett. Er bemühte sich, näher heranzugehen, und verspürte einen eigenartigen Druck im Magen, als er ähnliche Zierbänder mit Totenschädeln entdeckte, die als Schmuck in das Haar der Figur geflochten waren. Und dann – rechts unten – zwei Buchstaben. Ein R und ein B! Das konnte kein Zufall sein.

Der Vorhang wurde kurz zur Seite geschoben, und Tiggling kam wieder zurück. Er grinste Robert an und fragte, ob er etwas gefunden habe. Robert bemühte sich, seine Überraschung zu verbergen, und wies mit dem Finger auf die Figur. „Was kostet sie?"

Tiggling ließ den Unterkiefer fallen und starrte ihn mit ungläubigen Augen an. „Ich fürchte, das wird nicht gehen, Sir", stammelte er. „Diese Figur ist unverkäuflich."

„Warum?" wollte Robert wissen.

„Nun ... äh ...", Tiggling trat von einem Fuß auf den anderen. „Wissen Sie, diese Figur ist persönliches Eigentum von Madam", er wies mit der Hand in Richtung Vorhang. „Sie hat sie hier nur aufgestellt, um mehr von ihr zu haben."

„Fragen Sie Madam, was sie kostet." Robert ließ nicht locker.

„Wie Sie wünschen", erwiderte Tiggling gekränkt und streckte seinen Kopf durch den Vorhang. „Mrs. Price, ein Kunde will unbedingt diese indische Götterfigur. – Ja, ich habe ihm das schon zu erklären versucht. Aber er besteht darauf."

Jetzt endlich wußte Robert, daß er es mit Lauretta Price zu tun hatte. Er steckte eine Hand in die Hosentasche, um so gelassen wie möglich auszusehen. Er war sehr gespannt, wie die Person ausschauen würde, deren Adresse in einem Büchlein Hunderte von Kilometern entfernt geschrieben stand.

Der Vorhang wurde mit einem kurzen Ruck zur Seite gezogen, und Lauretta Price trat mit unbeweglichem Gesicht hervor. Robert schätzte sie auf vierzig Jahre. Sie war sehr schlank und machte einen äußerst gepflegten Eindruck. Zu einem hellen, mit dunklen Streifen durchsetzten Kleid trug sie eine schwarze Jacke, bei der auf der linken Brusttasche eine Raute, in Farbe des Kleides, gestickt war.

Ihre blonden Haare hatte sie hinten zusammengebunden, was ihr Gesicht noch strenger erscheinen ließ. Ihre Augen waren dunkel, fast schwarz und ohne jeglichen Schimmer. Sie blickte Robert für einen Moment in die Augen, ehe sie steif und gezielt sagte: „Mr. Tiggling hat Ihnen erklärt, daß die Figur nicht verkäuflich ist. Wir haben viele hübsche andere. Warum schauen Sie sich nicht um?"

Robert lächelte dünn. „Solche Haarbänder hat sonst keine Ihrer Figuren. Und dann ...", er zögerte und schaute auffällig zu Tiggling.

„Tja", meinte er und ging langsam zu der Figur. „Ein schönes Stück. Wie alt ist sie?" Dabei war er mit dem Zeigefinger über die gesamte Plastik gefahren und verweilte bei den eingravierten Buchstaben.

Lauretta maß ihn mit einem kalten Blick, drehte sich zu Tiggling um und faßte sich nachdenklich ans Kinn. „Sind Sie schon fertig, Mr. Tiggling?" fuhr sie ihn herrisch an.

„Sorry, Madam", piepste er unterwürfig und eilte hinaus.

Kaum waren sie allein, veränderte sich Laurettas Gesichtsausdruck, und sie schenkte Robert ein artiges Lächeln. „Sie kommen aus Deutschland?" begann sie.

„Richtig. Ich bin eine Zeitlang hier. Teils geschäftlich, teils zum

Vergnügen." Er räusperte sich, suchte verzweifelt nach Worten, mit denen er den kunstvollen Faden weiterspinnen konnte. „Es gefällt mir hier sehr gut, und fast bereue ich es, daß ich eine so charmante Dame mit meiner Hartnäckigkeit belästigt habe."

„Wir sind hier allein", fuhr sie dazwischen. „Also ... warum wollen Sie die Figur?"

Robert zog die Augenbrauen hoch und versuchte so zweideutig wie möglich zu bleiben. „Vielleicht will ich die Figur gar nicht. Vielleicht hat mich deren künstlerische Herstellung zu etwas ganz anderem inspiriert. – Vielleicht wollte ich nur, daß Sie mir ein wenig von ihr erzählen."

Für einen Moment blieb sie stumm. Dann setzte sie zum Sprechen an, zögerte jedoch unsicher, ehe sie sagte: „Möchten Sie wirklich etwas über die Figur wissen?"

Robert nickte wahrheitsgemäß und lächelte ihr ermutigend zu. Als er bemerkte, daß sie sich trotzdem zurückzuziehen begann, entschuldigte er sich eilig dafür, daß er sich nicht vorgestellt habe. Er holte es nach und betonte besonders eifrig, daß er aus München komme.

„Wo wohnen Sie?"

„Harrington Hall."

„Dinieren Sie dort?"

„Nein."

Sie schien einen Augenblick zu überlegen. „Darf ich Sie für heute abend zu mir zum Essen einladen?"

„Gerne", platzte Robert heraus und bereute gleichzeitig diese vorzeitige Zusage. In ihren Augen las er Genugtuung, die ihm selbst jedoch unheimlich vorkam. Mit einer Verbeugung bedankte er sich für die Einladung und die ihm überreichte Visitenkarte. Er versprach, pünktlich zu sein, und stolzierte etwas linkisch hinaus.

Stundenlang hatte er sich den Kopf zerbrochen, wie viel Lauretta von ihm wußte oder erahnte. Daß die Figur mit Marianne und ihren Freunden in Zusammenhang stand, hatte sie durch ihr Verhalten bewiesen. Aber welche Rolle spielte die Figur? Was hatte Lauretta mit allem zu tun? Und vor allem, welche Rolle spielte er eigentlich selbst? Robert kicherte vergnügt vor sich hin, als er sich vorstellte, daß die anderen wahrscheinlich annahmen, er wisse über alles Bescheid, wogegen er mit Sicherheit die Figur auf dem Spielfeld war, die noch nicht einmal die Regeln gehört hatte.

Erst nach einigem Suchen gelang es ihm, den Klingelknopf zu finden. Ein tiefes Summen ertönte darauf, und Robert drückte gegen das schmiedeeiserne Tor. Die feinen Kieselsteine knirschten unter seinen Schuhen, als er die Einfahrt, an dem Vauxhall vorbei, hinaufschritt. Man erwartete ihn, denn die Tür stand einen Spalt weit offen, so daß der durchfallende Lichtschein die drei Stufen vor ihm beleuchtete.

Seine ursprüngliche Vermutung wurde ihm bestätigt. Hier waren Wohlstand und Reichtum zu Hause. Der Raum, den er betrat, mußte die Empfangshalle sein. Von der Decke hing ein riesiger Kristallkandelaber, dessen Licht durch die an den Wänden angebrachten Zierlämpchen verstärkt wurde. Eine große breite Treppe, mit blankgeputztem Marmorgeländer, führte in das daüberliegende Stockwerk. Auch der Boden schien aus Marmor zu sein. In den Ekken standen wuchtige Vasen, die von Töpfen mit Palmen umrahmt wurden. Bewundernd blieb Robert stehen und warf einen Blick auf die zahlreichen Bilder, die die Stofftapete der Wände fast völlig verdeckten.

Ein höfliches Hüsteln veranlaßte ihn, sich umzudrehen. Ein kleiner hagerer Mann in schwarzem Anzug stand neben der Treppe und verneigte sich leicht. „Mr. Breuer?" Robert nickte. „Mrs. Price erwartet Sie." Dabei wies er mit der Hand die Treppe hinauf.

Als Robert oben angekommen war und Lauretta auf sich zugehen sah, kam er sich ziemlich deplaziert vor. Sie trug ein langes, bis zum Boden reichendes cremefarbenes Abendkleid, das ihre ohnehin schon schlanke Figur noch mehr betonte. Der unglaublich tiefe Ausschnitt, der fast bis zur Nabelgegend ging, wurde durch eine glitzernde Brosche in Brusthöhe zusammengehalten. Ihr Haar ließ sie locker auf die Schultern fallen, was ihrem Gesicht jene Härte nahm, die ihm noch heute morgen aufgefallen war.

„Guten Abend", sagte sie mit einer etwas rauhen Stimme. Sie schien seine Verlegenheit bemerkt zu haben. „Machen Sie sich nichts aus all dem Prunk", sie breitete die Arme galant auseinander. „Es ist alles ein einziges Erbstück, und ich liebe es, mich der Umgebung anzupassen." Dann fügte sie rasch hinzu: „Sie konnten ja nicht wissen, was Sie erwartet."

„Allerdings", gestand Robert.

„Kommen Sie herein. Nehmen Sie Platz." Sie ging voraus und wies einladend auf einen Stuhl. „Ein Cocktail?" Sie hatte den Kopf herumgedreht, wobei ihr Haar die glockenförmigen Ohrringe freigab.

„Gerne. – Dasselbe wie für Sie."

Sie schmunzelte und langte nach einer Whiskyflasche. Jede ihrer Bewegungen wirkte wie einstudiert. Korrekt, sicher, elegant und jederzeit beherrscht. Sie reichte ihm ein Glas mit einem ermutigenden Lächeln und prostete ihm zu.

Seine Ungeduld nicht länger zurückhaltend fragte Robert: „Haben Sie einen richtigen Butler ... wie wir es drüben von Büchern her kennen?"

„Ich weiß nicht, was für Bücher Sie lesen", erwiderte sie gleichmütig. „Biggs – Sie haben ihn unten gesehen. Biggs ist hier Verwalter, Koch, Gärtner, Chauffeur und alles andere gleichzeitig. Alleine könnte ich nicht mit der Arbeit fertigwerden. Biggs ist ein normaler Angestellter, der heute lediglich ein paar Überstunden macht. Wenn er uns das Essen serviert hat, wird er nach Hause zu seiner Familie gehen. – Sind Sie damit zufrieden?"

„Aber sicher", sagte Robert. „So genau wollte ich es nicht wissen."

Ihre unnahbar scheinende Kühle hatte ihre Wirkung nicht verfehlt. Sichtlich nervös bat er darum, rauchen zu dürfen, was sie ihm mit der gleichen steifen Zurückhaltung erlaubte. Auch später, als Biggs das Essen servierte, spürte Robert den frostigen Wall, den sie um sich aufgebaut hatte.

Erst nachdem sich Biggs verabschiedet hatte, wich ihr kalter und messender Blick, kaum merklich, einer aufgeräumteren Stimmung. Langsam und bedächtig stand sie auf und löschte die verschiedenen Lampen im Zimmer, bis nur noch der Schein der auf dem Tisch stehenden Kerzen den Raum erhellte. „Ich finde es gemütlicher", konstatierte sie gelassen.

Hier sah Robert zum ersten Mal eine Parallele zu Marianne. Behutsam begann er ihr einige Fragen über das Geschäft zu stellen und mied es sorgfältig, die Götterfigur zu erwähnen. Fast zutraulich erzählte sie ihm, wie sie durch die Erbschaft von ihrem Vater in eine Situation gelangt war, bei der sie es eigentlich nicht nötig hätte, irgend etwas zu arbeiten. Es mache ihr jedoch Spaß, mit Kunstgegenständen zu handeln, allerdings sei sie an einem Profit nicht interessiert.

Geschickt hatte sie das Gespräch von sich auf ihn gelenkt und wollte wissen, was er in Deutschland mache. Jedes Wort überprüfend, erzählte er von seiner Bekanntschaft mit Marianne. Er unterließ es, deren Selbstmord zu erwähnen, und deutete immer nur an, daß sie ihn ins Vertrauen gezogen hätte und er hier eine Aufgabe für sie erledigen würde. Je mehr er sich in vagen Andeutungen erging, desto glühender erschienen ihm ihre Augen.

Zärtlich legte sie ihm eine Hand auf den Arm und bat ihn, mit zum Kamin auf einen Drink zu kommen. Bereitwillig folgte er ihr und wunderte sich, daß sie sich, entgegen ihrem bisherigen Benehmen, lässig auf den flauschigen Teppich setzte.

„Worauf warten Sie?" rief sie ihm ermunternd zu. „Der offizielle Teil ist beendet. Machen Sie es sich bequem."

Beinahe hätte er seine Jacke ausgezogen, besann sich im letzten Augenblick jedoch darauf und entschied, soviel Förmlichkeit wie möglich beizubehalten. Er setzte sich, Füße entgegengesetzt, neben sie und nahm zum ersten Mal ihr Parfüm bewußt wahr. Es paßte zu ihrer äußeren Erscheinung: herb und trotzdem angenehm.

Sie lächelte, bot ihm eine Zigarette an und fragte dann unvermittelt: „Was erwarten Sie von mir?"

„Ich? – Erwarten?" Robert war tatsächlich überrascht.

„Die Figur", hauchte sie.

Mehr als eine Minute blieb Robert stumm. Dann schaute er ihr mit wiedergefundener Lebendigkeit in die Augen und sagte: „Von Marianne erhielt ich Ihre Adresse. Ich wollte Sie kennenlernen. Das ist alles."

„O.k. Sie haben mich kennengelernt. – Was erwarten Sie jetzt?"

„Mehr", erwiderte er wahrheitsgemäß.

Sie stieß ein schrilles Lachen aus und rückte näher zu ihm hin. „Wieviel mehr?"

„Alles!"

Ruckartig stoppte sie ihre Bewegung, schien einen kurzen Moment nachzudenken und ließ sich dann dünn lächelnd zurücksinken. „Das ist viel für jemanden, der noch gar nichts hat." Und ehe Robert etwas dazu sagen konnte, fuhr sie hastig fort: „Sie kennen Marianne. Gut. – Aber das ist auch schon alles. Der Rest besteht aus Hypothesen und Vermutungen. Ich könnte Sie sofort auf die Straße werfen, und nichts würde passieren."

„Worauf warten Sie?" schnappte er bissig zurück.

Gelangweilt spreizte sie die Finger und sah ihm gequält in die Augen. „Ich habe auf dich gewartet!" Sie hielt seinen Arm fest umschlossen und drückte ihre Fingernägel in seine Haut.

Unfähig, ein Wort hervorzubringen, schaute sie Robert an. Er wagte sich nicht zu rühren, da sie noch immer diesen unheimlich starren Blick auf ihn richtete. Ihre Lippen bebten ein wenig. Sehr blaß wirkte ihre Haut, unterstützt von dem immer mehr verschwindenden Schein der erlöschenden Kerzen.

Flüsternd sprach sie weiter. „Du bist noch nicht sehr weit. Es hat keinen Zweck, mir etwas vorzuschwindeln. Aber du hattest das seltene Glück, einen winzigen Blick auf etwas zu werfen, das das wahre herrschende Element darstellt." Sie hatte seinen Arm losgelassen und wirkte plötzlich sehr traurig. „Vielleicht bist du stark genug, es zu schaffen. Ich wünschte, es wäre so – zu deinem Vorteil. Lauf durch die Straßen von London und blicke auf die häßlichen Mietshäuser, in denen sich das verdreckte Volk versteckt. Sie alle werden elend zugrunde gehen. Ihre grauen Steinblöcke gleichen heute schon einem verödeten Massengrab, aus dem deutlich der Geruch des Todes aufsteigt. Manchmal habe ich das Gefühl, daß mich dieser Gestank erstickt." Ihre Augen hatten jeglichen Glanz verloren, und es schien ihr schwerzufallen, weiterzusprechen.

„Glaubst du an Gott?" fragte Robert bedächtig.

Drohend funkelten ihm ihre Augen entgegen. Sie fauchte ihn an und schrie: „Gott? – Wer ist Gott?" Sie ließ ihre Zähne blinken und atmete erregt. „Ich befasse mich nicht mit Zuhältern! – Wenn er Maria tatsächlich geschwängert hat, so sollte man ihn heute noch dafür entmannen! Laß dessen Namen nie wieder in meiner Gegenwart über die Lippen kommen!" Hastig hatte sie sich erhoben und lief mit geballten Fäusten zu dem großen Schreibtisch am anderen Ende des Zimmers. Dort verschluckte sie für einen Moment die Dunkelheit.

Robert war entsetzt und wußte nicht, was er sagen sollte. Verwirrt starrte er in die gähnende Schwärze des Kamins und suchte nach einer Erklärung. Er war so sehr mit seinen Gedanken beschäftigt, daß er nicht hörte, wie Lauretta leise hinter ihn getreten war und blitzschnell seinen Hals mit ihrem linken Arm umklammerte. Erschrocken wollte er hochfahren, als er die blinkende Schneide eines Messers vor seinem Gesicht sah. Wie gelähmt hielt er inne und versuchte, in ihr Gesicht zu schauen.

„Du hast Angst!" stellte sie enttäuscht fest und ließ ihn wieder los. Spielerisch setzte sie ihm die Spitze des Messers auf die Brust, öffnete ruckartig den Griff und ließ es in seinen Schoß fallen. Voll Sarkasmus kniete sie sich vor ihn hin und sagte: „Versuch, ob es dir gelingt, mich zu töten!"

Ungläubig und mit einem bestürzten Gesichtsausdruck, das Messer zwischen seinen Beinen liegend, starrte Robert sie an.

Lauretta preßte ein irres Kichern aus ihrem Mund hervor und sagte: „Come on. – Ich helfe dir!" Mit einer flinken Bewegung hatte sie die Brosche entfernt und streifte ihr Kleid über die Schultern.

Verführerisch nahm sie eine Brust in die Hand, beugte sich vor und flüsterte: „Stich rein. Verdammt noch mal, stich endlich rein."

Robert schüttelte angewidert den Kopf und wollte sich abwenden. Brutal riß sie ihn an seinen Haaren zurück und drückte ihm das Messer in die Hand. Gewaltsam legte sie seine Finger um den Griff und zwang ihn, die Spitze auf eine ihrer Brustwarzen zu setzen.

„Was fühlst du?" keuchte sie. „Sag, was du fühlst – schnell!"

Ihre Stirn glänzte verschwitzt. „Oder möchtest du sie abschneiden? Los, schneid sie ab!" Sie schüttelte ihn und brüllte hysterisch: „Schneid endlich! Schneid! Schneid! Schneid!!"

Ruckartig zog Robert die Hand zurück und warf das Messer weit hinter sich. „Genug!" befahl er ihr. „Begreifst du überhaupt, was du eben getan hast? – Hast du im Ernst geglaubt, ich würde zustoßen?"

Tränen füllten ihre Augen. Schluchzend schüttelte sie den Kopf und gab ein kläglichesWimmern von sich. „Nein. – Natürlich nicht." Sie beugte sich weit nach vorn und vergrub ihr Gesicht zwischen den Knien. Als sie sich wieder aufrichtete, blickte sie ihn mit ihren verweinten Augen an und bettelte: „Vergiß es! – Bitte, bitte versprich, daß du es vergißt. Ich habe so lange auf dich gewartet. Ich wollte dich nicht schockieren. Ich ..." Sie gluckste verlegen vor sich hin und zog die Unterlippe zwischen die Zähne. „Ich kann nichts dafür. Manchmal überkommt es mich so stark, daß ich mich nicht dagegen wehren kann. Hilf mir!" Und dann winselnd: „Tu mit mir, was du willst, aber hilf mir. Ich flehe dich an, hilf mir!"

Noch vor ein paar Monaten wäre Robert voller Ekel davongelaufen. Seine Münchener Zeit hatte ihn jedoch solchen Gefühlswogen gegenüber fast immun gemacht. Er blieb still sitzen und rührte sich nicht. Krampfhaft versuchte er, sein aufkeimendes Mitleid zu unterdrücken, indem er mit beiden Händen in ihre Haare griff und sie zwang, gerade in seine Augen zu sehen. „Was überkommt dich? – Sag es mir. Was ist es?" Dabei hatte er eine unerbittliche Schärfe in seine Stimme gelegt.

„Nein, bitte!" schrie sie und wurde von einem Weinkrampf ge-

schüttelt.
 Er ließ sie los, stand auf und schlenderte zu der Hausbar. Vollkommen beruhigt sagte er unvermittelt: „Du auch ein Glas?"
 Sie kämpfte noch mit ihren Tränen, nickte ihm aber zustimmend zu. Es schien sie überhaupt nicht zu stören, daß sie noch immer mit nacktem Oberkörper herumsaß. Von irgendwoher hatte sie sich ein Taschentuch geholt und trocknete ihre Augen.
 Robert kam mit den gefüllten Gläsern zurück, blieb kurz vor ihr stehen und setzte die Getränke auf einem Tischchen ab. „Nein", sagte er mit freundlichem Lächeln. „Irgendwie habe ich das anders in Erinnerung."
 Verständnislos und mit offenem Mund schaute ihn Lauretta an, als er sich zu ihr auf den Boden herabließ und sie frech angrinste. „Gestatten Sie, Madam?" Dabei zog er die Träger über die Schultern und schob ihre Brüste ins Kleid zurück. Zufrieden nickte er und konnte ihr ein Lächeln entlocken. Dann reichte er ihr ein Glas, hob es hoch und sagte: „Ich bemüh mich."
 „Was?"
 „Dir zu helfen."
 Lauretta war dabei, ihre Fassung wiederzugewinnen. Sie tauschte einen dankbaren Blick mit ihm aus und umarmte ihn zärtlich. „Ich danke dir", hauchte sie in sein Ohr.
 Robert ließ sie gewähren. Zuneigung zeigend, aber trotzdem mit voller Bestimmtheit, sagte er ihr, daß er sie jetzt verlassen werde. Ihren ängstlichen Ausdruck beruhigte er mit dem Hinweis, daß er morgen wieder kommen würde, falls ihr das recht sei. Sie stimmte lebhaft zu und fuhr ihm mit den Fingerspitzen liebevoll über das Gesicht.
 Als sie in der Empfangshalle angekommen waren, hielt sie ihn kurz zurück. „Darf ich dich küssen?" fragte sie aufgeregt.
 Mit geschlossenen Augen erwartete er ihre Lippen. Er hätte nicht gedacht, daß Lauretta so zärtlich sein konnte.
 Obwohl er lange geschlafen hatte, fühlte sich Robert nach wie vor sehr müde. Er wußte nicht mehr, wie lange er wach gelegen

hatte und vergeblich damit kämpfte, die Gedanken an Lauretta abzuschütteln. Sie war Marianne sehr ähnlich, und – das mußte er sich eingestehen – von ihrer Schönheit war er von Anfang an fasziniert.

Seine Suche nach Einzelheiten, durch die er eventuell den mysteriösen Schleier hätte lüften können, war steckengeblieben. Im großen und ganzen konnte er jedoch zufrieden sein. Daß er auf so viele glückliche Umstände traf, die ihn so schnell mit Lauretta zusammenführten, war mehr, als er erwarten durfte.

Nur eines bereitete ihm Sorge. Das Datum, das er von München her in Erinnerung hatte, der 22. Juli – es rückte immer näher. Heute war bereits der achte, und ihm blieben nur noch zwei Wochen. Zwar gab es noch weitaus mehr offene Fragen, wie zum Beispiel St. Peter, die Figur, Fort Grey und – wohl die schwierigste – das Verhalten von Marianne als auch Lauretta, aber nirgends schien dabei eine zeitliche Begrenzung gegeben zu sein.

Robert fand, daß er sich in der Nacht genügend Gedanken darüber gemacht hatte und ein wenig Abwechslung seinen festgefahrenen Überlegungen nur zuträglich sein konnte. Er duschte, zog sich an und machte einen ausgedehnten Spaziergang bis zum Holland Park. Fast eine Stunde war er unterwegs, ehe er sich leicht erschöpft ins Gras der Anlage legte und vor sich hindöste. Als er erwachte, fror er am Rücken und schaute verwirrt auf seine Uhr. Mehr als zwei Stunden hatte er fest geschlafen. Er fühlte sich hungrig und ging in Richtung Kensington High Street, wo er ein Taxi herbeiwinkte und den Fahrer bat, ihn vor einem guten Speiselokal abzusetzen.

Das Essen war enttäuschend und bestätigte die Gerüchte, die er zu Hause über die englische Küche gehört hatte. Mit der Underground fuhr er bis Piccadilly Circus und mischte sich in das Gewimmel von Fußgängern und Autos.

Mit viel Freude schlenderte er an den unübersehbaren Geschäften vorüber, kaufte ein paar Ansichtskarten und Zeitungen, besuchte einen Pub und ruhte sich schließlich auf einer Bank am Ufer der Themse aus. Belustigt beobachtete er die Touristen, die mit dem unübersehbaren Fotoapparat fast alles knipsten, was ihnen typisch englisch erschien.

Nach und nach gewann er so viel Abstand zum Zweck seines Besuches, daß er am liebsten nie wieder in die Elm Park Road gefahren wäre. Jedoch im selben Augenblick, als er diesen Gedanken hin und herschob, empfand er wieder diesen aufregend angenehmen Kitzel, der ihn regelrecht dazu zwang, an Lauretta zu denken. Irgendeine Faszination ging von ihr aus. War es ihr Aussehen? Ihre Kühle, Härte, Zärtlichkeit, Brutalität oder Verweiflung? In dieser Frau schienen sich alle Komponenten zu vereinen, ohne daß man im voraus wußte, welches Symptom man im nächsten Augenblick zu erwarten hatte.

Es war noch früh am Abend, und da er sich mit Lauretta nicht auf eine bestimmte Zeit geeinigt hatte, beschloß er, sofort hinzugehen. Vielleicht hatte Biggs reichlich gekocht, so daß ihm ein erneuter Restaurantbesuch erspart blieb. Das Taxi ließ er ein paar Häuser weiter vorne halten und legte die restliche Strecke per Fuß zurück. Ihm war sofort aufgefallen, daß das Tor zur Einfahrt offenstand. Als er näher herankam, sah er, daß außer dem Vauxhall noch zwei andere Autos in der Einfahrt parkten. Ein Jaguar und ein Mercedes. Alle schwarz. Also Besuch bei Lauretta.

Auf sein Klingelzeichen erschien Biggs in der Türe, der ihn mit einem überraschten langen Gesicht ansah. „Waren Sie angemeldet, Sir?" stotterte er unbeholfen.

Ohne auf ihn weiter einzugehen trat Robert vor, schob Biggs zur Seite und drängte sich in die Empfangshalle. Erst dann drehte er sich zu ihm um und sagte: „Was haben Sie heute gekocht? Ist noch was für mich da? – Sie brauchen sich nicht bemühen, ich melde mich selbst an." Dabei hinderte er Biggs daran, die Treppe hochzulaufen.

Biggs schnappte nach Luft und wollte protestieren.

„Was ist, Biggs? – Wo bleibt die englische Höflichkeit. Ich habe Hunger!" Mit einem Klaps auf die Schulter deutete er ihm an, daß er nicht gewillt war, sich von ihm stören zu lassen.

Vier Stufen auf einmal nehmend eilte Robert die Treppe hinauf. Ohne anzuklopfen öffnete er die Tür zum Salon und trat ein. Lauretta saß mit einer Gruppe von vier Herren eifrig diskutierend am großen Schreibtisch und schaute nur kurz auf. Sollte sie überrascht gewesen sein, so verstand sie es meisterhaft, dies zu überspielen. Die Köpfe der Männer hatten sich Robert zugewandt, der in der Mitte des Raumes stehengeblieben war.

„Störe ich?" fragte er zynisch.

Die Köpfe wandten sich Lauretta zu, als empfingen sie von dort die Antwort auf seine Frage. Alle vier mochten ungefähr fünfzig Jahre alt sein. Einheitlich trugen sie alle dunkle Anzüge, was ihnen ein uniformes Aussehen verlieh. Ihr Haar war durchweg grau, und zwei von ihnen trugen einen sorgfältig ausrasierten Wangenbart. Es waren nicht gerade freudige Blicke, die Robert empfing, aber damit hatte er gerechnet.

„Willst du mich nicht vorstellen?" schlug er Lauretta vor.

Sie stand auf, verteilte ein warmherziges Lächeln und sagte: „Natürlich. – Entschuldige!"

Sie machte ihn mit jedem der Männer einzeln bekannt, worauf diese beteuerten, daß sie sich sehr freuen würden, ihn kennenzulernen. Robert stellte sie als einen guten Bekannten vor, der zur Zeit in England Urlaub mache und sie öfter ausführe. Danach ging sie um den Schreibtisch herum und blieb vor Robert stehen.

„Wir haben hier noch einige geschäftliche Dinge zu besprechen. Es dauert nicht mehr lange. Würdest du solange hinuntergehen? Biggs soll dir etwas servieren." Mit einer Hand schob sie ihn sanft hinaus.

Bereitwillig gab Robert nach. Als er an der Tür war, hörte er, wie sie seinen Namen rief. „Ja?" Er drehte sich um.

„Ich freue mich, daß du gekommen bist."

Robert lächelte zurück und ging hinunter.

Lauretta war die Beherrschung selbst. Nichts deutete auch nur im entferntesten darauf hin, zu welchen Ausbrüchen diese Frau in der Lage war. Höflich, zurückhaltend und unglaublich kühl hatte sie seinen plötzlichen Einbruch abgewehrt. Es fiel ihm schwer, ihr zu mißtrauen, was die Auskunft über die Herren als Geschäftspartner betraf. Robert liebte dieses vornehme, nahezu aristokratische Benehmen.

„Darf ich zu Tisch?" Biggs erwartete ihn unten und schien erleichtert zu sein.

„Sofort, Sir. Eine Minute." Geschäftig lief er davon, während sich Robert gelangweilt vor den Bildern an der Wand aufstellte.

Er beschloß, sich bei Biggs etwas genauer nach den Herren zu erkundigen, gab sich jedoch keinen großen Hoffnungen hin, da dieser viel zu ängstlich war, um etwas zu sagen – selbst, wenn er Bescheid wüßte.

Seine Vermutungen wurden bestätigt. Kaum brachte er das Gespräch auf den Besuch, beeilte sich Biggs zu erklären, daß er sich um diese Dinge nicht kümmern könne. Ja, die Herren seien schon ein paar Mal hiergewesen. Nie lange, und er hätte bisher nicht einmal einen Drink zu servieren brauchen. Wenn er jetzt so gut sei und auf ihn verzichten würde, da er im Garten noch einige Arbeiten zu erledigen hätte.

Robert hörte Schritte die Treppe herabkommen, begleitet von scherzhaftem Stimmengewirr. Kurz darauf starteten die beiden Autos, und er sah durch ein Fenster, wie sie aus dem Anwesen hinausfuhren.

„Jetzt gehöre ich dir", ertönte eine freundliche Stimme. Lauretta hatte den Kopf durch die Türe gestreckt und winkte ihm, mit nach oben zu kommen.

„Waren es wirklich Geschäftspartner?" wollte Robert wissen und setzte sich neben sie auf eine Couch. Ihr überzeugendes Kopfnicken nahm er ihr nicht ab, obwohl er keinen Grund hatte, an ihrer Ehrlichkeit zu zweifeln.

Heute hatte sie ihr Haar wieder hochgesteckt und trug ein schlichtes, strenges Kostüm. Regungslos blieb sie sitzen und beobachtete ihn schweigend aus weit geöffneten, erwartungsvollen Augen. Robert sah darin die beginnende Umwandlung der kalten berechnenden Geschäftsfrau in eine triebhafte, unbeherrschte Persönlichkeit und bereitete sich insgeheim darauf vor.

„Ich glaube dir nicht", sagte er beiläufig vor sich hin. „Es sind Freunde von dir – Biggs hat es mir gesagt."

Lauretta schmunzelte nur und fuhr ihm zärtlich über den Kopf.

„So, so, Biggs hat dir das gesagt. – Was wußte er sonst noch?"

„Nicht viel. Sie sind oft zu Gast."

„Weiter."

„Du machst keine Geschäfte mit ihnen."

„Was sonst?"

„Das möchte ich von dir wissen!"

„Ich dachte, Biggs ..."

„Sei still", unterbrach sie Robert. „Du weißt, daß Biggs nichts sagte oder sagen konnte. Warum erzählst du mir nicht offen, was es mit diesen Typen auf sich hat?"

„Darauf kommen wir noch", wehrte sie belustigt ab. „Zunächst werde ich Biggs nach Hause schicken und mich dann schön für dich machen. Schau dich doch ein wenig um. Du liest gerne Bücher", sie wies mit der Hand auf die gefüllten Regale, „ich bin bald zurück."

Sie blieb lange weg, und Robert fragte sich, was sie heute beabsichtigen würde. Er hielt es für das Beste, ihr Spiel so gekonnt wie möglich mitzuspielen. Erfahrungen hatte er von Mariannes Begegnung her gesammelt und nahm sich vor, das auszunutzen. Geschickt plazierte er zwei Kerzen in die Nähe des Kamins, zündete sie an und begann, alle übrigen Beleuchtungen auszuschalten. Als er die Lampe auf dem Schreibtisch löschte, fiel sein Blick auf das Messer, das als Brieföffner getarnt in einer Schale mit Schreibgeräten lag. Sofort erschien das Bild der gestrigen Szenerie, das er jedoch zur Seite schob, indem er an den zärtlichen Abschied dachte, mit dem sie ihn hinausbegleitet hatte.

„Oh, das hast du wunderbar gemacht", sagte sie, als sie den inzwischen dunklen Salon betrat, der nur von den zwei Kerzen am Kamin notdürftig beleuchtet wurde. „Ich sehe, du hast denselben Geschmack wie ich. Mein Warten hat sich gelohnt."

Roberts Augen strahlten verheißungsvoll. Sie sah bezaubernd aus. Auch heute trug sie ein knöchellanges Kleid. Diesmal jedoch ganz in Schwarz, ohne Dekolleté, dafür völlig rückenfrei und ohne das geringste Schmuckstück. Wie gestern ließ sie die blonden Haare locker auf die Schultern fallen. „Du bist sehr schön!" gestand er ihr bewundernd.

Ohne zu zögern warf sie die Arme um seinen Hals und küßte ihn lange und leidenschaftlich. „Komm", flüsterte sie und zog ihn mit auf den Teppich. Robert ließ sich willig zu ihr hinab, umarmte sie und drückte seinen Körper gegen den ihren. Er genoß ihre Körperwärme, hielt sie eng umschlungen, und sämtliche Begleitumstände schienen in weite Ferne gerückt zu sein. Immer wenn er zum Sprechen ansetzen wollte, führte sie sanft und überaus zärtlich seine Lippen an die ihren und verschloß ihm somit den Mund. Erst lange später, er hatte sich auf den Rücken gedreht und ließ sich von ihren Fingern streicheln, fing er zaghaft zu reden an.

„Du kannst sehr nett sein."

Sie nickte stumm und hauchte ihm einen Kuß auf die Stirn.

„Meinst du nicht, daß es schön sei, immer so nett zu sein?"

Lauretta neigte den Kopf zur Seite und lächelte nachsichtig.

„Das muß man sich zuerst verdienen", bestätigte sie ihm vielversprechend. „Es gelingt nicht, wenn wir immer darauf aus sind, nur das Schöne und Angenehme auszuschöpfen. Alles will seinen Ausgleich. Schon viel zu lange hat sich der Mensch auf der Woge des Glücks, der falschen Hoffnung, dem vorgetäuschten Wohlstand und der Anbetung eine irrigen Gnade dahingleiten lassen. Darum erntet er immer wieder Kriege, Katastrophen, Pech und Unglück." Ihre Stimme war leiser geworden, und ein Schimmer von Traurigkeit erfüllte ihre Augen. „Es ist grotesk, verrückt und in der Tat entsetzlich, wenn man sieht, wie der Mensch die Anstrengungen zunichte macht, die im Grunde sein Wohlergehen erst ermöglichen." Sie stockte und blickte ins Leere.

„Dabei ist es gar nicht so schwer zu verstehen. – Seit Kirchen und Philosophen dem Menschen eingeredet haben, er besitze ein Gewissen, haben sich die Ketten der Sklaverei um uns gelegt. Das Gewissen ist widernatürlich, abartig und aus Vorurteilen geboren. Der Drang zum Töten verblieb als kümmerlicher Rest unserer ureigenen Natur, und nur Wahnsinnige erkennen darin ein Verbrechen; nur ein Verrückter sträubt sich gegen die Natur; nur Lust und Leidenschaft demonstriert Leben. Wie kann man aber leben, wenn das Gewissen zur Leitschnur erhoben wird, obwohl es Lust und Leidenschaft im Wege steht? – Wir sollten jenen dankbar sein, die trotz Verachtung anderer mit ihrer Blutgier das Leben uns erhalten."

Robert starrte sie aus entsetzten Augen an. „Willst du damit einen Mörder heiligsprechen?"

„Warum nicht?" Ihre Gesichtszüge nahmen an Härte zu. „Sofern er bewußt und ohne Reue, nur seiner Natur gehorchend, durch seine Tat die Lust vergrößert hat. Der Unterschied zum Tier besteht nur darin, daß wir nicht schlachten müssen, um zu leben – wir können. Und dürfen!"

„Und die Liebe?" fragte Robert dazwischen.

Lauretta blieb eine Weile stumm, ehe sie sich an ihn kuschelte und ihm ins Ohr flüsterte. „Die Liebe ist ein Produkt des Lebens. Wie können wir jedoch leben, wenn wir mit unserem Gewissen versuchen, die Natur zu betrügen?"

Wie gelähmt, durch diese wahnwitzige Vorstellung, blieb Robert liegen und schloß für einen Moment die Augen. Er wußte, daß wenn er ihr widerspräche, ein neuer Ausbruch unvermeidlich sei. Innerlich erschauderte er, durch die sichtbar gewordene Gier nach Grausamkeit. Vergeblich versuchte er ihre Welt zu begreifen. Lauretta konnte niemals die Quelle dieser Ideen sein. Wer steckte dahinter? – Wie konnte man denjenigen fassen, der mit diesem Geschwür gesundes Fleisch verseuchte? – Aber was konnte das Gesetz schon gegen eine Idee machen?

„Und deine Freunde von heute abend", begann er vorsichtig, „sind sie derselben Meinung?"

Zufrieden lächelnd nickte sie und führte seine Hand zu ihrem Mund. „Ich habe ihnen erzählt, daß ich dich liebe."

„Ach! – Mir hast du das noch nicht gesagt."

„Das war auch nicht nötig. Schließlich habe ich es in der Hand, was daraus wird. Ich verspreche dir, dich nicht zu enttäuschen. Unsere Lust wird grenzenlos sein." Vom Hals her stieg eine leichte Röte in ihr Gesicht. Mit funkelnden Augen sah sie ihn begierig an. „Ich werde einen Vorrat an Leben für uns beide schaffen. Mit einem Schlag wird sich das Potential unserer Leidenschaft ins Unendliche ausdehnen. Durch dich werde ich an die Grenzen der Lust vordringen, für die ich bislang noch nicht stark genug war."

Verständnislos schüttelte Robert den Kopf. „Ich weiß nicht, was du damit meinst. Erzähle mir davon."

„Nein", sagte sie gereizt. „Quäle mich nicht mit Fragen." Und dann liebevoll: „Nimm, was ich dir geben kann.- Alles. Du darfst alles nehmen. Ich schenk' es dir!"

Robert war so verwirrt, daß er nicht länger bereit war, ihrem Gespräch zu folgen. Er blickte in Laurettas anmutig strahlendes Gesicht über ihm und zog es zu sich herunter. Im Moment wünschte er nur, daß alles, was sie gesagt hatte, zu einem bösen Traum gehörte, von dem er sicher bald erwachen würde. Nur ihre Gestalt, die sollte fest in seinen Armen bleiben.

Langsam stand sie auf und zog ihn an der Hand mit sich. Sie löschte die Kerzen und führte ihn sicher zu einem angrenzenden Raum, wo sie ihn behutsam auf ein Bett setzte. „Zieh dich aus!" wisperte sie und verschwand im Dunkel.

Bald darauf lag sie nackt neben ihm, und Robert ließ nun seinerseits der Leidenschaft freien Lauf.

Als er früh am Morgen in sein Hotel zurückgekehrt war, fragte er sich ständig, ob er in Lauretta verliebt sei oder ob es nur auf diese undurchdringbare Faszination zurückzuführen sei, die von ihr ausging. Irgend etwas zog ihn magisch zu ihr hin. Auf keinen Fall konnte es nur ihre körperliche Ausstrahlung sein. Schöne Frauen gab es massenhaft, und obwohl Laurettas Aussehen mit Sicherheit eine Ausnahme darstellte, war dies doch nicht der Grund, so eigenartig von ihr gefesselt zu sein.

Wie selbstverständlich hatte sie ihn auf den heutigen Abend wieder zu sich eingeladen. Und genauso selbstverständlich hatte Robert freudig zugesagt. Er kannte sie zwar nur zwei Tage, aber so spontane Entschlüsse schienen bei einer Frau wie Lauretta Price durchaus normal zu sein. Die abweisende, dem Gefrierpunkt nahe Kühle, die sie im Geschäft und bestimmt auch außerhalb an den Tag legte, schmolz bei ihren intimen Begegnungen sekundenschnell zusammen.

Äußerst unwohl fühlte sich Robert, wenn er in ihren Augen jenes leidenschaftliche Feuer entflammen sah, das zu zügeln er sich nicht in der Lage sah. Lauretta hatte viel Ähnlichkeiten mit Marianne, nur daß alle Eigenschaften mit einer Lupe vergrößert schienen; brutaler, zügelloser, kälter und noch undurchdringlicher. Auch sie wich seinen vereinzelten Nachforschungen über die Figur geschickt aus. Dabei setzte sie jedoch immer nur die Waffen ihres Körpers ein, gepaart mit einem vielleicht vorgespielten Verlangen nach Zärtlichkeit, dessen sich Robert bislang nicht widerstandsfähig genug erwiesen hatte.

Robert wußte, daß seine Chance in dem ominösen Datum – dem 22. Juli – lag. Wenn er es verstand, so nahe und oft wie möglich bei ihr zu sein, würde er unweigerlich darüber stolpern müssen. Daher begann er alles daranzusetzen, ihr Spiel mitzumachen.

„Vielleicht gebe ich dir einen Schlüssel mit", meinte sie schelmisch, als ihn Biggs zum Salon hinaufgeführt hatte.

„Soviel Vertrauen? – Ich könnte es mißbrauchen."

„Viel Vertrauen?" Sie lachte. „Auch noch mißbrauchen – du?

Nein. Beidesmal nein!"

Lauretta sagte ihm, daß sie sich wünschte, ihm alles anvertrauen zu können, die Zeit jedoch noch nicht reif sei. Auf Roberts drängende Fragen reagierte sie in gewohnter Weise. Sie küßte, umarmte und streichelte ihn; sie bot ihm zu trinken an, umsorgte ihn zärtlich und tat ganz so, als habe er überhaupt keine Frage gestellt.

Der Abend verlief ruhig und herzlich. Ebenso der nächste. Robert hatte es aufgegeben, irgend etwas aus ihr herauszubekommen. Schon allein deshalb, weil er wußte, daß, wenn er hartnäckig geblieben wäre, sie aller Wahrscheinlichkeit nach in einen jener für ihn abstoßenden Ausbrüche abgeglitten wäre.

Am Sonntag nachmittag drängte sie ihn dazu, sein Gepäck aus dem Hotel zu holen und zukünftig bei ihr zu wohnen. Etwas Ähnliches hatte Robert längst erwartet und war keineswegs überrascht. Nur die Eile, mit der sie ihn wegschickte, kam ihm verwunderlich vor. Sie bestand darauf, daß er unverzüglich losgehe, und duldete keinen Aufschub. Seine Einwände, daß man sich nicht so sehr beeilen müsse, lehnte sie herrisch ab, indem sie ihn mit sanfter Gewalt selbst zur Türe schob.

Draußen wartete schon ein Taxi, so daß Robert die Stirn krauszog, da ein derart organisierter Aufbruch bestimmt seinen Grund haben müsse. Blitzschnell überlegte er, was er tun sollte, und entschied sich, arglos einzusteigen. Kaum waren sie angefahren, gab er dem Fahrer die Anweisung, nochmals zurückzukehren, da er etwas vergessen habe. Als sie in einem Bogen um mehrere Häuserblocks herumgefahren waren, ließ er das Taxi langsam an Laurettas Haus vorbeifahren und ein paar Meter weiter anhalten. Er versicherte dem Fahrer, daß er die Wartezeit bezahlen würde, und spähte aufgeregt zum Rückfenster hinaus.

Es dauerte nicht lange, dann kamen sie. Der Mercedes und der Jaguar. Tiefschwarz und jeder mit zwei Männern besetzt. Jetzt zurückzugehen würde alles zerplatzen lassen. Schweren Herzens nannte er dem Fahrer nochmals sein Hotel und überlegte angestrengt, wie er diese Männer in sein Bild einsetzen könnte.

Vor dem Hotel angekommen bat er das Taxi zu warten und eilte in sein Zimmer. Hastig warf er seine Sachen in den Koffer und stürmte regelrecht die Treppe zur Rezeption hinunter. Er bezahlte, stieg in das Taxi und ließ sich zu Laurettas Haus zurückfahren.

Natürlich waren die Autos mit den Männern weg. Lauretta trat ihm mit hochgezogenen Augenbrauen entgegen und sagte: „Schon zurück? So rasch hätte ich dich nicht erwartet."

„Es ging nicht schneller", sagte er höflich, musterte sie voll Genugtuung und setzte seinen Koffer ab. „Trotzdem habe ich das Gefühl, daß ich zu spät bin."

„Warum?" Sie wirkte nervös.

„Vielleicht habe ich etwas versäumt!"

„Versäumt? – Was?"

„Einen Drink oder eine zärtliche Umarmung", Robert versuchte bewußt, die Anspielung ins Lächerliche zu ziehen.

Aufatmend stellte sie sich vor ihn hin und fuhr ihm mit der Hand durchs Haar. „Ich werde es nachholen", versprach sie freudig und drückte sich an ihn. Es entging Robert nicht, daß ihre Hände leicht zitterten. Er blieb eine Weile stumm und deutete dann mit dem Finger auf seinen Koffer.

„Mrs. Price, würden Sie so nett sein und mir mein Zimmer zeigen?" befahl er scherzhaft und schob sie liebevoll zur Seite. „Ich gestatte Ihnen, vorauszugehen!"

Wie ein ausgelassenes Kind hüpfte sie die Stiegen hinauf, drehte sich oben um und rief: „Mr. Breuer, ich bin untröstlich. Können Sie mir jemals verzeihen, daß ich Ihren Koffer vergessen habe mitzunehmen. – Und jetzt mach, daß du hochkommst, du Scheusal!"

Sie half ihm, seine Sachen einzuordnen, und schlug ihm vor, in den nächsten Tagen mit ihm einkaufen zu gehen, da er noch eine Menge Dinge benötige, wenn er sie auf allen vor ihnen stehenden Anlässen begleiten wolle. Robert willigte ein und meinte, daß ihm das recht sei, sofern sein Geldbeutel nicht darunter zu leiden habe.

„Ach Geld, Geld", winkte sie vorwurfsvoll ab. „Geld ist so bedeutungslos. Das, worauf es wirklich ankommt, können wir uns sowieso nicht erkaufen." Sie hielt einen Moment inne, setzte erneut zum Sprechen an, blieb dann aber stumm.

„Du wolltest mir sagen, worauf es wirklich ankommt", ermunterte sie Robert.

„Nein!" sagte sie entschieden und strich fahrig eines seiner Hemden glatt. „Ich..." Wieder zitterten ihre Hände. „Ich wollte nur ausdrücken, daß du mir mehr wert als alles andere bist." Dabei lächelte sie gezwungen und beeilte sich, die restlichen Kleidungsstücke in den Schrank zu legen. Scheinbar zufrieden drehte sie sich um und sagte: „Halt mich fest. Nur einen Augenblick. Bitte!"

Robert spürte, wie sie am ganzen Leib bebte, vermied jedoch, sie danach zu fragen. Gelassenheit zeigend führte er sie in den Salon und fragte, ob ihr eine Tasse Tee angenehm sei. Lauretta nickte dankbar und warf ihm eine Kußhand zu.

Irgend etwas hatte sie verstört. Sicherlich hing das mit dem Besuch der Männer zusammen. Den ganzen Abend über sprach sie, stärker als sonst, von ihren eigenartigen Vorstellungen über das Leben, die Robert mehr und mehr verwirrten. „Weißt du", sagte sie einmal, „ich bin überzeugt, daß jeder Mensch eine Chance bekommt. Eine einzige. Wenn er die verpaßt, ist er für immer verloren." Auf seine Frage, was das für eine Chance sei, schwieg sie beharrlich. Ihre Augen wirkten leer und hatten fast jeden Glanz verloren. Auch war sie heute nicht in der Lage, die sonst üblichen Zärtlichkeiten zu verteilen. Hart und voller Bitterkeit sagte sie schließlich: „Wenn ich meine Chance nicht nütze, wünsche ich, daß mein Körper noch im selben Augenblick zu faulen anfängt!!"

Trotzig stand sie auf, ballte die Hände zur Faust und stampfte mit einem Fuß auf den Boden. „Aber ich bin vorbereitet. Ich weiß, daß ich es kann!"

Auch später, als sie im Bett lagen, konnte sie ihre Unruhe nicht verbergen. Im Gegenteil, Robert hatte das Gefühl, daß sie ständig zunahm. Wie von Sinnen biß sie ihn einmal schmerzhaft in die Schulter und ließ erst dann los, als Robert sie gewaltsam zurückstieß. Sie lachte nur dabei, ließ ihren Kopf an seiner Brust ruhen und preßte sich an seine Oberschenkel. „Beiß mich auch!" forderte sie ihn auf und vibrierte am ganzen Körper.

Am anderen Tag wirkte sie immer zerfahrener. Beim Frühstück stieß sie versehentlich die Kaffeetasse um und rauchte nervös eine Zigarette nach der anderen. Biggs veranlaßte sie, im Geschäft anzurufen, daß sie heute nicht vorbeikommen würde, da sie dringende Dinge zu erledigen hätte.

„Was ist denn so dringend?" wollte Robert wissen.

„Nichts für dich", antwortete sie knapp und kühl. Und erst nach einer Weile bemühte sie sich um einen zärtlichen Ton und sagte: „Verzeih! Ich bin etwas durcheinander." Beschwichtigend legte sie eine Hand auf seinen Arm und flüsterte: „Was hältst du davon, wenn wir heute abend ganz alleine ausgehen. Kennst du Soho? - Nein? Dann wird es Zeit, daß du einmal das Londoner Nachtleben kennenlernst."

„Ich denke, dort gibt es nur zwielichtige Spelunken?"

„Nicht nur", versicherte sie ihm verheißungsvoll. „Ich glaube, ein bißchen Zerstreuung wird auch mir guttun. Wahrscheinlich muß ich mich erst daran gewöhnen, daß du nun für immer bei mir bist."

Robert zuckte innerlich zusammen. Sie hatte dieses „für immer" so selbstsicher ausgesprochen, als gäbe es nicht den geringsten Zweifel daran. Gleichmütig nahm er es an, da er ihren erregten Zustand nicht durch ein paar Reizworte verschlimmern wollte.

Je mehr es allerdings auf den Abend zuging, desto unruhiger und hektischer wurde sie. Ihre sonst dominierende Kühle und Gelassenheit schien wie fortgeblasen. Beim Umkleiden verhakte sich der Reißverschluß ihres Kleides, worauf sie so wütend daran zerrte, bis ein handbreiter Riß im Stoff den vergeblichen Bemühungen ein Ende setzte. Geduldig half ihr Robert in ein anderes Kleid, reichte ihr die Handtasche und ging mit ihr zu dem Vauxhall, in dem Biggs mit laufendem Motor schon wartete.

Die Sonne hatte sich den ganzen Tag nicht gezeigt, so daß es nun merklich kühl geworden war. Mehr als eine halbe Stunde quälte sich

Biggs durch den starken Abendverkehr, ehe er von Oxford Street nach links abbog und kurz darauf den Wagen zum Stehen brachte. „Ist es okay, Madam?" fragte er, den Kopf nach hinten geneigt. „Ja, in Ordnung. Ich ruf Sie dann an." Sie blieb noch einen kurzen Moment sitzen und wandte sich dann an Robert. „Worauf wartest du? Wir müssen ein Stück zu Fuß gehen. - Ich mag nicht, daß mein Wagen vor dem Lokal gesehen wird."

Zuvorkommend half ihr Robert aus dem Wagen, bot ihr seinen Arm an, worauf sie sich schmunzelnd bei ihm einhakte. „Ist es weit?"

„Nein. Dort drüben. Kannst du es sehen? - Gargoyle."

So sehr er sich auch Mühe gab, in dem Gewirr von flackernden Neonleuchten war der von ihr genannte Name nicht ausfindig zu machen. Auf den Straßen wimmelte es von Leuten. Er fand, daß Laurettas elegantes Abendkleid, als auch sein korrekt geschnittener Anzug, überhaupt nicht in dieses Straßenbild paßte. Ihn störte nicht so sehr der überall verstreut liegende Abfall als vielmehr die Menschen, die zum Teil angetrunken und schlampig gekleidet an den Häuserwänden herumlungerten.

„Hübsche Gegend", meinte er ironisch.

„Es ist ihr Paradies", gab sie boshaft zurück. „Wenn du ihnen das nimmst, haben sie gar nichts mehr. Sie stellen nicht mehr dar als der Dreck, über den sie ständig stolpern, aber gerade deshalb muß man es kennenlernen, um die wahren Unterschiede besser schätzen zu können." Mit einem Ruck brachte sie ihn zum Stehen. „Hier, mein Liebling. Geh bitte voraus!"

Vorsichtig ging Robert die Treppe hinunter, die mit einem roten Teppich überzogen war. Es sollte vornehm wirken, war aber trotz allem nur ein Abklatsch mißlungener Feudalatmosphäre. Das Innere des Lokals war nur spärlich beleuchtet, und fast wäre er über den Kellner gestolpert, der sich breit grinsend vor ihnen aufgebaut hatte. Lauretta rief ihm etwas zu, worauf er ihnen winkte, ihm zu folgen. Sie setzten sich an einen kleinen Tisch für zwei Personen, der nahe an einer Art Bühne stand. Neugierig blickte sich Robert im Kreise um und sah nun, daß sich auf einer Tanzfläche hinter ihm einige Paare eng umschlungen zu der leisen Musik bewegten.

Er rümpfte die Nase und sagte: „Da hättest du mich auch gleich in den Puff bringen können."

„Wart ab", sagte sie ruhig. „Nachher beginnt das Programm. So etwas muß man unbedingt gesehen haben." Und als sie bemerkte, wie er immer noch abfällig zur Tanzfläche schaute: „Du brauchst ja nicht mit mir zu tanzen. Schau dir die Leute an. Ich finde das sehr aufregend!"

„Tut mir leid, aber an einer Schlampe kann ich nichts Interessantes entdecken." Er hatte sich wieder umgedreht und blickte ihr fest in die Augen. Ihm fiel auf, daß sie heute seinem Blick nicht standhielt. Sobald er sie anschaute, wanderten ihre Augen irgendwohin, als warte sie ungeduldig auf etwas.

Endlich begann das Programm. Der ganze Raum wurde verdunkelt, bevor ein greller Scheinwerfer das Podium vor ihnen in grelles Licht tauchte. Zuerst vollführte eine wenig bekleidete, unästhetisch dralle Blondine ein paar merkwürdige Zuckungen, die scheinbar zur Musik passen sollten. Darauf trat ein ausgemergelter Trinker mit abgewetztem Smoking auf, der eine Zeitlang Witze erzählte, von denen Robert jedoch so gut wie gar nichts verstand. Höhepunkt der ersten Runde stellte ein Striptease dar, der, hätte das Mädchen nicht eine wirklich gute Figur gehabt, die ersten Gäste zum Schlafen gebracht hätte.

Enttäuscht leerte Robert sein Glas. „Du machst das besser", lobte er Lauretta und sah, daß sie der Vorführung überhaupt nicht gefolgt war. „Hey!" Er stieß sie leicht an. „Ich rede mit dir."

Sie lächelte krampfhaft und sagte: „Vielleicht war die Idee hierherzugehen doch nicht so gut. Na ja, wir können ja bald wieder nach Hause gehen."

Da in der nächsten Runde auch nicht mehr geboten wurde, wollte ihr Robert den Vorschlag machen zu gehen, als der Kellner an den Tisch trat und Lauretta aufforderte, ans Telefon zu kommen.

„Du bekommst einen Anruf hierher?" Robert schüttelte erstaunt den Kopf.

„Bestimmt Biggs. Ich kann ihm dann gleich Bescheid sagen, daß er uns abholen kommt." Sie stand auf und ging davon.

Robert glaubte, daß ihr Gesicht blaß geworden sei, als sie an den Tisch zurückkam. Sie erklärte, daß sie jemand zu Hause dringend zu erreichen versucht habe, worauf Biggs denjenigen auf das Lokal hier verwiesen habe und sie jetzt für ein paar Minuten weg müsse. Es würde nicht lange dauern, in einigen Minuten sei sie bestimmt wieder zurück. Er solle doch so gut sein und auf sie warten, da sie ihn unter keinen Umständen mitnehmen könne.

Mißmutig versprach ihr Robert zu warten und bestellte noch eine Flasche Champagner. Das Programm ödete ihn schrecklich an. Obwohl er sich viel Mühe gab, für Laurettas plötzliches Verschwinden eine Erklärung zu finden, geriet er immer wieder in das gleiche Gedankenkarussell. Ihn überkam das schreckliche Gefühl, daß irgend etwas passiert war. Unruhig schaute er auf die Uhr und stellte überrascht fest, daß Lauretta bereits mehr als eine Stunde weg war. Robert verspürte kein anderes Verlangen, als hier herauszukommen. Eilig winkte er dem Kellner, bezahlte und huschte die Stiegen hinauf.

Auf der Straße begann er zu frösteln. Der Betrieb hatte sehr stark nachgelassen, und höchstens die Hälfte der Lichtreklamen brannte noch. Lauretta zu suchen hatte keinen Sinn. Er wußte nicht einmal richtig, wo er war, aber in der frischen Luft fühlte er sich bedeutend wohler. Nachdenklich begann er, durch verschiedene Straßen zu gehen. Manche waren stockfinster, wobei er sich leise lächelnd eingestand, daß ihm derartige Gegenden in der Tat unheimlich vorkamen.

Mit einem Schlag blieb er stehen. Ein lauter herzzerreißender Schrei durchbrach die Stille. Dann noch einmal, lang anhaltend, wie von irrsinnigem Schmerz gequält. Er rannte in die Richtung, aus der der Schrei gekommen war. Dann wieder, jetzt noch lauter und gräßlicher. Stimmen meldeten sich, und er hörte neben seinen eigenen Schritten noch andere. Das Schreien wurde dünner und ging in ein jämmerliches Gewinsel über, immer wieder unterbrochen von einem markerschütternden Wehlaut, dem ein schmerzhaftes Glucksen folgte. Als er um eine Ecke bog, sah er mehrere Menschen um irgend etwas versammelt. Sie brüllten aufgeregt durcheinander, als endlich der Lichtschein aus einem Haus die Szenerie erhellte. Robert ging näher heran und schloß für einen Augenblick entsetzt die Augen.

Vor ihm saß an eine Mülltonne gelehnt eine junge blonde Frau, die mit beiden Händen ihren Leib umklammerte. Sie jammerte nur noch kläglich vor sich hin und versuchte etwas in sich hineinzustopfen. Wie aufgeblasene Plastiksäcke quollen aus ihrem Leib die Gedärme hervor. Als wollte sie noch etwas retten, langten ihre Hände schützend nach den in der Kühle dampfenden Eingeweiden. Ihr Jammern wurde immer schwächer, bis auch ihre Hände nur noch zuckten und schließlich stillblieben.

Es würgte in ihm. Er konnte sich gerade noch umdrehen, ehe er sich mitten auf der Straße übergab. Ihm war schrecklich übel. Noch einmal mußte er sich übergeben. Mühsam fand er zum geregelten Atem zurück und torkelte dann wie von Sinnen davon. Erst die Sirene eines Polizeiautos brachte ihn wieder einigermaßen in die Gegenwart.

Wo war Lauretta, schoß es ihm durch den Kopf. Schnellstens orientierte er sich und rannte zurück zu dem Nachtclub. Dort stand der Vauxhall parkend davor. Er riß die Türe auf und sah Lauretta wartend auf dem Rücksitz. Biggs warf in aller Ruhe den Motor an.

„Wo warst du?" schrie er wütend.

„Steig ein!" befahl sie beherrscht und winkte ihn neben sich. Ihre mit Sicherheit gespielte Kühle konnte nicht darüber hinwegtäuschen, daß sie krampfhaft ihre Hände zusammenhielt. Ihr Gesicht war aschfahl und wirkte verzerrt hart. „Biggs hat dich schon im Lokal gesucht", setzte sie vorwurfsvoll hinzu.

„Ich will wissen, wo du warst!" Robert beharrte auf seiner Frage.

„Nicht jetzt." Sie schaute neugierig aus dem Fenster. „Was ist los? Warum rennen die Leute alle dort hinüber?"

„Man hat eine Frau ermordet", sagte Robert, sich beruhigend.

„Ach!" Das schien sie nicht weiter zu beeindrucken. „Sicherlich eine Dirne, die mit ihrem Beschützer nicht klarkam."

„Möglich", Robert legte die Hand vor die Augen. „Aber man hat sie nicht einfach erschossen. Irgendein bestialisches Schwein hat ihr den Bauch aufgeschlitzt." Er schauderte noch mal bei dem Gedanken daran. „Du hast mir immer noch nicht gesagt, wo du warst."

„Das ist jetzt nicht so wichtig. Ich bin müde." Sie gab Biggs ein Zeichen, worauf er den Wagen anfuhr. Unterwegs legte sie die Hand an sein Ohr und flüsterte ihm zu, daß sie vor Biggs nicht sagen wolle, wo sie gewesen sei. Es wäre zwar ganz harmlos, aber private und geschäftliche Dinge gingen das Personal nichts an.

In Robert keimte der Verdacht, daß Lauretta mit dem Mord in Verbindung stehen würde. Er wußte nicht, was ihn dazu veranlaßt hatte, denn ein zufälliges Abwesentsein war kein Beweis. Außerdem war sie meist eine so überaus zärtliche Frau, der er ihr eine solche Tat niemals zutrauen durfte. Und trotzdem ließ ihn dieses Gefühl nicht los.

Zu Hause erlebte er dann wieder dieselbe Lauretta Price wie Tage zuvor: beherrscht, charmant, liebevoll und zärtlich. Als sie im Bad war, konnte sich Robert nicht verkneifen, zum Schreibtisch zu gehen und nach dem Messer zu suchen. Es lag an seinem Platz. Langsam zog er es aus der Scheide. Es glänzte und wirkte unberührt.

„Guten Morgen, mein Liebling. Möchtest du auch ein Bad nehmen, bevor du zu Bett gehst?" Sie kam strahlend auf ihn zu und umarmte ihn.

Robert nickte wohlwollend und war froh, ihren Körper wieder fest in den Armen zu halten. Hier war alles so ruhig und sicher. In ihrer Nähe verschwanden seine Gedanken an das gräßliche Erlebnis.

„Das war ein scheußlicher Abend", begann er später. „Ich wünschte, wir wären nie ausgegangen. Aber du hast mir immer noch nicht gesagt, wo du warst."

Lauretta streckte sich und atmete tief durch. „Ach, weißt du, es ist eigentlich schrecklich kompliziert."

„Ich will es trotzdem wissen."

„Muß das sein?"
„Ja." Robert blieb unerbittlich.
„Du bist so ernst dabei. Was ist?"
„Vielleicht klingt es lächerlich, aber ich hatte dich im ersten Moment im Verdacht, daß du etwas mit dem Mord zu tun hättest."
Sie lachte ungeniert vor sich hin, bis sie sich bestürzt aufrichtete und ihn aus kühlen, dunklen Augen anblickte. „Würdest du mir so etwas zutrauen?"
„Nein, nein", beschwichtigte Robert. „Ich sagte ja, daß es lächerlich ist. – Es ist nur so ein Gedanke. Aber es wäre mir schon lieber, wenn du mir erzählen würdest, wo du warst."
„Gut. – Sag' mir rechtzeitig, wenn du dich langweilst!" Sie erzählte ihm eine Geschichte von einem Kollegen, der eine äußerst alte und wertvolle Vase schnellstens verkaufen mußte. Sie habe sich das Stück angesehen, wollte jedoch noch einen Gutachter hinzuziehen, den sie dann gemeinsam aus dem Bett geklingelt hätten. Es wäre ein guter Kauf gewesen, und danach habe sie Biggs angerufen, sie abzuholen. Mit ihm sei sie zum Nachtclub gefahren, wo sie auf ihn gewartet hätten.
Robert meinte, daß er zufrieden sei, ihn das heutige Ereignis jedoch mehr mitgenommen habe, als er ursprünglich angenommen hatte. Sie schenkte ihm ein nachsichtiges Lächeln und deckte ihn behutsam zu.
„Was hältst du davon, wenn wir verreisen?" sagte sie plötzlich in die Stille.
„Verreisen? Warum und wohin?" Robert war aus seinem Halbschlaf erwacht und sah sie neugierig an.
„Einfach Urlaub machen. Ich war dieses Jahr noch nicht weg. Das würde uns beiden bestimmt guttun." Ihre Stimme hatte etwas Berechnendes an sich. „Nicht lange. Vielleicht zwei, drei Wochen!"
„Nun mal ehrlich", sagte Robert. „Du hast bestimmt schon einen festen Plan. Wo soll es hingehen?"
„Nach Guernsey."
„Wo ist das?"

„Du kennst das nicht?" fragte sie erstaunt. „Dabei habt ihr Deutschen es im Krieg besetzt."

„Ich durfte leider noch nicht dabeisein", warf er spöttisch ein.

„Es ist eine Kanalinsel. Sie liegt vor der französischen Küste, gehört allerdings noch zu England. – Eine kleine verträumte romantische Insel." Sie schwieg einen Moment, während Heiterkeit ihr Gesicht überzog. „Kannst du dir vorstellen, wie wir beide dort am Strand liegen, uns von der Sonne bräunen lassen und alles um uns herum vergessen?"

„Ja", er gähnte. „Aber nicht jetzt. Sprechen wir morgen darüber."

Schmunzelnd hauchte sie ihm einen Kuß auf den Mund und wünschte ihm eine angenehme Ruhe. Robert bekam nicht mehr mit, wie sie hinterher aufstand und ihre Handtasche durchsuchte.

Wie fortgeblasen schien jegliche Nervosität, die Lauretta in den vergangenen Tagen befallen hatte. Energisch und zielstrebig ging sie daran, die Vorbereitungen für ihren Urlaub auf Guernsey zu treffen. Im Geschäft kommandierte sie Tiggling wie einen Kadetten umher und hämmerte ihm verschiedene Zahlungsfristen und Vertragsdaten ein, die dieser mit unterwürfigem „Ja, Madam", „Ganz, wie Sie wünschen" und „Stets zu Ihren Diensten" in sich aufnahm.

Das Schiff für die Überfahrt bestellte sie selbst, und Robert wunderte sich lediglich über den frühen Termin. Noch in dieser Woche, am Freitag, also in nur drei Tagen, würden sie auf der von Lauretta so reizvoll beschriebenen Insel ankommen. Er vermied es, ihrem geschäftigen Treiben im Weg zu stehen, indem er sich für den Rest des Tages entschuldigte, da er beabsichtige, noch einige Kleinigkeiten wie Bademantel, Koffer und ähnliches zu besorgen.

„Sei rechtzeitig zurück!" ermahnte sie ihn, als er ihr noch einen erfolgreichen Geschäftsgang wünschte.

„Wann ist das? – Rechtzeitig?"

Sie drehte sich kurz nach Tiggling um, der jedoch hinter dem Vorhang telefonierte, ehe sie ihm mit der Hand über die Brust fuhr.

„Jede Minute ist es wert, voll ausgenützt zu werden. In den vergangenen Tagen haben wir viel Zeit vergeudet... Wir sind im Rückstand ... Sieh zu, daß du so früh wie möglich zurück bist." Spielerisch fuhr sie mit ihren Fingernägeln über seinen Hals und schloß gleichzeitig genüßlich die Augen. „Der Weg ist frei!" flüsterte sie und brachte ihn zur Tür.

Die letzte Bemerkung ließ Roberts Verdacht erneut aufflackern. Hatte Lauretta wirklich nichts mit dem bestialischen Vorgang gestern abend zu tun? War ihre fadenscheinige Erklärung mit dem angeblichen Geschäftspartner gelogen? Aber was sprach eigentlich dagegen? Er besaß nichts als ein paar Vermutungen, die obendrein aus vorhergehenden Vermutungen stammten. Er beschloß, die Zeitung zu kaufen. Vielleicht fand er dort einige Anhaltspunkte, die seine Theorien bestätigen würden.

Bei einer Boulevardzeitung entdeckte er den Mord als Titelgeschichte. Schnell überflog er den Text, entnahm jedoch nur soviel, daß die Frau eine dort bekannte Prostituierte gewesen sei, von dem Täter jede Spur fehle und die Polizei zugestand, vor einer schwierigen Aufgabe zu stehen.

Wegen seiner Schwarzmalerei schalt sich Robert einen Narren, der nur darauf aus sei, hinter allem und jedem eine Bestätigung für seine verschwörerischen Hirngespinste zu sehen. Sollte irgend etwas daran stimmen – nun, er würde schon darauf stoßen.

„Puh", Robert stöhnte, „es ist ermüdend, durch die Stadt zu laufen. Was machen wir heute abend?"

„Auf was freust du dich?" fragte Lauretta und begutachtete seine Einkäufe. „Ich möchte, daß wir hierbleiben."

„Aber nur, wenn ich dir ein paar Fragen stellen darf, auf die du mir offen und ehrlich antwortest." Er schaute sie dabei prüfend an.

Lauretta nickte bereitwillig, ging auf ihn zu und wollte ihn umarmen. Er wehrte sie galant ab und deutete ihr an, daß er an einer Unterhaltung im Moment mehr interessiert sei. Es war ihm klar, daß sie darauf aus war, seine Neugierde mit ihrer Zärtlichkeit zu ersticken.

„Was glaubst du, warum du lebst?" hob er plötzlich an.

Schweigend lief sie zum Fenster und blieb eine Weile ruhig stehen. Dann sagte sie, ohne sich umzudrehen: „Weißt du es?"
„Nicht genau ... glaube ich ... aber ..."
„Und deshalb bist du gezwungen, solche Fragen zu stellen." Gelassen zündete sie sich eine Zigarette an und blies hastig einige Rauchwolken vor sich hin. „Wenn ich es dir sagen würde, du würdest mich nicht verstehen. - Noch nicht!"
Robert fühlte sich frühzeitig gestoppt und versuchte es anders. „Erzähl mir von der Figur im Geschäft."
Sie lächelte, setzte zum Sprechen an, hielt sich dann aber selbst zurück. Mit verträumten Augen blickte sie zur Decke und sagte: „Du weißt ein wenig davon. Aber was du weißt, ist so gering, daß es nicht wert ist, erwähnt zu werden. - Trotzdem. Ich will dir mehr über mich erzählen. Vielleicht wirst du dann verstehen, warum ich so bin, wie ich bin." Sie winkte ihn heran und begann zu reden, ohne ihn auch nur ein einziges Mal dabei anzusehen.

Als kleines Mädchen habe sie sich immer wieder gefragt, warum ihr Vater so reich war, ob die armen Kinder auch in den Himmel kommen würden, wie es wohl im Paradies aussehe und ob Gott genügend Zeit hätte, all die bösen Menschen zu bestrafen. Später, in der Schule, habe sie Gott nur noch darum gebeten, für gute Noten zu sorgen. Dabei wäre sie zum ersten Mal enttäuscht geworden und habe ernsthaft an der Glaubwürdigkeit seiner Existenz gezweifelt. Je älter sie wurde, desto mehr sei ihr bewußt geworden, wie sehr man sie als Kind belogen hatte. Bis dahin habe sie den Sinn des Lebens darin gesehen, ein gutes Leben zu führen, um für das Paradies gerüstet zu sein. Nachdem sie entdeckt habe, daß all die Dinge, die sie eigentlich nicht hätte tun dürfen, ihr Spaß bereiteten, habe sie sich in ihrem Tagebuch schriftlich von Gott losgesagt. Mehr und mehr habe sie Bücher über ältere Religionen gelesen und herausgefunden, daß es töricht sei, sich nur auf einen Gott zu verlassen. Es gab so viele. Für jeden Geschmack den Richtigen. Sie glaube, eine gute Wahl getroffen zu haben, und sei sehr glücklich dabei.

„Worin besteht dieses Glück?" warf Robert zaghaft dazwischen.

„Glück besteht darin, wenn eine Sehnsucht gestillt wird, eine Leidenschaft zu ihrem Recht kommt und der Wille sich über die Vernunft gesetzt hat."

„Unvernunft als Glück?" Es klang sehr boshaft.

„Dreh mir nicht das Wort herum!" fuhr sie ihn aggressiv an. „Ich sprach vom Willen, der sich über die Vernunft hinweggesetzt hat. Nur wenn der persönliche Wille zum Recht gekommen ist, kann man von einem Zustand der Macht sprechen. Macht ... ja, lächle ruhig. Macht ist der eigentliche Antrieb in uns allen. Jeder strebt nach Macht, aber nur die, die dabei Vernunft und Gewissen ignorieren, kommen in deren unaussprechlichen Genuß!"

„Was hat die Figur damit zu tun?"

„Du willst es nicht sehen", stöhnte sie verdrossen auf. Dann wurde ihre Stimme sehr weich. „Ein Symbol. – Nicht mehr. Nur ein Symbol."

„Für was steht es?" Robert war von seiner Hartnäckigkeit selbst überrascht. „Es drückt doch etwas aus?"

Lauretta tätschelte seine Wange und lächelte. „Oh ja. Es ist der Ausdruck eines Leitfadens. Ein Leitfaden der Macht – daher steht er jenseits der Vernunft und ist für Leute wie dich nicht verständlich. Aber quäle dich nicht weiter mit Dingen, die ich dir sowieso nicht sagen darf." Es klang, als flehe sie ihn an.

„Wer verbietet es dir?"

„Pssst!" Sie legte den Finger an den Mund.

Robert gab resigniert auf. Hin und wieder versuchte er zu diesem Thema zurückzukommen, wurde aber immer schneidender gestoppt, bis er glaubte, den kritischen Punkt erreicht zu haben, an dem Lauretta kurz vor einem Gefühlsausbruch stand. Auch in den beiden darauffolgenden Tagen weigerte sie sich, mit ihm darüber zu sprechen. Er gewann den Eindruck, daß sie immer kühler und härter wurde, im Bett dagegen zügelloser und fast irrsinnig leidenschaftlich.

Am Tag vor ihrer Abreise wirkte sie ausgelassen wie ein Kind. Sie half ihm beim Packen und schwärmte zwischendurch von der zu erwartenden herrlichen Zeit.

Fast zwei Stunden waren sie mit dem Auto schon unterwegs. Biggs fuhr sie nach Weymouth, wo sie das Schiff nehmen mußten.

„Nimm du die Karten", sagte sie lebhaft. „Ich bin so aufgeregt, daß ich sie bestimmt verliere, noch bevor wir an Bord sind."

Robert nahm die postkartengroßen Karten in die Hand und wollte sie in seine Jackentasche stecken, als er flüchtig den aufgedruckten Text überlas. Weymouth – St. Peter Port, stand darauf. Überrascht hielt er inne und las noch einmal. St. Peter! Der Hafen auf Guernsey hieß St. Peter Port.

III

Während der gesamten Überfahrt dröhnte in Roberts Kopf ein Name: St. Peter Port. Marianne hatte ihm zuletzt hinterlassen, daß er für sie St. Peter grüßen solle. Was mochte sonst noch alles hinter diesem Namen stecken? Enttäuscht stellte er fest, daß er zwar auf der richtigen Spur war, jedoch im Grunde genommen keinen Schritt weitergekommen war. Zu dieser Verbitterung mischte sich noch ein Gefühl der Übelkeit, die das langsame Auf und Ab des sich wiegenden Schiffskörpers verursachte.

„Du bist blaß", sagte Lauretta. Sie hatte echtes Mitleid mit seinem Zustand und empfahl ihm, an Deck in die frische Luft zu gehen.

Die kräftige Brise, die ihm oben ins Gesicht wehte, ließ ihn sich für einen Augenblick wohler fühlen. Robert genoß die Weite des Meeres und beobachtete interessiert den Schwarm der Möwen, die sich kreischend zu unterhalten schienen. Vereinzelte Schiffe, in großem Abstand, störten das friedvolle Bild nur wenig. Noch gut eine Stunde würde die Überfahrt dauern, ehe er sich auf festem Boden wieder erholen konnte.

Als erstes würde er sich sofort eine Landkarte besorgen. Der 22. Juli war nur noch sechs Tage entfernt, und er war sich sicher, daß er diese Rocquaine Bay samt Fort Grey auf Guernsey finden würde. Allerdings galt es, sich vorsichtig zu verhalten. Lauretta durfte keinen Verdacht schöpfen.

Kurz bevor das Schiff anlegte, ging er zu ihr zurück und meinte, daß es ihm bedeutend besser ginge. Mit noch etwas unsicheren Füßen wollte er sich um eines der wartenden Taxis bemühen, als ihn Lauretta darauf hinwies, daß sie ein Wagen aus dem Hotel abholen würde.

„Wenn du nichts dagegen hast, ich hätte gerne eine Karte der Insel. Normalerweise orientiere ich mich gerne, wo ich bin." Fast trotzig hatte er ihr diese Worte hingeworfen.

„Warum nicht", entgegnete sie steif. „Im Hotel wirst du alles bekommen."

Sie stiegen im Hotel ‚Bella Luce' ab. Wäre er nur zu seinem Vergnügen hier, er hätte sich keinen besseren Platz suchen können. Ein herrliches historisches Gebäude im Stil der alten englischen Herrschaftshäuser. Die vorstehenden Erker der Fenster mit den unumgänglichen Butzenscheiben vermittelten jedem Besucher sofort ein behagliches und vertrauenerweckendes Gefühl.

Freundlich und zuvorkommend erfüllte man seinen Wunsch nach einer Landkarte. Noch bevor er begann, die nach oben gebrachten Koffer auszupacken, studierte er auf dem Bett sitzend den Plan. Er war so klein und übersichtlich, daß er nach einigen Sekunden das Gesuchte fand. Rocquaine Bay samt Fort Grey mochten höchstens acht Kilometer von ihrem Hotel entfernt sein.

„Suchst du etwas Bestimmtes?" hörte er Lauretta fragen.

„Nein, nein", wehrte er ab. „Wie lange bleiben wir eigentlich hier?"

„Eine Woche ... zwei Wochen ... drei oder ein ganzes Leben. Solange es uns gefällt und wir glücklich sind." Lauretta zuckte dabei mit den Schultern und schaute ihn verträumt an. „Gehst du mit hinunter, einen Drink nehmen?"

Robert nickte und schloß sich ihr an. Auf dem Korridor fiel ihm auf, wie ein älteres Paar vor Lauretta den Kopf neigte, als würden sie einen stummen, aber höflichen Gruß ausrichten. Er hatte zu spät auf Lauretta geschaut, um festzustellen, ob sie diese Geste erwiderte. In der Bar erhielt er jedoch Gewißheit. Sehr kurz, aber deutlich zu bemerken nickte sie einem Herrn zu, der für diesen Moment das Lesen der Zeitung unterbrochen hatte.

„Kennst du die Leute hier?" fragte er neugierig.

„Nein. Wie kommst du darauf?"

„Du hast doch den Herrn dort drüben mit einem Kopfnicken begrüßt. Tu nicht so, als würde das nicht stimmen." Robert sah sie herausfordernd an.

„Was soll das?" fuhr sie ihn ungehalten an. „Willst du mir Vorschriften bezüglich der höflichen Gepflogenheiten machen?"

Mit seinem lauten Lachen überspielte Robert den Ärger, den ihm ihre Antwort verursacht hatte. „Zugegeben", er prustete gekonnt vor sich hin, „in der Öffentlichkeit stehen meine Manieren weit hinter deinen zurück. Aber im Bett, da ..."

„Sei still!"

„Also im Bett, da bist du ..."

Blitzartig verschloß sie ihm mit der Hand den Mund und blickte ihn bittend an. Robert winkte und gab ihr zu verstehen, daß er nicht weitersprechen werde. Zögernd nahm sie die Hand weg und spielte die Beleidigte. Als sie merkte, daß Robert nicht auf sie einging, erhob sie sich, nahm ihre Handtasche und bat, sie für einen Augenblick zu entschuldigen.

Während sie weg war, winkte Robert den Barkeeper herbei. „Eine diskrete Frage. Ich glaube, den Herrn hinter mir, den mit der Zeitung, aus London zu kennen. Ist das nicht Bernhard Harris?" Er hatte einen ihm willkürlich eingefallenen Namen verwendet.

„Nein, Sir. Das ist Dr. Larsen, ein Nervenarzt."

„Herzlichen Dank, Sie haben mir eine Verlegenheit erspart. – Trinken Sie ein Glas mit mir." Er lächelte ihm zu, und der Mann ließ sich nicht zweimal bitten.

Robert begann ein Geplauder über das Wetter, den Zerfall des englischen Pfunds und die Verschmutzung der Strände. Ganz allmählich brachte er den Mann hinter der Theke dazu, etwas mehr über die Gäste im Hotel zu erzählen.

„Wissen Sie, Sir", begann dieser. „Ich arbeite nun schon seit Jahren hier. Aber seit ein paar Tagen habe ich eine merkwürdige Beobachtung gemacht. Erstens sind wir total ausgebucht, und zum anderen habe ich das Gefühl, als würden sich die meisten Gäste untereinander kennen, obwohl sie dies – meiner Meinung nach – zu verbergen suchen."

„Das ist wirklich interessant", bestätigte ihn Robert. „Und woraus schließen Sie das?"

„Nun ja, es ist mehr ein Gefühl. Ich habe den Eindruck, daß sie sich mit den Augen guten Tag sagen. – Alles ehrenwerte Gäste, Sie verstehen!"

„Wie ehrenwert?"

Der Mann zögerte, als habe man ihn an einer empfindlichen Stelle getroffen. „Wie soll ich sagen ... Mehrere Doktoren, zwei Rechtsanwälte, ein Pfarrer, sogar ein Parlamentsmitglied. So gut besetzt waren wir schon lange nicht mehr."

„Und alle bleiben länger als bis zum 22. Juli?"

„Das weiß ich nicht. Wie kommen Sie darauf?"

Robert legte beide Hände an den Mund und flüsterte: „Weil ich nämlich länger bleibe und kein Akademiker oder etwas Ähnliches bin." Er lächelte ihm zu. „Vielleicht erreiche ich dadurch eine höhere Reputation."

„Sie belieben zu scherzen, Sir", sagte der Barkeeper und entschuldigte sich höflich, da man ihn draußen erwarten würde.

Lauretta kam bald darauf zurück und setzte sich leicht schmollend neben Robert. Es war deutlich zu sehen, daß sie sich frisch geschminkt hatte, was Robert zum Anlaß nahm, ihr unterbrochenes Gespräch fortzusetzen. „Für mich?" fragte er spöttisch.

„Was ist für dich?"

Er zeigte mit dem Finger auf ihre Lippen und murmelte schwärmerisch: „Dieses glänzende, wie von frischem Tau überzogene Rouge, dessen schillerndes Glitzern den erotischen Kristall in jedem Mann zum Strahlen bringt."Er schaute in ihr ausdrucksloses und unverständliches Gesicht und setzte hinzu: „Einfacher gesagt: Ich würde dich am liebsten auf der Stelle vernaschen!"

Lauretta wurde zornig. Ihr Gesichtsausdruck zeigte deutlich die wachsende Empörung. „Beherrsche dich bitte", fuhr sie ihn an. „Ich bin nicht in der Lage, deine niedrigen Tierinstinkte zu teilen!"

„Oho!" Robert lachte verächtlich. „Niedrige Instinkte. Von einem Tier sogar. Sollen wir abstimmen lassen?" Er schaute in der Bar umher, bemerkte jedoch, daß man sie inzwischen alleingelassen hatte. „Nun gut. Das geht ohne Publikum sehr schlecht. Aber hältst du das für einen sehr hoch entwickelten Instinkt, vor dem ich Angst haben muß, daß er mir nicht das abbeißt, was ich gerne noch einige Zeit bei mir hätte?"

Lauretta hatte ausgeholt und voll zugeschlagen. Robert sah ihre Bewegung jedoch schon im Ansatz und wehrte den Schlag mit seinem Arm ab. Behend glitt er von seinem Barhocker, packte ihr Handgelenk und drehte es auf ihren Rücken. Während er so hinter ihr stand, hörte er deutlich ihren gepreßten, keuchenden Atem. Mit seiner freien Hand packte er sie an den Haaren und drehte ihren Kopf in seine Richtung. „Gib zu, daß dir das gefällt!" zischte er.

„Du Schuft!" knirschte sie gequält. Mit zusammengepreßten Lippen starrte sie ihn bedrohlich an.

„Öffne die Lippen, Liebling. – Nur ganz wenig!" Als sie seiner Aufforderung nicht nachkommen wollte, drehte er ganz langsam ihr Handgelenk nach oben, bis sie vor Schmerz nachgab und den Mund öffnete. „Das hast du fein gemacht." Mit einem Ruck preßte er seine Lippen auf die ihren, ließ Hände und Haare los und begann sie zärtlich zu küssen.

Blieb sie zu Beginn noch regungslos vor ihm stehen und ließ alles mit sich geschehen, so legte sie nun ihre Hände um seinen Hals und erwiderte leidenschaftlich seinen Kuß.

„Bist du noch böse?" flüsterte er ihr ins Ohr und schaute erwartungsvoll in ihre Augen.

Lauretta schüttelte verneinend den Kopf und lächelte ihn an. „Ich weiß, daß du auf meiner Seite stehst. Auch wenn dir manches an mir noch unverständlich vorkommt. Du wurdest für mich geschaffen. Nur für mich. Ich kann mich auf dich verlassen, und bald werde ich dir auch vertrauen können." Sie berührte kurz seine Nasenspitze und schlug ihm vor, vor Einbruch der Nacht noch einen Spaziergang zum Strand zu machen.

Sich an den Händen führend gingen sie auf steinigen Wegen zu einer kleinen Bucht. Die Luft war lauwarm, und Robert glaubte, sie schmecke nach Meer. Umgeben von Felsbrocken erreichten sie den kleinen Strand, dessen unglaublich weißer Sand in Schein der untergehenden Sonne wie ein Teppich wirkte. Mit einem leisen Gluckern verloren sich die schwachen Wellen an Land. Es war sehr still. Ein paar hundert Meter weiter verstauten einige Badegäste ihre Habseligkeiten und machten sich auf den Heimweg. Robert zog seine Schuhe aus und forderte Lauretta auf, es ihm gleichzutun.

Barfuß, den durchsickernden Sand zwischen den Zehen spürend, wanderten sie am Ufer entlang. Mit hochgekrempelten Hosenbeinen watete Robert vorsichtig in das flache Wasser. Erstaunt rief er aus, wie warm es sei, und neckte Lauretta, indem er sie leicht bespritzte.

„Laß das", kicherte sie und lief ein paar Schritte zurück. „Ich will nicht, daß du mir mein Kleid ruinierst."

„Stell dich nicht so an. Komm, es ist phantastisch hier und garantiert ganz flach." Er winkte sie zu sich und watete noch tiefer hinein. Zögernd folgte sie ihm.

„Ist es nicht herrlich hier?" Lauretta schaute auf das offene Meer und kämpfte leicht mit dem sich unter ihren Füßen wegspülenden Sand. „Ich habe dir nicht zuviel versprochen."

Robert lächelte sie an und sprang auf sie zu, wobei sie sofort zu schimpfen anfing, da die auftretenden Wasserspritzer ihr Kleid durchnäßten. „Ach, kümmer dich nicht darum", rief er ausgelassen, umarmte sie und begann im seichten Wasser ein paar Tanzschritte mit ihr zu machen. „Jetzt kommt es auf ein bißchen mehr oder weniger auch nicht mehr an." Plötzlich blieb er still stehen, umklammerte sie an den Hüften und ließ sich seitlich zu Boden fallen, indem er sie gewaltsam mitzog. Er lachte ungestüm, als sie nebeneinander im Wasser lagen und sie sich mit wütenden Schreien zu befreien suchte.

„Das war gemein!" stieß sie hervor. Dann schaute sie auf ihr sandverschmiertes Kleid und stimmte in Roberts befreiendes Lachen ein.

Nach einer Weile, als sie beide vergeblich versuchten, den nassen Sand von ihrer Kleidung zu klopfen, sagte Robert obenhin: „Ich möchte unbedingt mehr von dieser Insel sehen. Glaubst du, ich kann einen Mietwagen bekommen?"

„Natürlich. Wir werden vergnügte Ausflüge machen", stimmte sie begeistert bei. Als sie aber sah, daß er von ihrem Vorschlag nicht so angetan war, fragte sie verlegen: „Was ist?" Und nach einer Pause: „Willst du keinen Wagen mehr mieten?"

„Doch, doch", beeilte sich Robert zu antworten.

„Aber?" Es klang ergeben.

„Eigentlich wollte ich die Ausflüge alleine machen. - Ja, ohne dich!" Hinter die letzten Worten hatte er sehr viel Nachdruck gesetzt.

Sie blieben beide eine Zeitlang stumm, währenddessen sie sich auf den Boden setzte und spielerisch im Sand zu malen begann. Dann sagte sie gedankenverloren: „Warum willst du mich nicht dabeihaben? - Es ist doch unser gemeinsamer Urlaub. Oder nicht?"

„Schon. Aber warum sollte ich nicht mal alleine wegfahren?"

„Hast du mich schon satt?"

Robert kniete sich hinter sie und umfaßte sie mit beiden Armen. „Nein. Aber vielleicht brauche ich Distanz - einfach einen Abstand, um herauszufinden, warum ich so fasziniert von dir bin!" Es klang nicht nur ehrlich, er meinte es tatsächlich so. Allerdings dachte er dabei mehr an ihre Verbindungen, die er ausfindig zu machen hoffte, als an ihre Person.

Lauretta starrte schweigend in den Sand, drehte sich dann unvermittelt um und sagte kalt: „Das kommt überhaupt nicht in Frage!"

„Oh doch!"

„Nein!"

„Schrei nicht, ich werde es trotzdem tun."

„Wenn du darauf bestehst, reise ich noch heute abend ab!" Energisch hatte sie seine Hände zur Seite gestoßen und war aufgestanden. Aufgebracht und mit festen Schritten machte sie sich auf den Heimweg, ohne Robert eines weiteren Blickes zu würdigen.

Seine Worte, sie möge doch dableiben, schließlich könne man darüber sprechen, überging sie gezielt und lief geradewegs weiter. Für einen Augenblick blieb Robert stehen und wog hin und her, ob er ihr folgen solle. War das alles ein Bluff, oder hatte sie wirklich nichts mit Donnerstag nächster Woche auf Fort Grey zu tun? Unsicher geworden, entschloß er sich, ihr nachzugehen. Vielleicht hatte er sie zu sehr gereizt. „Warte, Liebes! – So warte doch!" rief er. Lauretta nahm jedoch keinerlei Notiz von ihm und setzte ihren eingeschlagenen Weg fort. Keuchend holte er sie endlich ein und zwang sie stehenzubleiben. „Also gut", begann er. „Wir holen einen Mietwagen und machen die Ausflüge zusammen. Bist du nun zufrieden?"

Obwohl ihr Gesicht regungslos blieb, glaubte er den Triumph spüren zu können, der sich in ihrem Inneren breitmachte. Mit unverhohlenem Stolz blickte sie ihm gerade in die Augen. In ihren Mundwinkeln spielte etwas wie leichter Spott. „Ich bin bereit, dich mitzunehmen", sagte sie gedehnt.

Robert hielt sich zurück. Zu gerne hätte er ihr seine Meinung ins Gesicht geschleudert. Gegen diese berechnende Kühle hätte er jedoch mit Sicherheit den kürzeren gezogen. Leicht gedemütigt ging er still neben ihr her und suchte verzweifelt nach einem Weg, wie er dieses Bollwerk von Beherrschung und Kontrolle stürmen könnte. Alleine fühlte er sich nicht dazu imstande. Ganz langsam entwickelte er eine Idee, die ihm sehr verlockend erschien. Dabei war er allerdings gezwungen, die Rolle des unterwürfigen Liebhabers weiterzuspielen – wenigstens für die nächsten Tage!

Nach dem Frühstück beschlossen sie, gemeinsam nach St. Peter Port zu gehen, um sich einen Wagen für die nächste Woche zu holen. Robert erkundigte sich nach dem Weg und schlug vor, doch per Fuß zu gehen, da es nur vier Kilometer wären, die ihnen bestimmt den richtigen Appetit zur Lunchzeit geben würden.

Unterwegs machte er alle Anstrengungen, Lauretta bei Laune zu halten. Er mußte den richtigen Augenblick erwischen, obwohl selbst dann noch fraglich war, ob sie gestern nur geblufft hatte. Aber wie sie das angestellt hatte, war bewundernswert. Ein zweites Mal würde ihr das nicht gelingen. Davon war er absolut überzeugt.

„Denkst du an ein bestimmtes Modell?" fragte er gleichgültig.

„Das ist nicht mein Problem, mein Liebling. Ich werde den Wagen sowieso nicht fahren!"

„Ich liebe teure Autos. – Du bezahlst doch hoffentlich?"

Lächelnd schüttelte sie den Kopf und meinte: „Warum redest du so oft von Geld? Ich kann meines nie verbrauchen. Nimm, was du willst."

Im Verlauf ihres Weges sprachen sie sonst nur wenig miteinander. Das Auf und Ab entlang der Küste brachte sie sehr schnell in Atem, und jeder schien mit seinen Kräften sorgfältig hauszuhalten.

Robert schwor sich, wenn diese ganze Geschichte eines Tages ihr Ende gefunden habe, zu einem richtigen Urlaub auf diese Insel zu kommen. Er war wie berauscht von dem kräftigen Grün der Vegetation, den stillen, unheimlich sauberen Buchten und dem klaren Wasser, das bei diesen sommerlichen Temperaturen zum Baden bestens geeignet sein mußte. In der kleinen Bucht, die sie gerade hinter sich gelassen hatten, lagen kleine Segelschiffe vor Anker, während sich am präparierten Sandstrand die Leute friedlich sonnten. Er hätte viel darum gegeben, einer der Ihren zu sein und alles bisher Erlebte auszulöschen.

„Lauf bitte nicht so schnell!" bat ihn Lauretta und blieb für eine Weile luftschnappend stehen.

„Entschuldige. Ich vergaß dich gänzlich."

Sie wischte sich die schweißglänzende Stirne und pustete kräftig durch. „Mein Gott, bin ich müde. Wie lange müssen wir noch gehen?"

Sichtlich matt ließ sie sich in einen Stuhl des ersten Restaurants fallen, an dem sie vorüberkamen. Auf Roberts Bitten, sie möge doch noch etwas weiter mit ihm in die Stadt hineingehen, schüttelte sie nur erschöpft den Kopf. „Nein." Und nach einer Pause. „Den Mietwagen lassen wir uns hierherbringen."

„Wie du meinst."

Solange sie auf das Essen warteten, kümmerte sich Robert um den Wagen. Zunächst weigerte man sich, ihn vorbeizubringen. Als er jedoch mit einem dicken Trinkgeld winkte, wurde seinem Wunsch sofort stattgegeben. Der Wagen kam – ein großer Austin – und

Robert hielt Lauretta höflich die Türe auf.

„Wohin, gnädige Frau?" fragte er scherzhaft und fuhr auch schon an.

„Fahr zu, mir ist es egal."

Robert wußte schon genau, wohin er fahren würde, wo er halten wollte und was er sich anzusehen trachtete: Rocquaine Bay – Fort Grey. Er war gespannt darauf, was Lauretta für eine Reaktion zeigen würde. Wart nur ab, sagte er zu sich im stillen, ich finde schon heraus, was du mir noch verbirgst, und wenn ich dich dazu prügeln muß. Er pfiff irgendein Lied und trat das Gaspedal durch.

„Oh! Schau dir das an! – Was ist denn das für eine merkwürdige Burg?" Robert wußte, daß sie Fort Grey erreicht hatten. Unauffällig beobachtete er ihr Gesicht und brachte den Wagen zum Stehen.

„Schau nach, du hast doch eine Karte", erklärte sie gelassen.

„Komm, wir steigen aus. Das will ich mir näher ansehen", forderte sie Robert auf.

„Ach nein! Nicht schon wieder laufen. Ich bin noch von heute morgen völlig fertig." Es klang sehr echt, und Robert konnte nicht die geringste Überraschung oder Unruhe feststellen.

„Okay, aber ich will mir das Ding ansehen. Du kannst ja im Wagen auf mich warten."

Lauretta nickte müde und schickte sich an, ebenfalls aus dem Auto zu steigen. „Aber bleib nicht zu lange – ich sterb sonst vor Sehnsucht", rief sie ihm fröhlich hinterdrein.

Mit festem Schritt ging Robert auf das Fort zu. Es hatte gewaltige Mauern, die in einem Kreis von gut zweihundert Metern Durchmesser aufgestellt waren. In der Mitte ragte ein dicker Turm heraus, dessen weißer Anstrich das Bild eines halbfertigen Atomreaktors bot. Von weitem glaubte Robert, eine Vielzahl von Schießscharten zu entdecken, die das ganze Gebäude bedrohlich ausschauen ließen.

Es waren nicht viele Besucher zu sehen. Mit Sicherheit hatte die Insel hübschere Stellen zu bieten als dieses langsam verrottende Bauwerk. Eine runde Treppe führte zum Eingang, bei der man auf halbem Weg zu einem einsam stehenden Haus abzweigen konnte. Von dort blickte er zum ersten Mal zurück und sah Lauretta als kleinen Punkt neben dem Wagen stehen. Er winkte und wunderte sich, daß sie ihm sofort antwortete. Sie schien ihn also zu beobachten, aber das sollte nichts bedeuten.

„Sorry", stammelte er ungeschickt hervor, als er beim Rückwärtsgehen einer Person aufgelaufen war. Er drehte sich um und sah ein junges, hübsches Mädchen, das sich mit schmerzlichem Gesicht den Fuß rieb. Robert holte sein bestes Englisch hervor und sagte: „Entschuldigen Sie vielmals. Es tut mir schrecklich leid." Besorgt beugte er sich hinunter und fragte, ob er irgend etwas für sie tun könne.

„Nein, nein, geht schon", sagte das Mädchen und lächelte.

Am Klang ihrer Aussprache glaubte Robert, eine Ausländerin vor sich zu haben. „Sie sind Touristin?"

Sie nickte und machte einige Gehversuche. Ihm weiter zulächelnd wollte sie den Weg zum Strand zurückgehen.

„Darf ich fragen, woher Sie kommen?" fragte Robert bedächtig.

„Aus Deutschland", gab sie freundlich zurück.

„Ach, wie nett! Dann können wir uns ja in unserer Muttersprache unterhalten", rief Robert und lief ihr nach.

Sie mochte zweiundzwanzig Jahre alt sein, schlank mit einem wilden Wuschelkopf und engen verwaschenen Jeans, wie sie bei jungen Leuten üblich waren. Er erkundigte sich, aus welcher Stadt sie komme, und meinte, dieses Ereignis feiern zu müssen, da auch er erst vor ein paar Wochen in München gewesen sei.

Robert stellte sich kurz mit seinem Vornamen vor und bekam ebenso artig ein „Nett, ich heiße Elisabeth" zur Antwort. Als er jedoch tiefer in sie dringen wollte, wo sie wohne, ob sie das erste Mal hier sei, wie es ihr gefalle und was sie alles tue, gab sie immer abweisendere Antworten.

Sie wirkte scheu und ängstlich. Alle Anstrengungen, die er unternahm, ihren Namen und ihre Adresse herauszubekommen, waren vergebens. Ihm schien, als habe sie nichts anderes im Sinn, als so schnell wie möglich aus seiner Nähe zu kommen.

„Werden wir uns nochmals sehen?" fragte er, seine Hoffnungen aufgebend.

„Ich glaube kaum", meinte sie und schüttelte den Kopf.

„Also dann – es war nett, Sie kennengelernt zu haben."

Robert setzte sich auf den Rand der Treppe und schaute ihr enttäuscht nach. Verdrossen spielte er mit ein paar Steinen und richtete seinen Blick wieder in Richtung Lauretta. Sie stand immer noch bei dem Wagen. Wieder winkte er ihr zu, aber diesmal blieb seine Geste ohne Erwiderung.

Als er zurückkehrte, merkte er, daß er eine weiche Stelle bei Lauretta getroffen hatte. Sie musterte ihn frostig und sagte: „Anscheinend bist du nicht dazu gekommen, das Fort zu besichtigen."

„Sieht so aus." Er nickte. „Es gibt Dinge, die hübscher sind als alte Mauern."

„Du wolltest also nur deshalb alleine weg, um ungestört flirten zu können? – Na gut, dann vergreif dich aber nicht an kleinen Mädchen!" Sie kehrte ihm wütend den Rücken zu und stieg ein.

„Ein Mädchen aus München", sagte Robert, sie bewußt reizend. „Sie heißt Elisabeth ... und ist wirklich sehr hübsch!" Geheimnisvoll schmunzelnd drehte er sich zu ihr um.

Mit starrem Blick, die Augen gerade nach vorne gerichtet, fauchte sie ihn an. „Fahr los! Ich möchte ins Hotel zurück!"

Robert lachte laut auf und sagte: „Du bist ja eifersüchtig. Wie herrlich. Ich hätte nie geglaubt, daß du dazu in der Lage bist. Meine schöne edle Lauretta hat sich ..."

„Fahr los!" fiel sie ihm schnippisch ins Wort.

„Sofort, Madam. – Weißt du, in welche Richtung das nette Ding gegangen ist?"

Er hatte zu spät reagiert. Blitzschnell hatte Lauretta ausgeholt und zugeschlagen. Mit Mühe konnte er ihre Hand noch zur Brust ablenken, wo sie ihm ihre Fingernägel schmerzhaft ins Fleisch bohrte.

„Fahr los!" zischte sie mit zusammengebissenen Zähnen.

„Bist du verrückt?" schrie Robert erzürnt. Er nahm ihre Hand und schüttelte sie gewaltsam von sich.

„Versuche nie, mich zu reizen", drohte sie und setzte sich beherrscht wieder auf ihren Sitz.

Langsam und ohne Bitterkeit bot ihr Robert eine Zigarette an. Verliebt schaute er in ihre Augen und sagte dann bedächtig: „Gar nie? Soll ich dich wirklich gar nie reizen?"

Er zwang ihr ein Lächeln ab und brachte sie dazu, daß sie zugestand, es in so weitem Sinn nicht gemeint zu haben.

Die nächsten Tage verliefen relativ ruhig. Noch vor ein paar Monaten hätte Robert die jetzige Zeit als aufregend, abenteuerlich und nervlich belastend empfunden. In den vergangenen vierzehn Tagen hatte er sich jedoch so sehr an Laurettas Leben gewöhnt, daß ihm ihre nach außen strahlende Kühle, die bei ihrem intimen Beisammensein von einer geradezu fanatischen Leidenschaft unterbrochen wurde, als normal und alltäglich ansah.

Seine Idee, sie aus ihrer Reserve zu locken, um damit mehr Kontrolle zu erreichen, war ins Stocken geraten. Hatte er anfangs noch gedacht, daß Laurettas Eifersucht auf Elisabeth ein guter Ansatzpunkt sei, so mußte er feststellen, daß sie auf alle seine Anspielungen immer weniger reagierte und sich zum Schluß überhaupt nicht mehr dazu äußerte. Den Trick mit der Flirterei versuchte er noch mit zwei anderen Hotelbewohnerinnen, die ihm eine glatte Abfuhr erteilten. In zwei Tagen war der bewußte Termin, und Robert ärgerte sich, daß er so untätig am Strand herumlag. Zwar war er mit Lauretta noch ein paar Mal auf der Insel herumgefahren, aber eine ihn interessierende Neuigkeit konnte er nicht entdecken.

„Reichst du mir eine Cola?" bat Lauretta, die neben ihm auf einem überdimensionalen Badetuch im Sand lag.

Mißmutig stand er auf und ging zu der kleinen Kühltasche, die sie hinter einem Stein im Schatten abgestellt hatten. Seit sie hier waren, brannte die Sonne den ganzen Tag unbarmherzig herunter, und man versicherte ihm im Hotel, daß man schon lange keinen so warmen Sommer mehr erlebt hätte. Als er die Tasche wieder im Schatten verstaute, fiel sein Blick zufällig auf die im hinteren Teil der Bucht liegenden Badegäste.

Gebannt hielt er inne. Dort drüben, unter den Bäumen, vielleicht zweihundert Meter entfernt, sah er Elisabeth. Sie unterhielt sich mit einem älteren Mann und gestikulierte heftig mit den Händen. Robert konnte deutlich ihren Wuschelkopf erkennen. Im ersten Moment wollte er hinüberlaufen, hielt sich jedoch von seinem Vorhaben zurück, da er glaubte, seine Aufdringlichkeit würde nur Lächerlichkeit erregen.

„Wo bleibst du?" ertönte Laurettas Stimme.

„Schau mal, wer wieder hier ist", sagte er laut und wies mit der Hand in Richtung der Bäume. „Dort drüben ist Elisabeth. Meinst du, ich soll rübergehen?"

Lauretta war erschrocken hochgefahren und blickte angespannt in die von ihm gezeigte Richtung. Ihre Fassung wiedergewinnend, ließ sie sich langsam zurückgleiten und sagte: „Das war garantiert das letzte Mal, daß ich auf diesen Spaß hereingefallen bin."

Robert schaute noch einmal hinüber und sah den älteren Mann jetzt alleine. Das Mädchen schien sich in Luft aufgelöst zu haben. Er war sich so sicher, daß er Elisabeth wiedererkannt hatte, und bestand darauf, sich wenigstens bei dem Herrn erkundigen zu dürfen.

„Wenn du glaubst, daß dir das hilft? – Bitte, ich habe kein Mädchen gesehen", meinte Lauretta frostig und drehte sich gelangweilt auf den Bauch. Sie spielte die tief Beleidigte, wußte aber, daß sie Robert nicht davon abhalten konnte, zu dem Herrn zu gehen.

Zielstrebig ging Robert auf den Mann zu, der trotz seines Alters eine jener auffälligen Bermuda-Shorts trug. Als er näher bei ihm war, glaubte er, ihn schon gesehen zu haben.

„Entschuldigung, Sir, kennen wir uns nicht?"

Der blickte kurz auf und nickte dann. „Natürlich. Wir wohnen im selben Hotel. Mein Name ist Dr. Larsen. Ich habe Sie im Hotel gesehen."

„Jetzt fällt es mir wieder ein. Entschuldigen Sie die Störung, Dr. Larsen." Unter Berücksichtigung sämtlicher Höflichkeitsregeln stellte sich Robert vor und bat, ihm eine Frage zu beantworten.

„Das muß sehr wichtig sein, wenn Sie deshalb extra Ihre Begleiterin – die übrigens sehr charmant ist – alleine lassen." Er lächelte leicht in Laurettas Richtung und forderte ihn auf, seine Frage zu stellen.

„Sie unterhielten sich doch kurz vorher mit einem Mädchen. Ist es möglich, daß sie aus Deutschland kommt und Elisabeth heißt?"

Dr. Larsen schaute irritiert auf seine Füße. Nach einer Weile sagte er: „Sind Sie sich sicher, daß Sie mich mit einem Mädchen gesehen haben? – Ich meine, könnte das nicht jemand anders gewesen sein?" Er machte ein fragliches Gesicht und hielt Roberts Blick stand.

„Wollten Sie damit behaupten, daß Sie mit niemandem in den letzten zwanzig Minuten gesprochen haben?" Roberts Stimme klang scharf und aggressiv.

„So könnte man es auch sagen", bestätigte ihm Dr. Larsen.

Robert blieb vor Sprachlosigkeit die Luft weg. Er wußte, daß Larsen log. Fast gleichzeitig sah er auch wieder dieses Bild, wo Lauretta ihn heimlich, aber dennoch vertraut, in der Bar gegrüßt hatte. Um nicht zu erstaunt zu erscheinen, bemühte er sich darum, ihm eine Täuschung vorzuspielen. „Komisch, ich hätte schwören können, daß ich Sie mit einem Mädchen gesehen habe. Tut mir leid, daß ich Sie damit belästigt habe."

„Das braucht Ihnen nicht leidzutun." Beruhigend legte er Robert eine Hand auf die Schulter. „Wissen Sie, ich bin Psychiater. Ich verstehe die Menschen sehr gut. Es kann schon möglich sein, daß Sie der festen Überzeugung waren, ein Mädchen gesehen zu haben. Unsere Sinne spielen uns leider viele Streiche."

„Und was für ein Streich war das eben?"

„Nun", Larsen wiegte den Kopf hin und her. „Eine kleine, vollkommen unbedeutende Funktionsstörung innerhalb eines Charakters – abhängig von Temperament und Stimmung, Willenskraft und Antrieb oder Gefühlen, Trieben und Instinkten. So etwas widerfährt uns allen von Zeit zu Zeit." Neugierig schaute er auf Robert. „Sie brauchen sich keine unnötigen Sorgen zu machen. Charakterstörungen äußern sich in übermäßigen, aber nichtpsychotischen Veränderungen innerhalb einer oder mehrerer Dimensionen des Verhaltens. Sie zeigen sich während der gesamten Dauer eines Lebens und haben die Tendenz, die Gesellschaft oder die Umgebung durch sie in Mitleidenschaft zu ziehen." Er wehrte Roberts erschrockenen Einwurf ab, indem er schnell weiterfuhr. „Ihre Ätiologie ist unbekannt und höchstwahrscheinlich von vielen Faktoren bestimmt. – Wie gesagt, das passiert uns allen von Zeit zu Zeit. Vergessen Sie es, das rate ich auch meinen Patienten."

„Ich danke vielmals, aber noch halte ich mich nicht für verrückt genug, um Ihr Patient zu sein", gab Robert schnippisch zurück.

Dr. Larsen fühlte sich gekränkt und platzte heraus: „Das sagen alle Verrückten. Wenn es danach ginge, würden wir Psychiater nur Normale behandeln!"

„Und die sie mit diesem Gerede dann verrückt gemacht haben!" Er stand auf und schaute ihn verächtlich an. Er sah, wie Larsen vor Zorn rot anlief, dann grinste und überlegte, wie er ihm noch eins auswischen könne. „Daß Ihre Fakultät nichts weiß, hat sie in kilometerlangen Nachschlagewerken bewiesen. Daß sie deshalb aber auch noch anfängt zu lügen, war mir neu. Guten Tag, Sir!" Noch ehe er Larsen Gelegenheit gab, zu antworten, hatte er sich umgedreht und ging zu Lauretta zurück.

Mürrisch legte er sich hin und murmelte dabei etwas von einem vertrottelten Spinner.

„Hattest du Erfolg?" fragte sie ironisch.

„Ja", sagte er bestimmt. „Ich habe den größten Idioten Englands kennengelernt, der obendrein auch noch lügt!"

„Und Elisabeth?"

„Hör mal zu, Schätzchen", sagte er bissig und hielt sie am Kinn fest. „Ich habe Elisabeth dort gesehen. Davon bringt mich auch kein Quacksalber ab, der vor lauter psychotischem Charaktergefasel seine Wahrnehmungsfähigkeiten verloren hat." Dann setzte er eilig hinzu: „Und ich verspreche dir, daß ich sie wieder finde!"

„Wehe, du fängst an, sie zu suchen", drohte sie ernsthaft.

„Was dann?"

„Dann ... dann ..."Lauretta suchte nach Worten. „Dann fahre ich zurück, wie ich es gesagt habe."

„Aber die nächsten zwei Tage werden wir hier noch abwarten", sagte Robert ruhig und selbstsicher. Er wunderte sich nicht, daß Lauretta keinerlei Notiz davon nahm.

Seine Ungeduld wuchs ständig. Er konnte nicht verstehen, warum man ihm mit aller Macht ausreden wollte, daß er Elisabeth gesehen habe. Auch war er sich nicht mehr so sicher, ob Lauretta eifersüchtig auf sie war oder bloß Angst davor hatte, daß er sie näher kennenlernen würde. Robert neigte dazu, letzteres anzunehmen.

Nach dem Mittagessen trafen sie Dr. Larsen in der Bar, dessen Wangen sich beim Anblick von Robert sofort zu röten begannen. Er tauschte nur noch einen kurzen Blick mit ihnen und machte dann ein abweisendes und verschlossenes Gesicht. Beim Abendessen ließ er sich erst gar nicht sehen, was Robert als persönlichen Gewinn bezeichnete.

Noch lange später, als sie auf Grund der Hitze nicht einschlafen konnten, beschäftigte sich Robert mit dem Vorfall. Manchmal war er nahe dabei, Lauretta ernsthaft danach zu fragen, verkniff es sich jedoch immer, da er den Termin übermorgen nicht verpatzen wollte.

Er zuckte zusammen, als er Laurettas Hand plötzlich über seine Brust wandern fühlte.

„Du kannst auch nicht schlafen", flüsterte sie zärtlich. „Komm, nimm mich in deine Arme."

So mochte er sie. Spielerisch langte er nach ihr hinüber und umarmte sie. „Du hast mir noch nie gesagt, ob du mich liebst", sagte er in einem Tonfall, der auf keiner Antwort bestand. „Ich habe das Gefühl, daß du selbst nicht weißt, warum du so an mir hängst. Oder weißt du das?"

Lauretta drückte sich an ihn und fuhr mit den Lippen über seine Hände. „Das ist doch unwichtig", meinte sie und setzte ihre Liebkosungen fort. „Wer weiß schon, was Liebe ist. Die Menschen haben alle eine falsche Vorstellung davon. – Weißt du ... ach nein!"

Sie nahm seinen Kopf in beide Hände und küßte ihn lange und leidenschaftlich.

Robert spielte mit dem Gedanken, sie zu reizen, und sagte unvermittelt: „Würdest du tatsächlich abreisen, wenn ich mich einen ganzen Tag alleine auf der Insel umsehe?"

„Stell mir nicht so viele Fragen, du unterbrichst mich nur." Sie fuhr durch seine Haare und über seinen ganzen Körper. Erst als Robert nicht lockerließ und unbedingt wissen wollte, wie sie reagieren würde, sagte sie knapp: „Wenn du es möchtest, bitte."

Lauretta hatte sich aufgerichtet und kniete auf dem Bett. Mit beiden Händen fuhr sie sich von hinten durchs Haar und ließ es verführerisch auf ihre Schultern fallen. Das schwach hereinfallende Mondlicht zeichnete ihre Konturen scharf nach. Robert starrte fasziniert auf ihren Körper, der wesentlich jünger wirkte und die achtunddreißig Jahre nicht verriet. Er wollte nach ihr langen, sie entzog sich ihm aber geschickt und trat vor das Fenster.

„Möchtest du mich besitzen?" hauchte sie verführerisch und winkte ihn zu sich.

Wie hypnotisiert krabbelte Robert auf allen vieren über das Bett zu ihr, wagte aber nicht, sie zu berühren. Lauretta drehte und wendete sich und fuhr dabei genießerisch über ihren Körper. Langsam, mit vorgestreckten Händen, die Zungenspitze zwischen den Zähnen eingeklemmt, ging sie auf ihn zu. „Du willst mich. Sag', daß du mich willst."

„Ja", stammelte Robert. „Ja, verdammt noch mal. Ich will dich!"

In dem Moment, wo er zugreifen wollte, entschlüpfte sie ihm geschickt und sprang zurück auf das Bett. „Dann komm!" Sie lachte. „Worauf wartest du?"

Robert merkte, daß er jegliche Kontrolle an sie abgegeben hatte. In diesem Moment war es ihm jedoch völlig gleichgültig. Artig, wie man ihn geheißen hatte, legte er sich zu ihr und gab sich ihrem Spiel völlig hin.

Erst beim Frühstück wagte er wieder, seine gestern vorgetragene Bitte zu wiederholen.

„Aber, Liebling, ich sagte dir doch bereits, daß du weggehen kannst, wann du willst", antwortete ihm Lauretta liebevoll und warf ihm eine Kußhand zu.

„Gut", er kaute den restlichen Bissen hinunter. „Dann werde ich morgen losfahren." Noch unsicher schaute er sie an, konnte an ihrem Lächeln jedoch keine Veränderung feststellen.

Irgendein ungutes Gefühl überkam ihn. Morgen war der 22. Juli, und Laurettas Meinungsumschwung kam so plötzlich und unerwartet. Warum hatte sie anfangs darauf bestanden, immer mit ihm zusammenzusein, und jetzt, da er glaubte, der entscheidende Tag sei gekommen, ließ sie ihn widerstandslos ziehen? Wieder spielte er mit dem Gedanken, daß er sich alles nur einrede und hinter allem eine einfache Lösung stecke, mit der Lauretta nichts zu tun hatte.

Den ganzen Tag hatte Robert mit Einkaufen, kleinen Fahrten und Spaziergängen verbracht. Verwundert stellte er fest, daß in St. Peter Port sehr viel Literatur über die NS-Zeit erhältlich war. Von einem Buchhändler ließ er sich darüber aufklären, daß die Insel während des Zweiten Weltkrieges kampflos genommen und wieder abgegeben worden sei. Seine Befürchtungen, als Deutscher würden sich unangenehme Erinnerungen bemerkbar machen, hatten sich nicht bestätigt. Überall war man sehr freundlich und schien sich über seinen Besuch zu freuen.

Besonders beeindruckt war er von Saumarez Park, einem kleinen Areal in der Mitte der Insel, dessen Fauna ihn noch lange gefangenhielt. Die Grasflächen wirkten so gepflegt, daß man meinen konnte, es sei ein Teppichboden ausgelegt worden. Niemand störte sich daran, wenn man die markierten Gehwege verließ, um seinen Füßen den Kontakt mit diesem herrlichen Boden zu gönnen.

Daß er Lauretta in sicherem Abstand wußte, war seinem Wohlbefinden überaus zuträglich. Zwar mochte er sie, liebte sie vielleicht sogar, aber ihr besitzergreifendes und nach Kontrolle lechzendes Wesen wurde ihm erst jetzt – mit sich alleine – so richtig bewußt. In immer kürzeren Abständen schaute er auf die Uhr, obwohl an sich kein Anlaß dazu bestand. In Mariannes Büchlein hatte nur Tag und

Ort gestanden. Kein Hinweis, was geschehen sollte und vor allen Dingen: wann.

Zwar konnte er sich denken, daß man am hellichten Tag keine Versammlung oder eine Aktion oder sonst etwas Ähnliches abhalten würde, zu viele Touristen wären Zeugen davon geworden, aber so ganz sicher war er sich nicht dabei. Nur eines war ihm klar: Irgendjemand hatte etwas zu verbergen!

Während er in einem Pub den Einbruch der Dämmerung abwartete, überlegte er sich angestrengt, wie er vorzugehen trachtete. Als er zu dem Schluß kam, es sei das Beste, das Fort von weitem im Auge zu behalten, fiel ihm seine Nachlässigkeit ein, ein Fernglas zu besorgen. Daher hielt er es für besser, sich sofort auf den Weg zu machen, um mit der Umgebung besser vertraut zu sein. Als er bezahlte, fragte er den Kellner beiläufig, ob er eventuell ein Fernglas zu verkaufen habe. Er hatte damit gerechnet, daß man ihm seine Frage verneinen würde.

Auf der Fahrt zur Rocquaine Bay kam er nahe an seinem Hotel vorbei, wo er die Geschwindigkeit verlangsamte und aufmerksam nach allen Richtungen Ausschau hielt. Niemand ließ sich sehen. Als er nach einem Kilometer anhielt, um festzustellen, ob ihm jemand folgen würde, mußte er über sich selbst lachen. Er kam sich ziemlich albern vor, freiwillig in die Rolle eines Agenten geschlüpft zu sein, der keine Ahnung von dem Fall hatte; viel schlimmer: der nicht einmal wußte, ob es überhaupt einen Fall gab.

Die Nacht war jetzt voll hereingebrochen, aber der Mond ließ das Meer und die Landschaft verträumt hell erscheinen. Fünfhundert Meter vor dem Fort bog er nach links ab und versteckte den Austin, so gut er konnte, in einer kleinen Baumgruppe. Der frische Wind, der ihm entgegenblies, tat ihm gut. Flink lief er zur Straße zurück und hielt sich rechts von ihr im Schatten der Bäume auf.

So sehr er sich auch anstrengte, das Fort ausfindig zu machen und eventuell einen auffälligen Lichtschein zu entdecken, außer einem bedrohlich dunklen Klotz konnte er nichts entdecken.

Wieder schaute er auf die Uhr, die wenige Minuten bis elf zeigte, und lauschte gebannt, da er glaubte, ein Auto gehört zu haben. Mit eiligen Schritten rannte er hinter ein Gebüsch und wartete. Das Auto kam. Sein Lichtkegel erfaßte die Straße und fraß sich in Windeseile an ihm vorbei. Enttäuscht setzte Robert seinen Weg fort, wobei er ein wenig auf die Anhöhe kletterte, die rechts von der Straße die Bucht abgrenzte.

Er bemühte sich, so leise wie möglich zu sein, konnte aber nicht verhindern, daß die Äste, auf die er versehentlich trat, ein lautes Knacken von sich gaben. Ihm schien, als würden sich diese Geräusche verdoppeln und verdreifachen, er mußte jedoch zugeben, daß das in einer ruhigen Nacht durchaus üblich war. Lächelnd erinnerte er sich an seine Zeit beim Militär, wo sie einmal eine Nachtübung abgehalten hatten. Damals sollten sie die Entfernung eines Geräusches abschätzen und wunderten sich alle, wie falsch ihre Werte gelegen hatten. Einen weiteren Punkt hatte er sich damals eingeprägt. Wenn man sich durch ein Geräusch verraten hatte oder jemand eine Lichtkugel abschoß, sollte man sofort vollkommen stillstehen und nicht die geringste Bewegung machen. Der Feind könnte somit den Körper nur schlecht von Bäumen und anderen Objekten unterscheiden.

Während er sich an all diese Dinge erinnerte, war er an seinem ausgesuchten Warteplatz angekommen. Zu sehen war nichts. Plötzlich überkam ihn ein schuldbewußtes Gefühl, das er sich nicht genau erklären konnte. Womöglich wartete Lauretta im Hotel voll Sehnsucht auf ihn, während er sich hier, als selbsternannter Spion, vor sich selbst demütigte. Er beschloß jedoch zu warten, bis der Morgen graute. Einmal hier, wollte er seinen Willen auch durchsetzen.

Zu gerne hätte er sich eine Zigarette angezündet, wußte jedoch, daß man die kleine Glut über viele Kilometer hinweg gesehen hätte. Noch während er sich das überlegte, glaubte er am Fort drüben einen kleinen, nur den Bruchteil einer Sekunde langen Schimmer erdeckt zu haben. Mit angehaltenem Atem starrte er auf den dunklen Steinbau, wo sich aber sonst rein gar nichts tat.

Ein krächzendes Geräusch hinter ihm ließ ihn herumfahren. Unsicher und mit einem merklichen Angstgefühl erhob er sich und lief auf die Stelle zu. Jederzeit bereit, sofort stillzustehen oder die Flucht zu ergreifen. Wieder knackte es, und sofort hielt er inne, den rechten Fuß in der Luft haltend, mit angestautem Atem die Balance mühsam aufrechterhaltend. Als es wieder still war, setzte er den Fuß langsam auf den Boden und bewegte sich vorsichtig weiter. Plötzlich raschelte es laut, und Robert ließ sich sofort auf den Boden fallen. Erst da wurde ihm klar, daß es sich um irgendein Tierchen gehandelt haben müsse, von dem er sich in seiner Aufregung zum Narren halten ließ.

Dann hörte er wieder ein Motorengeräusch und rannte zurück zu seinem Ausguck. Er hörte deutlich einen Motor, von Scheinwerfern war aber weit und breit nichts zu sehen. Dann sah er das Auto – ein dunkler Schatten, ohne Beleuchtung. Von seinem Platz konnte er die Bucht gut überblicken. Der Wagen war gut noch dreihundert Meter entfernt und näherte sich schnell. Deutlich spürte er, wie sein Herz zu klopfen begann, und er drückte sich tiefer an den Boden.

Der Wagen hielt, und vier Männer stiegen aus. In der Dunkelheit konnte er nur ihre Umrisse feststellen, die ihn an gesetzte, reife Herren erinnerten. Dann kamen in kurzen Abständen noch zwei weitere Autos, und Robert verlor die Übersicht, wieviel Leute herausgestiegen waren. Wieder glimmte es kurz beim Fort auf, und sechs Gestalten bewegten sich auf das Fort zu.

Was war mit den anderen? Er wußte, daß es mehr gewesen waren. Sie schienen jedoch vom Erdboden verschluckt zu sein. Wie ein Blitz schoß es ihm durch den Kopf, daß sie ihn vielleicht suchen würden. Vor Angst wie gelähmt suchte er nach einem geeigneten Fluchtweg. Gerade, als er sich erheben wollte, hörte er, wie ein Stein den Abhang hinunterrollte. Kamen sie zu ihm herauf? Wollten sie ihn schnappen?

Er ergriff einen Stein vor sich, den er zur Not als Waffe verwenden wollte, und lief geduckt, von Baum zu Baum, in Richtung seines Wagens davon. Er hatte nur den einen brennenden Wunsch: so schnell wie möglich weg von hier.

Kaum fünfzig Meter weit war er gekommen, als er eine Bewegung hinter einem kleinen Felsen gesehen haben wollte. Entsetzt hielt er an und lauschte. – Nichts.

Zaghaft bewegte er sich weiter nach vorne und warf dann blitzschnell seinen Stein in hohem Bogen über den Felsen. Er vernahm jedoch nur das harte Aufschlagen und raschelnde Abrollen. Sein Puls schlug ihm bis zum Hals, während er auf dem Boden nach einer neuen Waffe suchte.

Zu spät hörte er den Schritt hinter sich, und noch ehe er Gelegenheit fand, sich umzudrehen, spürte er einen dumpfen Schlag an seinem Kopf. Ein glühend heißer Schmerz durchschoß ihn, bevor es ihm schwarz vor den Augen wurde und er meinte, in einen erlösenden Schlaf zu fallen.

Das erste, was er sah, als er wieder die Augen aufschlug, war Laurettas Gesicht. Sie saß neben ihm an einem Bett und hielt seine Hand. Robert blinzelte mehrmals, da ihm das Tageslicht im ersten Moment wehtat. Mit seiner freien Hand tastete er nach seinem schmerzenden Kopf, wo er eine große Beule wahrnahm. Er atmete tief durch und stöhnte laut.

„Wie geht es dir, mein Liebling?" sagte Lauretta mitfühlend.

„Wie soll es einem schon gehen, wenn man niedergeschlagen wird", brummte Robert und befühlte erneut seinen Kopf.

„Wie kommst du darauf, daß man dich niedergeschlagen hat?"

„Sag bloß, das hier wäre mir zufällig gewachsen!" Er deutete mit dem Finger auf seine Beule. „Und überhaupt", Robert richtete sich auf, „wo bin ich hier eigentlich?"

„Leg dich wieder hin. Du brauchst Ruhe. Wir sind hier bei einem Arzt, Dr. Morris. Nicht weit von unserem Hotel entfernt." Sie drückte ihn an den Schultern auf das Kissen zurück.

„Und wie komme ich hierher?"

Lauretta seufzte und sagte: „Ich habe mir schreckliche Sorgen um dich gemacht. Wer weiß, was dir sonst noch alles hätte passieren können. Sei froh, daß es so gut ausging."

„Ich weiß noch immer nicht, wie ich hierher gekommen bin!"
„Heute morgen hat man im Hotel angerufen und gesagt, daß man dich bewußtlos neben deinem Wagen gefunden hat. Ich habe sofort veranlaßt, daß man dich zu Dr. Morris bringt, der übrigens ein Bekannter von mir ist." Sie schenkte ihm einen Blick tiefsten Einverständnisses.
„Bei meinem Wagen?"
„Ja."
„Aber ich wurde nicht bei meinem Wagen niedergeschlagen!"
„Warum redest du immer von niedergeschlagen? Du bist bestimmt gestürzt und hast das Bewußtsein verloren."
„Nein, ich bin nicht gestürzt", Robert protestierte heftig und wollte aus dem Bett steigen. Lauretta hinderte ihn daran und bat ihn liegenzubleiben. Der Schmerz in seinem Kopf setzte wieder ein, und Robert gab widerstandslos nach.
„Ein paar frühe Badegäste haben dich neben deinem Wagen liegen sehen und die Polizei geholt. Anhand des Mietwagens und deiner Ausweispapiere kam man zu unserem Hotel, wo man mich sofort verständigte. Ich habe mit Dr. Morris gesprochen, der mir sagte, daß du wahrscheinlich auf einen Stein gefallen wärst. Es ist nicht schlimm, und morgen wirst du bereits wieder auf den Beinen sein." Sie beugte sich über ihn und gab ihm einen Kuß auf die Stirne. „Wenn ich gewußt hätte, welchen Unfug du ohne mich treibst, hätte ich dich nie alleine weggelassen."
Robert fühlte sich zu schwach, um über den Vorfall weiter zu streiten. Er spürte nur, wie sich ein gewaltiger Zorn in ihm breitmachte. Wieder wollte man ihm ausreden, was er gesehen und erlebt hatte. Das Maß war voll. Ab jetzt würde er Lauretta anders anpacken.
Zur Polizei zu gehen hielt er für zwecklos. Es gab keine Zeugen, und bestimmt würde er nicht einen Penny zu beklagen haben. Zudem hatte er keinen stichhaltigen Grund, warum man ihn niedergeschlagen hatte, und selbst der Arzt hier glaubte an einen Sturz. Vorerst verspürte er jedoch nur das Bedürfnis zu schlafen. Er schloß die Augen, und Lauretta versprach ihm, am Nachmittag wiederzu-

kommen.

„Bist du schon wach? – Ich habe ein köstliches Frühstück für uns zubereitet." Lauretta stand mit einem Tablett in der Hand an der Türe und lächelte ihm freudig zu.

Robert fühlte sich wieder voll genesen. Dr. Morris hatte er zwar nie zu Gesicht bekommen, aber dessen Krankenschwester hatte sich gestern rührend um ihn gekümmert.

„Ja, komm her. Ich fühle mich wieder bärenstark und habe einen Mordshunger." Robert bemühte sich, so freundlich wie möglich zu sein, und nahm sich vor, das Thema Rocquaine Bay nicht zu berühren – wenigstens so lange nicht, bis er glaubte, der richtige Zeitpunkt sei gekommen. „Bist du die neue Schwester?"

Lauretta lachte und sagte: „Nein. Ich erzählte dir schon, daß Dr. Morris ein Bekannter von mir ist. Er fuhr gestern in Urlaub und hat mir erlaubt, sein Haus, solange ich es für nötig erachte, zu benutzen. – Es ist sonst niemand mehr da. Seine Praxishelferin ging heute morgen ebenfalls in Urlaub."

„Dann hast du das Hotel abgemeldet?"

„Nein, warum?"

„Wir brauchen das Zimmer nicht."

„Das ist doch egal. Und außerdem können wir diese Gastfreundschaft nicht ewig in Anspruch nehmen."

„Ist es weit zum Strand?" Robert tat, als sei überhaupt nichts vorgefallen.

„Fünfzehn Minuten zu Fuß. Willst du etwa schon baden gehen?"

„Warum nicht? Ich sagte bereits, ich bin wieder topfit."

Während er sich heißhungrig über das Frühstück hermachte, beobachtete er Lauretta unauffällig. Sie hatte sich einfach, aber sehr elegant gekleidet. Offenbar dachte sie nicht, daß Robert schon wieder das Bett verlassen konnte. Ihr ärmelloses weißes Partykleid, dessen breiter Gürtel ihre schlanke Figur vorteilhaft unterstrich, paßte eher in eine Bar als an den Strand.

„Ich danke dir", sagte Robert und wischte sich den Mund mit einer Serviette. „Hast du dein Badezeug bei dir? Ich möchte schwimmen gehen."

Lauretta war überrascht und verneinte, wies aber darauf hin, daß sie schnell ins Hotel gehen könnte, um alles Nötige zu holen. Fürsorglich nahm sie ihm das Versprechen ab, daß er sich am Nachmittag wieder hinlege, da sie Dr. Morris' Anweisungen strengstens zu befolgen habe.

„Gut. Aber beeil' dich. Ich warte hier."

Kaum war Lauretta aus dem Haus, sprang Robert aus dem Bett und kleidete sich an. Wenn Dr. Morris ein Bekannter von ihr war, dann war es gut möglich, daß auch er zu ihrer Sippschaft gehörte. Rasch lief er die Stufen zu dessen Privatwohnung hinauf und begann, sich in den luxuriös eingerichteten Räumen umzusehen.

Sie fiel ihm fast ins Auge – die Figur. Sie war nicht so groß wie die bei Lauretta, aber er hätte schwören können, daß er, ohne vorher hinzusehen, die Buchstaben RB eingraviert finden würde.

Ein prüfender Blick bestätigte ihm, daß er recht hatte. Ohne sich weiter darum zu kümmern, machte er sich an den Schreibtisch und probierte, die Schubladen zu öffnen. Es ging nicht, sie waren alle verschlossen. Kurz entschlossen lief er zu dem Bücherregal und überflog schnell die Titel, die jedoch nichts Außergewöhnliches verrieten. Robert nahm jedoch einzelne Bände heraus und langte in die Lücken, aber so etwas wie ein Geheimfach entdeckte er natürlich nicht.

Er schaute hinter jedes Bild und inspizierte alles, was sich öffnen und wegschieben ließ. Nichts. Er rannte nebenan ins Arbeitszimmer und verfuhr genauso. Wieder nichts. Mit langen Schritten eilte er hinunter in die Praxis und schaute in alle Schränke. Als er gerade dabei war, die verschiedenen Medikamente unter die Lupe zu nehmen, ertönte hinter ihm Laurettas Stimme.

„Suchst du etwas?"

Schelmisch lächelnd drehte er sich um und sagte: „Ja, eine Toilette. Der Schrank hier hat mich davon abgebracht. Sehr interessant, so eine Arztpraxis."

„Das stimmt." Sie nickte. „Als kleines Kind habe ich mich in einem solchen Raum immer gefürchtet. Auch heute muß ich eingestehen, daß mir nicht sehr wohl dabei ist."

Robert zeigte ihr eine merkwürdig gebogene Zange und neckte sie damit, indem er versuchte, sie zu zwicken. Sie alberten eine Zeitlang in der Praxis herum, bis sie atemlos stehenblieb. „Du bist wirklich wieder gesund, mein Liebling. Komm, laß uns jetzt zum Strand gehen."

Oh ja, dachte Robert, ich bin tatsächlich wieder sehr gesund. Du wirst schon noch sehen – Bestie!

Sie gingen zu ihrer alten Stelle, und er ließ keine Gelegenheit ungenutzt, irgendeinen Scherz anzubringen. Lauretta sollte sich sicher wähnen, daß er alles vergessen habe und nichts mehr davon wissen wollte. Mit ungestümer Freude sprang er den Wellen entgegen und vollführte nachher mehrere Liegestützen vor Lauretta, die sie mit viel Beifall bedachte. Als er sie aufforderte, mit ins Wasser zu kommen, und sie sich weigerte, nahm er sie kurzerhand auf seine Arme und trug sie. Je tiefer er hineinwatete, desto heftiger begann sie zu zappeln und warnte ihn spaßhaft, sie ja nicht fallen zu lassen. Aber genau das war der Zweck. Mit einem kräftigen Stoß warf er sie von sich und brüllte vor Lachen, als er sah, wie sehr sie sich bemühte, ihre Haare vom Naßwerden zu bewahren. Als sie sah, daß sie keinen Erfolg damit hatte, tauchte sie kurz unter und stimmte in sein Gelächter ein. Sich gegenseitig neckend, wie verspielte Kinder, liefen sie zum Strand zurück und ließen sich erschöpft auf den mitgebrachten Decken nieder.

„Puhh", stöhnte sie und atmete heftig. „Ich weiß gar nicht mehr, wer hier wen zu pflegen hat." Sie nahm ein Handtuch und begann ihn liebevoll trockenzureiben.

Robert legte sich auf den Bauch und genoß ihre Hände, die ihn mit einer schützenden Sonnencreme einrieben. „Was hältst du davon, Larsen herüberzubitten?" sagte er unverbindlich.

Sie hielt ein. „Larsen? – Warum?"

„Du weißt, ich hatte eine unangenehme Begegnung mit ihm.

Heute ist mir nach Versöhnung zumute. Sag ihm, ich möchte mich bei ihm entschuldigen."

Erleichtert stand Lauretta auf und ging zu Dr. Larsen. Sie wechselte ein paar Worte mit ihm, und tatsächlich – er kam herüber. Robert reichte ihm die Hand und sprach scheinheilig sein tiefstes Bedauern über seine Entgleisung aus. Larsen schien sich darüber zu freuen und setzte sich seinerseits ins Unrecht, als ob es ihm peinlich sei, eine Entschuldigung annehmen zu müssen. Er hatte im Verlauf seines Lebens, als Psychiater, bestimmt so viele Schläge ausgeteilt, für die er sich nie hatte entschuldigen müssen, daß ihm eine solche Situation fremd und unnatürlich vorkommen mußte.

„Sie praktizieren auf Guernsey?" begann Robert.

„Nein, ich arbeite in einer Londoner Klinik. Es gibt leider noch keine psychiatrische Anstalt auf der Insel."

„Wieso leider?"

„Ach wissen Sie", Kummer sprach aus ihm, „die Umgebung und die Luft würden den Patienten sehr guttun. Die Sonne ..."

„Würde Ihre therapeutische Wirkung bestimmt erhöhen", warf Robert gespielt ernst dazwischen. Innerlich lachte er über Larsens beistimmendes Nicken. „Aber birgt das nicht eine Gefahr in sich?"

„Was für eine Gefahr?" Larsen schaute ihn besorgt an.

„Wenn die Leute hier alle gesund werden, verlieren Sie Ihren Arbeitsplatz." Robert mußte ein Kichern mühsam unterdrücken.

„Oh nein", Larsen winkte belustigt ab. „Bis jetzt sind wir noch nicht so weit, eine Geisteskrankheit zu heilen. Aber gegen die Symptome können wir enorm viel machen."

„Mit Drogen und Elektroschocks?" Robert sagte das ohne Bitterkeit.

„Ich sehe, Sie sind gut informiert. Ja, mit diesen neuen wissenschaftlichen Errungenschaften erzielen wir tolle Erfolge. Wir..."

„Ohne dabei jedoch zu heilen." Robert genoß diesen Larsen.

„Natürlich. Wenn wir heilen könnten, bräuchten wir doch keine Anstalten. Man könnte das mit Hausbesuchen erledigen wie jeder andere Arzt. Aber wie gesagt, so weit sind wir noch nicht."

Für Robert war der Fall damit erledigt. Er machte ein argloses Gesicht und ließ Larsen drauflosreden. Er kannte diese Typen. Noch vor Jahren hatte er in Düsseldorf bei einer Amnesty-International-Gruppe mitgearbeitet. Dort hatte er sich heftig dafür eingesetzt, daß Elektroschocks zur Folter an politischen Gefangenen verboten werden sollten. Und mit denselben Geräten behaupteten Psychiater, wie dieser Larsen, daß sie als wissenschaftliche Errungenschaften an Geisteskranken einzusetzen seien. Er hatte seine Arbeit damals nicht deshalb eingestellt, weil seinen Anstrengungen so wenig Erfolg beschieden war, sondern weil er den Eindruck nicht loswurde, daß die gebotene Hilfe nur spärlich für Verfolgte aus kommunistischen Staaten eingesetzt wurde.

Geduldig ließ er Larsens Wortschwall auf sich niedergehen, schenkte ihm aber kaum noch Gehör. Insgeheim zählte er auch Larsen zu Laurettas undurchsichtigem Bekanntenkreis. Einem Menschen wie ihm traute er alles zu.

„Sorry, Dr. Larsen", unterbrach er ihn nach einer Weile. „Ich muß jetzt wieder zurück. Der Kollege hat mir für den Nachmittag strengste Bettruhe verordnet." Und zu Lauretta gewandt: „Kommst du mit?"

„Natürlich", sagte sie mit großen strahlenden Augen. „Ich habe schließlich darüber zu wachen."

Unterwegs ließ sich Robert bei Lauretta über Larsen aus. Sie schien ganz seiner Meinung zu sein und meinte zum Schluß sogar: „Weißt du, ich habe auch das Gefühl, daß er ein Idiot ist. Aber dennoch sollten wir ihn nicht so hart verurteilen. Wer weiß, welche guten Fähigkeiten er in sich birgt."

Robert schmunzelte und glaubte, es richtig verstanden zu haben. Mit einem Seufzer nahm er sie bei der Hand und sagte: „Komm, der Arzt besteht darauf, daß wir ins Bett gehen."

„Wir?" Lauretta lachte. „Er hat nur von dir gesprochen."

„Das macht nichts, er versteht eben noch keine Gruppentherapie!"

Sie zwinkerte ihm mit einem Auge zu und drohte scherzhaft mit dem Finger. Eilig lief sie voraus und öffnete ihm die Türe. Als sie dabei war, in die Praxis zu gehen, hörte sie Roberts Stimme in ihrem Rücken.

„Wo willst du hin?"

„Dich zu Bett bringen", dabei zog sie die Brauen hoch.

„Ich denke, wir sind allein im Haus?"

„Na und?"

„Da gibt es doch bestimmt eine schönere Schlafstätte als dieses provisorische Krankenlager." Robert wies mit dem Kopf die Treppe hinauf.

Lauretta zögerte und sagte dann: „Ich weiß nicht, ob wir das dürfen. Schließlich hat er mir ..."

„Sei still", unterbrach sie Robert. „Du nimmst doch sonst auch keine Rücksichten. Und hier ... bei einem Bekannten." Er faßte sie am Arm und führte sie die Treppe hinauf.

Er pfiff bewundernd durch die Zähne, als sie das komfortable Schlafzimmer betraten. Lauretta wollte die Vorhänge zuziehen, wurde von Robert aber daran gehindert. „Bettruhe", sagte er abgehackt und schaute ihr mit mildem Tadel in die Augen.

Gemächlich zog er sich bis auf die Unterhose aus und schlug die kostbar bestickte Seidendecke zurück. Mit den Händen prüfte er die Elastizität, ehe er sich zufrieden auf dem Bett ausstreckte. Lauretta hatte ihm den Rücken zugewendet und versuchte, den Reißverschluß ihres Kleides zu öffnen.

„Nein, laß das an!" rief er mit Überzeugung. „Du sollst nur über meine Ruhe wachen. Setz dich neben mich." Damit bot er ihr höflich einen Platz an und schloß umgehend die Augen.

„Was hast du denn plötzlich?" hörte er Lauretta fragen.

„Schlaf!"

Sie protestierte gegen diese Behandlung und bestand darauf, wenigstens neben ihm liegen zu dürfen. Als er sagte, das könne er nicht zulassen, ließ sie sich trotzig neben ihn fallen und versprach, kein Wort mehr mit ihm zu reden.

Robert vergewisserte sich, daß sie ihn nicht ansah, und gab seinem Grinsen freien Lauf. Warte ab, du kleine Hexe, sagte er zu sich, dir wird das Trotzen schon noch vergehen. Kurz bevor er einschlief, überlegte er, wie er es anstellen solle, Lauretta zu einem Spiel mit offenen Karten zu zwingen.

Unsanft wurde er wachgerüttelt und hörte eine energische Stimme. „Steh auf! Verdammt, ich habe Hunger!"
Brummig erhob er sich und sah in Laurettas zorniges Gesicht. Die Hand vor den gähnenden Mund haltend sagte er: „Okay, bring mir auch etwas mit."
Wütend sprang sie hoch und riß die Decke weg. „Du wirst jetzt sofort aufstehen und mit mir ins Hotel zum Essen gehen!"
„Hey, was soll die Eile?" rief er noch schläfrig und versuchte, die Decke wieder an sich zu bringen. „Bitte, mein Liebes", er wurde sehr vertraulich. „Ich bin doch krank. So darf man nicht mit einem Patienten umgehen."
„Oh nein, du bist kerngesund. Und wenn du nicht sofort tust, was ich sage, schütte ich einen Eimer Wasser über dich!" Lauretta hatte sich regelrecht in Zorn geredet und stand bebend vor ihm.
Er drückte ihr gegenüber aus, daß er es bedaure, daß sie keinen wohltuenden Sinn für praktischen Humor besitze und daß er nur mit Rücksicht auf ihre angespannten Nerven ihrem Wunsch nachkomme.
Immer noch verbittert saßen sie zum Dinner im Bella Luce. Für Robert lief alles glänzend. Wenn er jetzt den reumütigen und tölpelhaften Untergebenen spielte, konnte er sie in einem Gefühl der Sicherheit wiegen. Nichts schien ihm im Moment geeigneter.
„Du schaust so böse. Schmeckt dir das Essen nicht?" fragte er bedächtig.
Als Antwort warf sie ihm nur einen flüchtigen Blick zu und sagte mit dunklem Unterton: „Ich habe ein Anrecht darauf, daß du dich mir gegenüber anders benimmst." Und dann ziemlich laut. „Ich fordere dieses Recht! Du wirst gehorchen!"
Scheinbar eingeschüchtert senkte Robert den Kopf. „Ich weiß, daß ich mich nicht korrekt benommen habe. Wenn du mir ... na so

was, jetzt erwische ich schon die dritte Kartoffel, die hart ist."

Mit einer blitzschnellen Bewegung hatte sie ihm ihre Gabel auf den Handrücken gesetzt und drückte zu. „Versuche nicht, abzulenken!" Voll Genugtuung bemerkte sie den Schmerz, den die Gabel hervorrief. „Ich nehme an, du bist fertig. Wir werden jetzt gehen – zu Dr. Morris!"

„Aber der ist doch nicht da", Robert bemerkte zu spät, daß er damit die Rolle übertrieb. Laurettas Augen funkelten nach wie vor bedrohlich, so daß er sich sicher war, daß ihr diese Worte entgangen waren.

Artig folgte er ihr zum Haus des Arztes. Oben angekommen blieb sie für einen Moment stehen und rieb mit beiden Händen Wangen und Augen. Dann ging sie zum Fenster, öffnete es und sagte ins Freie hinaus: „Ich weiß nicht, was in dich gefahren ist. Hast du völlig vergessen, daß ich dich liebe?"

Als sie keine Antwort bekam, neigte sie den Kopf nach vorne und sagte bittend: „Sag, hast du das vergessen?"

„Nein", erscholl Roberts Stimme laut und kräftig. „Und deshalb wird es Zeit, daß du mir sagst, was eigentlich gespielt wird!"

Lauretta fuhr erschrocken herum und schaute Robert unsicher an. „Was soll das?" sagte sie, ihre Fassung wiedergewinnend. Mit unverhohlenem Stolz ging sie auf ihn zu und musterte ihn mit zusammengebissenen Zähnen. „Willst du mich zum Äußersten treiben?"

Robert lachte sie aus. „Was wäre das denn?"

Ein wütender Schrei preßte sich aus ihrem Mund. Sie ergriff den nächstbesten Gegenstand, einen Leuchter, und wollte auf Robert einschlagen. Der war jedoch darauf vorbereitet und duckte sich geschickt unter dem Schlag hindurch. Noch ehe sie wieder ausholen konnte, hatte er sie von hinten gepackt und schleuderte sie mit aller Kraft auf die gegenüberliegende Wand.

Wie benommen blieb sie einen Moment liegen. Kein Laut war über ihre Lippen gekommen. Ihr Gesicht verzerrte sich, und sie stand stöhnend auf. „Du hast gewagt, Hand an mich zu legen?" zischte sie schneidend hervor, blieb aber auf ihrem Platz.

„Das ist erst der Anfang, wenn du nicht umgehend auspackst", sagte Robert gleichgültig und schritt langsam auf sie zu.

„Bleib, wo du bist!" schrie sie, konnte aber die leichte Ängstlichkeit in ihrer Stimme nicht unterdrücken.

„Was bedeutet dieses RB auf den Figuren?" sagte Robert ungerührt.

„Ich weiß nicht, was du damit meinst?" Es klang kleinlaut.

„Tatsächlich? – Komm, ich zeig's dir!" Er winkte ihr, ihm zu folgen. Lauretta blieb starr auf ihrem Platz. „Ich sagte ‚komm'!"

Als sie sich nicht rührte, machte er einen Schritt vorwärts und packte sie brutal an den Haaren. Er drehte die Hand einmal herum und zerrte sie ins Wohnzimmer, wo er sie vor die Götterfigur stellte. Lauretta wimmerte und hielt sich den Kopf.

„Bist du verrückt geworden?" stieß sie hervor.

„Hier", er zeigte auf die Buchstaben. „Ein R und ein B. Genau wie bei dir und genau wie bei Marianne in München. Was hat das zu bedeuten?"

„Nichts", sie versuchte zu lächeln. „Es gibt viele solcher Figuren. Wahrscheinlich alle mit diesem Buchstaben."

Es klatschte, und Lauretta hob sich die Wange. Robert hatte voll zugeschlagen. Mit vor Entsetzen weit aufgerissenen Augen trat sie ein paar Schritte zurück und stolperte über einen kleinen Hocker.

„Sag, was es bedeutet!" schrie Robert und folgte ihr.

„Ich kann es dir nicht sagen", gab sie weinerlich zurück und hob schützend die Hände vors Gesicht.

„Na gut, dann werde ich es aus dir herausprügeln." Er langte nach ihr und spürte im selben Augenblick, wie sie mit den Nägeln seinen Arm aufriß. Etwas verwirrt blieb er stehen und betrachtete schweigend seinen Arm, auf dem sich die Striemen ihrer Nägel schnell rot färbten. Zornig blickte er auf sie hinunter. „Du wirst mir noch viel mehr sagen. Ich will wissen, in welcher Beziehung diese Figur zu deiner Clique steht. Ich will wissen, warum sich Marianne das Leben genommen hat. Warum man mich niedergeschlagen hat. Wer mit dem Mord in Soho zusammenhängt. Was dieses Fort Grey damit zu tun hat und noch vieles mehr. Du kannst es dir aussuchen – Schätzchen! Wo willst du anfangen?"

„Neiiiiiin!" Lauretta schrie weinerlich auf. „Ich kann dir nichts davon beantworten. Glaube mir!"

Mit einem Satz war Robert über sie gesprungen und ließ sich dann auf seine Knie herunter. Lauretta lag unter ihm und verbarg ihr Gesicht mit beiden Händen. Mit einem Ruck riß er ihre Hände weg und versetzte ihr eine weitere Ohrfeige. „Die Figur! Los, fang an!"

Tränen schossen aus ihren schmerzverhangenen Augen, und schluchzend begann sie zu nicken. „Laß mich hinsetzen", flehte sie und murmelte ein gequältes „Bitte" hinterdrein.

Sie bat um eine Zigarette und begann: „Die Buchstaben sind die Abkürzung eines Namens. Er heißt Rudra Bhairava."

„Weiter", befahl Robert.

„Ich kenne mich auch nicht so genau aus. Aber Rudra sind prävedische Götter der Zerstörung. Bhairava steht für fürchterlich, grauenvoll und schrecklich. Diese Götter wurden, glaube ich, früher als Götter des Bösen angebetet. Die Figuren sind Originalnachbildungen und haben nur symbolischen Wert. Mehr kann ich wirklich nicht dazu sagen." In Erwartung eines neuen Schlages beugte sie sich zurück.

„Und warum stehen diese Figuren bei so vielen gewissen Leuten? Betet ihr das Böse an?"

„Nein, wir beten nichts an. Wir glauben weder an Gott noch an Satan." Sie wischte sich die Tränen aus den Augen. „Es ist nur ein Symbol – rein zufällig."

„Und was ist deine Aufgabe in dieser Clique?"

Robert war unerbittlich und nahm ihr die halbgeraucht Zigarette weg.

„Warum eine Aufgabe? Niemand hat eine Aufgabe."

Das hätte sie nicht sagen sollen. Robert riß sie hoch und schüttelte sie kräftig. „Ach, wirklich nicht? Im Abschiedsbrief von Marianne stand, daß sie nicht verlangen könne, daß ich ihre Aufgabe zu Ende führe, und du wagst es mir hier ins Gesicht zu lügen?" Er schleppte sie hinüber zur Wand. „Was war deine Aufgabe? – Du hast mir gesagt, der Weg sei frei, also hast du sie erledigt. Sag, was war es!"

„Du kannst mich totschlagen", schrie sie wie irr, „aber ich werde dir nichts mehr sagen. Du verstehst es noch nicht." Ihre Augen begannen unerwartet zu glitzern, und wie von Sinnen sagte sie: „Niemand kann sich gegen die Quelle des Lebens wehren. Nur ganz wenigen ist es gestattet, einen kurzen Blick auf das wirkliche Sein zu richten, und selbst von denen versagen eine Menge. Deine Marianne war ein Versager und hat die einzig mögliche Konsequenz gezogen. Glaub bloß nicht, du hättest es hier mit Verrückten zu tun. Wir stellen die Spitze der Gesellschaft dar und prüfen sehr lange, ob sich jemand dafür eignet. Ich hatte mir so sehr gewünscht, daß du begreifen würdest, aber wahrscheinlich hättest auch du einen Versager abgegeben. Du kannst unseren Leib einzeln umbringen, aber die Idee wird ewig weiterleben!"

„Welche Idee?" Robert preßte ihre Arme schmerzlich zusammen.

„Nein, nein und nochmals nein. Selbst wenn du mich umbringst", stammelte sie fast verzückt.

„Und warum hat man mich niedergeschlagen?"

„Du wolltest einen Blick auf die Quelle des Seins werfen und warst noch nicht fähig dazu. Ja, ich habe dafür gesorgt, daß man dich davon fernhält." Lauretta wirkte regelrecht begeistert.

Für einen Moment schien es, als habe es Robert die Stimme verschlagen. Er ließ sie los und stand regungslos da. Lauretta versuchte, sich an ihm vorbeizuquetschen, wurde aber an ihrem Gürtel zurückgehalten. Mit einem ermutigenden Lächeln nahm ihr Robert den Gürtel ab und sagte sanft: „Zieh dich aus."

„Was hast du vor?" Sorge färbte ihre Stimme.

„Du sollst dich ausziehen", sagte er genauso sanft.

Sie schüttelte den Kopf und riß die Augen angstvoll auf. Sich langsam an der Wand entlangtastend versuchte sie Robert zu entkommen. Der packte sie blitzartig an ihrem Kleid und riß mit aller Wucht daran, so daß sich ein tiefer Riß über die gesamte Vorderfront abzeichnete. Lauretta schrie entsetzt auf und versuchte sich seinem Griff zu entwinden, wodurch das Kleid vollends zerriß und sie halbnackt vor ihm stand. Ungeschickt versuchte sie ihre Brüste mit den Händen zu bedecken. „Die Idee", preßte Robert hervor. „Ich will die Idee wissen!"

Die Lippen zusammengebissen erwartete Lauretta die Schläge. Robert legte den Gürtel genüßlich zusammen und ließ ihn ein paar Mal durch die Luft sausen. „Nimm die Hände weg!" befahl er eisig.

Ganz langsam ließ sie ihre Arme nach unten sinken und stellte sich schutzlos vor ihn hin. Robert streckte eine Hand aus und nahm eine ihrer Brüste. „Bevor ich dich zu Brei zerschlage, möchte ich noch einmal wissen, wie es vorher war", sagte er ausdruckslos und schwang mit dem Gürtel. Lauretta zitterte am ganzen Körper und schloß die Augen, aus denen pausenlos Tränen hervortraten.

Ein schwacher, kaum merklicher Aufschlag ließ sie die Augen wieder aufschlagen. Robert hatte den Gürtel achtlos zu Boden fallen lassen und ging mit gesenktem Kopf aus dem Zimmer. Er wollte ihre Standhaftigkeit testen und hatte gehofft, daß seine Drohungen sie zum Sprechen bringen würden. Sie war stärker gewesen und sogar bereit, für das Geheimnis dieser Idee alles auf sich zu nehmen.

Im Grunde hatte er recht wenig erreicht. Daß es eine Clique gab, wußte er schon längst. Daß die Idee nicht aus Sanftmut bestand, war von Anfang an zu erkennen. Dieses Rudra Bhairava brachte ihn auch nicht weiter, und aus Lauretta bekam er bestimmt nichts mehr heraus.

Enttäuscht warf er sich aufs Bett und betrachtete den Irrsinn, in den er hineingeschlittert war. Zur Polizei konnte er nicht gehen. Man würde ihn höchstens auslachen. Er hatte keine Beweise für irgend etwas. Lauretta hatte recht. Es waren Spitzen der Gesellschaft dabei, wie dieser Dr. Larsen und der unbekannte Dr. Morris, gegen deren Wort er machtlos gewesen wäre. Was nun? Vielleicht kam der Clique der Gedanke, daß man sich seine Anwesenheit nicht mehr länger leisten könne. Das hing wahrscheinlich von Lauretta ab.

Er spürte eine sanfte Berührung an der Schulter. Lauretta war, immer noch halbnackt, ins Zimmer gekommen und hatte sich neben ihn aufs Bett gesetzt. „Vergessen wir alles", sagte sie leise. „Wir haben noch eine so herrliche Zeit vor uns. Laß mich nach deinem Arm sehen."

Gleichgültig zeigte er ihr die Striemen, deren Schmerzen ihm erst jetzt wieder zu Bewußtsein kamen. Lauretta bedeckte jede Stelle mit ihren Küssen, was zu seiner Verwunderung schmerzlindernd wirkte.

„Ich brauche dich", flüsterte sie. „Und du brauchst mich."

Damit hatte sie wirklich recht. So verrückt es auch klingen mochte. Wenn er sie im Stich ließ, war er sicher, daß die Clique etwas gegen ihn unternehmen würde. Er wußte zuviel. Und Lauretta brauchte ihn, um ihre Pläne, die er nur erahnen konnte, durchzuführen.

Er ließ sich bereitwillig umarmen und erwiderte kurz darauf ihre leidenschaftlichen Küsse.

Es war Sonntag. Trotz des strahlenden Sonnenscheins blieben sie beide lange im Bett liegen und gingen nur für einen kurzen Spaziergang vor das Haus. Lauretta war der Ansicht, daß sie besser nicht zum Strand gehen sollten, da die Spuren ihrer gestrigen Auseinandersetzung noch zu deutlich zu sehen waren.

Auf Roberts Arm waren die vier parallelen, ungefähr zehn Zentimeter langen Streifen in ein dunkles, fast schwarzes Rot übergegangen. Laurettas Gesicht war stark gerötet und wirkte leicht angeschwollen.

Beide vermieden sie sorgfältig, den gestrigen Streit zu erwähnen oder auch nur annähernd darauf abzuzielen. Irgendwie hatte sich erneut eine echte Zuneigung eingestellt. Vor allem Lauretta. Sie umschwärmte Robert, wann immer sie konnte, liebkoste und bemutterte ihn, als habe sich rein gar nichts ereignet.

Erst gegen Abend, beim Dinner, Robert legte sein Besteck beiseite und schaute ratlos zu Lauretta. Er wollte etwas sagen, zog dann aber nur schweigend die Schultern hoch und ließ sie wieder sinken.

„An was denkst du?" Lauretta wollte seiner Unschlüssigkeit zu Hilfe kommen.

Er druckste eine Weile herum, ehe er verlegen sagte: „Wie soll es nun weitergehen? - Ich meine, wie stellst du dir das alles vor?"

Sofort überzog ein sanftmütiges Lächeln Laurettas Gesicht. Sie faßte nach seiner Hand und umschloß seine Finger. „Du stehst bereits mit einem Bein auf meiner Seite. Warum ziehst du das andere nicht nach? Ich verspreche dir zu helfen, wo ich nur kann. Vermutlich hat es noch niemand so leicht gehabt, zu uns zu stoßen. Gemeinsam werden wir uns ein Reich erschließen, von dem die Normalsterblichen nicht einmal zu träumen wagen." Aufmunternd tätschelte sie ihn und hob das Glas, um ihm zuzuprosten. „Auf unseren Weg", sagte sie und wartete, bis auch Robert sein Glas an die Lippen führte.

Sein verlegener Gesichtsausdruck wich einer verwirrten Ungläubigkeit. Er sah im Moment jedoch keine andere Chance, als ihr zuzustimmen, auch wenn ihm das innerlich schwerfiel. „Okay." Fast schüchtern berührte er ihren Arm. „Bleiben wir hier auf Guernsey oder gehen wir wieder nach London zurück?"

„Nachdem du dich endlich entschieden hast, können wir getrost nach London zurückgehen. Die anderen Teilnehmer sind hier ohnehin fast alle wieder abgereist. Ich werde dich so nach und nach mit allen bekanntmachen. Glaube mir, es ist herrlich. Du wirst nichts zu bereuen haben."

Robert schluckte und lief im Zimmer auf und ab. „Wann gehen wir?"

„Laß sehen ..." Lauretta überlegte. „Wie wäre es mit Mittwoch? -Wir könnten dann noch zwei herrliche Tage am Strand verbringen."

Sie hatten sich schnell darauf geeinigt und beschlossen, diesmal mit dem Flugzeug zu reisen. Robert sollte die Karten bestellen und den Mietwagen zurückbringen. Sie würde inzwischen Biggs anrufen, der sie auf dem Flughafen Gatwick abholen sollte.

Die nächsten Tage vergingen wie im Flug. Fast ununterbrochen lagen sie an ihrem Platz in der Bucht, von wo sie nur zu den Essenszeiten ins Hotel zurückkehrten. Über Nacht blieben sie weiterhin in Dr. Morris' Haus, da Lauretta meinte, sie könne sich viel ungezwungener bewegen, wenn sie sicher sei, daß kein Fremder an der Tür nebenan wohne.

Sie bewegte sich wirklich frei. Auf Grund der Hitze hielt sie es für angemessen, nur mit einem Slip herumzugehen, und rannte fast jede Stunde zur Dusche.

Am Dienstag vormittag brachte Robert den Wagen zurück. Während er im Büro stand, um die Formalitäten zu erledigen, beobachtete er gelangweilt die zum Tanken an- und abfahrenden Autos. Ein Ruck durchlief seinen Körper, als er plötzlich einen schwarzen Jaguar an eine Zapfsäule fahren sah. Um besser sehen zu können, trat er zwei Schritte zurück und spähte angestrengt durch die Scheiben. Ihm blieb fast das Herz stehen, als er diesen wilden Wuschelkopf auf dem Rücksitz wahrnahm. Vielleicht täuschte er sich. Er betete darum, daß sich die Person herumdrehen möge, um ihr Gesicht zu erkennen.

Als würde sein Flehen erhört, bewegten sich die lockigen Haare, und er schaute in das Gesicht von Elisabeth. Sie mußte ihn erkannt haben, denn sie riß verstört und ängstlich den Mund auf. Er winkte ihr zu und deutete an, daß er hinauskommen wollte. Aufgeregt und bestürzt machte sie eine abwehrende Handbewegung, schloß die Hände zu einem katholischen Bittgebet und zeigte mit dem Finger, daß er unter keinen Umständen herauskommen solle.

Sie kurbelte das Fenster herunter und fragte den Tankwart nach der Toilette. Der wies in die entsprechende Richtung, und nach einem kurzen Wortwechsel mit dem Fahrer lief sie mit ihrer kleinen Handtasche darauf zu. Mit einem flüchtigen Blick schaute sie noch einmal zu Robert, schloß dabei die Augen und schüttelte ganz langsam, kaum merklich den Kopf.

Was hatte sie vor? Robert deutete es nur so, daß er sich auf keinen Fall einmischen sollte. Ungeduldig blieb er in dem kleinen Büro und trommelte nervös mit den Nägeln auf der Glasscheibe. Als Elisabeth zurückkam, lächelte sie schelmisch und zwinkerte ihm kurz mit einem Auge zu. Kaum hatte sie sich in den Wagen gesetzt, fuhr der Jaguar an, ohne daß sie auch nur den Versuch gemacht hatte, ihm noch einmal zuzuwinken.

„Sir, kannten Sie das Fräulein?" Ein Tankwart stand vor ihm und schaute ihn neugierig an.

„Ja, warum?"

„Und sind Sie auch nicht kleinlich?"

Verärgert wollte Robert wissen, warum er ihm diese Fragen stelle.

„Ach wissen Sie, das Fräulein bat mich, Ihnen einen Zettel zu geben. Ich fand das sehr komisch und meinte, sie solle doch direkt in das Büro gehen. Sie war schon sehr merkwürdig ... also wirklich, sehr merkwürdig." Er lächelte und kratzte sich hinter dem Ohr.

„Und? Weiter, was war sonst?" Robert drängte ihn weiterzusprechen.

„Na ja, sie sagte, daß sie Ihren Nachnamen nicht kenne und sie sich nicht bloßstellen wolle. Wenn ich Ihnen diesen kleinen Zettel geben würde, bekäme ich mit Sicherheit ein gutes Trinkgeld." Dabei hob er einen zusammengefalteten kleinen Zettel in die Höhe.

Robert wollte danach greifen. Der Tankwart zog jedoch blitzschnell die Hand zurück und sagte: „Ehrlich, Sir. Sie sagte etwas von einem wirklich guten Trinkgeld!"

Aufgeregt suchte Robert in seinen Taschen nach Geld und händigte dem Mann eine Pfundnote aus. Zufrieden grinsend nahm dieser sie an sich und reichte Robert den Zettel. „Wirklich merkwürdig", brummelte er und schlurfte hinaus.

Mit hastigen Bewegungen entfaltete Robert das Stück Papier und las: München 482338.

Er drehte den Zettel um, fand aber sonst nichts darauf. Zweifellos eine Telefonnummer, sagte sich Robert und überlegte, was er damit tun solle. Er mußte eine zeitlang warten. Wenigstens so lange, bis Elisabeth wieder theoretisch in München sein konnte. Einfach nur anzurufen hätte keinen Zweck.

„Zahlen Sie in bar, Sir?" Die Stimme der Verkäuferin nahm er kaum wahr. Wie abwesend reichte er mehrere Scheine über die Theke und strich das Wechselgeld ein. Ein freudiger Schauer durchlief ihn. Er besaß wieder eine Trumpfkarte. Sie wird bestimmt einen großen Stich machen, dachte er und ging zu dem wartenden Taxi.

IV

Angenehm frisch roch es in Laurettas Haus in der Elm Park Road. Biggs hatte in den vergangenen Tagen bestimmt nichts anderes getan als den ganzen Tag herumzuputzen und die wertvollen Möbel auf Hochglanz zu polieren. Mit einer dicken Zigarre, gelangweilt vor sich hinpaffend, wanderte Robert durch die Räume, während Lauretta damit beschäftigt war, den Inhalt der Koffer auf die entsprechenden Schränke zu verteilen.

Mehrmals hatte Robert versucht, Biggs in ein Gespräch zu verwickeln, wobei er ihm stets einen aufmunternden Blick zuwarf, der jedoch von Biggs, selbst wenn er verstanden wurde, höflich und zurückhaltend ignoriert wurde. Die Rolle, die dieser allgewandte Hausdiener spielte, gab Robert noch manche Rätsel auf. Er fragte sich, inwieweit dieser über Lauretta und deren Gruppe Bescheid wußte. Womöglich gehörte er dazu. Aber sämtliche Spekulationen verwarf er nach kurzer Zeit und ermahnte sich statt dessen, mehr über sein eigenes Vorgehen nachzudenken. Nachdem er auf Laurettas Vorschlag eingegangen war, wenigstens nach außen hin, galt es, ihr Spiel sicher und gekonnt mitzumachen.

„Sollen wir zum Essen ausgehen?" rief Lauretta aus dem Schlafzimmer.

„Nein", anwortete Robert bestimmt. „Ich möchte in den nächsten Tagen kein Steak mehr sehen. Außerdem bin ich müde. Biggs kann uns doch eine Kleinigkeit zurechtmachen."

Lauretta stimmte ihm zu und bat ihn nur noch um einen Augenblick Geduld, da sie sofort fertig sein würde. Mit einem langen rustikalen und dennoch elegant wirkenden Kaminkleid setzte sie sich zu ihm. Die Haare hatte sie wieder hochgesteckt, und Robert mußte erneut über die Faszination staunen, die von ihr ausging. Sie konnte tragen, was sie wollte, in allem wirkte sie attraktiv und anziehend. Lauretta hatte Roberts Blick erkannt und raunte mit tiefer Stimme: „Es ist noch früh am Abend, und das Kleid habe ich vor wenigen Minuten erst angezogen."

„Als Gedankenleserin hast du eben eine Pleite erlebt", meinte Robert belustigt und setzte sich noch ein Stück weiter auf Distanz. „Ich bewundere deine Erscheinung." Er legte die Zigarre in den Aschenbecher. „Mit Kleidung!"

Lauretta schmunzelte, umklammerte ihre Knie und schaute stumm vor sich hin. Schweigend vergingen einige Minuten, ehe sie ganz langsam den Kopf zu ihm drehte und sagte: „Ich danke dir."

„Wofür?"

„Du weißt schon."

„Nein." Robert war wirklich etwas verwirrt. „An was denkst du?"

Lauretta schloß die Augen und sagte dann ganz leise: „An unsere Liebe ... unser Glück ... unsere Zukunft. An all das, worauf ich schon so lange gewartet hatte." Sie winkte ihm mit der Hand, still zu sein, und fuhr fort, die Augen immer noch geschlossen: „Es gibt wirklich noch Wunder. Aber Wunder muß man sich verdienen. Ich möchte, daß du nie mehr von meiner Seite gehst. Kannst du mir das versprechen?"

Beim letzten Satz hatte sie die Augen aufgeschlagen und sah ihn bittend an. Robert hielt ihrem Blick stand, wußte im Moment jedoch nicht, was er darauf erwidern sollte. Sein Zögern entlockte ihr ein leichtes Lächeln, und verständig nickte sie ein paar Mal mit dem Kopf.

„Du brauchst nicht zu antworten. Ich weiß es!" Die Sicherheit, mit der sie die einzelnen Worte betonte, demonstrierten die Lauretta Price des ersten Augenblicks: überlegen, resolut und zielbewußt.

Den Kopf langsam vor sich hinschüttelnd meinte Robert: „Ich frage mich manchmal, woher du diese Gewißheit nimmst. Bist du wirklich so überzeugt, daß du dich auf mich verlassen kannst?"

Mit zusammengekniffenen Lippen nickte sie freudig.

„Wenn man sich auf jemanden verläßt, heißt das doch auch, daß man ihm voll vertraut – oder?" fuhr Robert fort.

Wieder nickte sie stumm, und ihre Augen strahlten.

Für eine Weile schwiegen sie beide. Dann räusperte sich Robert und führte seine Gedanken weiter. „Vertrauen setzt normalerweise voraus, daß man dem anderen alles erzählen kann...", dann schnell, „also keine Geheimnisse vor ihm hat." Neugierig musterte er sie, aber auf Laurettas glücksstrahlendem Gesicht war keine Reaktion zu sehen.

Sie reckte sich, um die Muskeln zu spannen, und berührte dann sanft seine Hand. „Du hast recht. Ich will keine Geheimnisse vor dir haben." Tonlos fügte sie hinzu: „Aber so, wie man einem halb Verdursteten nicht sofort einen Eimer Wasser gibt, sondern ihn Schluck für Schluck an die Flüssigkeit gewöhnt, so will auch ich dir Stück für Stück das offenbaren, was du jetzt noch als Geheimnisse ansiehst." Sie war aufgestanden und betrachtete ihre Frisur im Spiegel. „Ich gebe Biggs Bescheid – wegen dem Essen – und werde ihn dann nach Hause schicken."

Robert hatte sich ebenfalls erhoben, legte die Krawatte ab und machte sich daran, eine Platte aufzulegen. Neben dem Musikschrank stand das Telefon, und Robert sah sich versucht, die Münchener Nummer anzurufen. Wahrscheinlich war es aber noch zu früh und ungünstig, da ja Lauretta im Haus war und ihn dabei überraschen konnte. Er nahm sich vor, sich in Geduld zu üben und keine unüberlegten Schritte zu unternehmen.

Nach dem kleinen Abendessen setzten sie sich gemeinsam an den Kamin, und Robert versorgte sie mit Getränken. Lauretta lenkte die Unterhaltung geschickt auf die zu erwartenden Amüsements, die sie mit ihm erleben wollte. Wann immer er dazu ansetzte, das Gespräch auf ihre Gruppe zu richten, tat sie so, als habe sie nichts gehört und überging es mit abnormer Gelassenheit.

„Du sollst mir nicht immer ausweichen!" platzte Robert ungehalten hervor. „Entweder läßt du mich dabeisein oder nicht."

Lauretta schmiegte sich vertraut an ihn. „Leg deine Arme um mich." Kaum vernehmlich, mit leicht schwankender Stimme. „Ich weiß, daß du ungeduldig bist. Aber denke daran, wie lange ich warten mußte. – Und überhaupt hast du keinen Grund für eine derartige Eile. Du ..."

„Lauretta! – Bitte!" Mit der rechten Hand hatte er ihr Kinn umfaßt und blickte ihr streng in die Augen.

„Schau mich bitte nicht so an. Ich will nicht, daß du wieder Gewalt anwendest." Sie löste sich aus seiner Umklammerung und setzte sich aufrecht hin. „Okay, ich mache dir einen Vorschlag."

„Oh, da bin ich neugierig." Robert war echt überrascht.

Sie verschränkte die Arme auf der Brust und schaute an ihm vorbei. „Was hältst du davon, wenn wir eine Party geben?"

„Einverstanden. Und wen laden wir ein?"

„Bekannte von mir."

„Aus der Gruppe?"

„Wen sonst?"

„Alle?"

„Wo denkst du hin. Das ist nicht möglich."

„Sind ein paar hübsche Frauen dabei?"

„Untersteh dich, an so etwas auch nur im Traum zu denken!" Ihre Stimme klang halb belustigt, halb drohend. „Ich würde dich glatt umbringen, wenn du versuchst, untreu zu sein." Dabei hatte sie ein gekünsteltes Lächeln aufgesetzt, um den Ernst ihrer Worte zu überspielen.

„Ich dachte, du seist dir so sicher", spöttelte Robert.

„Oh ja, du wirst es nicht wagen!" Ihr Ton duldete keinen Widerspruch. „Du weißt, daß du zu mir gehörst. Denke daran!"

„Du irrst dich, meine Liebe. Ich gehöre nur mir selbst und sonst niemand", herrschte sie Robert an. „Solltest du versuchen, in mir einen persönlichen Besitz zu sehen, dann ...", hielt er ein.

„Was ist dann?" warf Lauretta ironisch dazwischen.

„Dann wirst du eine unangenehme Überraschung erleben", sagte Robert wie abschließend.

Laurettas Mundwinkel ließen ein amüsiertes Lächeln erkennen. Betont gelassen langte sie nach einer Zigarette und schaute ihn gleichmütig an. „Gib mir Feuer."

„Nicht in diesem Ton." Robert war aufgebracht.

„Gib mir Feuer", wiederholte sie, und ihr Gesicht zeigte eine seltsame Mischung aus Wut und Besorgnis. Die Zigarette im Mund haltend wartete sie auf Robert. Der langte jedoch hinüber, nahm ihr das schlanke Stäbchen aus dem Mund und zerbrach es langsam und bedächtig in mehrere Teile. Sie bewußt provozierend verrieb er die Tabakkrümel auf dem Teppich.

Robert sah, wie Lauretta das Blut in den Kopf schoß. Fast behutsam nahm er den übriggebliebenen Filter zwischen die Finger und schnipste ihn blitzschnell mitten in ihr Gesicht.

Wie versteinert blieb Lauretta sitzen. Ihr Blick schien sich an Roberts Hand festzufressen. Sie schluckte einmal deutlich, stand dann wortlos auf und verließ den Raum.

Robert kam sich gedemütigt vor. Er hatte sich selbst erniedrigt. Wie konnte ich mich so töricht benehmen, sinnierte er vor sich hin und stützte den Kopf schwer auf seine Hände. Wie ein kleiner, unreifer Junge hatte er sich verhalten. Ein bleiernes Gefühl breitete sich in ihm aus, und mit schuldbewußter Stimme rief er nach Lauretta. Natürlich bekam er keine Antwort, so daß er sich verpflichtet fühlte, aufzustehen und nach ihr zu suchen.

Sie stand vor dem Spiegel im Badezimmer und wischte sich mit einem Wattebausch die Schminke vom Gesicht. Er setzte zweimal zum Sprechen an, brach jedoch mitten im Satz immer wieder ab. Lauretta würdigte ihn mit keinem Blick und überging ihn geflissentlich. Fast resignierend stotterte er dann ergeben: „Entschuldige – bitte."

Ohne ihn anzusehen fragte sie spitz: „Warum?"

„Für eben ... für mein Verhalten."

Mit einer zornigen Bewegung warf sie den Wattebausch in den Abfallkorb, drehte sich herum und stemmte die Hände in die Hüften. „So einfach machst du dir das. Kommst hierher und sagst ‚Entschuldigung', als wäre damit alles erledigt." Trotzig warf sie den Kopf nach hinten und wollte an ihm vorbeigehen.

Robert streckte die Hand aus und versperrte ihr den Weg. „Was erwartest du? – Soll ich vielleicht auf Knien kriechen?"

„Nimm sofort die Hand weg!" herrschte sie ihn an

„Nicht bevor du meine Entschuldigung angenommen hast."

Lauretta schnaubte und dann noch einmal: „Nimm sofort die Hand weg!"

Robert blieb still stehen und rührte sich nicht. Er hatte ihre Bewegung kommen sehen. Ganz langsam hatte sie die Hand gehoben, die Finger mit den langen Nägeln gespreizt und mit zusammengekniffenem Mund nach seinem Arm gestoßen. Überrascht schaute sie ihn an, als ihre Nägel auf Widerstand stießen und sie in Roberts leicht schmerzverzerrtes Gesicht blickte. Mit Sicherheit hatte sie erwartet, daß er den Arm zurückziehen würde.

„Bist du jetzt zufrieden?" sagte Robert und rieb sich die schmerzende Stelle.

Fassungslos blieb sie stehen. „Warum machst du mir alles so schwer?" seufzte sie.

Robert winkte ab und meinte, daß er sie dasselbe fragen könnte. Er beteuerte, daß ihm der Zwischenfall von vorhin leid tue, ihr beharrliches Schweigen auf seine Fragen ihn jedoch dazu getrieben habe. Er nahm sie an der Hand und führte sie zurück ins Wohnzimmer. „Ich glaube, wir machen es uns beide schwer", begann er. „Einerseits betonst du, daß du mir voll vertraust, ja, dir meiner sogar ganz sicher bist ... und andererseits wagst du es nicht, mir irgendein sogenanntes Geheimnis anzuvertrauen."

„Ich sagte dir schon, daß wie sehr vorsichtig sein müssen."

„Wer ist wir?"

„Fang bitte nicht wieder damit an", ermahnte sie ihn. „Ich habe dir versprochen, eine Party zu geben. Du wirst sie alle nach und nach kennenlernen. Quäle mich bitte nicht, dir vorher Dinge zu sagen, die ich hinterher vielleicht bereuen würde. Wie wäre es mit Samstag in einer Woche? Kannst du noch so lange warten?"

„Ich kann, aber ich will nicht."

„Das ist dein Problem. Es wird dir wohl nichts anderes übrigbleiben." Entschlossen ging sie an ihm vorbei in Richtung Schlafzimmer. Robert war mit ausholenden Schritten neben ihr und hielt sie zurück.

„Noch nicht. Komm, laß uns noch ein Glas trinken."

Kaum vernehmlich sagte sie: „Mein Gott, wenn es unbedingt sein muß. Aber wechsle das Thema!"

Mit übertrieben ausholender Geste bot er ihr Platz an und setzte sich neben sie. „Ich habe dir eine Zusage gegeben", hob Robert an. „Aber ich weiß nicht, wofür. Ich denke, es ist an der Zeit, daß ich es verdient habe, mit einigen Details bekanntgemacht zu werden. Das ist nicht zuviel verlangt... ich müßte mir meine Entscheidung sonst nochmals überlegen..."

„Dafür ist es zu spät", warf sie blitzschnell dazwischen.

„Glaubst du?"

„Was ich glaube, ist uninteressant. Hauptsache, du weißt es."

Robert ließ sich nicht beeindrucken. Scheinbar unbeteiligt fragte er: „Was müßte ich tun, wenn ich drin bin – in der Gruppe?"

„Du wirst unser Ziel, das dein urpersönlichstes ist, unterstützen und danach leben. Du wirst endlich zu dir selbst finden und Freuden von ungeahntem Ausmaß erleben, die Außenstehenden verschlossen sind. Allerdings mußt du etwas dafür tun. Was du zu tun hast, weiß ich nicht. Man wird es dir sagen." Robert glaubte, Verbissenheit aus ihrer Stimme zu hören.

„Was mußtest du tun?"

Für eine Weile schwieg Lauretta, als müsse sie ihren Gedanken erst die richtige Form geben. Dann schaute sie ihm liebevoll ins Gesicht und sagte: „Darüber wird untereinander nie gesprochen. Ich möchte, daß du dich von vornherein an diese Regel hältst."

„Nun gut", Robert stockte. „Aber das Ziel, das ich unterstützen soll. Ich muß doch schließlich wissen, für was ich mich einsetze."

Lauretta seufzte tief und trommelte mit den Fingerspitzen an ihr Glas. „Das ist nicht einfach zu erklären. Ich wünschte, du würdest es nicht aus meinem Munde hören. Womöglich verstehst du dann alles falsch."

„Versuch es", bat Robert.

Einen Augenblick schien sie sich alles nochmals zu überlegen, ehe sie doch anfing: „Weißt du, das Leben geht so rasch an uns vorüber. Alle Menschen suchen nur nach einem einzigen Ding, von dem sie so viel wie möglich erhaschen wollen." Sie hielt ein und wartete.

„Was für ein Ding?" wollte Robert wissen.

„Was meinst du?"

„Glück oder Liebe?"

Sie lächelte mitleidig und schüttelte den Kopf. „Genau das wird uns ständig vorgebetet, ist aber nur die Folge vom eigentlichen Ding. Der Antrieb, der uns zu Glück und Liebe führt, liegt ganz woanders."

„Und wo?"

„Kannst du es wirklich nicht sehen? – Es ist die Lust. Lust ist der eigentliche Motor, der uns zu Glück und Freude führt. Wir sind lediglich geboren, um nach Lust zu streben und dadurch Erfüllung zu erlangen. Da sich die meisten ihrer Lust schämen, sie sogar als Fluch betrachten, gelangen sie niemals zu Glück und Freude." Sie nahm einen tiefen Schluck und genoß Roberts Verwirrung. „Möglicherweise überrascht dich das, aber du wirst schon sehen, daß ich recht habe."

Robert verbarg seine Betroffenheit ausgezeichnet und fragte leise: „Und wie stellt ihr es an, daß ihr mehr Lust bekommt?"

„Ich sehe, du verstehst langsam", konstatierte sie. „Das ist nämlich der eigentliche Punkt, um den sich alles dreht. Die Lust wurde uns nicht angeboren. Wir müssen sie uns verdienen, erarbeiten. Das können wir nur, indem wir einen gegensätzlichen Wert erschaffen."

„Einen Moment", Robert überlegte scharf. „Das Gegenteil von Lust ist doch Schmerz, Trauer, Leid, Schrecken und Ähnliches. Meinst du etwa das?" Er sah sie mit aufgerissenen Augen an.

„Ja, ungefähr. Aber verstehe es bitte nicht falsch. Wenn man Lust verspürt, indem man Dinge wie Schmerz und Leid erschafft, erreicht man wiederum das Gegenteil: nämlich Schmerz und Leid." Sie schüttelte wild den Kopf und meinte dann hastig: „Ich sagte dir doch, daß ich es nicht gut erklären kann. Wahrscheinlich hast du jetzt alles mißverstanden. Vergiß, was ich dir gesagt habe." Und dann schnell: „Versprich's mir!"

Robert hatte sich abgewandt und starrte ins Leere. Irgendwie war ihm die Kehle wie zugeschnürt. Mit brüchiger Stimme meinte er: „Wie könnte jemand so etwas vergessen."

„Okay, okay, du wolltest es ja nicht anders." Lauretta hatte ihre Stimme kaum mehr unter Kontrolle. „Ich warne dich nur. Verwende das Gehörte nie gegen mich oder die Gruppe. Es täte mir leid, dich zu verlieren." Mit vor Zorn glühenden Augen stand sie auf und ging hinaus.

Fassungslos blieb Robert sitzen und versuchte, seine Gedanken zu betäuben. Es gelang nicht. Blitzschnell schossen ihm Bilder von Marianne, Dr. Larsen und Elisabeth durch den Kopf. Waren sie tatsächlich alle derselben Meinung? Wie konnte jemand nur auf solch geisteskranke Ideen kommen? Aber viel schlimmer: Wie konnte er dazu noch Anhänger unter solchen Kreisen finden?

Er verfluchte den Tag, an dem er nach München gereist war. Jetzt steckte er mittendrin. Er konnte nicht verschwinden, denn er wußte nicht, wie groß der Einfluß dieser Gruppe war. Mitmachen wollte er auch nicht, und um den ganzen Verein auffliegen zu lassen, hatte er zu wenig in der Hand. Er lächelte bei dem Gedanken. Hatte er zu wenig in der Hand? - Er hatte nichts. Rein gar nichts!

Spiel weiter, sagte er sich. Deine Chance liegt nur darin, mitzumachen und einen passenden Moment abzuwarten.

Noch völlig durcheinander betrat er das Schlafzimmer. Lauretta schlief schon. Er war froh, heute nicht mehr mit ihr reden zu müssen.

In den darauffolgenden Tagen versuchte Robert mehr Abstand von Lauretta zu gewinnen, ohne ihr auch nur im geringsten einen Anlaß für etwaiges Mißtrauen zu geben. Er redete ihr ein, daß er nun schon so lange in London sei, von den reichhaltigen Sehenswürdigkeiten jedoch so gut wie nichts erblickt habe. Auf seinen Vorschlag, ihn tagsüber das historische London alleine entdecken zu lassen, ging sie bereitwillig ein. Einmal besuchte er das Britische Museum, konnte sich jedoch nicht auf die gezeigten Schätze konzentrieren, da das Unbehagen seiner Situation ständig die Oberhand gewann.

Schon dreimal hatte er versucht, einen Anschluß mit der Münchner Telefonnummer zu bekommen. Entweder war niemand da, oder man nahm bewußt den Hörer nicht ab. Letzteres konnte er sich kaum vorstellen, aber hier war alles möglich.

Vier Stunden hatte er sich schon in dem riesigen Gebäude aufgehalten, als er müde wurde und Durst verspürte. Er beschloß, den nächstgelegenen Pub aufzusuchen, von wo er ja nochmals in München anrufen könnte. Gerade als er die Eingangstür wieder hinter sich gelassen hatte, fiel ihm eine weibliche Gestalt auf, die er im ersten Moment für Lauretta hielt. Die Person hatte ihm den Rücken zugewandt und entfernte sich mit ruhigen, aber raschen Schritten. Zuerst wollte er Laurettas Namen rufen, entschloß sich dann aber, hinterherzulaufen, um ganz sicherzugehen. Kaum hatte er seinen Tritt beschleunigt, bog die Person um die Häuserecke. Robert fing an zu laufen und erreichte atemlos die Ecke, wo er nach Luft schnappend stehenblieb. Die Frau war weg – einfach verschwunden.

War es Lauretta? Spionierte sie ihm nach? Er traute ihr das ohne weiteres zu. Robert wollte umgehend in ihrem Geschäft anrufen, um festzustellen, ob sie dort war. Sich an den Spaziergängern vorbeidrängend eilte er in einen Pub und bat dringend darum, telefonieren zu dürfen.

Am anderen Ende meldete sich Tiggling. Auf Roberts Frage nach Lauretta meinte dieser, daß sie vor zehn Minuten zur Bank gegangen sei, jedoch jeden Moment zurückkommen müßte und ob er etwas ausrichten solle. Robert verneinte, dann fiel ihm aber auf, daß er schließlich einen Grund angeben müsse, warum er sie angerufen hatte. „Ach ja, ich wollte sie bitten, daß sie ... oh, das geht jetzt natürlich nicht, sie kann mich nicht zurückrufen. Nun gut, Mr. Tiggling, dann richten Sie ihr einfach einen Gruß aus."

Vor seinem Bierglas sitzend dachte Robert immer wieder darüber nach. Tiggling war nur ein bemitleidenswertes Werkzeug in den Händen dieser Frau. Er tat genau das, was sie ihm auftrug, und würde sich bestimmt eher die Zunge abgebissen haben, als ein Wort mehr wie erlaubt zu sagen. Je öfter er darüberging, desto fester wurde seine Überzeugung, daß die Frau Lauretta gewesen sein müsse.

Wenn sie ihm also nicht traute und ihn selbst oder sogar teilweise durch andere beschatten ließ, dann standen seine Möglichkeiten, sich Stück für Stück zurückzuziehen, äußerst schlecht. Bestimmt wußte sie dann auch, daß er öfter zum Telefon gegriffen hatte.

Robert wurde zornig. Noch nie war es ihm passiert, daß er sich so eingezwängt vorgekommen war. Zudem noch durch eine Frau. In diesem Moment haßte er Lauretta aus vollem Herzen. Wäre er jetzt mit ihr allein gewesen, er hätte sich zugetraut, sie umzubringen.

Entschlossen stand er auf und ging zum nächsten Postamt. Er würde in München anrufen, egal, ob man ihn dabei beschattete oder nicht. Ohne sich umzudrehen oder nach verdächtigen Personen Ausschau zu halten wartete er, den Hörer in der Hand, daß jemand abnahm. Der plötzlich länger werdende Ton deutete ihm an, daß er wieder keinen Anschluß bekommen hatte. Verstimmt verließ er die Telefonzelle, winkte auf der Straße einem vorbeifahrenden Taxi und ließ sich zu Laurettas Kunsthandlung fahren.

Er begrüßte Tiggling nur ganz kurz und marschierte schnurstracks auf die mit dem Vorhang verhängte Öffnung zu. Lauretta saß am Schreibtisch und füllte irgendwelche Fomulare aus. Sie lächelte, als sie ihn sah, stand auf und gab ihm einen flüchtigen Kuß auf die Wange.

„Hast du London schon satt?" fragte sie interessiert.

Robert antwortete nicht sofort. Er zog seine Jacke aus und suchte nach einem Bügel. „Eine schwierige Frage. Manchmal weiß ich es wirklich nicht genau – so wie jetzt."

Lauretta tat so, als habe sie gar nicht genau zugehört, und sagte freudig: „Vor kurzem habe ich die Zusage des letzten Gastes erhalten. Jetzt sind wir vollzählig. Freust du dich auf die Party?"

„Ja", er nickte unlustig mit dem Kopf. „Ich bin sehr gespannt darauf." Und nach einer Weile: „Wer war denn der letzte Gast?"

„Miss Shirley Dixon. Eine Archäologin."

„Das klingt schon so alt."

„Du wirst dich wundern, sie ist jünger als ich."

„Hübsch?"

„Ja, aber du weißt, daß dich das nicht zu interessieren hat." Dabei ließ sie deutlich durchblicken, daß es ein bloßer Scherz gewesen sei.

Robert lief ein paar Mal ungeduldig in dem kleinen Büro auf und ab. Mit einem Ruck blieb er stehen und sagte scharf: „Mir wird es langweilig. Ich möchte endlich wieder etwas arbeiten."

„Aber Liebling", flötete Lauretta. „Andere sehnen sich so sehr danach, mehr Freizeit zu haben und ..."

„Versuche nicht, mir meine Lage rosiger zu schildern, als sie ist", unterbrach sie Robert. „Kannst du nicht verstehen, daß der Mensch etwas braucht, mit dem er umgeht, das er bewältigt, etwas, das er erschaffen kann? Ich halte dieses Nichtstun nicht mehr länger aus."

„Gut gut", versuchte sie, ihn zu besänftigen. „Du wirst auch bald etwas bekommen, wo du deinen Tatendrang stillen kannst. Sei doch nicht immer so ungeduldig." Sie zog einen Schmollmund und ließ ihn nicht aus den Augen.

„Das klingt ja, als habest du mich bereits verplant."

„Und wenn schon. Es ist nur für dich."

Nur widerwillig unterdrückte Robert seinen darauf aufkeimenden Zorn, indem er so tat, als stimme er mit ihr überein. Bedächtig begann er eine Pfeife zu stopfen und sagte obenhin: „Ich hoffe nur, es ist dir dabei etwas Gutes eingefallen. Ich bin nicht so anspruchslos, wie du vielleicht glaubst."

Sie lächelte ihm zu und sagte: „Denkst du, ich würde etwas anderes als das Beste vom Besten für dich aussuchen? Nur Geduld solltest du haben. Bitte, mein Liebling, hab mehr Geduld und Vertrauen."

Fast wäre er drauf und dran gewesen, sie zu fragen, ob sie sich heute mittag zufällig in der Nähe des Britischen Museums aufgehalten hätte. Statt dessen räusperte er sich nur vernehmlich und meinte: „Wie lange bleibst du noch hier?"

„Ich kann sofort mit dir kommen, wenn du es wünschst."

Robert wünschte es. Das war so ziemlich das einzige, was er sich wirklich ständig wünschte: Lauretta immer um sich zu haben. Ein Widerspruch in sich selbst. Er wußte es, konnte gegen seine Gefühle jedoch nicht ankommen. Noch vor Minuten glaubte er, fähig zu sein, sie umbringen zu können, und jetzt, in ihrer Nähe, unterlag er wieder jener ihm unerklärlichen Faszination, die sie ausstrahlte.

„Komm", sagte er zärtlich, umarmte sie mit festem Griff und wünschte, daß es außer dieser Umklammerung nichts mehr auf der Welt gäbe.

Minutenlang betrachtete er sich vor dem Spiegel in seinem neuen Smoking, den ihm Lauretta bei Jaeger gekauft hatte. Sie hatte darauf bestanden, daß er für die Party eine ihrem Gesellschaftsstil angemessene Kleidung trage. In nicht ganz einer Stunde wurden die Gäste erwartet, und Lauretta hatte sich eben ins Badezimmer zurückgezogen.

Daß Biggs ausgerechnet heute nicht da war, hatte ihn anfangs verwundert. Als er jedoch hörte, daß dieser schon seit Wochen wegen einer Familienfeier Urlaub eingereicht hätte, gab er sich damit zufrieden. Aus dem Staunen kam er allerdings nicht heraus, als er sah, wie Lauretta das kalte Büfett eigenhändig zubereitete. So etwas hätte er ihr nie zugetraut. Auch die Tischdekorationen übernahm sie bereitwillig und bat ihn nur, die Getränke aus dem Vorratsraum zu holen.

„Gibt es noch irgend etwas zu tun?" rief er laut in Richtung Bad.

Er vernahm ein angestrengtes „Hm hm" und schloß daraus, daß dieses mit Hilfe von Zahnpasta zustandegekommene Geräusch mit Sicherheit ein klares Nein bedeutete.

Während er mit einer seltsamen Mischung von Neugierde, Zweifel und Besorgnis durch die Wohnung wanderte, hörte er die Türklingel läuten. Gleich darauf öffnete sich die Badezimmertüre einen Spalt, und Lauretta rief: „Öffnest du bitte, Liebling? Das sind bestimmt die ersten Gäste. Ich bin gleich fertig."

Seinen Smoking zurechtrückend stieg er die Treppe hinab und

öffnete. Ein Paar, ungefähr Mitte Vierzig, in eleganter Abendkleidung, stand vor ihm. Der Mann mit dem vollen grauen Haar und den trotz seines Alters schon unzähligen Falten im Gesicht hielt den Hut an seine Brust, verbeugte sich leicht und stellte sich als Edmund McClure vor. Mit einer Handbewegung deutete er auf seine Frau Maureen, die mit ihrer etwas knöchernen Figur und dem altmodisch hochgesteckten Haar in dem langen Abendkleid einen deplazierten Eindruck hinterließ.

Robert verneigte sich ebenfalls, nannte höflich seinen Namen und bat sie, einzutreten. Zuvorkommend kümmerte er sich um ihre Garderobe und winkte ihnen mit einer Handbewegung, nach oben zu gehen.

„Darf ich Ihnen einen Drink anbieten?" erkundigte er sich und merkte sich die Wünsche. „Lauretta wird jeden Augenblick kommen. Wir hatten Sie nicht so früh erwartet."

„Ich hoffe, wir haben Sie nicht in Ihren Vorbereitungen gestört", meinte McClure, dessen brüchige Stimme von Anfang an Roberts Mißfallen erregte.

„Guten Abend", ertönte es plötzlich hinter ihnen. Lauretta war unmerklich ins Zimmer gekommen und blickte freundlich auf ihre Gäste. Für einen Moment waren sie alle wie gelähmt. Besonders Robert konnte kein Auge von ihrer hinreißenden Erscheinung lassen. Ihre seidig glänzenden blonden Haare fielen locker auf ihre bloßen Schultern. Das weiße lange und rückenfreie Abendkleid wurde vorne über der Brust durch ein zartes Bändchen um den Hals gehalten. Darunter setzte die große dunkelblaue Brosche einen magischen Anziehungspunkt bei dieser bezaubernden Erscheinung.

Fast hätte Robert vor Bewunderung aufgestöhnt, besann sich aber rechtzeitig auf die anwesenden Gäste und stotterte unbeholfen: „Mrs. und Mr. McClure. Wir haben uns schon bekanntgemacht."

„Lieb von dir", sagte sie lächelnd und ging zu den beiden hinüber, um sie mit einer kurzen Umarmung persönlich zu begrüßen. Sich umdrehend sagte sie: „Wir kennen uns schon seit Jahren. Es ist ein Lehrerehepaar, und ich würde mich freuen, wenn du sie auch als deine Freunde betrachten würdest."

Roberts deutlich zu bemerkenden Unwillen überspielte sie geschickt mit dem Hinweis, daß sie darauf sofort etwas trinken sollten. Mit erhobenem Glas sprach sie ein gutes Gelingen auf den heutigen Abend aus. Doch bevor sie das Glas an die Lippen setzte, wurde sie von Robert gebeten zu warten, da er nur gewillt sei, mit vollem Glas anzustoßen. Sprachlos sah sie zu, wie Robert sein relativ großes Glas bis zum Rand mit Whisky füllte.

Der nickte ihr nur freundlich lächelnd zu und meinte: „Zum Wohl – auf den heutigen Abend."

Kaum hatten sie sich gesetzt und wollten eben mit der Unterhaltung beginnen, da läutete es erneut. „Ich gehe", sagte Lauretta rasch und war schon aufgestanden.

Robert prostete dem Ehepaar McClure erneut zu, vermied jedoch beim Trinken, auch nur einen Tropfen die Kehle hinabrinnen zu lassen. Spielerisch lief er im Raum umher und schaute scheinbar belanglos zum Fenster hinaus. Auf Höhe seiner Hände stand einer der überdimensionalen Blumentöpfe, in den er den Inhalt seines Glases bis auf einen kleinen Rest schüttete.

„Ich freue mich, daß wir vollzählig sind", sagte Lauretta und führte drei weitere Personen in den Raum. Sofort schüttelte das Ehepaar McClure den Neuankömmlingen herzlich die Hände und umarmten sie brüderlich. „Und das ist Robert." Ihre Hand wies auf ihn, und schlagartig wandte man ihm die Gesichter zu.

„Ähm ...Hallo!" Robert grinste und hob kurz die Hand.

„Mrs. Pamela Fielding", stellte ihm Lauretta eine ungefähr vierzig Jahre alte Frau vor. Sie machte einen recht unscheinbaren Eindruck in ihrem grauen Kostüm und den viel zu sportlichen Schuhen, die eher für eine Wanderung geeignet schienen. Eine eigenartige Härte überzog ihr Gesicht, die durch das Fehlen jeglichen Make-ups noch betont wurde. „Pamela ist Ärztin", fügte Lauretta hinzu.

Artig nickend murmelte Robert etwas wie „Freut mich" und betrachtete schon den nächsten Gast. Das mußte die Archäologin sein, dachte er und freute sich innerlich, wenigstens ein hübsches

Gesicht mehr ansehen zu dürfen. –Sie wurde ihm als Miss Shirley Dixon vorgestellt, und seine Vorahnung als Archäologin wurde bestätigt. Länger als erforderlich drückte er ihr die Hand und wunderte sich, daß sie wie Lauretta und Marianne einen ähnlichen Gesichtsausdruck hatte. Nicht hübsch im üblichen Sinn, aber äußerst attraktiv. Nur daß sie einen Kurzhaarschnitt trug, der ihr jedoch ausgezeichnet stand.

Den letzten Gast, Randolph Wollery, ein Beamter im Verteidigungsministerium, schaute er kaum an. Er kannte diese Nullachtfünfzehn-Typen zur Genüge. Korrekt angezogen, stets gut gekämmt und rasiert, ein meist strenges Parfüm benutzend und die guten Manieren auf ewig verkörpernd.

„Ich dachte, Larsen kommt auch?" wandte er sich an Lauretta und sah prüfend in sein Glas.

„Dr. Larsen hat sich entschuldigt. Er mußte zu einem Kongreß."

„Oh natürlich! Das ist sehr wichtig! Leute wie Larsen sollten viel öfter Kongresse abhalten." Er lief zur Kommode und schenkte sich wieder ein.

„Wie meinst du das?" fragte Lauretta rüde und bemerkte mit Besorgnis seine Trinkfreudigkeit.

„Weißt du", er wandte sich schließlich an sie, „er und seine Kollegen haben so unendlich viel Mißverständnisse zu klären, daß ein paar solcher Unterredungen wie ein Tropfen auf den heißen Stein sind." Befriedigt vor sich hinnickend schaute er im Kreis herum und sagte: „Aber was ist, willst du unseren Gästen nichts anbieten?"

Lauretta kam seiner Aufforderung sofort nach, beobachtete jedoch mit angespannter Wachsamkeit, wie er Miss Dixon zuprostete und einen tiefen Schluck zu sich nahm.

„Ich werde etwas Musik machen", rief Robert und stand schon neben dem Plattenspieler.

„Bitte jetzt nicht!" befahl Lauretta. „Wir sollten unsere Unterhaltung nicht stören lassen."

„Auch gut", meinte Robert, der inzwischen die Hälfte seines Whiskys in die vor ihm stehende Vase gekippt hatte.

Eine Minute lang saßen sie sich schweigend gegenüber. McClure gab sich einen Ruck und fragte interessiert: „Sie kommen aus Deutschland?"

„Sie erstaunen mich", sagte Robert, „wie haben Sie das nur erraten?"

„Nun, Lauretta hat es uns gesagt", meinte er gereizt.

„Ich bin schon wieder erstaunt", mit geschlossenem Mund stieß er auf. „Warum haben Sie mich dann noch gefragt?"

Beleidigt zuckte McClure mit den Schultern und schaute hilfesuchend auf Lauretta, die Robert die Flasche aus der Hand nahm, als dieser sich erneut eingießen wollte.

„Würdest du bitte weniger schnell trinken", mahnte sie schlechtgelaunt. „Es ist genügend für alle da!"

Sie mit den Händen beschwichtigend willigte er ein und floh vor ihrem Blick, indem er sich neugierig Miss Dixon zuwandte, die inzwischen mit Wollery ein Gespräch begonnen hatte.

„Es ist wirklich schade, daß du dir für Guernsey keine Zeit genommen hast", bedauerte sie ihn. „Wir hatten herrliches Wetter und einen unglaublich produktiven Urlaub."

Wollery gab zu verstehen, daß es ihm wirklich leidgetan habe, aber seine Geschäfte ihm keine Zeit gelassen hätten.

„Hey, Wollery", platzte Robert dazwischen und spielte gekonnt den leicht Angetrunkenen. „Was arbeitest du denn so in deinem Büro?"

Leicht konsterniert räusperte sich Wollery einige Male und sagte: „Darüber kann ich nicht sprechen. Sie verstehen, die meisten Dinge im Verteidigungsministerium sind streng vertraulich." Er setzte sich steif hin und wollte sich wieder an Miss Dixon wenden.

„Warst du schon mal verheiratet?" fiel Robert ungerührt dazwischen.

„Äh nein, warum?"

„Sonst hätte ich deine Frau gefragt."

Wollery tat so, als sei dies ein guter Scherz gewesen, und lächelte verkrampft. Nervös rückte er die ohnehin schon korrekt sitzende

Krawatte zurecht und suchte nach einer Zigarette.

„Ich habe dich doch nicht etwa durcheinandergebracht?" Robert feixte und forderte ihn auf, mit ihm anzustoßen.

Lauretta schien sein Benehmen peinlich zu sein. Freundlich forderte sie ihn auf, doch nach etwas Musik zu sehen, solange sie sich um das kalte Büfett kümmere. Als er dabei war, eine Platte aufzulegen, trat sie schnell neben ihn und zischte verhalten: „Wenn du es darauf anlegst, mir eine Szene zu machen, so sieh dich vor! Meine Geduld ist zu Ende. Hör mit dem Trinken auf und benimm dich normal. Ich verspreche dir, daß du es sonst bereuen wirst!"

Die Wirkung des Alkohols zeigend nickte Robert träge mit dem Kopf. Er überlegte blitzschnell, ob er nicht zu schnell vorgegangen sei. Innerlich grinsend glaubte er das verneinen zu können, da man ihn bereits als angetrunken einstufte und nicht mehr für voll nahm.

Er schwankte leicht, als er zum Tisch zurückkam, und summte die Melodie mit. Sich vorsichtig niederlassend bat er Mrs. Fielding um eine Zigarette und bedankte sich übertrieben höflich bei ihr.

Während Lauretta das Essen servierte, unterhielten sich die anderen über mehr oder weniger belanglose Dinge. Robert blieb still und hörte nur zu. Hin und wieder warf er ein Lächeln zu Miss Dixon, die jedoch mit kaltem Blick darüber hinwegging. Man sprach über den Verfall den Pfundes und die Unfähigkeit der Regierung, etwas dagegen zu tun. Mrs. McClure berichtete freudig über ein kleines Landhaus, das sie und ihr Mann vor kurzem erworben hätten, und versprach, bald eine Einladung zu geben.

„Darf ich bitten, es ist serviert." Lauretta lachte und lud sie an die gedeckte Tafel. Mit bewundernden Ausrufen und Komplimenten ging die Gesellschaft zu Tisch. Robert meinte kaum hörbar, daß er plötzlich gar keinen großen Hunger mehr verspüre, obwohl er sich den ganzen Tag darauf gefreut habe.

„Das kommt vom Alkohol, Liebling", sagte Lauretta belehrend. „Ich habe dich noch nie soviel wie heute trinken sehen."

„Vielleicht", erwiderte Robert und setzte zu einer Grimasse an.

Nachdem sie gegessen hatten und beteuerten, wie gut alles geschmeckt habe, setzten sie sich in eine Runde um den Kamin zusammen. Robert fuhr sich öfter über das Gesicht und gähnte häufig hinter vorgehaltener Hand. Laurettas zornige Blicke entgegnete er mit einer unschuldigen Miene.

Mrs. Fielding hatte seit einiger Zeit über die unverdienten Sozialleistungen gesprochen, die der Staat im Unverstand an sogenannte Bedürftige gebe. Ihn ins Gespräch mit einbeziehend fragte sie: „Herrschen in ihrem Land ähnliche Verhältnisse?"

„Ich weiß nicht genau, aber ich denke schon." Robert wirkte verwirrt und nicht bei der Sache.

„Es ist kein Wunder, wenn wir immer tiefer in den Sumpf geraten", meinte McClure. „Die Regierungen wissen doch überhaupt nicht, was der Mensch will. Jetzt versucht man es mit nutzlosen Geschenken auf Kosten der Erfolgreichen. Wenn das so weitergeht, haben wir bald eine Anarchie."

„Ganz recht", stimmte ihm seine Frau zu.

„Es wird Zeit, daß sich die Intelligenz zusammentut und dem ganzen Spuk ein Ende setzt!" McClure hatte jedes seiner Worte betont.

„Richtig", sagte Wollery. „Aber nicht einfach."

„Das würde ich nicht sagen", meldete sich Miss Dixon. „Haben wir, in unserem Kreis, nicht schon alle damit begonnen..." Gespannt musterte sie Robert. „Und haben wir nicht schon erfreuliche Erfolge erzielt?" Ihr Blick blieb an ihm haften.

„Was für Erfolge?" brabbelte Robert und tat so, als habe ihn ihre Frage vor dem Einschlafen bewahrt.

„Wir haben glückliche Menschen geschaffen."

„Und wie haben Sie das getan?"

„Wir geben den Menschen einen Sinn für das Leben. Dazu gehört natürlich eine gewisse Intelligenz. Wir können nicht jedem helfen. Aber je mehr wir werden, desto größer ist die Hoffnung, daß wir eines Tages den Zustand hergestellt haben, der dem ursprünglichen Sein entspricht." Ihre Augen blitzten erregt.

„Und was ist das für ein Zustand?" Robert gähnte.

„Vergleichbar mit dem in der Natur", fuhr Miss Dixon fort. „Der Stärkere steht über dem Schwächeren. Der Intelligente befiehlt dem Dummen. Die Spreu hat sich vom Weizen getrennt."

Robert sah sie nur unverwandt an und schien zu überlegen. Er spürte, daß sich alle Blicke auf ihn richteten. Bewußt ließ er nochmals bei sich aufstoßen und begann langsam: „Ich frage mich gerade, wo ich dann wohl stehen würde. Ich meine, auf welcher Seite. Und vor allen Dingen, wer die Entscheidung darüber trifft." Ihm war, als hätten sich die McClures und Wollery unauffällig zugenickt.

„Wo wollen Sie gerne stehen?" fragte Miss Dixon.

Robert lächelte und schaute zu Lauretta, die die ganze Zeit mit erwartungsvoller Geste dem Gespräch gefolgt war. „Bei ihr", sagte er bestimmt und zeigte mit dem Finger auf Lauretta.

Das darauf entstandene Schweigen unterbrach er mit einem lauten „Zum Wohl!" und setzte zum Trinken an, ohne ein paar Tropfen zu schlucken.

Wollery mischte sich ein: „Wenn man sich aber entschieden hat, daß Sie nicht auf Laurettas Seite stehen werden, was dann?"

„Dann gibt es nur noch eins." Robert hielt ein und brüllte dann lautstark: „Revolution!"

Lauretta umarmte ihn und stimmte in das Gelächter der anderen mit ein. „Aber Liebling, das geht dann nicht mehr. Du müßtest schon vorher auf der anderen Seite stehen."

„Bin ich doch", protestierte er und versuchte schwankend gerade zu stehen. Trotz seiner Gegenwehr zog ihn Lauretta auf den Stuhl zurück, wobei sie ihn mit einem gefrorenen Lächeln bedachte.

Miss Dixon schüttelte ihre Haare zurück und nahm den Faden wieder auf. „Wie könnten Sie verhindern, daß Sie von Anfang an auf die falsche Seite geraten?"

Robert zuckte nur die Achseln und schaute sie unverständlich an. „Wissen Sie es?"

Sie nickte stumm und rückte näher zu ihm hin. „Was wäre, wenn Sie sich jetzt, in diesem Augenblick, voll auf Laurettas Seite stellen würden?" Kaum vernehmlich, mit schwankender Stimme.

„Ich denke, das bin ich", sagte er unbeeindruckt.

„Stellen Sie sich nicht so an! So betrunken sind Sie gar nicht." Miss Dixons Worte kamen gehetzt. „Sie wissen genau, was ich meine!"

„Meinen Sie die Mitgliedschaft in Ihrem Verein?" stammelte er halb bewußt. „Da hab ich doch schon zugesagt."

„Stimmt das?" fragte Mrs. McClure zu Lauretta gewandt.

Lauretta nickte eifrig und blickte verlegen zu Boden.

„Ja, wenn das so ist, dann hätten wir uns nicht so anstrengen brauchen", meinte Wollery voll Genugtuung. „Hast du ihn schon zum Rudra angemeldet?"

Ihre Betroffenheit ausgezeichnet verbergend schaute sie aufrecht in Wollerys fragende Augen und sagte: „Noch nicht. Ich wollte, daß Ihr ihn zuerst kennenlernt."

Beifällig nickend ging jeder zu ihr hin und sprach seinen Glückwunsch aus. Robert, der schläfrig wirkte, jedoch hellwach war, mußte sich zusammenreißen, um nicht aus seiner Rolle zu fallen. Wozu, verdammt noch mal, gratulierten sie Lauretta?

Als sie sich hinterher in einer allgemeinen Plauderei ausließen, gab Robert vor, sehr müde zu sein, und fragte, ob er sich zurückziehen dürfe. Alle waren der einstimmigen Meinung, daß sie zusammen aufbrechen sollten, und verabschiedeten sich herzlich. Diesmal auch mit einer Umarmung für Robert.

„Ich weiß nicht, ob du ganz ehrlich warst, zu deinen Freunden."

„Unseren Freunden", berichtigte ihn Lauretta, die etwas abgekämpft wirkend sich in einen der tiefen Sessel fallen ließ. „Vergiß bitte nicht, daß du zur Gruppe gehörst."

„Pah", Robert winkte ab. „Dieser Abend war doch rein für die Katz. Was habe ich denn schon Neues erfahren? Soll ich mir vielleicht diese Figuren als Vorbild für eine neue Gesellschaft nehmen?"

Als wolle sie ihre Gedanken betäuben, bedeckte sie ihre Augen mit einer Hand und sagte gequält: „Du warst gräßlich. – Du hast mir und dir selbst den ganzen Abend verdorben."

Robert stand auf und ging mit leerem Glas in Richtung Kommode. Dabei achtete er sorgsam, daß sein gespieltes Schwanken von Lauretta bemerkt wurde. „Scheiße, kein Whisky mehr da", sagte er protestierend zu sich selbst und warf die leere Flasche in den Papierkorb.

„Muß das sein!" Lauretta brüllte ihn zornig an und hatte ihre Stimme kaum mehr unter Kontrolle. „Noch nie hast du dich in meiner Gegenwart betrunken ... dich derartig aufgeführt ... versucht, mich zum Gespött der Leute zu machen..."

„Ruhe!" fast wie ein einsilbiger Schmerzensschrei hatte Robert dieses Wort herausgepreßt. Von seiner eigenen Lautstärke überrascht blickte er verwundert und gleichzeitig um Verzeihung bittend in Laurettas erschrockenes Gesicht. „Entschuldige, ich wollte nicht so laut sein. Wirklich", er stotterte leicht, „tut mir leid."

Er hatte ihre Tränen schon im Ansatz gesehen. Beschwichtigend legte er seinen Arm um sie und setzte eben zu einer versöhnlichen Erklärung an, als sie ihn mit einem Schlag vor die Brust von sich stieß. „Geh mir aus den Augen. Du bist ja noch immer betrunken."

„Wenn du meinst", sagte er verdrossen, stand auf und schickte sich an, das Zimmer zu verlassen. „Ich gehe zu Bett. Falls du mich brauchst...", er hielt ein, „du weißt ja, wo ich zu finden bin." Kaum hatte er ihr den Rücken zugewandt, da hörte er neben sich das platzende Geräusch von Glas. Ein Knirschen war zu hören, als seine Schuhe auf die verstreuten Glassplitter traten.

„Ich könnte dich umbringen." Lauretta atmete schwer.

„Das geht vorüber. Daran hatte ich auch schon gedacht." Gleichgültig schob er die Scherben zur Seite und ging hinaus.

Gut eine viertel Stunde lag er wach im Bett und wartete auf Lauretta. Das Licht hatte er brennen lassen, und sein Blick wanderte unruhig auf der weißen Decke umher. Als er leise Schritte vernahm, stützte er sich auf der Matratze ab und blickte zur Tür. Mit gesenktem Kopf, die Haare unordentlich ins Gesicht hängend, lehnte sie gegen den Türrahmen, blieb stehen und schwieg.

„Was ist? Willst du nicht hereinkommen?"

Immer noch stumm streifte sie die Haare nach hinten und schaute ihn aus traurigen, leeren und ausdruckslosen Augen an. Behutsam entfernte sie die Brosche an ihrem Kleid, um sie danach achtlos zu Boden fallen zu lassen. Mit beiden Händen streifte sie den Träger um ihren Hals über den Kopf, hielt das Kleid an ihre Brust gepreßt und sagte kalt: „Lösch das Licht."

„Warum, ich sehe dich gerne an. Auch wenn du zornig bist."

Und noch einmal: „Lösch das Licht."

Diesmal kam Robert ihrer Aufforderung nach. Am Rascheln des Stoffes erkannte er, daß sie das Kleid auszog. Gleich darauf spürte er, wie sie sich neben ihn ins Bett legte und die Decke über sich zog.

Minutenlang sprach keiner ein Wort. Dann tastete Robert mit seiner Hand nach ihr, spürte ihr Fleisch und begann zärtlich von ihrem Hals über die Brüste abwärts zu streicheln.

„Nimm die Hand weg!" befahl sie frostig.

Als er ohne Unterbrechung weitermachte, wiederholte sie noch einmal energisch ihre Forderung. Robert hatte seine Bewegungen gestoppt, ließ aber die Hand auf ihrem Bauch liegen. Ruckartig drehte sich Lauretta auf die Seite und klatschte ihm voll ins Gesicht.

„Ich sagte, du sollst die Hand wegnehmen!" sagte sie mit bemerkenswerter Tonlosigkeit.

Robert rieb sich die Wange, setzte sich aufrecht hin und zog die Decke weg. Sie sprang gleichfalls hoch und langte nach der Decke. „Willst du im Dunkeln kämpfen?" Seine Stimme klang rauchig und nach Alkohol. Geschickt schwang er sich zur Nachttischlampe und drückte den Knopf. Im ersten Moment mußte er fast lachen, als er sah, wie Lauretta auf allen vieren zum Fußende krabbelte, um das wärmende Federbett zurückzuholen.

„Du Schuft!" stieß sie giftig hervor und wollte sich auf ihn stürzen. Robert war jedoch vollends aus dem Bett gesprungen und ließ sie ins Leere fallen. Mit einem Satz war er neben ihr und hinderte sie daran, sich umzudrehen. Sein Kichern steigerte ihre Wut, und sie begann wild um sich zu schlagen.

„Okay", mit einem Schlag ließ er sie los. „Ich denke, wir haben genug gealbert."

Auch Lauretta wurde ruhig, drehte jedoch den Kopf herum und schnaubte verächtlich durch die Nase.

„Laß uns ein klein wenig ernsthaft sein", begann Robert. „Ich hatte nicht vor, dich zu blamieren. Gut, du hast recht, ich habe zuviel getrunken. Ist das jedoch ein Grund, so auf mich loszugehen?"

Ohne sich zu bewegen starrte sie ihn unentwegt an, und Robert glaubte, einen traurigen Ausdruck zu erkennen. „Gibt es zwischen uns nicht mehr als diese Gruppe?" fragte er ernsthaft. „Steht und fällt unsere Beziehung tatsächlich nur durch die daraus hervorgehende Idee, von der ich jetzt noch nicht genau weiß, wie sie letztlich aussehen wird?" Er machte eine Pause, bevor er fortfuhr und gedankenverloren auf die Lampe sah. „Es gibt Momente, wo ich fest davon überzeugt bin, dich zu lieben... wo ich glaube, in dir meine Idealfrau gefunden zu haben... wo ich alles für dich tun würde...", er mußte schlucken. „Aber dann gibt es Augenblicke, in denen ich fast so etwas wie Haß empfinde. Ohne Übergang. Es wirkt fast verrückt, ich wüßte nicht, zu was ich in solchen kurzen Sekunden in der Lage wäre."

Die Melancholie auf Laurettas Gesicht hatte sich verstärkt. Wispernd und kaum hörbar hauchte sie: „Küß mich, bitte."

Seine Gedanken abstreifend beugte sich Robert zu ihr hinunter und berührte zaghaft ihre Lippen. Liebevoll ließ er seine Zunge an den Konturen ihres Mundes entlangstreichen. Mit kurzen sanften Küssen bedeckte er ihr Gesicht, bis er auf einmal den salzigen Geschmack ihrer Tränen verspürte. Ohne darauf zu achten machte er weiter, hob sie hoch und preßte sie, so stark er konnte, an sich.

„Ich glaube, es ist doch mehr, was uns verbindet", flüsterte er ihr ins Ohr. „Ich wage zwar noch nicht, dir zu sagen, daß ich dich liebe, aber weit weg kann es nicht sein."

Lauretta hatte die Augen geschlossen und lächelte dankbar. „Nimm alles von mir in Besitz. Alles. Aber verlaß mich nie. Ich wüßte nicht, wie es ohne dich weitergehen sollte."

Robert wagte nicht zu nicken. Zu zweideutig waren alle ihre Worte. Statt dessen drückte er sie behutsam auf das Kissen zurück, ging zu ihr und hörte nicht auf, ehe sie im Sinnestaumel vor sich hinstöhnte.

An diesem Sonntagmorgen blieben sie lange im Bett. Lauretta war wie verwandelt. Den gestrigen Abend erwähnte sie mit keiner Silbe, und ihr Ärger über Roberts Benehmen war wie fortgeblasen. Es schien, als hätte es diesen Abend nie gegeben. Einmal machte Robert den ernsthaften Versuch aufzustehen, hatte schon ein Bein aus dem Bett, bevor ihn Lauretta spielerisch an den Haaren festhielt und meinte, daß sie nichts mehr verabscheue, als wenn sich jemand heimlich zu verdrücken suche. Einladend deutete sie auf ihren Körper, lächelte verführerisch und hauchte: „Worauf wartest du?"

Nur zu gern unterlag ihr Robert. In dieser, ihrer jetzigen Verfassung überließ er ihr die vollkommene Kontrolle über ihn.

So mochte er sie. Das war die Lauretta, in die er verliebt war: verspielt, erregend, zärtlich, unbeschwert und in höchstem Maße faszinierend.

Lange Zeit später, zwölf Uhr mußte schon vorbei sein, deutete er ihr an, daß er sehr hungrig zu werden beginne und mit Rücksicht auf seinen Magen gezwungen sei, ihre Nähe vorübergehend in eine angenehme Distanz zu verwandeln.

Selbst bei Tisch wirkte Lauretta wie ein fröhlich ausgelassenes Kind. Die Haare hatte sie zu zwei Zöpfen geflochten, die links und rechts herabbaumelten. Sie nahm eine große Tischserviette, band sie als eine Art Latz um und bettelte mit geneigtem Kopf: „Bitte, bitte, füttere mir das Ei."

Robert ging auf alle ihre Possen ein und übertraf sich selbst, als auch er begann, dem Spiel ein paar Scherze beizusteuern. Das Geschirr ließen sie stehen, rannten um die Wette unter die Dusche und alberten weiter, indem sie sich gegenseitig so vollspritzten, bis man selbst auf dem Spiegel vor Wassertropfen nichts mehr sehen konnte.

Ihr Vergnügtsein ausgiebig genießend beschlossen sie aufs Land zu fahren, um sich an irgendeinem See oder in einem alten Schloß die Füße zu vertreten.

„Ich mag aber nicht fahren. Ich bin viel zu glücklich", sagte Robert scherzhaft vorwurfsvoll.

„Wer sagt denn, daß ich dich fahren lasse? Wie könnte ich dich küssen, wenn du ständig auf diese gräßliche Straße schauen mußt?" Mit flinken Schritten war sie zum Telefon geeilt und hatte ein Taxi gerufen. „Ja, Elm Park Road", wiederholte sie in die Muschel. „Wohin? Mein Gott, das weiß ich selbst noch nicht. Nehmen Sie sich auf alle Fälle viel Zeit, junger Mann." Lächelnd ließ sie den Hörer auf die Gabel fallen und schaute Robert zufrieden an.

Es wurde eine lange Fahrt. Robert hatte keine Ahnung, wohin sie fuhren. Ausgelassen flirtete er mit Lauretta auf dem Rücksitz und ließ sich auch von dem vereinzelt sorgenvollen Blick des Taxifahrers nicht ablenken, der vielleicht den Eindruck bekam, es mit einem vorzeitig gealterten Teenagerpärchen zu tun zu haben. Erst das reichliche Trinkgeld, das ihm Lauretta später in die Hand drückte, ließ ihn wieder zu seinem Respekt zeigenden Gesichtsausdruck zurückkehren.

Sie standen am Ufer eines idyllisch gelegenen Sees, das an manchen Stellen von Anglern überfüllt war. Arm in Arm wanderten sie um den See und entdeckten ihr Auge für die herrliche und friedlich vor ihnen liegende Natur. Londons graues Häusermeer war weit weg, und um die Wette pfeifend legten sie sich in das leuchtend grüne Gras. Sich an den Händen haltend dösten sie lange vor sich hin, wobei jeder vermied, durch irgendeine Äußerung diese verträumte Stille zu durchbrechen.

Erst als die Sonne sich hinter ein paar Wolken verkrochen hatte, fragte Lauretta ganz leise: „An was denkst du?"

„An nichts."

„Das geht nicht. An irgend etwas muß der Mensch immer denken."

„Nein, glaube mir. Ich habe eben wirklich an nichts gedacht. Es war wundervoll."

„Schöner, als wenn du an mich gedacht hättest?"

Für einen Moment blieb er still. Dann meinte Robert: „Das kommt darauf an, an welche Lauretta ich denke."

Sie berührte zärtlich sein Gesicht und streichelte ihm über die Haare. „An welche Lauretta denkst du gerne?"

„An die, die jetzt neben mir liegt und so liebevoll und zärtlich ist. Jene Lauretta, die ich mir eigentlich immer wünsche."

Sich vertraut an ihn schmiegend drückte sie ihm einen Kuß auf die Stirne und schlug vor, wieder nach Hause zu fahren, da die Sonne ihre Arbeit für heute als beendet anzusehen scheine.

Als sie wieder in der Elm Park Road angelangt waren, äußerte Robert den Wunsch, eine Flasche Champagner aufzumachen. Begeistert stimmte ihm Lauretta zu und war schon dabei, nach den geeigneten Gläsern zu suchen.

„Auf was wollen wir anstoßen?" fragte sie.

Das Glas wartend in der Hand, zögerte Robert und schien angestrengt nachzudenken. „Auf heute ... und daß es nie anders sein wird als heute."

Mit treuherzigem Augenaufschlag prostete sie ihm zu und bemerkte zwischendurch: „Du weißt, daß das in unserer Hand liegt. Und ich bin glücklich, sagen zu können, daß ich volles Vertrauen habe – in uns!"

Beide spürten, daß sich über ihre Fröhlichkeit des vergangenen Tages ein dünner, aber doch spürbarer Schatten gelegt hatte. Es war nur ein Gefühl, das keiner richtig ausdrücken konnte, aber beide wußten, daß es da war. Laurettas Lachen kam merklich gezwungener, und ihre Augen besaßen nicht mehr den Glanz des Vormittags. Als sich ihre Blicke erneut trafen, kam sich Robert wie ertappt vor.

„Du weißt, daß ich dich etwas fragen muß?" Ihrem Blick ausweichend suchte er nach einer Zigarette.

„Nein, aber ich spüre es." Laurettas Stimme klang schüchtern.
„Es fiel gestern abend ein Satz."
„Wir haben viel geredet."
„Wollery fragte, ob du mich schon zum Rudra angemeldet hättest. Was ist das? Ich will es wissen." Dabei hatte er sich so bemüht, so bestimmt wie möglich zu sein.

„Ach, das meinst du", stieß sie erleichtert hervor. „Ich habe dir doch schon Andeutungen darüber gemacht."

„Wann?"

„Als ich über die Aufgabe sprach, die man dir stellen wird. Wahrscheinlich vergaß ich zu erwähnen, daß wir eine solche Versammlung einfach Rudra nennen." Lauretta nippte gelassen an ihrem Glas und setzte hinzu: „Bist du mir deswegen böse?"

„Nein. – Aber wie sieht dieses Rudra aus?"

Mit langsamen Bewegungen schüttelte sie den Kopf und biß die Lippen aufeinander. „Eine Überraschung."

Robert stöhnte tief, stützte den Kopf auf die Hände und sagte bitter: „Nein. Nein, ich will keine solche Überraschung. Bitte sag es mir. Ich möchte, daß dieser Tag so endet, wie er angefangen hat." Dabei ergriff er eine ihrer Hände und drückte sie auffordernd.

„Also gut", sie stellte ihr Glas ab und sah ihn voll an, „ganz kurz das Wesentliche." Sie erzählte ihm, daß die Versammlungen der Gruppe jeweils im selben Haus, einer Villa im Vorort Richmond, stattfinden würden. Alles wäre sehr feierlich inszeniert, da schließlich die obersten Schichten der Gesellschaft zusammenkommen würden. Der Vorsitzende gäbe die Namen derjenigen bekannt, natürlich nur den Vornamen, die die ihnen gestellte Aufgabe zur Zufriedenheit gelöst hätten. Um was es sich im einzelnen handle, wüßten die Mitglieder selbst nicht, auch würde man niemals darüber sprechen. Dann würden die Neuen ihren Auftrag in einem verschlossenen Umschlag feierlich in Empfang nehmen, natürlich nicht, bevor sie ganz am Anfang mit den Regeln vertraut gemacht worden wären. Danach sei der offizielle Teil vorüber, und jeder könne sich nach seinem Geschmack, entsprechend der gültigen Regeln, amüsieren.

Als sie geendet hatte, blieb Robert noch eine Weile still sitzen, ehe er fragte: „Was für Regeln?"

„Aber Liebling, das wird man dir ganz am Anfang sagen. Hab doch noch etwas Geduld. Das Rudra ist bereits am Freitag."

Überrascht schaute Robert auf: „Diese Woche?"

Lauretta nickte und bat ihn, dieses Thema für heute ruhen zu lassen. Er wußte, daß es keinen Wert gehabt hätte, weiter in sie zu dringen. Bis Freitag waren es ohnehin nur noch fünf Tage, und solange konnte er nach alledem auch noch warten.

„Okay, ich versprech's dir", meinte er lächelnd und zog sie an sich. Ihren zweifelnden Blick wischte er mit einer nochmaligen Bestätigung beiseite.

Robert hatte recht behalten. Der Tag endete so, wie er angefangen hatte.

Selbst die strahlende Sonne war machtlos gegen das triste Grau der Häuser und Straßen in der Londoner Innenstadt. Die Parks, die sich wie kleine Oasen hier und da anboten, schienen alle mit einem ganz feinen Schleier dieses nebelhaften Schimmers überzogen zu sein. Monumente, Statuen und Gedenksteine, die von der ehemaligen Größe des Britischen Empires erzählten, ließen Robert genauso kalt, wie der unaufhörliche Fußgängerstrom zwischen Piccadilly, Trafalgar und Westminster.

Anfangs fand er es noch interessant, diesen Pulsschlag zu beobachten, aber am dritten Tag wollte er von all dieser Unruhe, Hast und Hetze nichts mehr sehen. Meist ging er morgens aus dem Haus mit dem Hinweis, sich London anzusehen, und stiefelte dann ziellos und unlustig in der Gegend herum. Nur dann, wenn er ein Postamt sah, empfand er so etwas wie eine kleine Aufregung. Fünfmal hatte er in den vergangenen Tagen versucht, die Münchner Nummer anzurufen. Einmal war sie besetzt, aber sonst ging niemand an den Apparat.

Einer bösen Vorahnung gehorchend besorgte er sich in einem

Reisebüro die Fahrpläne verschiedener Luftverkehrsgesellschaften.

Falls er sich gezwungen sähe, überraschend abzureisen, wollte er sich nicht erst mit Details und Flugzeiten herumschlagen. Manchmal war er drauf und dran, alles liegen und stehen zu lassen und mit der nächstbesten Maschine nach Deutschland zurückzufliegen. Es war nicht sein hintergründiges Ziel, diesem ganzen Spuk für immer ein Ende zu setzen, das ihn davon abhielt. Er spürte, ahnte und wußte, daß es ganz allein an Lauretta lag.

Noch niemals in seinem ganzen Leben hatte er eine so faszinierende, aufregende und beeindruckende Frau getroffen. Sie war mit niemandem zu vergleichen. Auch nicht mit Marianne in München. Lauretta hob sich einsam, mit unheimlicher Weite, von allen anderen ab. Nicht nur durch ihr Auftreten, ihr Benehmen, ihre Gedankengänge oder gar ihr Aussehen. Nein, es war noch viel mehr da. Und dieses Mehr trieb ihm ab und zu einen Schauer über den Rükken. Er konnte es nicht fassen, nicht beschreiben, nicht erklären. Er wußte nur, daß es da war und daß er dagegen immer machtlos war, egal, was er sich auch vorgenommen hatte.

Gestern abend hatte sie ihn überraschend gefragt, was er vom Skilaufen halte. Er hätte nicht zu antworten brauchen, und von ihr wären auch keine weiteren Erkundigungen mehr nötig gewesen. Robert hatte noch im selben Augenblick gewußt, daß sie geplant hatte, mit ihm in ein Schneegebiet zu fahren, und daß jeglicher Widerstand zwecklos gewesen wäre. Während dieser Überlegungen wurde es ihm klar, wie wenig er selbst noch in der Lage war, Entscheidungen zu treffen. Das würde ihm nichts ausmachen – er war mit ihren Vorschlägen fast immer einverstanden –, wenn nur nicht dieses ungute Gefühl dabei aufkommen würde, das ihn ständig zur Vorsicht mahnte.

Robert glaubte zu wissen, daß sich heute abend – es war Freitag – die Würfel für oder gegen Lauretta entscheiden würden. Seine innere Unruhe konnte er nur mühsam verbergen, und Laurettas strahlenden Augen wich er stets blitzschnell aus.

„Du siehst schick aus", sagte Lauretta und wanderte um ihn herum. „Ich bin stolz darauf, dich dort vorstellen zu dürfen." Mit vergnügten Drehbewegungen tanzte sie durch den Raum und rief: „Ich könnte vor Glück fast zerspringen. Geht es dir nicht auch so?"

Milde lächelnd sagte Robert: „Nein ... das heißt, ich bin glücklich mit dir ... aber zur Zeit ... ich meine, ich bin etwas aufgeregt."

„Laß nur. Das geht bald vorüber", sagte sie, sich weiter drehend.

Biggs klopfte höflich an die Türe und meldete den Wagen fahrbereit. Robert wollte fragen, wo es denn hingehe, verkniff sich aber diese Worte, da er kein unnötiges Mißtrauen erwecken wollte.

Unauffällig, aber peinlich genau versuchte er sich die ganze Fahrtroute einzuprägen. Schon nach wenigen Minuten war er jedoch durch die Vielzahl der Namen so verwirrt, daß er beschloß, sich nur auf das Endziel zu konzentrieren. Die Häuserreihen lichteten sich. Immer mehr Villen konnte man durch kleine Heckeneinschnitte erkennen.

Von Kensington waren sie über Hammersmith und Chiswick Richtung Richmond gefahren. Eine große Straße mit dem Schild ‚Kew Road' war so ziemlich die letzte, auf die Robert achtgab. Plötzlich bog Biggs scharf links ab, und Robert nahm wahr, daß sie in die Ham Gate Avenue einfuhren. Vorbei an Golfplätzen, die sich links und rechts erstreckten, kamen sie an einen kleinen Weg, der keine Bezeichnung aufwies. Noch ein paar serpentinenartige Kurven, und der Wagen wurde zurückgeschaltet und rollte leise aus.

Über einer dichten, mannshohen Hecke konnte man die leuchtend weiße Fassade eines bestimmt sehr alten Herrschaftshauses erkennen. Im Schrittempo durchfuhren sie die Einfahrt, an der sinnigerweise der Name ‚Garden Manor' angebracht war. Die ersten Gäste waren sie auf keinen Fall, denn selbst auf dem gepflegten Rasen vor dem Gebäude parkten Autos der verschiedensten Alters- und Preisklassen.

„Gefällt es dir hier?" vernahm er Laurettas einschmeichelnde Stimme.

„Sehr hübsch", meinte er beifällig nickend. „Die Leute scheinen Geschmack zu haben."

„Warte ab, bis wir erst drinnen sind." Lauretta war schon ausgestiegen und hielt Robert die Türe auf.

Ein livrierter Empfangschef öffnete ihnen und führte sie in die geräumige Empfangshalle. Auf den steinernen Fußplatten klangen Laurettas Absätze metallen, als sie zu der leerstehenden Sitzgruppe hinübergingen. Naurbacksteinwände links und rechts unterstrichen den rustikalen Stil, in dem die großen dicken Polstermöbel vom Auge fast als störend empfunden wurden. Ein alter Kachelofen, über dem riesige Ölgemälde aufgehängt waren, dürfte so ziemlich das einzige Überbleibsel der ursprünglichen Bauzeit gewesen sein.

Als sich Robert anschickte, die mit flauschigen Teppichen überzogene Treppe hinaufzugehen, um die an der Wand entlang aufgehängten Bilder zu betrachten, hörte er, wie sich oben eine Türe öffnete und mehrere Personen die Stiegen herabkamen.

„Wie schön, daß ihr pünktlich seid", rief eine väterliche Stimme, die zu einem weit über den Sechzig liegenden weißhaarigen Herrn gehörte. Hinter ihm gingen zwei Herren in ähnlichem Alter und Aussehen. Alle trugen Frack, weißes Hemd und Fliege. Im ersten Moment stufte sie Robert als Jury irgendeines Wettbewerbs ein. „Ich freue mich, dich zu sehen, meine Liebe", sagte derselbe Herr zu Lauretta und umarmte sie freundschaftlich.

Lauretta schüttelte seinen Begleitern die Hände und führte dann alle drei zu Robert. „Ich möchte dich mit den Herrn hier bekanntmachen. Das ist Dr. Henry Sutter", sie wies auf den ihr scheinbar so nahestehenden Mann, „er ist Doktor der Philosophie. Und das ist Mr. Paul Koval, ein Rechtsanwalt, und schließlich Mr. Jerry Snyder, ein Graphologe. Du wirst dich jetzt mit diesen Herrn zusammensetzen und von ihnen alles Weitere erfahren." Dabei trat sie ein paar Schritte zurück und sah zu, wie Robert jedem von ihnen höflich die Hand schüttelte.

Dr. Sutter machte eine einladende Bewegung, nach oben zu kommen, und Robert drehte sich nochmals kurz zu Lauretta um.

„Ich warte hier und freue mich, bis du zurück bist", sagte sie und hob leicht die Hand zum Gruß.

Robert winkte zurück und folgte den Herren, die ihm oben zuvorkommend eine Tür aufhielten.

Eigentlich ein ganz normaler Raum, stellte Robert enttäuscht fest. Er hatte einen dunklen, zumindest düsteren Raum erwartet, in dem womöglich schwarze Samtvorhänge Wände und Mobiliar verdeckten. Hier sah es eher nach einem gemischten und prunkvoll eingerichteten Arbeitszimmer aus. Rosa Teppichboden, der von dem obligatorischen offenen Kamin etwas verbrannt aussah, große Fenster mit dunkelroten Vorhängen, Bücherregale, die für Bilder keinen Platz mehr ließen, und das Auffallendste: ein riesiger eichener Schreibtisch, hinter dem drei mächtige Lederstühle standen. Die Tischlampen links und rechts verströmten ein mattes, aber angenehm helles Licht.

„Bitte", sagte Dr. Sutter und wies auf denselben Lederstuhl, der allein vor dem Schreibtisch stand.

Robert nahm dankend Platz und musterte die drei, die sich ihm gegenübergesetzt hatten und geschäftig in einigen Papieren lasen. Dr. Sutter murmelte etwas seinem Nebenmann, worauf der ihm ein Stück Papier reichte, das Sutter mit Befriedigung an sich nahm und dann seinen Blick auf Robert heftete.

„Mr. Robert Breuer", begann er mit sonorigem Ton. „Eigentlich müßte ich Ihnen schon jetzt gratulieren, aber gemäß unseren Satzungen darf dies erst nach dieser, unserer Unterhaltung geschehen. Mrs. Lauretta Price, die uns allen wohlgefällige Freundin, hat Sie heute abend zu uns gebracht, und wie ich aus den Unterlagen ersehen kann", dabei blickte er auf das Papier, „mit den Zielen unserer Gemeinschaft, die als eine Art Orden betrachtet werden kann, bekanntgemacht. Wir verwenden nicht den Begriff Orden, da er bei einigen Freunden Mißverständnisse hervorrufen könnte, sondern haben den Namen Selekta gewählt." Dabei schaute er Robert prüfend an und wartete, bis dieser mit einem Kopfnicken zu verstehen gab, daß er verstanden habe. „Wir haben alle ihre persönlichen Daten, einschließlich Paßnummer, Kennzahl Ihrer Sozialversicherung und so weiter."

„Oh!" Robert entschlüpfte ein erstaunter Ausruf.

Dr. Sutter schmunzelte und fuhr dann fort: „Das dürfte Sie nicht verwundern, da wir sehr sorgfältige Informationen einholen, ehe jemand vor den Rat der Selekta berufen wird." Er machte eine kleine Pause, in der er seine Beisitzer zustimmend anschaute. „Ich habe also nur noch die Aufgabe, Ihnen das Aufnahmezeremoniell zu verlesen, dem Sie hinterher zustimmen müssen." Er räusperte sich und langte nach einem rot eingebundenen Buch. „Ich brauche wohl nicht extra zu betonen, daß die Selekta einen Schutz in sich selbst birgt, der auch bei Nichtübereinstimmung zu keinen schwerwiegenden Folgen führen würde."

Während er feierlich die Seiten aufschlug, erhoben sich Koval und Snyder zu seiner Seite und deuteten auch zu Robert, daß er sich erheben soll.

Als er stand, begann Dr. Sutter zu lesen: „Ich, Robert Breuer, bin heute aus freien Stücken vor dem Rat der Selekta erschienen, um im Beisein von Zeugen Ziele und Regeln der Selekta anzuerkennen. – Ich verspreche für alle Zeiten, das Nachfolgende in mir aufzunehmen und danach zu handeln, auch wenn sich der Schleier menschlicher Vernunft über meinen Verstand legen sollte. Mein Ziel wird es sein, eine totale Erneuerung für eine selektierte Gesellschaft durch oppositionelle Schöpfungen der Selekta zu erreichen. Der Menschheitstraum nach grenzenloser Freiheit, der sich im Ziel des Rudra Bhairava ausdrückt, unterliegt jeder Eigenständigkeit."

Robert stutzte, ließ sich aber nicht anmerken, daß er mit diesem Rudra Bhairava nichts anfangen konnte. Sicher hatte ihm Lauretta davon erzählt, aber das war zu dürftig, um eine genaue Vorstellung davon zu haben. Er riß sich schnell zusammen, denn Sutter hatte ohne Pause weitergelesen.

„...stehen über allen Wünschen und Verlangen des irdischen Seins. Dem Ziel abträgliche Aktionen werden durch selbstschützende Schöpfungen entweder durch den Rat oder den Selektierten repariert. Als Selektierter erhalte ich den ewigen Schutz der Selekta, auch wenn er nicht erwünscht wird."

Hier schossen Robert die wildesten Bilder durch den Kopf. Was meinten sie mit Schutz? Warum reden sie immer von Schöpfungen? War das alles nicht nur eine in Watte gepackte Drohung? – Er konnte sich nichts anderes vorstellen. Die Gedanken verwerfend konzentrierte er sich wieder auf Sutter.

„...die Pflicht, mindestens einen Irrgläubigen der Selekta zuzuführen. Schließlich bin ich überzeugt, daß die von der Selekta gestellten Aufgaben erfüllt werden müssen, da nur sie allein den Weg der Erneuerung garantieren." Sutter hatte geendet und schob das Buch bedächtig von sich.

Fast hätte ihn Robert gebeten, alles noch einmal vorzulesen, da er über die Hälfte durch die sich aufdrängenden Gedanken nicht mitbekommen hatte. Statt dessen entschloß er sich, nur zustimmend mit dem Kopf zu nicken und alles Weitere abzuwarten.

„Sie haben verstanden?"

„Ja."

„Dann unterschreiben Sie bitte hier", Sutter reichte ihm einen Schreiber und zeigte auf eine Linie unter dem Text. Nach Robert unterzeichneten auch noch Koval und Snyder und bauten sich wieder neben Sutter auf. „So, nun darf ich Ihnen recht herzlich zur Aufnahme in die Selekta gratulieren." Sutter streckte ihm die Hand entgegen und schüttelte sie kräftig.

„Und meine Aufgabe?" fragte Robert zaghaft.

„Sachte, junger Freund, sachte." Sutter langte in die Innentasche und holte einen verschlossenen Umschlag hervor. „Ich hoffe, wir können Sie schon beim nächsten Rudra unter den Erfolgreichen sehen. Ihre Kontaktperson wird bis auf weiteres Lauretta sein. Überreichen Sie ihr in einem verschlossenen Umschlag Ihre Ergebnisse."

Den Umschlag in der Hand stand Robert unschlüssig herum und warf einen fragenden Blick auf die drei Herren – den ‚Rat'.

„Sie können jetzt nach unten gehen. Alles Weitere wird Ihnen von Lauretta gezeigt." Zum ersten Mal hatte sich Koval geäußert und mit einer Handbewegung zu verstehen gegeben, daß er das

Zimmer verlassen könne.

Wie im Traum stieg Robert die Treppe hinab und suchte nach einer Möglichkeit, seine Gedanken zu betäuben. War das hier alles nicht bloß ein verrückter Traum? Wo war er eigentlich gelandet? Mit festem Griff umfaßte er das Treppengeländer, um sicherzugehen, daß er wirklich in der Gegenwart war. Er sah, wie unten Lauretta auf ihn zueilte, und hatte begriffen, daß er sich ein Zurück nicht mehr leisten konnte.

„Ich liebe dich! Ich liebe dich!" Sie warf die Arme um seinen Hals und bedeckte ihn mit Küssen. „Jetzt gehören wir für immer zusammen. Oh, ich kann dir gar nicht sagen, wie sehr ich mich freue!"

Halb benommen, die Augen geschlossen, hielt sie Robert fest. Erst nachdem er sich aus ihrer Umklammerung gelöst hatte, sah er, daß er noch immer den Briefumschlag in den Händen hielt. Als er dabei war, ihn zu öffnen, hinderte ihn Lauretta daran.

„Nicht hier. Und auch vor niemand anderem. Du darfst auch mir nicht sagen, was darin steht."

Gleichgültig steckte ihn Robert weg und sagte: „Die wußten wirklich sehr gut über mich Bescheid. Haben sie das von dir?"

Lauretta lächelte nachsichtig. „Nicht alles. Unsere Leute sitzen in den besten Positionen. Solche Nachforschungen bedeuten keinerlei Schwierigkeiten."

„Und trotzdem hast du ihnen mehr gegeben, als tatsächlich stimmt", sagte Robert vorwurfsvoll und wartete auf ihre Reaktion.

„Warum? Nein."

„Denk mal nach."

„Ich weiß nicht, was du meinst", sagte sie trotzig. „Und wenn, warum hast du nichts davon gesagt?"

„Ich wollte es zuerst von dir erfahren."

Lauretta blieb stumm und blickte zu Boden.

„Zum Beispiel war der Name Rudra Bhairava in den Regeln enthalten. Du hast mir so gut wie nichts davon erzählt. Der Rat war jedoch der Ansicht, daß ich über alles Bescheid wisse."

Ihre Augen blitzten gereizt, und mit geneigtem Kopf fragte sie:

„Na und? – Ich ... ich..."

„Ja?"

Lauretta atmete hörbar tief durch und setzte nochmals an: „Ich war mir deiner einfach nicht so sicher und dachte, es könnte dich vielleicht von mir stoßen. Das hat aber fast nichts zu bedeuten, denn erstens können wir das nachholen, und zweitens spielt es keine Rolle, ob du darüber Bescheid weißt." Ihre Miene drückte merkwürdigerweise nur Gleichmut aus.

Robert hielt sie eine Weile mit gestreckten Armen fest und sagte dann mit betont munterer Stimme: „Ich glaube, das war aber nicht das einzige."

„Ach komm, wir wollen nicht streiten. Laß uns zu den anderen Gästen gehen. Das Fest ist bereits in vollem Gang", sagte sie wie abschließend und zog ihn mit sich.

Widerstandslos folgte er ihr durch eine große Flügeltüre, hinter der ihn das erwartete, was er ursprünglich im Büro oben anzutreffen glaubte: schummriges, gedämpftes Licht, wo er im ersten Moment nur einige schattenhafte Umrisse wahrnahm. Wie ein Blinder ließ er sich zu einer weich gepolsterten Art Sitzbank oder Bett führen und versuchte seine Augen an die relative Dunkelheit zu gewöhnen. Nach und nach konnte er die einzelnen Gegenstände erkennen. Unsichtbare Lautsprecher übertönten mit träger bluesartiger Popmusik alle Gesprächsfetzen, so daß er es als lustig empfand, wie die Leute den Mund bewegten, ohne daß er etwas von ihnen hören konnte.

Der Raum mochte gut zehn Meter im Quadrat haben und war auf einer Seite durch einen langen schweren Vorhang abgegrenzt. Die Wände schienen alle mit braunem Stoff bezogen zu sein, unterbrochen von grün eingerahmten Flächen, die als Passepartout für ein mehr oder weniger kleines Bild dienten. Um einen viereckigen Tisch in der Mitte reihten sich unzählige Sessel, die jedoch so flach waren, daß man sie leicht mit vergrößerten Sitzkissen verwechseln konnte. Zwei auf Flaschenkolben gesteckte Lampenschirme verbreiteten einen Hauch von Licht, das in der vorherrschenden Dunkelheit nur als Orientierungspunkt dienen konnte.

„Was möchtest du trinken?" Lauretta hatte ihren Mund an sein Ohr gelegt.

„Whisky", sagte er lakonisch.

„Aber halte den Konsum in Grenzen!" Sie musterte ihn dabei besorgt und reichte ihm ein Glas.

Ohne zu antworten nahm er es entgegen und trank mit einem großen Schluck. Verzweifelt versuchte er unter den anwesenden Gästen irgendwelche bekannten Gesichter ausfindig zu machen. Vergeblich. Annähernd fünfzehn bis zwanzig Pärchen lagen und saßen auf Sessel und Teppichboden, küßten, umarmten und liebkosten sich. Hinten, in der Nähe des Vorhangs, sah er, wie ein älterer Herr einer Dame ungeniert in den Ausschnitt langte und genüßlich ihre Brüste massierte. Auch links und rechts von diesen beiden schien man sich in keiner Weise zu genieren. Ein grauhaariger Mann mit halbnacktem Oberkörper war eben dabei, den Reißverschluß eines Abendkleides zu öffnen und seine Begleiterin Stück für Stück aus ihrer Garderobe zu schälen. Bevor sie jedoch nackt dalag, stand sie auf und verschwand mit ihm hinter dem großen Vorhang.

„Zu Lauretta gewandt fragte Robert: „Was spielt sich hinter dem Vorhang ab?"

„Geh hin und sieh es dir an", schlug sie ihm vor, zog ihn jedoch gleichzeitig zu sich herunter und begann ihn zu küssen.

„Ich habe so das Gefühl, hier darf jeder mit jedem", sagte er mit hörbarem Widerwillen zu ihr. Und dann voll Ironie: „Da wir ohnehin zu spät dran sind, wird es Zeit, daß ich mich nach einer guten Partnerin umsehe."

Diesmal bewies sie einen wohltuenden Sinn für praktischen Humor und rümpfte nur angeekelt die Nase. „Wenn du glaubst, dich verbessern zu können. Bitte."

Robert langte erneut nach seinem Glas und leerte es. Er bestand darauf, es sofort nachzufüllen, und schob Lauretta, die ihn etwas böse ansah, behutsam mit sich. Als er von der Anrichte zurückkam, hatte er die anderen Gäste einmal mehr kurz gemustert. Hände waren überall dort zu finden, wo sie normalerweise nicht hingehörten. Jetzt verstand er auch die Lautstärke der Musik, die wahrscheinlich nur das Gestöhne der Aktiven übertönen sollte.

„Ich müßte dringend wohin", meinte er zu Lauretta und nippte erneut am Whisky, ohne dabei mehr als seine Lippen zu benetzen.

„Hinter dem Vorhang, geradeaus. Aber laß mich hier nicht so lange allein." Dann schnell und energisch: „Und hör mit der Trinkerei auf!"

Robert lächelte nur und ging davon. Hinter dem Vorhang schloß sich ein weiterer, fast ebenso großer Raum an, dessen Wände jedoch eine Türe an der anderen aufwiesen. Zu gerne hätte er eine geöffnet, hielt sich aber zurück, da ihm eine passende Entschuldigung nicht auf der Zunge lag. In der Toilette schüttete er den größten Teil des Whiskys in den Abfluß und überlegte, wie er am schnellsten Laurettas Aufsicht entgehen könnte.

Da fiel ihm plötzlich der Brief ein. Aufgeregt langte er in die Innentasche und holte den Umschlag heraus. Mit nervösen Fingern riß er das Papier auf und holte den zusammengefalteten Zettel heraus. Es standen nur zwei Worte darauf: Schöpfe Leben!

Eine Sekunde lang stutzte er und begann dann still zu grinsen. Sollte das wohl eine Aufforderung sein, bei irgendeiner Frau ein...

Mit einem Mal schnürte sich seine Kehle zusammen. „Mein Gott!" sagte er zu sich selbst. Er sah Dr. Sutters Bild vor sich und hörte noch mal, wie er sagte: „Totale Erneuerung einer selektierten Gesellschaft durch oppositionelle Schöpfungen der Selekta."

Ungläubiges Entsetzen erfaßte ihn. Was er hier in der Hand hielt, war kein Witz oder alberner Spaß. Das war schlichtweg eine Aufforderung zu töten oder zu morden. Robert spürte sein Herz schneller schlagen und sah bestürzt in den Spiegel. Alles Blut schien aus seinen Wangen gewichen zu sein, und er bemerkte, wie seine Hände zitterten. Voll Schrecken, noch immer auf den Zettel starrend, suchte er nach einem Taschentuch und wischte sich über die inzwischen schweißglänzende Stirne.

„.... und ewigen Schutz der Selekta, auch wenn er nicht erwünscht wird." Wie von ferne vernahm er diese Worte und malte sich die gräßlichsten Szenen aus. „Wo bin ich eigentlich?" murmelte er fassungslos. Er ließ kaltes Wasser über das Taschentuch laufen und legte es sich auf die Stirne. Ein Gedanke schien den anderen zu jagen, ohne daß er Gelegenheit hatte, einen davon zu ergreifen.

Was wäre, wenn er kein ‚Leben schöpfen' würde? Würde man ihm dann den ‚Schutz' der Selekta geben? Hatte jeder dieser Selbsterwählten eine solche Aufgabe durchgeführt? Was war mit Lauretta? – Er erinnerte sich blitzschnell an die Dirne in Soho und schlug entsetzt die Hände vor die Augen. „Nein, nein!" stammelte er. „Nein, das darf nicht wahr sein. Das kann nicht wahr sein."

Er spürte seine Sinne schwinden und stützte sich schwer atmend auf das Waschbecken. Lauretta eine Mörderin? Nein, das konnte er nicht glauben. Sicher, sie war merkwürdig und hatte ihre Eigenarten. Aber die Faszination, der er so gerne unterlag, die konnte doch niemals von einer Frau ausgehen, die womöglich kaltblütig und ohne Grund irgendjemanden tötet.

Die Tür zur Toilette wurde geöffnet, und Robert sah im Spiegel, wie ein schmächtiges Männchen mit Glatze und randloser Brille hereintrat. Die Stirne krausziehend blieb er vor Robert stehen und sagte mit piepsender Stimme: „Hä, hä, wohl zu viel getrunken, junger Freund? Macht nichts, hä hä, die Toilette ist für alle da." Aufmunternd klopfte er Robert auf die Schulter und grinste ihn weiter an.

„Wie bitte? Ach so, ja ja", stotterte Robert und wollte an ihm vorbei.

„Ich glaube, wir kennen uns noch nicht", protestierte der andere und hielt ihn am Ärmel zurück. „Mein Name ist Bird, Fredric Bird. Ich bin Arzt. Sie sollten mal am besten zu mir in die Praxis kommen. Ihre Augen gefallen mir absolut nicht, junger Freund."

„Ja, gute Idee", Robert zwängte sich ein müdes Lächeln ab. „Ich werde darauf zurückkommen." Eilig riß er sich los, murmelte noch ein „Entschuldigen Sie" und drängte sich hinaus.

Er blieb stehen und atmete kräftig und tief durch. Sein Kopf brummte und er ließ die Gedanken träge dahintreiben. Ganz langsam nahmen sie feste Formen an. Robert beschloß, den ganzen Haufen auffliegen zu lassen. Er war sich bewußt, daß er äußerst vorsichtig sein mußte, denn eine solche Ungeheuerlichkeit zu beweisen dürfte mehr als schwer sein. Zielstrebig ging er auf eine der verschlossenen Türen zu, öffnete sie, brüllte wie ein Betrunkener ein „Entschuldigung" hinein und schlug die Türe sofort wieder zu.

Das Bild, das er für die Sekunde zu sehen bekam, hatte er erwartet: ein Pärchen, das sich zügellos am Boden vergnügte. Den leicht schwankenden Gang eines Angetrunkenen aufnehmend stolperte er durch den Vorhang in das Zimmer zurück.

Lauretta wartete auf ihn mit zornig zusammengebissenen Zähnen.

„Wo warst du so lange?"

„Ich traf Frederic, den Arzt." Robert hatte seine Fassung wiedererlangt und bemühte sich um einen lallenden Zungenschlag. „Wir haben geschwatzt ... ha, richtig geschwatzt. – Trinkst du auch ein Glas mit?"

Sie warf ihm einen Blick zu, aus dem unverhohlene Verachtung sprach, und drehte ihm demonstrativ den Rücken zu.

„Na, ja, dann eben nicht." Er stolzierte unsicher zu der Anrichte, nahm sich ein neues Glas und füllte es bis zum Rand. „Zum Wohl, mein Liebling", rief er ihr zu. „Ich glaube, wir stellen hier alle in den Schatten."

„Was bildest du dir ein?" Es klang verächtlich.

„Nun ... was ich hinter einer dieser Türen gesehen habe...", er wies in Richtung Vorhang. „Das ist doch lächerlich. Wir können noch viel mehr bieten. Aber hier mag ich nicht... hier will...", laut ließ er es aufstoßen. „Oh, verzeih mir. Also ... was wollte ich sagen? Ach ja, hier will ich nicht. Verstehst du?" Er setzte das Glas an den Mund und sah, wie sich Lauretta nachdrücklich von ihm abwandte. Sofort schüttete er die Hälfte des Whiskys auf den Teppichboden und ließ sich dann aufstöhnend neben sie auf den Sessel fallen.

„Verschwinde", stieß sie hervor. „Du ekelst mich an!"

„Aber Liebes, ich bin bald wieder fit. Gib mir... gib mir zehn Minuten... komm", er wollte sie zu sich herziehen, „laß mich kurz bei dir ausruhen. Ich bin bestimmt gleich wieder fit."

Lauretta war aufgestanden, so daß er alleine auf dem Sessel lag. Mit lautem Gähnen schloß er seine Augen.

Er wußte nicht genau, wie lange er in dieser Stellung geblieben war, obwohl hinter seinen geschlossenen Augen sein hellwacher Geist arbeitete. Einen Stoß gegen seinen Fuß beantwortete er mit einem ärgerlichen Brummen und drehte sich auf die andere Seite.

„Steh auf!" hörte er Laurettas grimmige Stimme. Und ohne den Tonfall zu ändern: „Ich fahre jetzt nach Hause. Mir reicht's!"

Sich weiterhin schlafend stellend konnte er hören, wie sie ein paar Schritte zurückging und sich mit jemandem unterhielt. „Aber ja", sagte die andere Stimme. „Mr. Porter kann ihn morgen früh bei dir abliefern. Du brauchst dir keine Mühe mit ihm zu geben, wir erledigen das schon."

Robert blieb still liegen und achtete nur noch darauf, nicht tatsächlich einzuschlafen. Als die Musik leiser wurde – es kam ihm vor, als seien inzwischen ein paar Stunden vergangen –, blinzelte er langsam und öffnete ruckartig die Augen. Es waren höchstens noch vier Paare im Zimmer, die einander umschlingend fest zu schlafen schienen. Ein kurzer Blick auf seine Uhr zeigte ihm, daß es kurz vor vier Uhr war.

Leise stand er auf, ging hinter den Vorhang und lauschte abwartend. Kein Laut war zu hören. Mit behutsamen Schritten kam er zurück und verließ das Zimmer. Auch im Foyer war es gänzlich still.

Absichtlich stieß er die Vase um, die auf einem Sockel gleich neben der Türe stand, und wartete ab, ob sich durch das zersplitternde Geräusch irgend etwas rührte. Es blieb still. Daraufhin eilte er leise, aber so schnell es ging die Treppe hinauf und blieb vor dem Zimmer stehen, in dem er dem „Rat" gegenübergestanden hatte. Noch einmal prüfend um sich blickend versuchte er die Klinke herunterzudrücken. Sie gab nach. Das Zimmer war nicht verschlossen.

Rasch schlüpfte er in den Raum und schloß sorgfältig die Türe hinter sich. Der Raum war leer, obwohl eine kleine Lampe an der Wand brannte, die das Zimmer in ein wohlig warmes Licht tauchte. Robert wußte, wo er suchen wollte, ließ die Bücherregale links liegen und machte sich sofort an den Schubladen des großen Schreibtisches zu schaffen. Damit hatte er gerechnet. Sie waren abgeschlossen.

Zwar probierte er mit kräftigen Stößen noch einmal, aber die alten Schlösser hielten fest. Er suchte in seinen Taschen nach irgendeinem geeigneten Werkzeug, fand jedoch außer seinem Pfeifenstopfer nichts Brauchbares. Trotz seiner Unerfahrenheit im Einbruch oder im unerlaubten Öffnen von Schlössern wollte er einen Versuch wagen. Mit wenigen Handgriffen hatte er den Reinigungsstab des Pfeifenstopfers zu einer Art Dietrich gebogen und führte ihn in das Schloß ein. Fast fünf Minuten lang probierte er ohne Erfolg, als ihn eine Stimme draußen auf dem Gang zusammenfahren ließ. Wie gelähmt, mit dem betroffenen Gefühl des Ertappten, hielt er ein und zwang sich zur Ruhe.

Die Türe wurde geöffnet, und er hörte, wie jemand sagte: „Verdammt, überall lassen Sie die Lichter brennen." Die Person kam herein und lief auf die Wandbeleuchtung zu. Robert stand der Schweiß auf der Stirne. Er betete innerlich, daß man ihn nicht entdecken würde. Die Beleuchtung erlosch, und die Schritte entfernten sich wieder in Richtung Türe. Nachdem sie geschlossen war, atmete Robert erleichtert auf. Ob er die Lampe wieder einschalten sollte? Er hielt es für besser, im Dunkeln zu bleiben. Das Schloß konnte er mit den Fingern betasten, und ob mit oder ohne Licht, seine Anstrengungen, das Schloß zu öffnen, blieben die gleichen.

Er nahm seine Arbeit wieder auf und versuchte unentwegt, mit seinem Hilfsdietrich den springenden Punkt zu erreichen. Auf einmal glaubte er, Erfolg zu haben. Am Widerstand spürte er, daß sich etwas nach oben drücken ließ, leicht und federnd. Er drehte den Stopfer kräftig durch und vernahm ein leichtes Klicken. Voller Hoffnung zog er an der Schublade. Sie ließ sich herausziehen.

Vor Freude ganz aufgeregt tastete er sich zu der Wandbeleuchtung und schaltete ein. Tatsächlich, die Schublade war offen und zeigte eine Fülle von Schriftstücken. Sofort holte er alles heraus und breitete es auf dem Tisch aus. Systematisch ging er daran, jedes einzelne Stück zu untersuchen. Er wußte zwar nicht, nach was er suchte, hoffte aber, einen wichtigen Hinweis zu finden.

Im großen und ganzen schien er nur auf eine Fülle freundschaftlicher Privatkorrespondenz gestoßen zu sein. Fast alle Briefe begannen mit „Lieber Henry" und enthielten dann belanglose Dinge wie das Erkunden nach dem Wohlbefinden und Pläne für den Urlaub des Briefschreibers. Immer rascher durchflog Robert die Schriftstücke, bis ihm plötzlich ein Name auffiel. Er hatte diese Adresse mindestens schon dreimal gelesen, und obendrein stammte sie aus München: Wilhelm Haag, Feinauer Str. 12, München 40. Eilig suchte er die Briefe mit derselben Adresse nochmals heraus und legte sie gesondert neben sich.

Es kamen noch mehr dazu. Beim letzten wurde Robert stutzig. Im Schlußsatz stand „Bestimmt wirst Du mir nach St. Peter einen langen Brief schicken. Ich freu mich schon darauf." Fieberhaft begann es, in ihm zu arbeiten, und er beschloß, so viele Namen wie möglich zu notieren. Auf einem privaten Briefbogen von Dr. Sutter schrieb er alle momentan erreichbaren Namen nieder und kreiste die Adresse von Haag fett ein. Ein weiterer Blick auf seine Uhr deutete ihm an, daß er unmöglich alle Namen notieren konnte.

Hastig faltete er den Bogen zusammen, steckte ihn ein und legte sämtliche Unterlagen in die Schublade zurück. Sie nochmals mit seinem Dietrich zu verschließen hielt er für aussichtslos. Er wähnte sich ohnehin schon zu lange hier oben.

Leichter, als er gedacht hatte, konnte er wieder unbemerkt zurückgehen und sich auf seinen Sessel legen. Er zündete sich eine Zigarette an und überdachte die ganze Situation nochmals gründlich. Immer wieder machte ihm eine Frage zu schaffen: Wer hatte das Ganze inszeniert, und wie kam er an ihn heran? Robert war sich nicht sicher, ob ihm die Namen weiterhelfen würden.

Draußen nahm er Schritte und Stimmen wahr, die sich ihm zu

nähern schienen. Mit seiner wiedergewonnenen alten Sicherheit stand er auf und wollte eben hinausgehen, als die Türe vor ihm geöffnet wurde.

„Ah, Mr. Breuer, Sie sind wieder wach!" Zwei ältere Herren, immer noch tadellos korrekt gekleidet, standen vor ihm, von denen sich der eine als Mr. Porter vorstellte und ihm mitteilte, daß er ihn nach Hause bringen würde. „Ich wollte nicht nach Ihnen sehen, aber da sie auf sind, könnten wir ebensogut gleich fahren. Was meinen Sie?"

Robert spielte den Verkaterten und willigte ein.

Auf der Rückfahrt sprachen sie fast kein Wort miteinander. Porter schien sich nur auf die Straße zu konzentrieren, und Robert war ihm dankbar, daß er keine Fragen stellte. Es war bereits wieder taghell, als er in der Elm Park Road ausstieg und Porter ein knappes Danke mit auf den Weg gab. Ganz leicht hatte es zu regnen begonnen, und die tristen Wolken stimmten mit Roberts bedrückter Stimmung überein.

Nachdenklich ging er ins Haus und stieg gedankenverloren die Stufen zum Schlafzimmer hinauf. Er bemühte sich, leise zu sein, um Lauretta nicht zu wecken. Ihr Bett war aber leer. Es sah benützt aus, aber sie war weg. Verwirrt blieb er einen Moment stehen und dachte nach. Dann begann er, sich auszuziehen, und wollte ins Bad gehen, als er im Wohnzimmer, mit dem Rücken zu ihm, Laurettas Haare über einen Sessel herausragen sah.

„Lauretta?" rief er leise. „Bist du noch wach?"

„Ja", ihre Stimme klang gedrückt und teilnahmslos.

Er ging ein paar Schritte auf sie zu und sagte dann im selben Tonfall: „Aber du warst doch im Bett. Ich habe gesehen, daß es benutzt wurde."

„Ja", fast gequält.

„Und?"

„Das Telefon."

„Du lieber Gott, wer ruft denn um diese Zeit an?"

Unendlich langsam drehte sie den Kopf herum und sagte mit trau-

riger Stimme und tränenverhangenen Augen: „Du weißt es nicht?"
„Nein!"

Anstatt ihm zu antworten wurde sie von einem Weinkrampf geschüttelt. Robert lief auf sie zu und versuchte, ihr die Hände vom Gesicht zu ziehen. Sie wehrte sich energisch und weinte hemmungslos vor sich hin.

„Mein Gott, was ist denn geschehen?" Ernste Besorgnis war aus Robert zu hören. „Sag doch endlich etwas!"

„Warum", schluchzte sie, „warum hast du das getan?"

„Ich getan? Was? – Meinst du die Trinkerei?"

„Sei still!" zischte sie und seufzte gepeinigt. „Ich dachte immer, du liebst mich."

„Das tue ich doch auch", sagte er beschwichtigend und wollte sie in seine Arme nehmen.

„Nein!" wie ein schmerzlicher Schrei. „Sonst hättest du nicht alles zerstört."

Robert wurde wütend. „Was soll ich denn zerstört haben? Entweder du packst aus oder ich leg mich schlafen!"

„Rühr dich nicht von der Stelle!" fauchte sie zornig zurück. „Ich habe zumindest Anspruch auf eine Erklärung."

„Bitte", er hob abwehrend beide Hände und setzte sich auf den Boden. „Was soll ich dir erklären?"

Lauretta schien sich etwas beruhigt zu haben, ihr Gesichtsausdruck wirkte entspannter, und nur die Spuren der Tränen deuteten auf ihre Verzweiflung hin. Sie holte tief Luft und senkte den Blick: „Dr. Sutter hat angerufen. – Er weiß, daß du seinen Schreibtisch durchsucht hast."

„Wieso ich?" Robert mußte mühsam sein schlechtes Gewissen unterdrücken. „Es waren viele Leute auf dem Fest."

Lauretta schüttelte unverständlich den Kopf und sagte: „Weißt du denn noch immer nicht, mit wem du es zu tun hast? – Glaubst du, wir sind eine Gruppe von Trotteln? Du hast heute abend der Intelligenz von England beigewohnt. Meinst du, diese Leute lassen sich von dir überfahren?" Ihr Gesicht war verschlossen und abweisend.

Robert war sich klar darüber, daß weiteres Leugnen zwecklos gewesen wäre. Entschlossen richtete er sich auf: „Also gut, ich war es. Aber verstehst du nicht, warum ich das getan habe? Willst du mir allen Ernstes sagen, daß du diesen Wahnwitz unserer...", er zögerte, „unserer Liebe vorziehst? – Lauretta, hör mir zu!" Er zwang sie, ihm in die Augen zu schauen. „Du mußt davon loskommen. Wir beide können es schaffen, gemeinsam ... wir können diesem verrückten Größenwahn ein Ende bereiten."

Ihr Blick war leer und kalt. Wie abwesend schob sie ihn zurück und sagte tonlos: „Ich habe mich getäuscht. Ich dachte, du hättest begriffen." Dann kicherte sie verstört. „Alles meine Schuld. Ich bin dein Bürge und muß es in Ordnung bringen."

„Was in Ordnung bringen?" Robert wurde nervös.

„Hat man dir nicht gesagt, daß solche Dinge durch den Rat oder den Selektierten bereinigt werden? Nun, das letztere scheidet aus, und der Rat bat mich, ihn zu vertreten." Ihr Gesicht war blaß geworden, und die Augen verengten sich zusehends.

Alle Kraft zusammennehmend beschwor sie Robert, vernünftig zu sein und nicht noch mehr Unheil anzurichten. Er versicherte ihr, daß sie mit ihm zusammen nichts zu befürchten hätte.

„Du willst einfach nicht begreifen", sagte sie ungerührt spöttisch. „Bei uns gibt es keine Kompromisse!" Sie sprach diese Worte mit Widerwillen aus.

Fast flehend schaute Robert sie an und drängte: „Komm mit, wir gehen sehr weit fort von hier. Du wirst sehen, dein Traum von unserem Glück wird Wirklichkeit. Du hast mir schon gesagt, daß du lange auf mich gewartet hast. Soll das vorbei sein?"

„Ja", sie nickte stumm, „du hast den Traum beendet." Und nach einer Weile fügte sie gleichmütig hinzu: „Bilde dir nur nicht ein, du könntest mit etwaigen Informationen irgend etwas ausrichten. Du weißt, daß die Selekta einen Selbstschutz in sich birgt. Egal, was auch immer passiert, wir sind unantastbar."

„Okay, angenommen, es ist so." Er glaubte, sie beruhigen zu müssen: „Und was wirst du jetzt tun, um alles in Ordnung zu bringen?"

Als fiele es ihr schwer, vergrub sie den Kopf in ihre linke Hand und schluchzte mehrmals auf. „Es gibt nur zwei Möglichkeiten. Ich liebe dich wie noch nie jemanden zuvor in meinem Leben. Aber weil du nicht begriffen hast ... und wahrscheinlich nie begreifen wirst, scheidet die eine Möglichkeit aus." Langsam hob sie den Kopf und schaute ihn aus tränenverhangenen Augen an. Ein Beben lief durch ihren Körper, und sie begann hemmungslos zu weinen. „Ich wünschte, ich wäre an deiner Stelle."

Erst jetzt sah Robert an ihr hinunter und spürte, wie ihm die Knie weich wurden. Betäubt und fassungslos starrte er auf ihre rechte Hand, in der wie ein schwarzes Auge die Mündung einer Pistole auf ihn zeigte.

„Nichts", sie kicherte verdrossen. „Das ist es", als habe sie im selben Moment eine große Entdeckung gemacht. „Ich werde ein Nichts machen! – Völlig logisch, findest du nicht?"

„Bitte deutlicher!" Robert wirkte versöhnlich.

Sie lachte ungeniert und blickte durch ihn hindurch. Zäh und nachdenklich kamen ihre Worte. „Wenn man nicht ein ‚Etwas' machen kann, so muß man eben ein ‚Nichts' machen. Sollte ich allerdings auch noch versagen, ein ‚Nichts' zu machen, sind andere gezwungen, ein ‚Etwas' zu machen." Und mit irrsinnigem Lächeln: „Und deren ‚Etwas' ist für mich ein ‚Nichts'. – Da ist es schon besser, ich besorge es selbst." Die letzten Worte hatte sie boshaft auf Robert geschleudert.

„Du willst dich...", er brachte es nicht fertig, zu Ende zu reden.

Lauretta nickte und lächelte dünn. „Wenigstens hast du das begriffen. Als man mir von deinem Einbruch erzählte, wußte ich, daß mein Traum wie eine Seifenblase geplatzt war. Den Grund dafür habe ich bei mir selbst zu suchen. Dich trifft keine Schuld. Vielleicht wäre es besser gewesen, dich mehr...", resigniert winkte sie ab. „Aber das hat jetzt sowieso keinen Sinn mehr."

„Und wenn ich dir sage, daß ich dich liebe, daß ich dich mitnehmen möchte, daß wir zusammen deinen Traum doch noch wahrmachen können?"

Spöttisch verzog sie den Mund zu einem Grinsen. „Um einen Traum wahrzumachen, darf man kein Träumer sein, so wie du. Sonst wärst du wohl auch nicht auf die Idee gekommen, wegzugehen, zu flüchten, den Kopf in den Sand zu stecken. Oh nein, mein Lieber, man würde uns überall erreichen. Nicht daß wir in Todesangst zu leben hätten, es gibt noch viel gräßlichere Dinge, und das kann ich dir nicht antun." Sie warf ihm ein Lächeln zu. „Schließlich habe ich dich sehr geliebt!"

Robert setzte sich zu ihr. „Und gerade deshalb bitte ich dich mitzukommen."

Sie lachte. „Und was willst du unternehmen?"

„Mit dir zusammen den Kopf suchen, der alles ausgeheckt hat.

Allein kann niemand etwas dagegen tun, aber wir beide würden es schaffen. Als erstes würden wir..."

Lauretta verschloß ihm mit der Hand den Mund. „Nein nein nein! Für so etwas würdest du mich niemals als Verbündete gewinnen. Erstens, weil auch zwei nichts ausrichten können, und zweitens stehe ich voll zur Selekta." Dann, nach einem Blick auf die Uhr: „Es wäre besser, wenn du jetzt gehst."

Robert zögerte, stand dann aber schnell auf. „Was tust du, wenn ich gegangen bin?"

„Als ob dich das noch interessieren muß", erwiderte sie hastig. Sie hatte den Blick zu Boden gesenkt und wartete, daß er ging.

Er drehte sich um und fragte verhalten: „Gift?"

Da er keine Antwort bekam, nickte er und sprach mehr zu sich selbst bestimmt: „Wie Marianne. Nur werde ich dich nie vergessen können." Mit zügigen Schritten verließ er den Raum.

Solange er seinen Koffer packte, war Lauretta unmerklich zu ihm getreten und flüsterte seinen Namen. „Robert..."

„Ja?" er hielt ein.

„Ich ... ich habe Angst!"

„Dann komm mit", sagte er ungerührt und packte weiter.

Wieder traten ihr Tränen in die Augen. „Weißt du ... nicht vor der Selekta und ... auch nicht vor dem Tod. Ich ... ich habe einfach Angst, ohne dich zu sein."

Sie mit keinem Blick würdigend meinte er nur: „Worauf wartest du noch? Fang an zu packen!"

Lauretta legte sich aufs Bett und schluchzte. Als sie sich etwas beruhigt hatte, sagte sie: „Ich werde dir keine Unannehmlichkeiten bereiten. Aber wenn du vielleicht..."

„Beeil dich, wenn du noch mitwillst!" Er verschloß den Koffer.

Sie zuckte die Achseln.

Ein Gefühl von Trauer und Wehmut durchlief ihn, als er von ihr Abschied nehmen wollte. Obwohl er nicht daran glaubte, daß sie Ernst machen würde, mit ihren Selbstmordabsichten, ging ihm die entgültige Trennung sehr nahe. Unbeholfen stand er eine Weile vor

Über die Fremdenverkehrszentrale hatte er ein Hotelzimmer in der Nähe des Englischen Gartens gebucht und gebeten, ihn am anderen Tag nicht zu wecken. Erschöpft ließ er sich auf das Bett fallen und schloß nachdenkend die Augen.

Belustigt erinnerte er sich an den Moment auf dem Londoner Flughafen, wo er bemerkte, daß er noch immer Laurettas Pistole bei sich trug. Wie ein ertappter Dieb hatte er sich in die Toilette geschlichen und eingeschlossen. In einer Zeitung, die er für diesen Zweck gekauft hatte, verstaute er die zierliche Waffe und warf beides später in einen bereitstehenden Abfallkorb. Danach war ihm wohler. Vielleicht fand man sie, verfolgte ihre Spur und landete schließlich bei Lauretta. Aber das kümmerte ihn derzeit nicht.

Noch einmal versuchte er, die ganzen Wochen langsam an sich vorbeigehen zu lassen. Es gab ihm jedes Mal einen Stich im Herz, wenn er Laurettas Bild vor sich sah, mit der Gewißheit, daß er sie bestimmt nie wieder sehen würde. So sehr er sich auf die eigentliche Handlung zu konzentrieren zwang, sie stand immer vor seinem Auge.

Plötzlich fiel ihm wieder die Telefonnummer ein. Geschwind langte er nach dem Apparat und hoffte, daß man endlich abnehmen würde. Wieder meldete sich niemand, und er legte enttäuscht auf.

Da kam ihm die Idee, die zugehörige Adresse ausfindig zu machen. Von der Rezeption ließ er sich das örtliche Fernsprechbuch geben und machte sich an die Arbeit.

Mehr als vier Stunden durchforstete er bereits Seite um Seite nach der Nummer. Obwohl er vor Müdigkeit kaum noch angenehm sitzen konnte, zwang er sich, weiterzumachen. Inzwischen hatte er sich ein System zurechtgelegt, mit dem er die vordere und hintere Nummer gleichzeitig vergleichen konnte. Jedesmal, wenn er auf die übereinstimmenden Zahlen traf, schöpfte er neue Hoffnung. Aber irgendeine Ziffer wich dann doch noch ab. Er nahm sich vor, nicht eher zu enden, bis er nicht die Hälfte des Buches hinter sich hatte.

Es wurde bereits wieder hell, als er plötzlich zusammenzuckte. Da war sie: die Nummer 482338. Er hatte sie gefunden. Der Name, der ihr und wußte nicht, ob er ihr die Hand geben sollte. Er kniete sich vor ihr hin und fuhr noch einmal zärtlich über ihr Haar. Zwar rührte sie sich nicht, aber er merkte deutlich, wie sie weinte. Liebevoll küßte er ihr Haar, stand dann auf und ging zum Telefon.

Als das Taxi unten hupte, warf er noch einen Blick auf Lauretta, die immer noch auf dem Bett lag, das Gesicht in den Kissen vergraben und weinend. Wortlos ging er zum letzten Mal die Treppe hinunter und verharrte einen Moment vor der Türe.

In dem Moment, wo er die Klinke in die Hand nahm, hörte er sie. Ein langgezogener, schmerzlicher und klagender Laut, der ihn zum Erstarren brachte: „Roooobeeeert!"

Den Tränen nahe riß er die Türe auf und eilte hinaus. Er gab dem Fahrer die Anweisung, zum Heathrow-Flughafen zu fahren, und wagte nicht, sich noch einmal umzuschauen.

So sehr er sich auch dagegen wehrte, vor und während dem Flug kreisten seine Gedanken ständig um Lauretta. Würde sie tatsächlich den angedeuteten Schritt wahrmachen? Sollte sie recht behalten, daß die Selekta unantastbar war? Ob er sie jemals wiedersehen würde? Warum war sie nicht mitgekommen? Konnte er ihr überhaupt noch helfen?

Den Ausweg aus dem Gedankenkarussell fand Robert erst, als die Maschine in München landete. „Also dann", sagte er zu sich selbst und verließ seinen Platz.

Mehr als fünf Wochen hatte sein England-Aufenthalt gedauert. Die Ergebnisse waren zwar turbulent und aufschlußreich, aber im großen und ganzen bedeutungslos für die Veröffentlichung. Wer wollte ihm das alles glauben? Wen konnte er davon überzeugen, daß es wahr sei und nicht erträumt? Was würde passieren, wenn er Dr. Sutter anzeigen würde? – Nichts!

Womöglich hielte man ihn für verrückt und zumindest leicht geistesgestört. Er brauchte Zeugen, Beweise, stichhaltige Fakten. Alle seine Hoffnungen ruhten auf der Telefonnummer von Elisabeth und eventuell auf den Adressen, die er sich gestern notiert hatte.

dabeistand, lautete Egon Kleinmann, Petunienweg 12.

Hastig notierte er sich alles auf einen kleinen Zettel und ließ sich dann todmüde auf ein Bett fallen, wo er sofort einschlief.

Irgendein Idiot schien mit dem Fuß auf der Hupe zu stehen, ohne sich dessen bewußt zu sein. Schimpfend und fluchend krabbelte Robert aus dem Bett und schaute aus dem Fenster. Mehrere Personen standen laut gestikulierend um einen offensichtlich unbesetzten Personenwagen herum, dessen ununterbrocherner Dauerton Aufmerksamkeit und Ärger der Umstehenden erregte. „Nicht am Wagen rütteln", schrie eine Stimme. „Der Trottel hat eine Alarmanlage eingebaut." Robert schloß den Klappflügel, setzte sich an den Schreibtisch und zündete sich eine Zigarette an.

„Mein Gott", sagte er verwundert, als er auf die Uhr blickte, die eine halbe Stunde bis zwölf Uhr mittag zeigte. Er bemerkte, daß er noch immer die Kleider vom Vortag am Körper hatte, und schickte sich an, das Badezimmer aufzusuchen. Nachdem er sich geduscht und rasiert hatte, fragte er per Telefon an, ob man ihm noch ein Frühstück servieren würde.

Die Bedienung fragte er, was heute für ein Tag sei. Die starrte ihn mit offenem Mund an und meinte: „Sie sind gut. Sonntag ist. So möchte ich auch einmal in den Tag hineinleben können."

Robert erwiderte mürrisch, daß er das bezweifeln würde, und machte sich heißhungrig über das zusätzlich bestellte Omelett her. Gelangweilt blätterte er in den bereitliegenden Tageszeitungen und stellte fest, daß man ohne Zeitungen noch viel aufregender leben konnte. Vom Zimmer aus bestellte er einen Mietwagen und vertrieb sich die Wartezeit damit, seine Sachen einzuordnen.

Er hatte vor, in den Petunienweg zu fahren, und dort, im Wagen, den Eingang zu Nummer zwölf zu beobachten. Auf irgendeine Weise hoffte er, damit Elisabeths Spur aufnehmen zu können. Bevor er losfuhr, versuchte er es nochmals mit dem Telefon. Vergebens.

Kurz vor drei Uhr am Nachmittag parkte er seinen Wagen mit einem Abstand von gut fünfzig Metern vor dem Haus Nummer zwölf im Petunienweg, Die Straße war wie ausgestorben, und nur vereinzelt wagte sich jemand vor das Haus, jedoch nur, um am gegenüberliegenden Zigarettenautomaten den häuslichen Vorrat zu ergänzen. Nachdem er mehr als zwei Stunden in seinem Wagen gewartet hatte, beschloß Robert, einen kleinen Spaziergang die Straße hinunter zu machen.

Scheinbar ziellos schlenderte er an dem kleinen, von einem Gärtchen umrahmten Häuschen vorbei, wobei seine ganze Aufmerksamkeit dem etwas zurückversetzten Bungalow galt. Die Rolläden waren nicht hochgezogen, und zwei Fenster hatte man oben zurückgeklappt. Allem Anschein nach war es gegenwärtig bewohnt. Am Briefkasten vor dem Gartenzaun war deutlich das Namensschild zu erkennen: E. Kleinmann.

Ob er es nochmals mit einem Anruf probieren sollte? Schnell verwarf er den Gedanken und hoffte inbrünstig, daß sich bald etwas ereignen würde. Am Ende der Straße machte er kehrt und schlenderte genauso gelassen wieder in Richtung seines Wagens.

Jetzt war es schon sieben Uhr , und allmählich begann er hungrig zu werden. Noch immer hatte sich nichts vor dem bewußten Haus gerührt. Ein älteres Ehelpaar verließ eben das am Ende der Straße stehende Haus und schien sich auf seinen Abendspaziergang zu begeben. Schnell entschloß sich Robert, die beiden nach Elisabeth zu fragen. Zielstrebig ging er auf sie zu, entschuldigte sich höflich und fragte, ob sie ihm mit einer Auskunft einen Gefallen tun könnten. Das Ehepaar willigte interessiert ein.

„Sie dürfen es aber nicht weitererzählen", mahnte er geheimnisvoll.

„Wo denken Sie hin, junger Mann. Schießen Sie los." Der ältere Herr mit seinem gemütlichen Gesichtsausdruck war ganz bei der Sache.

Robert erzählte ihnen die Geschichte von einem bezaubernden Mädchen, das er vorgestern kennengelernt habe. Sie habe ihm ihre Adresse genannt, nur wollte er nicht sofort in das betreffende Haus gehen, da er sich nicht sicher sei, ob sie sich nicht einen Spaß mit ihm erlaubt habe. So gut es ging beschrieb er ihnen Elisabeth und deutete dabei kurz auf den Bungalow.

Verständnisvoll schmunzelnd nickte der Herr und meinte: „Aber ja, das ist sie. War bestimmt ganz gut, daß Sie nicht sofort ins Haus gingen. Ihr Vater ist sehr streng und ... na ja, bei einem so hübschen Mädchen. Nur frage ich mich, ob Sie nicht ein bißchen alt für sie sind." Er musterte Robert aufmerksam und wiegte dabei den Kopf.

„Was ist denn ihr Vater, wenn er so streng ist?" Robert versuchte, so gelassen wie möglich zu sein.

„Das können wir Ihnen nicht genau sagen", meldete sich die Frau. Zu ihrem Mann gewandt sagte sie: „Hat er nicht etwas mit Kursen zu tun?"

„Nicht direkt", erwiderte dieser. „Sein Name steht öfter in der Zeitung, wenn er wieder einmal irgendeine Schwindelfirma aufgedeckt hat. Wahrscheinlich irgendso eine staatliche Untersuchungsbehörde."

Robert sah sich neugierig um. „Aha, dann sieht er in jedem sofort einen Schwindler."

„Gut möglich", die Frau lachte. „Elisabeth tut uns manchmal leid. Er ist wirklich sehr streng."

Artig bedankte sich Robert und meinte, daß er sich etwas einfallen lassen würde. Nochmals beschwor er sie, nichts an Dritte verlauten zu lassen, was die beiden Leutchen mit einer Selbstverständlichkeit bejahten.

Wieder im Wagen, entschied er sich dafür, ein Lokal aufzusuchen, um sich für eine weitere Beobachtung zu stärken.

Während dem Essen überlegte er hin und her, wie er es anstellen könnte, mit Elisabeth in Kontakt zu kommen, ohne dabei ihrem Vater zu begegnen. Unter diesen Umständen war es vielleicht besser, gar nicht mehr anzurufen. So sehr er sich auch Mühe gab, immer wieder kam er zu demselben Ergebnis: Warten und sie abpassen. Vielleicht war sie heute im Lauf des Tages ausgegangen und kam erst spät zurück, oder sie würde morgen sehr früh das Haus verlassen. Er glaubte, es dürfte genügen, wenn er erst ab elf wieder in den Petunienweg fuhr, und machte sich zu einem Tanzlokal auf den Weg.

In der rauchig-schummrigen Atmosphäre der Diskothek vergaß er für einige Zeit sein Problem. Einmal kam ihm der Gedanke, die ganze Sache zu vergessen, sich eine nette Freundin und einen gutbezahlten Job zu suchen und die letzten vier Monate aus seinem Gedächtnis zu streichen. Er wußte jedoch genau, daß das nicht ging. Nicht weil er plötzlich Verantwortung für andere empfand, sondern weil er hier etwas aufgedeckt hatte, von dem er noch nicht wußte, wo es hinführen würde. Das war Reiz und Belastung gleichzeitig.

Er leerte sein Glas und schaute sich um. Eine üppige Schwarzhaarige, die schon die ganze Zeit neben ihm gesessen hatte, schaute beleidigt in ihr leeres Glas und heftete ihren Blick dann auf Robert.

„Hey, Mann. Verspürst du nicht Lust, mich einzuladen?" Sie schob ihm das leere Glas zu und wartete herausfordernd.

„Danke, ich nehme kein Geld für die Liebe", gab er abfällig zurück und drehte ihr den Rücken zu.

„Wieder so ein Arschloch", hörte er sie schimpfen. „Sitzt an der Theke und läßt sein Ding herunterbaumeln. Wenn du schon keinen mehr hochkriegst, könntest du wenigstens einen Harten springen lassen." Sie lallte noch ein paar Schimpfwörter und rief nach der Bedienung.

Robert war aufgestanden und zu einem frei gewordenen Platz jenseits der Tanzfläche gegangen. Als er darum bat, Platz nehmen zu dürfen, schaute er in zwei gelangweilte und verdrossene Gesichter, in denen der glitzernde Lidschatten den einzigen Schimmer von vorhandenem Leben signalisierte. „Ich will mich wirklich nur setzen", erklärte er frostig. „Zum Bumsen habe ich heute absolut keine Zeit!"

Die beiden erhoben sich protestierend und meinten, daß sie es nicht nötig hätten, mit Schweinen an einem Tisch zu sitzen. „Auch recht", rief ihnen Robert nach. „In dem Fall sind mir ein paar waschechte Nutten wesentlich lieber." Er winkte nach dem Ober und ließ sich einen doppelten Whisky bringen. Kaum hatte er zum

Trinken angesetzt, vernahm er eine drohende männliche Stimme neben sich.

„Bist wohl noch ganz neu hier, Wichser?"

Robert drehte sich um und erblickte zwei salopp gekleidete Typen, denen man den Zuhälterberuf schon von weitem ansah. Er klatschte sich auf die Schenkel und sagte: „Die Jungs von der Heilsarmee! - Setzt euch, für was sammeln wir heute?"

Der Größere von beiden riß ihm das Glas aus der Hand und schüttete den Inhalt vor ihn auf den Boden. „Entschuldige", sagte er düster, „wir haben nur nach einer Sparbüchse gesucht."

Sich aufmerksam umsehend bemerkte Robert, daß es bestimmt nicht von Vorteil sei, einen Streit vom Zaun zu brechen. Versöhnlich erwiderte er: „Okay, da ihr das Gesuchte gefunden habt, werdet ihr mich entbehren können. Ich sollte unbedingt noch etwas erledigen." Er erhob sich und wollte hinausgehen.

Einer hielt ihn am Ärmel zurück und sagte spöttisch: „Aber doch nicht, ohne vorher zu bezahlen?"

„Natürlich, wollte eben zum Ober."

Bernie, so wurde der Kellner genannt, wurde von dem einen gerufen. Als er am Tisch stand, sagte der Größere: „Unser Freund hier muß dringend weg. In seiner Eile hat er aus Versehen unserem Kumpel das Glas ausgeschüttet. Bringst du uns noch einen doppelten Whisky und ziehst ihn gleich bei ihm ab." Dabei deutete er auf Robert und grinste breit.

Schweigend zahlte Robert, was man von ihm verlangte, und bemühte sich, so schnell wie möglich hinauszukommen. Wieder so eine Scheißsituation, schimpfte er mit sich. Was hätte es genützt, in diesem Fall zur Polizei zu gehen. Hier wäre er der Überzahl der Gegenstimmen unterlegen. Und bei der Selekta? Nicht nur einer Überzahl, sondern zudem noch höchst autoritativen Stimmen.

Wütend fuhr er zurück zum Petunienweg und richtete sich auf eine längere Wartezeit ein.

Mitternacht war längst vorüber, und die nächtliche Kühle ließ ihn frösteln. Von Elisabeth hatte er noch keine Spur entdeckt. Nicht einmal, als in ihrem Haus die Vorhänge zugezogen wurden. Er zog sich das Jackett aus und deckte sich damit zu. Verschlafen rieb er sich die Augen und den schmerzenden Rücken. Er mußte eingeschlafen sein. Die Sonne stand bereits wieder hoch am Himmel und warf ihm ihre grellen Strahlen ins Gesicht. Kurz nach sechs Uhr. „Verdammter Mist", brummend öffnete er das Seitenfenster.

Außer den Vogelstimmen war es völlig still. Hier draußen schien man es nicht sehr eilig mit dem Aufstehen zu haben. Für einen Moment schaltete er die Scheibenwischer ein, um den Tau auf der Windschutzscheibe zu entfernen. Er fühlte sich wie gerädert. Übelgelaunt suchte er nach einer Zigarette, die er jedoch schon nach wenigen Zügen angeekelt aus dem Wagen warf. „Komm endlich raus, oder ich renn dir die Bude ein", sagte er zu sich selbst in Richtung des Bungalows.

Nach weiteren dreißig Minuten begann sein Herz zu klopfen. Die Türe des Bungalows wurde geöffnet, und sie trat heraus. Das mußte Elisabeth sein. Ihr lockiger Wuschelkopf war unverkennbar. Vor Aufregung wußte er nicht, was er tun sollte. Hastig kurbelte er auch das andere Fenster herunter und wartete, bis sie seinen Wagen auf Hörnähe erreicht hatte. Dann rief er leise, aber eindringlich: „Elisabeth! Ich bin's, Robert aus Guernsey!"

Er glaubte zu sehen, wie sie erschrocken zusammenfuhr, ihren Schritt jedoch ungestört beibehielt. Jetzt erblickte sie ihn, und leichte Blässe überzog ihr Gesicht. Wie zufällig stolperte sie und ließ ihre Handtasche fallen, wobei sich ein Teil des Inhalts auf die Straße entlud. „Bleib, wo du bist", zischte sie und suchte die Utensilien zusammen.

„Wir können hier nicht miteinander sprechen."

„Wo dann?" flüsterte er.

„Café Wöhler... Schwanthaler Straße... gegen neunzehn Uhr." Eilig verstaute sie die letzten Dinge in ihrer Tasche und war auch schon weitergegangen, ohne sich nach ihm umzudrehen.

Robert wartete noch eine Viertelstunde, bevor er den Motor anwarf und zum Hotel zurückfuhr. Vor wem hatte sie sich so gefürchtet? Wurde sie überwacht? Zunächst wollte er jedoch nichts anderes als ausgiebig schlafen.

Robert schaute auf die Uhr. Er war schon eine halbe Stunde früher gekommen als vereinbart und bestellte eben eine zweite Tasse Kaffee. Jedesmal, wenn ein neuer Gast erschien, blickte er erwartungsvoll auf. Zehn nach sieben. Ob sie überhaupt kommen würde? Er brauchte nicht länger darüber nachzudenken. Lautlos war sie hereingekommen und hatte sich neben ihn gesetzt.

Er lächelte. „Hallo!"

„Hallo", gab sie genauso freundlich zurück und blickte ihm schweigend in die Augen.

Robert ließ ihr Zeit, denn sie wirkte sehr nervös und beunruhigt. In ruhigem und gelöstem Ton stellte er sich mit vollem Namen vor und drückte ihr seine Freude über das Wiedersehen aus.

„Ich weiß schon lange, wie du heißt", meinte sie gelöst. „Oder sehe ich so aus, als würde ich einem wildfremden Mann meine Telefonnummer anvertrauen?" Robert schmunzelte.

„Du hast dir viel Zeit gelassen, mich aufzusuchen." Es klang vorwurfsvoll.

„Ich habe dutzende Male versucht, dich anzurufen", protestierte Robert. „Es schien jedoch nie jemand zu Hause zu sein."

„Okay, lassen wir das. Erzähl mir, wie es dir ergangen ist." Sie hatte sich dabei zurückgelehnt und betrachtete aufmerksam ihre Fingernägel.

Verdutzt über ihre plötzliche Gelassenheit zögerte Robert einen Augenblick, ehe er bedächtig fragte: „Warum hast du mir so heimlich den Zettel zukommen lassen?"

Sie schüttelte den Kopf. „Nicht jetzt. Darauf werden wir noch kommen. Oder traust du mir nicht?"

Robert wiegte den Kopf. „Welches Ziel verfolgst du?"

„Ich denke, das gleiche wie du." Mit unbewegtem Gesicht fügte sie hinzu: „Du brauchst dich vor mir nicht zu verstecken. Ich weiß, daß du gegen die Selekta bist. Man hat dich von vornherein auf die

Liste der Zweifelsfälle gesetzt. Daß du jetzt hier bist, beweist nur, daß du von dort verschwunden bist."

Robert lächelte und nickte. „Erraten. Aber auf welcher Seite stehst du? Wie kamst du überhaupt zu denen?"

Elisabeth warf den Kopf zurück und stützte sich dann auf ihre Ellenbogen. Sie erzählte ihm, daß sie durch ihren Vater in diese Kreise eingeführt wurde. Das läge schon drei Jahre zurück, aber damals sei sie sehr begeistert gewesen, Akademiker und andere hochgestellte Persönlichkeiten zu ihren Freunden zählen zu können. Man habe sie als vollwertige, erwachsene Frau behandelt und sie langsam an die Grundidee, die er ja inzwischen kennengelernt habe, herangeführt.

„Wie alt bist du?" warf Robert ein.

„Dreiundzwanzig."

„Und was arbeitest du?"

„Zahnarzthelferin."

Robert bat sie weiterzuerzählen. Bereitwillig nahm Elisabeth das Gespräch wieder auf und meinte, zu Beginn mit der Zielvorstellung voll übereingestimmt zu haben. Sie habe schon sehr früh ihre Mutter verloren und war damals froh, eine sich um sie sorgende Gruppe zu besitzen. Als man sie jedoch später über die bekannten Umwege gezwungen habe, ein Verbrechen zu begehen, sei ihr der Ernst der Lage erst so richtig bewußt geworden. Zu ihrem Glück habe man sich nicht getraut, sofort die schärfsten Maßnahmen gegen sie zu ergreifen.

„Worauf führst du das zurück? fragte Robert neugierig.

„Auf meinen Vater."

„Was hat er für eine Funktion?"

Sie knabberte nervös an einem Fingernagel. „Das weiß ich bis heute noch nicht genau. Nur so viel ist sicher. Die Selekta mit all ihren Leuten ist vielleicht nur ein gerissenes Ablenkungsmanöver."

Robert ließ den Unterkiefer fallen und stammelte: „Ein ... ein was?"

„Ja, mehr nicht." Sie beugte sich zu ihm nach vorne und senkte die Stimme. „Eine Handvoll Leute, gerissen, clever und skrupellos, plant einen enormen Coup. Ich kann darüber nur Vermutungen anstellen, aber alle Tatsachen sprechen dafür."

„Was für Vermutungen?" Robert langte aufgeregt nach einer Zigarette.

Elisabeth überlegte angestrengt und begann: „Was würdest du tun, wenn du so viel Geld hättest, daß du nicht mehr wüßtest, was du noch kaufen könntest?"

„Urlaub machen und mich den Hobbies widmen." Er lachte und wußte nicht recht, worauf sie hinauswollte.

Sie nickte. „Ja, das klingt normal. Aber es gibt ein paar, die dieses Geld besitzen und nicht so wie unsereins denken." Sie machte eine Pause. „Geld bietet ihnen keinen Reiz mehr, also bleibt ihnen nur noch die Macht über jeden einzelnen von uns. Um das zu erreichen, mußt du danach streben, die einzelnen Machtzentren - nur die Spitzen - unter deine Kontrolle zu bringen und obendrein jede Gegenströmung im Keim zu ersticken."

„Und was für Spitzen sind das?"

„Ausbildung, Erziehung, Rohstoffe und Gesundheitswesen. Wahrscheinlich noch mehr. Da du aber in einer sogenannten Demokratie nicht mit Gewalt vorgehen kannst, mußt du die Leute dazu bringen, mit dir übereinzustimmen, um sie für deine Ziele zu gewinnen."

„Unmöglich", protestierte Robert. „So viele Leute lassen sich nicht bestechen."

Elisabeth lächelte zustimmend. „Das wissen diese Leute auch. Also mußten sie mit Hilfe riesiger Geldsummen Ablenkungsprogramme starten, die die eigentlichen Ziele verschleiern und die Bevölkerung in dem Glauben wiegen, es mit Wohltätern zu tun zu haben. Mein Vater arbeitet auch - unwissentlich - in einem dieser Programme."

„In der Selekta?"

„Nein, das läuft bei ihm nur nebenher. Er war seit jeher begeistertes SPD-Mitglied und daher besonders gut geeignet. Denn wenn du auf linke Mühlen linkes Wasser gießt, entfachst du sofort einen umwerfenden Fanatismus. Zwar hat es auch Mitglieder von CDU und FDP in seiner Organisation, aber die sind lediglich für den Gesamteindruck wichtig."

Verwirrt kratzte sich Robert am Kopf und sagte: „Ich verstehe nicht, was du damit sagen willst."

„Er leitet eine Organisation, deren oberflächliche Aufgabe es ist, unlautere Machenschaften privater Ausbilder aufzudecken und unschädlich zu machen. Als Beispiel: betrügerische Fernlehrinstitute."

„Na gut, aber warum oberflächlich?"

„Der eigentliche Sinn und Zweck – und den kennt nur mein Vater und vielleicht ein anderer enger Mitarbeiter – besteht darin, auf diese Weise sämtliche Privatinstitute zu verbieten. Zum ‚Wohl des Bürgers', versteht sich. Durch diesen Trick errichtet man ein staatliches Monopol, das von jenen Leuten bereits gehalten wird, und kontrolliert alles, was ein Mensch besser nicht wissen soll. Du kannst es auch gezielte Verblödung nennen." Sie machte eine Pause und schaute prüfend auf Robert.

Der zeigte einen ungläubigen Gesichtsausdruck und meinte: „Aber das würden die Leute doch merken. Nein, das kann ich nicht glauben." Abwehrend hob er die Hände.

Elisabeth lächelte. „Natürlich würde man es merken. Deshalb mußt du von vornherein darauf schauen, daß die Presse, Rundfunk, Fernsehen usw. positive Berichte über deine Organisation erscheinen lassen. So lange, bis sich in der Bevölkerung durchgesetzt hat, daß man es hier mit wahrhaften Wohltätern zu tun hat." Sie hatte sich aufgerichtet und spielte mit dem Kaffeelöffel.

„Und wie willst du das anstellen?" fragte er zweifelnd.

„Indem du am Anfang einige tatsächliche Betrüger über die Klinge springen läßt. Hast du erst mal die Massenmedien hinter dir, kannst du getrost mit jeder erdenklichen Lüge um dich werfen, deine Integrität hast du ja schon vorher unter Beweis gestellt. Die Leute werden rufen: Jawohl, weg mit den Betrügern; und beim Zusammenkehren kannst du alle unbequemen Gegner mit einem Streich auslöschen. Welcher Richter würde es wagen, sich gegen eine solche autoritäre Organisation zu entscheiden?"

„Nun gut, es gibt mir zu denken." Robert bewunderte ihre scharfsinnige Logik. „Aber was hat das alles mit uns und der Selekta zu tun?"

„Du und ich, wir sind zufällig hineingeraten. Das war nicht geplant. Die Selekta soll eigentlich nur die Leute ansprechen, die glauben, zur Intelligenz zu gehören, Leute, die gegen das Proletariat sind und eine ernste Gefahr für die Meinungsmonopolisierung darstellen könnten. Mehr oder weniger Fachidioten, wenn du so willst."

„Das ergibt keinen Sinn."

„Oh doch. Denn sie müssen auch kontrolliert werden. Um sie mundtot zu machen, mußt du ihnen erst eine Schuld anlasten, auferlegen, damit sie hinterher erpreßbar sind. Weigern sie sich dennoch, läßt du den Ballon platzen, und der nächste Haufen verschwindet im großen Sack."

„Du machst mir richtig Angst", sagte Robert und schlug die Hände vors Gesicht. „Und dein Vater macht da mit?"

Elisabeth lächelte milde. „Teil zwei von diesem Trick kennt er nicht. Er glaubt, es ist gut, wenn alles in der Bildung monopolisiert wird. Er ist Sozialist ... vielmehr ein verkannter Kommunist. Kannst du es ihm verdenken?"

Für Robert klang das alles so unglaublich, daß er im ersten Moment zu keiner Erwiderung in der Lage war. Nur mühselig nahmen seine Gedanken wieder feste Formen an. „Gut, bei Ausbildung, und was die Selekta betrifft, komme ich noch mit. Aber nanntest du nicht auch das Gesundheitswesen?"

„Ja, überall derselbe Trick ... nur die Techniken sind verändert. Die Handvoll Leute ganz oben ..."

„Nenn mir einige!" fiel Robert dazwischen.

„Besser nicht. Vielleicht später. Es könnte dich erschüttern."

„Woher weißt du es?"

„Von Leuten, die den Brüdern auf die Spur gekommen sind und halb im Untergrund, halb öffentlich gnadenlos von ihnen und deren unwissenden Teilorganisationen bekämpft und gejagt werden. Selbst das Bundeskriminalamt hat dabei soviel Dreck auf der weißen Weste, daß es einem normalen Steuerzahler den Magen herumdrehen würde. Und damit schließt sich der Kreis. Diese Leute im Großen und wir beide im Kleinen haben dieselben Probleme. Wir wissen, daß dieses üble Spiel gespielt wird, aber wir müssen gegen den korruptesten Gegner der Öffentlichkeit gegenüber Beweise erbringen. – Es ist grotesk. Wir müssen der Öffentlichkeit das beweisen, was sie tagtäglich erlebt und von dem sie glaubt, daß sie es nicht erlebt." Sie stöhnte tief, entschuldigte sich kurz und war auch schon auf dem Weg zur Toilette.

Robert kam das alles wie ein Alptraum vor. So nach und nach begriff er das Ausmaß des Netzes, in dessen Schlingen er sich zum Teil verfangen hatte. Je öfter er darüber nachdachte, desto logischer und glaubhafter erschienen ihm Elisabeths Ausführungen.

„Schockiert?" Ihre Stimme klang entgegenkommend an sein Ohr.

„Ja, ein wenig. Was schlägst du vor?"

„Erstens werden wir für heute Schluß machen. Denn wenn ich zu spät nach Hause komme, könnte das Mißtrauen erwecken. Zum anderen überlegst du dir, wie wir dem Kopf der Selekta beikommen können. Wir dürfen uns nicht verzetteln. Konzentrieren wir beide uns auf die Selekta."

„Okay, ich werde mir was einfallen lassen."

„Noch was", sagte sie beim Hinausgehen. „Ruf mich nicht zu Hause an, oder laß dich dort in der Nähe blicken. Ich gebe dir die Nummer von der Praxis. Ansonsten morgen um dieselbe Zeit... wieder hier?"

„Einverstanden." Robert nickte und begleitete sie bis zur Straßenbahn.

Ein merkwürdiges Mädchen, dachte er. So jung, so hübsch, so intelligent und trotzdem irgendwie unsicher. Ob sie wohl einen Freund hatte? Die Sorge um diese ganzen Entwicklungen umhüllte sie mit einer Art unsichtbarem Schleier der Unnahbaren.

Robert fuhr geradewegs ins Hotel zurück. Er bestellte sich ein ausgiebiges Abendessen und ließ sich viel Zeit. Elisabeth ging ihm nicht mehr aus dem Kopf. Sie hatte ihn tief beeindruckt, anders als Marianne oder Lauretta. Nicht mit ihrem Körper, obwohl der hinter beiden nicht zurückstehen würde. Nein, sie war ein völlig anderer Mensch. Beim Stichwort Lauretta kam ihm die Idee, sie anzurufen. Ob sie wohl ihre Drohung wahrgemacht hatte? Gegenwärtig konnte er nicht sagen, ob er ihr gegenüber Mitleid, Abneigung oder sogar noch einen Teil an Zuneigung empfand. Das Gespräch mit Elisabeth hatte alles in ein anderes Licht gerückt.

Nach dreimaligem Versuch hatte er Erfolg. In London meldete sich Biggs mit der Rufnummer am Apparat. Robert sagte auf englisch: „Hallo, Biggs, hier spricht Mr. Breuer. Würden Sie mich mit Mrs. Price verbinden?"

„Das geht nicht, Sir", sagte er unbewegt, „Mrs. Price hatte einen schweren Unfall und liegt im Hospital."

Robert spürte, wie es ihn heiß durchlief. „Was für ein Unfall, Biggs?"

„Mit dem Auto, Sir. Die Ärzte sind nicht sehr zuversichtlich. Mehr kann ich Ihnen beim besten Willen nicht sagen." Biggs legte auf, noch ehe Robert die Chance für eine weitere Frage hatte.

Also doch Selbstmord, durchfuhr es ihn. Ob Biggs das mit dem Autounfall gelogen hatte? Sein Herz verkrampfte sich, und er merkte, wie ihm die Sinne zu schwinden drohten. Mühsam schleppte er sich aufs Bett und ergab sich in den Schwindel, der ihn überkam.

Stunden später fühlte er sich noch wie getreten. Jetzt wußte er es mit Sicherheit: Er hatte Lauretta geliebt. Robert schämte sich nicht der Tränen, die ihm in die Augen stiegen.

Daß Mitte August mit gleichbleibender Regelmäßigkeit die Sonne schien, war selbst für die Münchener Bevölkerung eine Ausnahme. Stolz verwies ihn die Servierin beim Frühstück darauf und wollte unbedingt wissen, warum er diese herrlichen Tage nicht für einen kleinen Ausflug an einen in der Nähe liegenden See nutze. Auf Roberts übertrieben derbe Erwiderung rümpfte sie beleidigt die

Nase und schien sich vorgenommen zu haben, ihm unter keinen Umständen weitere Fragen zu stellen.

Während Robert bei seiner letzten Tasse Kaffee gemütlich in den aufgelegten Tageszeitungen blätterte, kam ihm auf einmal sein Adressenzettel in den Sinn. Sofort faßte er in seine Innentasche und war sichtlich erleichtert, als seine Hände das zusammengefaltete Papier fühlen konnten. Diesen Haag in der Feinauer Straße könnte er unauffällig unter die Lupe nehmen. Er holte sich das Telefonbuch und begann zu blättern. Es gab sehr viele Haags, selbst eine ganze Reihe mit dem Vornamen Wilhelm, aber einer, der in der Feinauer Straße wohnte, war nicht darunter.

Merkwürdig, dachte er, ich kann mir nicht vorstellen, daß der keinen Telefonanschluß haben soll. Vielleicht besitzt er einen Betrieb und ist nur über die Zentrale zu erreichen. Robert sah ein, daß es verschiedene Möglichkeiten gab und der einzig sichere Weg der sei, hinzufahren und mehr darüber herauszufinden.

Sich reichlich Zeit lassend fuhr er in den Bezirk dieser Straße und mischte sich unter die Passanten. Es dauerte nicht lange, und er hatte das Haus gefunden. Von außen machte es nicht den Eindruck, als würde hier ein geldschwerer Firmenchef zu Hause sein. Die paar Schritte durch den kleinen Vorgarten hin zum Türschild unterließ er, da er nicht den geringsten Verdacht provozieren wollte. Viel geeigneter erschien ihm eine kleine Bierhalle, schräg gegenüber, von deren Besitzer er sich mehr erhoffte.

Kurz vor Mittag waren außer ihm nur noch zwei Gäste da, die sich über ihre Gläser hinweg einen Kompetenzstreit um irgendeinen Fußballer zu liefern schienen. Das Glas halb ausgetrunken, schlenderte er an die Theke und lächelte dem Wirt zu.

„Nicht viel los um diese Zeit?"

„Na ja, kommt schon noch", meinte dieser und fuhr fort, mit einem nicht mehr ganz neuen Tuch den abgewaschenen Gläsern einen Hauch von Glanz zu geben.

Während Robert überlegte, wie er den Mann auf das Thema Haag bringen könnte, nahm ihm dieser diese Aufgabe ab, indem er sagte:

„Sie sind neu hier?"
„Ja ... ich ... ich suche nach jemandem!"
Der Wirt nickte verständnisvoll und hielt ein Glas prüfend ans Licht. Zufrieden drehte er Robert den Rücken zu und stellte es sorgfältig in das Regal.
„Sie kennen sich hier aus?" nahm Robert den Faden wieder auf.
„Mehr oder weniger", brummte der Wirt. „Im allgemeinen habe ich keine Zeit, mich um andere Leute zu kümmern."
„Verstehe. Aber vielleicht könnten Sie mir einen Tip geben. Ein früherer Kollege von mir soll jetzt in dieser Straße wohnen. Die Nummer kenne ich nicht, nur seinen Namen: Haag, Wilhelm Haag." Gespannt blickte er dem anderen ins Gesicht.
„Der Pfaffe?" kam es belustigt zurück. „Sind Sie auch ein Pfaff?"
„Nein, warum?"
„Weil dort drüben einer wohnt, der so heißt und Pfarrer bei den Evangelischen ist, und weil Sie etwas von einem Kollegen sagten."
„Au weh", sagte Robert und lachte. „Nein, dann bin ich auf einer falschen Fährte. Der, den ich meine, wäre der letzte, der sich zum Pfarrer eignet."
„Na ja", der Wirt grunzte vergnügt. „Dann kann er es doch noch sein. Der dort drüben eignet sich nämlich auch nicht dafür und ist's trotzdem." Und kurz darauf: „Aber ich hab nichts gesagt!"
„Okay, Schwamm drüber." Robert schmunzelte und fuhr fort: „Aber warum eignet der sich dort drüben nicht dafür?"
„Für solche haben wir hier ein paar Spezialausdrücke, die ich Fremden gegenüber lieber nicht gebrauche." Mit hochgezogenen Augenbrauen deutete er ihm an, daß dieses Thema für ihn erledigt sei.
Robert gab sich damit zufrieden. Er bestellte noch ein Glas und plauderte mit ihm über Wetter, Sozis und andere belanglose Dinge. Nur zwischendurch ließ er das Gespräch noch einmal auf Haag kommen und entlockte dem Wirt die für ihn zuständige Gemeinde.
Recht zuversichtlich und stolz machte er sich wieder auf den

Weg. Den ganzen Nachmittag verbrachte er in der Innenstadt, wo er in einem kleinen Geschäft ein Geschenk für Elisabeth kaufte: zwei herzförmige Silberohrringe. Immerhin war es schon lange her, daß er einer Frau ein Geschenk gemacht hatte.

Etwas müde und unkonzentriert spielte er mit der kleinen Geschenkdose, solange er im Café auf Elisabeth wartete. Er hatte sich vorgenommen, so viele noch ungeklärte Fragen zu stellen, und hoffte ernsthaft, daß ihm Elisabeth eine Antwort darauf geben könnte. Teilweise kam er sich beschämt vor, da er in ihr – sie war immerhin zwölf Jahre jünger – einen ausgeprägten Intellekt entdeckt hatte, mit dem er nur mühsam Schritt halten konnte.

Elisabeth kam. Sie war nicht alleine.

„Darf ich dir Heidi vorstellen. Sie ist meine Freundin und wird dir helfen." Dabei zeigte sie auf ein nettes, geradezu burschenhaftes Mädchen mit kurzem, rotblondem Haar. Ihre wachen, aber unruhigen Augen versprühten die für dieses Alter nicht unbedingt uniforme Lebensfreude.

„Hallo", Robert erhob sich leicht und bot den beiden Platz an.

„Ist sie auch in der Selekta?" an Elisabeth gewandt.

„Nein. Sie hat sich – auf meinen Vorschlag – bei meinem Vater eingeschmuggelt. Sie gab vor, von einem Institut betrogen worden zu sein, und liefert mir auf diese Weise Informationen über dessen Arbeit."

„Aber sie weiß von...", er zögerte.

„Ja, du kannst beruhigt sein. Das meiste kennt sie."

Sichtlich beruhigt nickte Robert und sagte: „Ich habe über alles gründlich nachgedacht und denke, es ist das beste, wenn wir unsere eigenen Informationen rückhaltlos untereinander austauschen. Daraufhin erstellen wir eine Art Plan, den wir schrittweise verwirklichen."

Erwartungsvoll schaute er auf Elisabeth, die über ihn hinwegblickend nachzudenken schien. Nach einer Weile deutete sie mit dem Kopf auf Heidi und meinte: „Einverstanden. Aber wir wollen sie nicht weiter hineinziehen als unbedingt nötig."

„Warum?" Heidi protestierte. „Wenn schon, denn schon." Sie schaute abwechselnd die beiden anderen fordernd an.

Erst nach einer Weile stimmte Elisabeth, sich zurückhaltend, zu.

In groben Zügen erklärte sie Heidi das Prinzip und fragte dann schroff: „Wenn du dabei bist, entscheide dich jetzt. Willst du?"

Heidi nickte artig und schien sich darüber zu freuen. Geschickt lenkte Elisabeth die Unterhaltung danach auf Robert und erkundigte sich mit einem Augenzwinkern, was er denn den ganzen Tag in der Stadt gemacht hätte. Robert glaubte, ihr Zeichen zu verstehen, und sprach über seinen ausgedehnten Stadtbummel und einige belustigende Kneipenbekanntschaften. An Elisabeths Aufatmen erkannte er die Richtigkeit seiner Vermutung. Nach einiger Zeit deutete Heidi an, daß sie auf keinen Fall länger bleiben könne und sie darauf warte, möglichst bald über weitere Schritte informiert zu werden. Elisabeth versprach ihr das und verabschiedete sich schnell.

„Mußte das sein?" wollte Robert wissen, nachdem Heidi gegangen war.

Elisabeth zuckte mit den Schultern und meinte abwehrend: „Bedenke, daß ich bislang alleine war. Ich habe einfach jemanden gebraucht, mit dem ich darüber sprechen konnte."

„Warum hast du dich dann nicht an die Leute gewendet. Du erinnerst dich, daß du von ihnen erzählt hast...die von dieser Maschinerie angeblich gejagt werden?"

„Das war mir zu riskant. Ich kenne ohnehin nur zwei von ihnen, und die haben alle Hände voll zu tun und bestimmt keine Zeit, sich nebenher mit einem Mädchen zu unterhalten." Mit einer trotzigen Stimme hatte sie ihn dabei vorwurfsvoll angeschaut.

„Okay, okay. Um voranzukommen, halte ich diesen Ort hier nicht für den geeigneten Platz." Er wartete.

„Was schlägst du vor?"

„Nun...", er wußte nicht, wie sie darauf reagieren würde. „Wie wäre es mit einem Hotel?"

Elisabeth lächelte. „Gut", sie hob den Finger, „aber nicht im Sinne der Selekta."

Entrüstet schob Robert alle Bedenken in dieser Richtung von sich und führte sie zu seinem Wagen. Unterwegs fragte er beiläufig, ob sie einen Freund habe. Sie verneinte und wollte wissen, was er daraus schließe. Robert gab zu, daß ihn das verwundere, er jedoch mit dieser Frage keine versteckte Absicht verfolgt hätte.

„Ganz nett für ein Hotelzimmer", meinte sie und lief in dem kleinen Raum ein paar Mal auf und ab. Sie schaute eine Weile aus dem Fenster und drehte sich dann zu ihm um. „Was ist?"

Robert war vor sie hingetreten und hielt die Hände auf dem Rücken. „Ich habe etwas für dich gekauft." Damit holte er die kleine Dose hervor und gab sie ihr.

Wortlos hob sie den Deckel und rief erstaunt: „Oh! – Das ist lieb von dir. Danke." Sie ging einen Schritt auf ihn zu und gab ihm einen sanften Kuß auf die Wange. „Hast du die Herzform auch ganz zufällig gekauft?"

Sie blickten sich eine Zeitlang gespannt in die Augen, bis Robert mit einem befreienden Lachen das Schweigen unterbrach. „Ja", sagte er dazwischen. „Ganz zufällig", und forderte sie auf, sich zu setzen.

Recht schnell waren sie wieder bei ihrem eigentlichen Thema angelangt und riefen sich den gestrigen Gedankenaustausch zurück. „Ich habe dir noch nicht gesagt, daß ich gestern noch in England angerufen habe."

Erstaunt blickte Elisabeth auf. „Warum?"

„Was weißt du über Lauretta Price?"

„Nur so viel, daß sie eine Art Bürge ist."

„Und Marianne?"

„Was für eine Marianne?"

Robert erzählte ihr nun ausführlich, wie er in diesen Kreis hereingeraten war. Je mehr er von Lauretta berichtete, desto heftiger wurden seine Reaktionen, bis er auf das Telefongespräch gestern abend kam und dann still vor sich hinschaute.

„Hast du sie geliebt?" Elisabeth flüsterte nur.

„Ich glaube, ja", gab Robert zu.

Nun war es an Elisabeth, ihm ihre ganze Geschichte mit der Selekta zu erzählen. Sie glaubte sich sicher zu sein, daß der Kopf in Deutschland, hier in München, zu Hause sein müßte. „Einmal habe ich ein Telefongespräch von meinem Vater belauscht. Daraus konnte ich nur schließen, daß es ein Geistlicher sein müßte, ohne irgendeinen Namen zu erfahren."

Wie vom Blitz getroffen schnellte Robert zurück. „Was sagst du da?"

„Was meinst du?" Sie wirkte verwirrt.

„Du vermutest, daß ein Geistlicher dahintersteckt? – Ich wüßte einen." Er suchte nach seinem Adressenzettel und entfaltete ihn vor ihr. „Hier, diese Adresse habe ich von meinem Einbruch mitgebracht. Und was glaubst du, wo ich heute war?"

„Du hast ihn besucht?"

„Nicht direkt. Ein Wirt in der Kneipe gegenüber sagte mir, daß er Pfarrer sei. In der Johannes-Gemeinde." Er war ganz aufgeregt und suchte hastig nach einer Zigarette.

„Na ja", meinte sie trocken. „Das beweist zwar noch nichts, ist aber immerhin ein Anfang. Leider kann ich das über meinen Vater nicht mehr überprüfen, da er ja – wie gesagt – in letzter Zeit alles vor mir wegschließt." Gelassen überlas sie auch die anderen Namen und schüttelte dann resigniert den Kopf. „Nein. Alle, die sonst noch darauf stehen, sind mir völlig unbekannt."

Beide überlegten sie angestrengt, wie sie mit diesem Namen weiterkommen könnten. Robert verwies darauf, daß, wenn es sich tatsächlich um den Kopf handle, sie ihn vorerst nicht direkt aufsuchen könnten. „Wir haben noch nichts gegen ihn in der Hand!" knirschte er ärgerlich und steckte das Papier wieder ein.

Auch Elisabeth war seiner Meinung und schlug vor, den Versuch zu unternehmen, noch mehr Mitglieder der Selekta auf ihre Seite zu ziehen.

„Aussichtslos", winkte Robert ab. „Das könnte Jahre dauern und unser Vorhaben vorzeitig platzen lassen."

Sie gab zu, daß er recht habe, und bat ihn, etwas zu trinken zu besorgen. Als er mit einer Flasche Wein zurückkam, hatte sie es sich auf seinem Bett bequem gemacht.

„Du erlaubst doch?" fragte sie lächelnd und fügte wie rechtfertigend hinzu: „Es war heute wirklich sehr anstrengend."

„Warum nicht?" Er öffnete die Flasche. „Mußt du zu einer bestimmten Zeit zu Hause sein?"

„Nein, ich sagte ihm, daß ich vielleicht bei Heidi schlafen würde. Das tue ich öfter."

Robert reichte ihr ein Glas, zog seine Schuhe aus und setzte sich neben sie. Liebevoll schaute er auf sie hinunter und betrachtete sie schweigend. Je länger er auf ihr frisches, fast ungeschminktes Gesicht blickte, desto hübscher und reizvoller wurde es für ihn. Wären nicht diese verwickelten Umstände gewesen, durch die er ihre Bekanntschaft gemacht hatte, er würde jetzt unmittelbar den Versuch gemacht haben, sie zu küssen. Als habe sie diesen Gedanken erraten, richtete sie sich auf und sagte: „An was hast du gerade gedacht?"

„Das ist nicht wichtig."

„Wenn du meinst", sie ließ sich wieder zurückfallen und schaute zur Decke.

Eine Minute lang schwiegen sie, bis er dann langsam anfing: „In unserer Lage müssen wir kolossal ehrlich zueinander sein ... finde ich." Und als keine Erwiderung kam: „Daher will ich dir sagen, an was ich gedacht habe." Wiederum gab sie keinen Laut von sich. Bedächtig drehte er sich um und sagte leise: „Ich wollte dich küssen."

„Denkst du immer noch daran?" fragte sie gelassen.

„Wenn ich ehrlich sein soll – ja."

Sie wirkte eiskalt. „Würde es dir schwerfallen, auch mal an unsere Aufgabe zu denken?" Dabei hatte sie sich aufgesetzt und musterte ihn steif und gleichmütig.

Robert drehte sich abrupt herum und meinte: „Ja, du hast recht. Abgesehen von deiner Zustimmung ist es wirklich nicht der richtige Augenblick. Also, wo fangen wir an?"

„Beim Pfarrer", kam es trocken zurück.

Sie gab ihm zu verstehen, daß sie schon mehrfach darüber nachgedacht hatte, den Namen oder den Beruf des Geistlichen mit irgendeinem Detail in Verbindung zu bringen. Sie könne außer diesem Gespräch ihres Vaters absolut nichts finden. Ob denn nicht er einen bislang vielleicht übersehenen Punkt entdeckt habe.

„Nein, bestimmt nicht." Robert dachte angestrengt nach und sagte dann zögernd: „Bei Marianne und Lauretta konnte ich in diesem Zusammenhang nur eine Gemeinsamkeit feststellen: Sie schienen beide schrecklich abneigend gegen Kirche und Religion eingestellt zu sein. Obwohl Marianne in ihrem Testament...." Er hielt ein und hob den Kopf.

„Was ist? Sag ... schnell."

„Da fällt mir auf, daß Marianne fast ihr gesamtes Vermögen der Evangelischen Kirche vermacht hat. Damals habe ich mich darüber gewundert, aber keine Bedeutung darin gesehen." Er grinste schwach und nickte mit dem Kopf.

„Na und?" Elisabeth konnte seine Begeisterung nicht teilen. „Warum sollte das nicht stimmen?"

„Das ist es ja", sagte Robert triumphierend. „Ich weiß nicht, ob es tatsächlich stimmt. Schau, ich wurde zu diesem Anwalt bestellt. Wie hieß er doch gleich wieder... ist auch egal jetzt. Aber ich habe es nicht überprüft. Überprüfen können."

„Ich verstehe immer noch nicht."

„Ganz einfach. Angenommen, dieser Anwalt gehört auch zur Selekta. Könnte es dann nicht sein, daß er mir verschwieg, daß dieser Betrag an die evangelische Gemeinde des Pfarrers Haag ging? Und da sie unter einer Decke stecken, die gesamte Summe in die Taschen dieses obskuren Pfarrers verschwindet. Nach außen hin rechtlich voll abgesichert. Womöglich gab es eine Vereinbarung, daß nur dieser Anwalt die Testamente entgegennimmt, um dadurch eventuelle behördliche Aufmerksamkeit von vornherein auszuschalten?" Er ließ seinen prüfenden Blick auf ihr ruhen.

„Daran könnte etwas sein", gab sie zu, ohne richtig überzeugt zu sein. „Wie hieß der Anwalt?"

„Ich glaube, Kistner. Bin mir aber nicht ganz sicher. Auf jeden Fall weiß ich, wo seine Praxis ist, und könnte mich vergewissern."

„Ja, das ist eine gute Idee. Ich schlage vor, daß du dich nach dessen Namen umtust und ihn mir sofort in die Praxis durchgibst. Ich würde ihn mit meiner Liste von Selekta-Mitgliedern vergleichen, und daraufhin könnten wir mit irgendeiner Aktion starten. Es macht zwar nichts, wenn ich den Namen nicht darauf finde, ich habe ja nicht die vollständige Liste, aber es muß unbedingt etwas geschehen." Elisabeth hatte sich in einen ungestümen Tatendrang geredet. Sie war aufgestanden und im Zimmer einige Male hin und her gegangen, wobei sie öfter wiederholte, daß endlich etwas geschehen müßte.

Robert ließ sie lange Zeit gewähren, bis er endlich dazwischenwarf: „Du scheinst es eilig zu haben."

Trotzig, nahezu wütend, warf sie den Kopf herum und sagte grob: „Eilig? Du sprichst bei mir von Eile? Hast du denn keinen Schimmer, was diese Schweine täglich für Verbrechen begehen?"

„Gut gut", meinte er beschwichtigend. „Die Selekta wurde auch nicht an einem Tag erschaffen."

Ihre Ablehnung deutlich zur Schau stellend kam sie auf ihn zu und brüllte: „Selekta, Selekta. Hast du nicht begriffen, daß das nur ein willkommener Zirkus zur Unterstützung der Ziele einiger Wahnsinniger ist?" Sie hatte ihre Stimme kaum unter Kontrolle. „Bist du wirklich so naiv, daß du nicht sehen kannst, um was es eigentlich geht? Die Tatsache, daß wir uns nur auf diese Splittergruppe beschränken, ändert doch nichts an deren Zielen!"

„Was für Ziele?" sagte Robert beeindruckt.

„Mein Gott, wir haben doch gestern davon gesprochen."

„Ich weiß, es klang sehr überzeugend. Aber ganz so ernst sehe ich die Situation nicht." Er versuchte, sich etwas lustig über sie zu machen.

„Wirklich nicht?" kam es spitz zurück. „Lebst du etwa auch noch im Mittelalter, wie diese ganze verblödete Masse mit all ihren akademischen Titeln und ihrem intellektuellen Aberglauben?" Sie wies mit der Hand zum Fenster hinaus. „Hast du die Augen zugeklebt oder willst du überhaupt nichts sehen?"

Robert erhob sich und füllte sein Glas. Er prostete ihr versöhnlich zu. „Elisabeth, ich verstehe nicht, von was du redest."

Mit gemäßigter Stimme fuhr sie fort: „Die Leute glauben alle, man hätte gegenüber dem Mittelalter einen enormen Fortschritt gemacht, und belächeln diese Zeit. Das mag für die Technik zutreffen. Ansonsten hat sich aber nichts, rein gar nichts geändert.

Im Gegenteil, es ist sogar noch schlimmer geworden – einschließlich dem erwähnten Aberglauben." Sorge färbte ihre Stimme.

„Willst du damit sagen, wir würden noch an Hexen glauben?"

„Ja. Im übertragenen Sinn." Sie schlug die Hände vor das Gesicht. „Oh, Robert, du kannst dir nicht vorstellen, welchen Barbarismus dieser Aberglaube zugelassen hat."

Er schaute sie zweifelnd an und meinte: „Hast du dir das alles selbst zusammengereimt?"

Verneinend schüttelte sie den Kopf. „Darüber gibt es tonnenweise Dokumente und Beweismaterial. Nicht von irgendwelchen Spinnern, sondern von hoch angesehenen Wissenschaftlern, die man jedoch genauso ächtet und jagt wie damals. Wir wissen alle, daß es keine Hexen gibt. Aber damals waren die nobelsten Geister von ihrer Existenz überzeugt."

„Ja, damals..."

„Nein. – Bitte hör mir zu." Sie füllte ihr Glas nach und begann: „Zu der Zeit, als die Hexenverfolgungen abnahmen, die Inquisition aufhörte, begann eine andere Maschinerie, dieses Erbe anzutreten. Sie erfüllt heute dieselben sozialen Funktionen wie damals, nur mit einer viel brutaleren, gerisseneren und unheilvolleren Wirkung: die Psychiatrie."

„Elisabeth!"

„Bitte", sie winkte ab, „du mußt mir zuhören. Heute ersetzt die Medizin den Theologen, der Nervenarzt oder Psychiater den Inquisitor und der Irre die Hexe. Sieh das nicht lächerlich an. Überprüfe es selbst. Damals hat man Hexen erschaffen, das heißt, Normen aufgestellt, bei denen jeder Abweichler sofort angezeigt wurde und in die Hände der Inquisition geriet. Diese Normen setzt heute die Psychiatrie, und dem Psychiater wird erlaubt, jeden Mitmenschen, den er als ‚geisteskrank' einstuft, so zu ‚behandeln', wie es ihm beliebt – gegen dessen Willen. Sollte der vermeintliche Irre darauf beharren, er sei nicht krank, so wertet man das als ein Zeichen seiner Krankheit, da er unfähig sei, dies ‚einzusehen'."

Er berührte ihren Arm und sagte fordernd: „Was meinst du damit, daß man Geisteskranke erschafft?"

„Schau, jedes Mal, wenn der Psychiater eine neue sogenannte Psychohygieneregel aufstellt, erschafft er Zigtausende neuer Geisteskranker. Zum Beispiel wird behauptet, daß Ausgeglichenheit die Norm ist. Somit würde jeder, der Depressionen hat oder im Gegensatz dazu in einer Hochstimmung lebt, zu einem Geisteskranken erklärt ... vielmehr erschaffen werden. Oder Norm ist: Weiß heiratet nicht Schwarz. Dadurch wären Mischehepartner geistig gestört. Oder sieh dir doch an, was die Psychiatrie durch ihre Presselakaien verbreiten läßt. Der Ledige oder unglücklich Verheiratete sei psychologisch abnorm und müsse daher als sozial ‚abweichend' betrachtet werden. Tatsache ist aber, daß eine glückliche Ehe mehr die Ausnahme als die Regel ist."

Mit ungläubigen Augen lauschte Robert ihren Worten und warf dann schnell dazwischen: „Meinst du nicht, daß du etwas übertreibst?"

„Oh nein. So wie man früher Hexen erschuf und sie gegen ihren Willen dem Flammentod preisgab, so erschafft man heute Geisteskranke, die gegen ihren Willen hospitalisiert und behandelt werden; das heißt, gefoltert und eingesperrt. Und derjenige, der sich dagegen wehrt und sich der psychiatrischen Autorität nicht beugen will, wird mit Polizeigewalt dazu gezwungen. Ja, man deutet diese Selbstverteidigung sogar als weiteres Zeichen seiner ‚Krankheit'. Die Geschichte der Psychiatrie beweist, daß ihre Praktiken mit Polizeigewalt durchgesetzt wurden."

„Aber es gibt doch Leute, die freiwillig zum Psychiater gehen."
Halb resignierend seufzte Elisabeth und sagte mit beleidigtem Ton: „Siehst du denn nicht, daß ich hier von der Institutionellen Psychiatrie rede. Einem staatlichen Kontrollorgan. Unterhalten vom Staat mit Milliardenbeträgen des Steuerzahlers. Kein frei arbeitender mit eigener Praxis."

Robert wurde ernst und nachdenklich. „Du meinst, daß das Opfer seinen Henker noch selbst bezahlt?"

„Ja, so ungefähr. Denn der Bürger hat nicht das Empfinden, daß die Psychiatrie gegen ihn arbeitet. Genauso wie in der damaligen Inquisition. Nur ... jeder einzelne unternimmt alles Mögliche, um sich deren Zugriff zu entziehen ... heute wie damals. Oder würdest du...?"

Erschrocken riß Robert die Arme hoch. „Um Gottes willen, nie würde ein normaler Mensch freiwillig in eine Irrenanstalt gehen! – Aber mein Gott, Elisabeth ... das ist ja entsetzlich! Ich erkenne jetzt, daß ich im Ernstfall gar nichts dagegen unternehmen könnte, selbst wenn ich mich noch so sträuben würde." Ein Schock war ihm in die Glieder gefahren.

Nur ganz vage erinnerte er sich an Zeitungsmeldungen, in denen zu lesen war, daß manche Gesetzesübertreter zur vorprozeßlichen Beobachtung ihres Geisteszustandes in Gewahrsam genommen wurden. Eingesperrt auf unbefristete Zeit! Er war wie gelähmt.

Mit schneidender Stimme unterbrach Elisabeth die Stille. „Aber weißt du, was das Paradoxe an der ganzen Situation ist? Das alles ist kein Mißbrauch der Institutionellen Psychiatrie!"

„Warum?" Er starrte sie mit offenem Mund an.

„Weil sie selbst ein einziger Mißbrauch ist! Es gab auch keinen Mißbrauch der Inquisition. Sie war selbst ein Mißbrauch in sich."

Unwillkürlich hatte sie nach seiner Hand gelangt und drückte sie fest. Robert schien es, als sei sie den Tränen nahe. „Ich kann nur eines nicht verstehen", er schaute von ihr weg, „warum erkennen das die Millionen von Wissenschaftlern nicht?"

„Du darfst sie nicht alle in einen Topf werfen", entgegnete sie ruhiger. „Ein großer Teil, anerkannte Kapazitäten, haben schon lange darauf aufmerksam gemacht. Aber sie haben auch das gesehen: Vor unerklärten Ereignissen und ungelösten Problemen haben alle Menschen einen Horror. Dann nehmen sie ‚Hexerei' oder ‚Geisteskrankheit' blindlings an, ohne diese Begriffe zu untersuchen. Daher wurde ja der Hexereibegriff vom Wahnsinnsglauben so leicht ersetzt – mitsamt den unmenschlichen ‚Heilpraktiken'. Ein berühmter Mann, ich glaube, er hieß Mills, hat auf diese Brutalität hingewiesen und gesagt, daß der einzige Weg zur Bewältigung dieses Problems darin bestehe, die Macht der Institutionalen Psychiatrie abzubauen statt zu stärken."

„Ein vernünftiger Mann", meinte Robert. „So wie es durch die Abschaffung der Inquisition auch keine Hexen mehr gab. Aber manche Menschen sind doch...", er tippte gegen die Stirne, „sind doch nicht ganz richtig."

„Richtig. Aber erstens sind es lange nicht so viele, wie man gegenwärtig durch die Einsperrung erschafft. Und zweitens ist das keine Rechtfertigung für Folterungen in Form von Elektroschocks, Lobotomie, Insulinschocks und übermäßig erzwungenem Drogenmißbrauch, durch den die meisten erst zum Wahnsinn gebracht werden."

In Roberts Kopf schwirrten die Gedanken kreuz und quer. Nur mühsam konnte er sich wieder in die Gegenwart bringen. Zärtlich fuhr er über ihr Haar und drückte sie an sich. „Aber wir", flüsterte er, „was haben wir und die Selekta damit direkt zu tun?"

„Ich weiß aus einer sicheren Quelle, daß der Kopf der Selekta mit dem Max Planck Institut Abteilung Psychiatrie zusammenarbeitet. Dieses Institut wurde früher das Kaiser-Wilhelm-Institut genannt und hat unter der Nazi-Herrschaft in den KZs Menschenversuche grauenvollster Art durchgeführt. Viele von damals, ob Nazis oder nicht, sind dort heute noch beschäftigt. Hier schließt sich dann der Kreis. Denn dahinter steht diese kleine machthungrige Gruppe, von der ich dir erzählte, die nichts anderes will, als uns alle zu kontrollieren. Es gibt fast kein Gebiet, daß sie nicht schon in der Hand hat.

Als Köder werfen sie dir den Sozialstaat hin: Jeder hat das Gleiche, ein Paradies auf Erden! Deshalb müssen sie dem Volk einreden, daß jeder, der sich gegen soziale Maßnahmen wendet, ein Verrückter sei. Einer ihrer Chefideologen, du hast vielleicht schon von Marcuse gehört, behauptete daher, das es für solche Menschen keine Rede- und Versammlungsfreiheit mehr geben dürfe."

Erstaunt blickte Robert sie an. „Ich würde zu gerne wissen, woher du das alles weißt?"

„In jeder Bücherei kannst du dir die entsprechenden Unterlagen ausleihen. Leider tut das fast niemand." Sie hatte ihre Fassung voll zurückgewonnen, baute sich vor ihm auf und sagte mit fester Stimme: „Wenn wir herausfinden können, daß dein Pfarrer Verbindungen mit der Psychiatrie hat, wissen wir, daß er der Kopf der Selekta ist."

„Und dann?"

„Das betrifft dann nur noch mich!"

„Ich höre wohl nicht recht!"

„Doch. Dieser Schritt ist schon lange geplant!"

„Was willst du tun?"

„Wer sagt denn, ich würde was tun?"

„Es klang so."

„Dann laß es klingen, aber kümmer dich nicht weiter darum."

Eindringlich warnte sie ihn davor, sich in nächster Zeit mit dem Pfarrer unmittelbar zu befassen. Er sei zu gefährlich. Er solle sich etwas in bezug auf den Anwalt einfallen lassen.

„Könnten wir nicht einfacher zur Polizei gehen?"

Sie zog die Mundwinkel nach unten und sagte spöttisch: „Wenn du es vorziehst, deinen dann zweifelhaften Geisteszustand in einer Klinik auf unbefristete Zeit untersuchen zu lassen... selbstverständlich auf Staatskosten..."

Er lächelte. „Entschuldige, ich lerne sehr schlecht."

Beide saßen sie wortkarg im Auto nebeneinander. Robert hatte Mühe, seine Aufmerksamkeit auf den Verkehr zu richten. Er versprach ihr, sofort am anderen Tag beim Anwalt vorbeizusehen. Falls sie dadurch nicht weiterkämen, wüßte er allerdings auch keinen anderen Weg. Elisabeth quittierte seine Worte mit einem Grinsen und meinte, daß sie noch lange nicht alle potentiellen Quellen ausgeschöpft habe. Sie wäre ihm deshalb schon dankbar, daß sie ihr Problem nicht mehr alleine zu bewältigen habe.

„Bist du noch derselben Ansicht wie vorher?" fragte sie mit einem zweideutigen Unterton.

„Nein. Du hast mich kräftig umgedreht."

„Schade."

Vor Verblüffung stammelte er: „Wieso?"

„Jetzt hätte ich dich gerne geküßt."

Robert lächelte zufrieden und hielt zwei Straßen vor ihrer Wohnung. Er nahm sie zärtlich in seine Arme und verspürte ihren langen leidenschaftlichen Kuß. Er hätte es nicht für möglich gehalten, daß dieses berechnende Persönchen dazu in der Lage war.

„Du rufst mich an?" flüsterte sie beim Hinausgehen.

Robert versprach es ihr ebenso leise. Schon auf der Rückfahrt konnte er seine Gedanken nicht mehr von Elisabeths Ausführungen losreißen. Auch später, im Bett, mußte er stundenlang darüber nachdenken, bis er gegen Morgen vor Erschöpfung einschlief.

Mit dem unangenehmen Gefühl, eine illegale Handlung zu begehen, war Robert am anderen Tag zum Haus des Anwalts gegangen. Er hatte das Gebäude sofort wiedererkannt und, wie sich herausstellte, auch den Namen richtig im Gedächtnis behalten. Als er daraufhin Elisabeth in ihrer Zahnarztpraxis anrief, meinte sie nur, daß sie ihm dafür danke, sie sich jedoch nicht vor Samstag wieder mit ihm treffen könnte. Bei ihrem Vater hätte sie eine Spur von Mißtrauen entdeckt, und das könnte sie im Moment unter keinen Umständen brauchen. Auch habe sie mit Heidi in den nächsten Tagen bereits etwas geplant. Wenn alles klappen würde, wie sie es sich erhoffe, wären sie in der Lage, ab Samstag den großen Coup endlich zu starten.

Auf seine Frage, was sie damit meine, erwiderte sie lediglich, daß er eigentlich einsehen müsse, daß man darüber am Telefon nicht sprechen würde. Sie versprach, am Samstagabend zu ihm ins Hotel zu kommen, und hängte ein.

Enttäuscht über ihre kalte und steife Art war er zunächst ziellos in der Stadt herumgelaufen. Dabei wurde ihm immer mehr bewußt, daß er schon die ganze Zeit über ein schwaches, aber doch merkliches Gefühl unterdrückte. Eine Mischung aus Fordern, Drängen und Verlangen. Sosehr er sich auch dagegen sträubte, er war nicht fähig, es abzuschütteln. Im Gegenteil, es nahm stetig zu, und er spürte, daß es ihm im Grunde sehr angenehm war. Je mehr er sich dann darauf konzentriert hatte, desto mehr Gedanken schienen sich dem Gefühl beizumengen, bis diese Gedanken eine immer festere Form annahmen und er minutenlang nur noch das Bild von Lauretta vor sich sah.

In einem Straßencafé war ihm aufgefallen, daß er über eine Stunde wie ein Träumer diesem Bild nachgehangen war. Darin gab es keine Selekta, keinen Haag, keine Psychiatrie, keine machthungrigen Verbrecher und noch nicht einmal Elisabeth. Dort gab es nur ihn und Lauretta. Eine Frau wie sie, so glaubte er, würde er niemals wieder in seinem Leben treffen.

Aufseufzend war er zum nächsten Postamt gegangen und hatte mit zittrigen Händen ihre Londoner Nummer gewählt. Erst beim zweiten Mal kam er durch und vernahm Biggs' ewig gleichklingende Stimme. Die Flut von Fragen, die er auf ihn losließ, schienen unverstanden geblieben zu sein. Mit seiner zurückhaltenden, monotonen, aber durchaus höflichen Art wiederholte dieser nur, was er ihm zwei Tage zuvor gesagt hatte. Robert wagte nicht, zu fragen, ob Lauretta tot sei. Allein der Gedanke an diese Frage jagte ihm einen Schrekken ein.

Auch in den darauffolgenden Tagen war es ihm nicht möglich, sich von der Erinnerung an sie loszureißen. Alles, was er tat, sah oder plante, wurde von dem Gedanken an sie überschattet. Es kostete ihn eine unheimliche Überwindung, nicht jeden Tag bei ihr anzurufen. Er wollte noch einige Zeit warten. Vielleicht war es aber auch nur die Angst, der Wahrheit ins Gesicht zu blicken, fragte er sich zwischendurch.

Nun saß er ungeduldig in seinem Zimmer und wartete auf Elisabeth. Viertel nach neun, draußen war es schon dunkel geworden, wurde ihm per Telefon ein Fräulein Kleinmann gemeldet. Er begrüßte sie herzlich, aber doch irgendwie linkisch, und hoffte, daß sie seinen Zustand nicht sofort durchschauen möge. Was immer sie auch gedacht haben mochte, wenigstens ließ sie sich nichts anmerken.

„Du hattest Erfolg?" begann Robert.

„Ja und nein", antwortete sie kühl.

Ihr eine Zigarette anbietend sagte er: „Also bitte, erzähle."

Ohne sich zu setzen, unruhig im Zimmer hin und hergehend, berichtete sie ihm, was sie vorgehabt hatte. Heidi sollte sich in die Jugendgruppe der Johannes-Gemeinde einschleusen. Da sie jedoch in einem anderen Stadtteil wohnte, verwies man sie auf die dortige Adresse. Es sei ihr nicht gelungen, über Haag Näheres herauszufinden. Sie selbst habe gestern noch einmal heimlich den Schreibtisch ihres Vaters untersucht. Hauptsächlich hätte sie in dem vorhandenen Schriftverkehr aber nur Hinweise auf Geldgeber für seine Organisation gefunden.

„Das ist interessant", warf Robert ein. „Kannst du mir einige nennen?"

Elisabeth winkte ab. „Nicht wichtig für uns. Ein paar größere Firmen, die hoffen, durch ihre Spenden einige Steuergelder einzusparen. Schließlich hat man diesen diktatorischen Gesinnungsverein als gemeinnützig anerkannt. Aber etwas wirklich Interessantes habe ich doch noch gefunden." Sie machte eine Pause. „Einen Brief von Rechtsanwalt Dr. Rudolf Kistner!"

Robert pfiff laut durch die Zähne. „Schau an, unser Anwalt. Er steckt also doch mit unter der Decke."

„Sieht so aus", sagte sie gleichgültig. „Aber das Schreiben ist ziemlich wertlos für uns. Es beweist lediglich, daß er die Organisation meines Vaters unterstützt."

Sie erzählte ihm kurz, daß er darin zum Ausdruck gebracht habe, wie sehr er sich freue, daß sie ihrem gemeinsamen Anliegen wieder einen Schritt nähergekommen seien. Nebenher war noch erwähnt, daß sie die ‚unlauteren' Machenschaften ordentlich eingetragener Firmen bis in spätestens zwei Jahren unter Kontrolle haben würden, damit aber der härteste Brocken noch lange nicht geknackt sei. Er hoffe, daß er meinem Vater bald einen Erfolg aus dem Lager der noch unkontrollierten Glaubensrichtungen melden könne.

„Was meint er damit?" fragte Robert.

„Stell dich nicht so an. Mit welchem Ding hatte der Kommunismus am meisten zu schaffen, selbst als er Gebiet und Volk längst mit seinen Panzern unterjocht hatte?" Abwartend schaute sie ihn an.

„Glaubst du etwa die Religion?"

„Eben. Sogar in Rußland gelingt es den Machthabern nicht, diesen Dorn völlig auszumerzen. Und sie wissen genau, daß, solange noch jemand eigene Gedanken hat, ihr totalitäres Regime einer Gefahr ausgesetzt ist."

„Aber das läßt sich doch nie völlig auswischen."

„Die sind da anderer Meinung. Heimliche Verfolgung und die Erziehung der Jugend, was natürlich eine Kontrolle des Bildungswesens voraussetzt, haben ihren Teil dazu beigetragen. Ist dir noch nie aufgefallen, daß es immer mehr Pfarrer gibt, die die Wunder Christi als Metaphern hinzustellen versuchen?" Gemächlich ließ sie sich auf einen Stuhl nieder. „Mein Vater arbeitet mit seiner sogenannten Aufklärungsorganisation für Bildungsfragen an jener Kontrolle des Bildungswesens. Er und Leute wie Kistner, vielleicht auch Haag, versuchen alles, den Kirchen ihre rechtmäßige Verantwortung wegzunehmen. Und genau hier ergibt sich die einzige Verbindung zu Haag. Aber es ist vorerst nur eine Vermutung." Resigniert schüttelte sie den Kopf.

Auch Robert wußte nicht, was er darauf sagen sollte. Erst, als ihm das Schweigen zu lange wurde, sagte er zaghaft: „Wir brauchen ein paar schriftliche Beweise. Aber bei wem sollten wir danach suchen?"

„Deshalb bin ich heute hergekommen", sagte sie rasch. „Die Anwaltspraxis von Kistner steht nachts leer. Aber dort zu suchen dürfte zwecklos sein. Das, was wir suchen, hat er garantiert zu Hause. Also werden wir ihn von dort weglocken – deine Aufgabe. Und in der Zwischenzeit schaue ich mich bei ihm um."

Robert ließ den Unterkiefer fallen und stammelte: „Du willst bei ihm einbrechen?"

„Warum nicht? – Oder hast du einen besseren Vorschlag?"

„Nein... aber... wenn man dich schnappt?"

„Das ist meine Sache. Du mußt mir nur versprechen, daß du dich in einem solchen Fall unter keinen Umständen meldest. Du würdest mir keinen Gefallen tun, sondern dich höchstens selbst in Gefahr bringen. Ich habe mit Heidi schon alles arrangiert."

Nervös kaute er an seinen Nägeln. „Und wie soll ich ihn weglocken?"

„Du kannst deinen Verstand auch mal anstrengen!" rief sie grob. „Wir treffen uns kommenden Mittwoch. Bis dahin hoffe ich, daß du alles geregelt hast. Am Donnerstag soll die Sache steigen."

Auf alle weiteren Fragen verweigerte sie ihm jede Auskunft. Sie wollte nur noch wissen, ob er fest dabei sei oder nicht. Robert versicherte ihr, daß sie sich auf ihn verlassen könne. Einerseits war auch er sehr daran interessiert, diesen ganzen Alptraum hinter sich zu bringen.

VI

Selbst einige Tage später konnte sich Robert noch immer nicht mit Elisabeths Vorschlag einverstanden erklären. Manchmal war er drauf und dran, sie anzurufen, um sie von ihrem geplanten Schritt abzubringen. Da er jedoch keine Alternative anzubieten hatte und sich, im großen und ganzen, sowieso nur als Randfigur betrachtete, wollte er den Dingen ihren Lauf lassen.

Er hatte schon eine ganze Reihe von Plänen erstellt, wie er Kistner an dem bewußten Abend von zu Hause weglocken könnte. Beim gedanklichen Durchexerzieren verwarf er sie jedoch alle, da er sie als dilettantisch und auffällig laienhaft beurteilte. Zwischendurch hatte er mit dem Gedanken gespielt, sich von einem Liebhaber für Kriminalromane einen Tip geben zu lassen. Aber erstens kannte er niemanden, und zweitens war dies hier alles andere als ein sogenannter typischer Fall. Zum Detektiv oder Agenten war er mit Sicherheit nicht geboren.

Am Dienstag morgen, er war ungewöhnlich früh aufgewacht, nahm er sich vor, wegzufahren. Er wußte nicht, wohin. Er wollte nur raus. Raus aus München und somit weg von all der belastenden Gegenwart. Unterwegs, er fuhr in südliche Richtung, fühlte er sich in der Tat freier und unbeschwerter. Er spielte mit der Idee, für längere Zeit irgendwo unterzutauchen, andere ihre Probleme mit sich selbst austragen zu lassen und monatelang nichts anderes zu tun als vergessen, vergessen und nochmals vergessen.

Je mehr er sich jedoch zwang, alles zu vergessen, desto deutlicher und stärker lasteten die Geschehnisse auf ihm. Und desto heftiger wurde das schlechte Gewissen, das ihm seine Fluchtgedanken zu vertreiben schien.

Den Starnberger See ließ er links liegen und war einigermaßen verdutzt, als er das Hinweisschild für Garmisch erblickte. Er hatte zwar schon viel von diesem Ort gehört, als Norddeutscher jedoch noch keine Gelegenheit gefunden, sich näher in dieser Gegend umzusehen. Er verlangsamte seine Fahrt und nahm sich mehr Zeit, die immer schöner werdende Landschaft zu bewundern. Einmal hielt er sogar und vertrat sich für einige Minuten die Beine. Alles um ihn wirkte nett, freundlich, still und friedvoll. Es fiel ihm schwer, zu begreifen, daß dieses Bild von irgendwelchen Wahnsinnigen gestört werden konnte. Aber die bittere Gewißheit, daß er nicht geträumt hatte, holte ihn schnell ein.

Ein erneuter Blick in den Rückspiegel bestätigte den Verdacht. Seit gut einer halben Stunde glaubte er sich von einem dunklen Mercedes verfolgt. Mit aller Macht versuchte er sich einzureden, daß das nur ein bloßer Zufall sei. Allein aus Gründen der Sicherheit schaute er regelmäßig in den Rückspiegel, bis es ihm plötzlich komisch vorkam, daß der schwere Wagen nicht überholte, obwohl Platz und Gelegenheit genügend vorhanden war.

Vorbei war all die Ruhe und Ausgeglichenheit, die er noch wenige Minuten zuvor verspürt hatte. Robert wurde immer nervöser und stellte erschrocken fest, daß er leicht zu schwitzen begann.

Konnte es überhaupt möglich sein, daß man ihn überwachte? Hatte man ihn vielleicht schon in München die ganze Zeit über beobachtet? Wenn ja, was wollte man damit bezwecken? Gehörte das vielleicht zum ‚Schutz' der Selekta? Wer saß in dem Wagen? – Oder war alles nur ein Irrtum, Einbildung, überreizte Nerven?

Er hielt es nicht mehr länger aus. Im nächsten Ort parkte er sein Auto in der Nähe eines Geschäfts und kaufte wahllos einige Zeitungen, wobei er gleichzeitig den dunklen Mercedes ausfindig zu machen suchte. In seiner Aufregung war es ihm entgangen, ob der andere Wagen an ihm vorbeigefahren war oder ebenfalls angehalten hatte. Bevor er wieder einstieg, blickte er sich sorgfältig nach allen Richtungen um. Nichts. Um ganz sicherzugehen, beschloß er, wieder umzukehren und nach München zurückzufahren.

Während der gesamten Rückfahrt hatte er seine gesamte Aufmerksamkeit nur auf dem Rückspiegel, in dem er jedoch niemals mehr den dunklen Wagen zu sehen bekam. Er gestand sich ein, daß er einem Irrtum zum Opfer gefallen war, der ihm aber deutlich bewiesen hatte, daß er ein Leben unter diesen Umständen nicht mehr weiter führen konnte. Innerlich war er Elisabeth dankbar, daß sie sich für einen so schnellen Schritt entschlossen hatte. Entweder oder, sagte er sich, auf jeden Fall mußte etwas geschehen.

Im Hotel angekommen überdachte er noch einmal die Möglichkeiten, Kistner an einen anderen Platz zu locken, und einigte sich schließlich auf seine allererste Idee, die ihm nach wie vor als die beste vorkam.

Er wollte morgen vormittag den Anwalt in seinem Büro anrufen und ihn eindringlich bitten, mit ihm einen Termin für den übernächsten Abend zu vereinbaren, den er unter keinen Umständen verschieben könnte. Natürlich würde er sich mit falschem Namen vorstellen und die ganze Angelegenheit als lebensbedrohlich für sich hinstellen. Dann würde er ihm das Lokal Foreigner in Schwabing vorschlagen, später selbst dort sein, sich aber nicht zu erkennen geben. Wenn Kistner nicht anbeißen sollte, würde er ihm einen Köder vorwerfen; vielleicht einen kleinen Hinweis, daß er etwas über eine Selekta wüßte, oder die Sache würde mit Kleinmann zusammenhängen. Um ihn im Lokal für einige Zeit festzuhalten, bedürfte es dann wahrscheinlich nur noch eines Briefes, in Verbindung mit einer Geldnote, der ihn bat, die Verspätung zu entschuldigen, aber auf jeden Fall zu warten.

Robert hielt diese Idee für sehr gelungen, da sie ihm erlaubte, sich aus allem herauszuhalten, egal, was passieren würde. An der Durchführbarkeit zweifelte er nicht einen Moment, schließlich hatte er schon mit vielen Leuten Verhandlungen geführt, wenn auch in einem vollkommen anderen Sinn.

Zuversichtlich und sehr zufrieden mit sich ging er hinunter ins Foyer und bestellte sich ein Glas Bier. Gelangweilt und desinteressiert blätterte er in den aufgelegten Zeitschriften, bis er jenem unbeschreiblichen Drang nicht mehr widerstehen konnte, der ihn zwang, an Lauretta zu denken.

Mit gespannten Erwartungen eilte er in sein Zimmer, von wo aus er der Zentrale den Auftrag gab, ihn mit der Londoner Nummer zu verbinden. Mehrere Sekunden vernahm er diesen abgehackten doppelten Rufton, als der Hörer plötzlich abgenommen wurde.

„Hallo", es war eine weibliche Stimme.

Sein Herz schien bis zum Hals zu schlagen, und irgend etwas schnürte seine Kehle zu. Noch einmal hörte er das „Hallo" am anderen Ende, bevor er mit zittriger Stimme „Lauretta, hier ist Robert!" in den Hörer rief.

Es blieb still in der Leitung. Blitzschnell überlegte er, ob dieses „Hallo" Laurettas Stimme gewesen war. Warum sagte sie nicht mehr? Oder war es jemand anders? Noch einmal nannte er seinen Namen und verlangte Lauretta zu sprechen. Aber alles, was er zu hören bekam, war jenes häßliche Knacken, das ihm andeutete, daß das Gespräch unterbrochen war.

Verzweifelt und hoffnungsvoll zugleich legte er auf. Biggs konnte es nicht gewesen sein. Aber wenn es Lauretta war, warum hatte sie nicht geantwortet? Warum hatte sie sich nicht zu erkennen gegeben? Was war geschehen?

Seine Gedanken wanderten zu der Wohnung in der Elm Park Road. In diesem Moment hätte er alles gegeben, nur um dort, bei ihr, zu sein. Er wußte nicht, woher er die Sicherheit nahm, daß es Lauretta gewesen sein mußte, die am Apparat war, aber das Gefühl, es ganz sicher zu wissen, konnte unmöglich pure Einbildung sein. Lauretta lebte. Mühsam unterdrückte er einen Schrei der Freude.

Für einen Augenblick vergaß er seine ganze Aufgabe und konzentrierte sich nur auf den einen brennenden Wunsch: Er mußte nach London. Er wollte diese geheimnisvolle Herumsucherei für immer abstreifen. Er hatte nur noch das eine Ziel: für immer mit Lauretta zusammenzusein.

Mit zittrigen Händen legte er die Krawatte ab und knöpfte sein Hemd auf. „Nur noch Kistner", sagte er leise zu sich selbst. Er wollte sich nur noch um diesen Anwalt kümmern und dann aussteigen – für immer. Er spürte, daß er dieses ganze Getue so unheimlich satt hatte. Sollten sich doch andere Leute um all das kümmern. Wieso er? – Aber auf die Frage, wer sonst, wenn nicht er und die paar wenigen wie Elisabeth, blieb er sich die Antwort schuldig.

Wieder überkam ihn dieses unangenehme schuldbewußte Gefühl, vor Problemen davonzulaufen. „Nein", sagte er entschlossen. So durfte es nicht weitergehen, einmal mußte Ordnung in alles gebracht werden. Er hatte sich entschieden, die unfreiwillig übernommene Aufgabe zu Ende zu bringen, egal, wie sie ausgehen würde. Aber was hinderte ihn daran, sie mit einem Besuch in London zu verbinden?

Gleich morgen würde er Elisabeth seinen Entschluß mitteilen und sich unter keinen Umständen davon abbringen lassen.

„Könnten Sie nicht später noch einmal anrufen? Herr Dr. Kistner ist in einer wichtigen Besprechung." Die Stimme der Sekretärin im Büro des Anwalts klang träge und überheblich.

„Ich bin überzeugt, daß er mir einige Minuten seiner Zeit schenken wird, wenn Sie erwähnen, daß ich ihn in einer wichtigen Angelegenheit mit einem Herrn Kleinmann zu sprechen wünsche."

Robert zwang sich dazu, ruhig und gelassen zu wirken, während seine Hand zornig den Hörer umklammerte.

Die Leitung wurde für einen Moment wie tot, ehe sich der Anwalt plötzlich mit seinem Namen meldete.

„Mein Name ist Eberhard Mayer", sagte Robert. „Ich möchte mit Ihnen einen Termin vereinbaren."

„Das hätten Sie getrost meiner Sekretärin überlassen können", meinte Kistner verärgert. „Tut mir leid, aber ich werde Sie zurückverbinden."

„Moment", rief Robert schnell dazwischen. „Erstens kann ich nicht zu Ihnen kommen, und zweitens muß ich Sie morgen abend treffen... sagen wir, gegen viertel vor neun. Außerdem..."

„Hören Sie mal, Herr Mayer." Der Anwalt schien tief Luft zu holen. „Ich kenne Sie überhaupt nicht. Folglich bewerte ich diesen Anruf als anonym. Entweder kommen Sie hierher in mein Büro, oder ich muß unsere Unterhaltung als beendet betrachten."

„Schade." Robert spürte, daß der andere angebissen hatte. „Es steht sehr viel auf dem Spiel. Vielleicht sagt Ihnen der Name Selekta etwas?" Er hielt ein und wartete auf eine Reaktion Kistners.

Es dauerte eine Weile, bis der Anwalt zögernd wissen wollte, um was es sich handle. „Aber Herr Dr. Kistner", begann Robert innerlich grinsend. „Sie sollten selbst wissen, daß wir jetzt darüber nicht sprechen können. Bleibt es bei der von mir vorgeschlagenen Zeit? Im Foreigner in Schwabing?"

„Also gut", gab Kistner klein bei. „Ich notiere es mir. Aber wie werde ich Sie erkennen?"

„Machen Sie sich darüber keine Sorgen. Ich kenne Sie sehr gut und werde mich einfach zu Ihnen setzen. – Ach so, noch etwas. Ich bitte darum, daß Sie pünktlich sind. Andernfalls würde ich meine Informationen einer anderen interessierten Quelle geben müssen."

Robert hängte ein, schlug sich vor Freude auf die Schenkel und lachte ungestüm vor sich hin.

Es war ihm gelungen, Kistner an einem wunden Punkt zu berühren. Daß es so einfach laufen würde, hatte er sich nicht vorgestellt. Das bewies natürlich, daß Kistner bis zum Hals in der Sache drinsteckte und genügend Ungemach auf sich geladen hatte, womit er sich eine ständige Gefahrenquelle durch eine eventuelle Enthüllung erschaffen hatte. Robert zweifelte keine Sekunde daran, daß Kistner den Termin einhalten würde. Dieses Prinzip – eine drohende Enthüllung – war immerhin ein Hauptbestandteil des Spiels, das er und seine Verbündeten gegen andere spielten. Nur stand er diesmal auf der falschen Seite.

Vergnügt und mit sich selbst zufrieden erwartete er die Ankunft von Elisabeth und Heidi. Er wollte den Einbruch noch abwarten, bevor er seinen Plan – nach London zu fliegen – den Mädchen gegenüber erwähnte.

Vorsorglich hatte er sich nach den Flugzeiten für Freitag erkundigt. Um sechs Uhr würde eine Maschine gehen, und man riet ihm, sich sofort anzumelden, da er über das Wochenende sonst kaum noch einen freien Platz erhalten würde. Robert willigte ein und versprach, das Ticket noch am selben Tag abzuholen.

Ungewöhnlich locker und gelöst begrüßte er Elisabeth und Heidi, die seine Heiterkeit zunächst mit Mißtrauen betrachtet hatten. Als er ihnen jedoch von seinem gelungenen Plan mit Kistner erzählte, gaben sie sich damit zufrieden, und Elisabeth gratulierte ihm sogar dazu.

„Um ehrlich zu sein, ich hatte etwas Angst, daß du es fertigbringen würdest", gestand sie erleichtert. „Soweit ist alles klar. Wir sprechen jetzt nochmals Punkt für Punkt alles durch. Wie lange glaubst du, Kistner aufhalten zu können?"

„Das kommt darauf an, wie lange ihr braucht", gab Robert selbstsicher zurück. „Wieviel Zeit benötigt er ungefähr vom Foreigner zu seiner Wohnung?"

Elisabeth kramte einen kleinen Notizblock hervor und kaute nachdenklich auf einem Bleistift. „Wenn er nicht wie ein Verrückter fährt, mindestens zwanzig Minuten."

„Also können wir das hinzuzählen. Aber du, wie lange glaubst du zu brauchen?"

Den Blick auf die staubigen Schuhspitzen gewandt, sagte sie: „Das hängt davon ab, wie stabil sein Schreibtisch ist. Womöglich muß ich ihn aufbrechen, und dadurch würde natürlich viel Zeit verlorengehen. Aber du hast recht. Ich muß mir ein Limit setzen. Sagen wir, zwei Stunden. Traust du dir zu, Kistner eine Stunde und vierzig Minuten im Lokal aufzuhalten?" Sie hob das Gesicht und lächelte ihm leicht zu.

Robert grinste. „Warum nicht? Ich laß ihm eine Nachricht zukommen, in der ich ihn für meine Verspätung um Entschuldigung bitte."

„Gut", Elisabeth nickte. „Das müßte klappen. Heidi und ich werden frühzeitig an seinem Haus sein und seine Abfahrt beobachten. Ich müßte dann spätestens viertel nach zehn aus dem Haus wieder verschwunden sein." Und an Heidi gewandt: „Na Kleine, schaffen wir es?"

Heidi drückte nervös ihre Zigarette im Aschenbecher aus und nickte beifällig. Sie schien jedoch nicht in der Lage zu sein, irgend etwas zu sagen, sondern schaute nur aufmerksam auf ihre Freundin.

Robert schnaufte. „Etwas gefällt mir dabei nicht."

Elisabeth stieß ein kurzes Lachen aus. „Glaubst du vielleicht, mir würde es Spaß machen, in die Rolle eines Einbrechers zu schlüpfen?" Wütend warf sie den Notizblock auf den Tisch und fuhr ihn gereizt an: „Für Überlegungen, ob dir das paßt oder nicht, hattest du vorher genügend Zeit. Jetzt ist es zu spät."

„Reiß dich zusammen", erwiderte Robert barsch. „Ich wollte lediglich sagen, daß es mir nicht gefällt, wenn du Heidi so tief mit hineinziehst. Brauchst du sie unbedingt dabei?"

Elisabeth schüttelte den Kopf. „Nein. Sie geht nicht mit ins Haus. Sie wird außen auf der Straße als ein Art Wache bleiben. – Zufrieden?"

„Von mir aus." Robert zuckte mit den Schultern. „Aber irgendeine Absicherung für einen unvorhergesehenen Zwischenfall sollten wir dennoch haben. Was ist, wenn Kistner nun doch nicht kommt?"

„Dann fährt er nicht von zu Hause weg, und wir verschieben alles. Aber es ist vielleicht von Nutzen, wenn du dir die Adresse von Heidi mit deren Telefonnummer notierst." Sie reichte ihm einen kleinen Zettel und forderte ihn auf, die Namen und Zahlen abzuschreiben.

Danach vereinbarten sie, daß sie sich hinterher so schnell wie möglich hier in Roberts Hotelzimmer treffen sollten. Elisabeth wollte ihn morgen abend um acht Uhr nochmals anrufen, um sicherzustellen, daß alles wie geplant ablaufen könnte.

„Und wie soll es hinterher weitergehen?" fragte Robert neugierig.

Elisabeth war aufgestanden und wippte ein paar Mal auf ihren Zehenspitzen. „Das hängt davon ab, was ich finde. Wenn ich einen schriftlichen Beweis erwische, der die Zusammenarbeit von Haag mit der Psychiatrie und womöglich auch mit der Bildungsmafia meines Vaters erkennen läßt, würde ich sofort zur Staatsanwaltschaft gehen. Im anderen Fall müßten wir woanders suchen. Vielleicht bei Haag selbst." Sie ließ deutlich erkennen, daß sie sich durch einen eventuellen Fehlschlag nicht von ihrem Ziel abbringen lassen würde.

Diese Haltung bewunderte Robert an ihr. Bei allem Respekt für ihr Engagement schlich sich jedoch jene Wehmut ein, die er in ihrer Nähe verspürte und die ihn davon zurückhielt, ihr gegenüber seiner Bewunderung Ausdruck zu verleihen. Sie war jung und hübsch und hatte doch so wenig Frauliches an sich. Sie war nicht nur burschikos, nein, sie wirkte sogar ausnehmend hart. Ob sie das erst durch den Umgang mit jenen jetzt verhaßten Personen geworden war, oder ob sie das schon immer an sich hatte, konnte und wollte er nicht herausfinden. Es war schon besser, ihr nichts von seinem Flug nach London zu erzählen.

Elisabeth drängte zum Aufbruch. Da erst fiel es Robert auf, daß Heidi den ganzen Abend noch kein Wort gesagt hatte. „Warum habt ihr's denn so eilig? Wir können doch noch eine Zeitlang zusammensitzen."

„Heute nicht", sagte Elisabeth kurz. „Wir müssen noch einige Dinge vorbereiten. Morgen abend werden wir hoffentlich mehr Gelegenheit dazu haben."

Heidi nickte nur zustimmend und schickte sich an, ihrer Freundin zu folgen. Höflich begleitete Robert sie hinunter und ging dann sinnierend auf sein Zimmer zurück.

Er wollte den morgigen Tag so schnell wie möglich hinter sich bringen. Eigentlich war es ihm völlig egal, wie es ausgehen würde. Für ihn war nur noch der Freitag interessant. Der Tag, an dem er zu Lauretta gehen würde, koste es, was es wolle.

Fieberhaft wartete Robert auf Elisabeths Anruf. Seine anfängliche Ruhe war im Laufe der fortschreitenden Zeit verflogen und machte einer immer größer werdenden Unsicherheit Platz. Zwar wußte er, daß ihm mit absoluter Sicherheit nichts passieren konnte, aber die Tatsache, daß er an einer kriminellen Handlung beteiligt war, trug keineswegs zu seiner Beruhigung bei.

Er drehte sich um und langte nach einer weiteren Zigarette. Als er das brennende Streichholz in den Fingern hielt, bemerkte er, daß seine Hände leicht zitterten. „Verdammte Scheiße!" fluchte er vor sich hin. Es war kurz vor acht, und er holte nochmals das vorgefertigte Entschuldigungsschreiben für Kistner hervor. Darin stand, daß er durch einen unglücklichen Umstand die Verabredung erst eine Stunde später einhalten könne und ihn dringend darum bitte, so lange zu warten. Die Idee, einen Geldschein beizufügen, verwarf er wieder, da ein solches Anbieten eher Mißtrauen erweckt hätte.

Robert hatte sich vorgenommen, den Brief vor dem Eintreffen Kistners im Lokal abzugeben. Dadurch konnte er sich natürlich nicht an einen anderen Tisch setzen, sondern mußte das Lokal von außen im Auge behalten. Sollte Kistner, wider Erwarten, nicht auf den Brief eingehen, hätte er ihn persönlich am Wegfahren zu hindern. Er könnte dann seine frühere Begegnung als Zufall hinstellen und ihn auf irgendeine Weise durch ein Gespräch aufhalten. Erst jetzt fiel es ihm auf, wie dilettantisch alles geplant war und wie viele Risiken dem Zufall überlassen waren. Ein Zurück gab es jedoch nicht mehr, obwohl er sich nichts mehr wünschte.

Fast gleichzeitig mit dem ersten Klingelzeichen hob er den Hörer ab und meldete sich. Es war Elisabeth. Sie fragte nur, ob alles in Ordnung sei, und meinte dann lachend: „Also dann, bis später."

„Tja, bis später", sagte Robert und unterdrückte seine Erregung.

Er telefonierte nach einem Taxi und ließ sich vor das Foreigner fahren. Die Hände in den Taschen, noch unentschlossen dastehend, beobachtete er den Eingang, sah sich prüfend nach links und rechts um und ging dann hinein.

Einem Kellner an der Bar beschrieb er Kistner, so gut er konnte, gab ihm ein kräftiges Trinkgeld und versicherte sich mehrmals, daß dieser den Auftrag mit dem Brief ja ausführe. Dann ging er wieder hinaus und stellte sich wartend in eine Nische auf der gegenüberliegenden Straßenseite. Er hoffte, daß Kistner pünktlich sei und nach Empfang des Briefes nicht sofort wieder nach Hause fuhr.

Kistner war pünktlich. Zwanzig Minuten vor neun betrat er das Lokal. Für Robert brach nun die Zeit der Ungewißheit an. Er schwor sich, daß er nie wieder seine Nase in andere Angelegenheiten stecken würde, wenn er aus dieser Sache heil herauskäme. Seine Armbanduhr zeigte kurz vor neun. Ihm schien es, als sei mindestens schon eine Stunde vergangen. Allem Anschein nach war Kistner auf den Inhalt des Briefes eingegangen und würde drinnen bestimmt genauso unruhig warten wie er hier draußen.

Jeder Gast, der das Lokal verließ, wurde von Robert mit klopfendem Herzen gemustert, wobei er jedesmal erleichtert aufatmete, wenn er feststellte, daß es sich nicht um den Anwalt handelte.

Viertel nach neun. Kistner erschien in der Türe und trat auf den Gehweg. Robert stockte der Atem. Wollte Kistner weggehen? Er mußte etwas unternehmen. Schon war er dabei, die Straße zu überqueren, als er sah, wie dieser stehenblieb und sich nach allen Richtungen prüfend umsah. Mit einem Satz verschwand Robert in seiner Nische. Ein Beben lief durch seinen Körper, und er wagte kaum, den Kopf nach vorne zu strecken. Den harmlosen Fußgänger spielend trat er dann doch hervor und sah gerade noch, wie Kistner in das Lokal zurückging.

Eine Zentnerlast schien ihm vom Herzen zu fallen. Robert wischte sich die Stirne und stellte fest, daß er bereits zu schwitzen begonnen hatte. Wiederholt blickte er auf seine Uhr, die heute abend fast zu stehen schien. Erst fünfundzwanzig nach neun. Vielleicht war Elisabeth auch schon fertig, und er machte sich hier nur unnötige Sorgen. Ein langsam vorüberfahrendes Polizeifahrzeug ließ ihn erneut zusammenzucken.

Womöglich suchen sie mich bereits, schoß es ihm durch den Kopf. Als jedoch nichts weiter passierte, lehnte er sich erleichtert mit dem Rücken an die Wand und war sicher, daß er das meiste überstanden hatte.. Viertel vor zehn. Um diese Zeit hatte er versprochen, im Lokal zu sein. Robert rechnete jeden Augenblick damit, daß Kistner ärgerlich herauskam, um nach Hause zu fahren. Von jetzt an war jede weitere Minute Gold wert. Er hatte sich vorgenommen, sich mit Kistner um ein eventuell bestelltes Taxi zu streiten, falls dieser in den nächsten Minuten wegwollte.

Es war jedoch schon kurz nach zehn Uhr, als der Anwalt ruhig und gelassen das Foreigner verließ und ganz gemächlich die Straße hinunterschlenderte. Wenn er dieses Tempo beibehielt, dachte

Robert, würde Elisabeth noch mehr Zeit als eingeplant zur Verfügung stehen. Hochzufrieden mit dem Verlauf der Dinge ließ er sich zu seinem Hotel zurückfahren.

Kaum hatte er den Fahrer bezahlt und sich herumgedreht, hörte er von rechts seinen Namen. Leise, aber eindringlich rief eine helle Stimme nach ihm. Verdutzt blieb er einen Moment stehen und versuchte, in der Dunkelheit die rufende Person ausfindig zu machen.

„Ich bin's, Heidi", flüsterte die Stimme. „Komm schnell her, ich muß dir etwas sagen."

„Ach du bist es", er erkannte Heidi. „Warum tust du so heimlich. Komm, wir gehen nach oben. Aber...", er hielt ein und suchte aufgeregt nach Elisabeth. „Wo ist Elisabeth?" Seine Stimme klang besorgt.

Er schaute in Heidis blasses und erschrockenes Gesicht und sah an ihren Augen, daß sie lange geweint haben mußte. „Sie wurde gefaßt", schluchzte sie. „Ich konnte nichts dagegen tun." Sie begann wieder zu weinen und drückte sich an seine Brust.

Ein Schock durchfuhr Robert. Teilnahmslos hielt er das Mädchen in seinen Armen und streichelte ihr wie ein Automat den Kopf. Erst lange später fand er wieder zu sich. „Wie ist das passiert?"

Schluchzend und immer wieder die Beherrschung verlierend erzählte ihm Heidi, daß alles so wunderbar begonnen hätte. Elisabeth sei mühelos ins Haus gelangt, und sie habe sich außen auf der Straße versteckt. Ganz plötzlich, es sei noch keine halbe Stunde vorbeigewesen, hätten zwei Streifenfahrzeuge vor dem Haus gehalten, die Beamten seien herausgesprungen und hätten das ganze Haus umstellt. Nur wenige Minuten darauf habe sie gesehen, wie Elisabeth von zwei Beamten geführt in ein Polizeiauto gebracht worden sei, das dann sofort losfuhr. Sie habe noch einige Zeit gewartet und sei dann hierhergekommen.

„Hat man dich gesehen?" wollte Robert wissen.

„Nein, das glaube ich nicht."

„Hast du eine Ahnung, warum plötzlich die Polizei dazukam?"

„Nein."

Robert überlegte einen Augenblick und meinte dann, daß die Nachbarn vielleicht Alarm gegeben hätten. „Nun gut", sagte er. „Wichtig ist, daß man dich nicht gesehen hat. Ich fürchte, für Elisabeth können wir im Moment nichts tun."
„Willst du sie etwa im Stich lassen?" fuhr ihn Heidi schmerzerfüllt an. „Schließlich haben wir ..."
„Sei still!" Robert schrie fast. „Was sollte denn unsere Einmischung für einen Sinn haben? Oder willst du dich als Mittäter freiwillig einsperren lassen?"
Heidi schluckte. „Aber man wird doch automatisch auch nach uns suchen? Sie werden wissen wollen, wer noch dabei war."
„Nein, genau das, glaube ich, wird nicht der Fall sein." Er strich ihr die Haare zurück und sah sie bestimmt an. „Sieh mal, Elisabeth wurde bei einem Einbruch in flagranti erwischt. Ein einfacher Tatbestand. Sie ist klug genug zu behaupten, daß sie nach Wertsachen wie nach Geld gesucht habe, und wird mit Sicherheit jede anderweitige Beteiligung abstreiten. Das gibt für sie zwar eine Strafe, aber sehr hoch dürfte sie nicht ausfallen. Wenn wir uns einmischen, bringen wir uns nur unnötig in Gefahr, denn irgendwelche Wertsachen wurden ja nicht entwendet und sollten auch gar nicht gestohlen werden. Es ging doch nur um eine Information." Er reichte ihr ein Taschentuch und fuhr fort: „Mit dem, was wir wissen, können wir ihr nicht helfen. Ja, vielleicht würde man uns als verrückte Märtyrer betrachten."
„Aber die Leute der Selekta..."
„... die werden sich hüten, auch nur im geringsten darin herumzubohren. Wegen dem Einbruch können sie dir und mir nichts nachweisen, und jeder Vorstoß in diese Richtung würde höchstens ihre eigene Anonymität gefährden."
Heidi starrte mit weitaufgerissenen Augen geradeaus und fragte zaghaft: „Und was soll ich jetzt tun?"
„Du gehst nach Hause. Wohnst du bei deinen Eltern?"
„Nein. In einem Mädchenwohnheim."
„Um so besser. Du kannst ja behaupten, im Kino gewesen zu sein.

Das nächste, was zu tun ist, wäre, daß du zwei Tage abwartest und dann bei Elisabeths Eltern nach ihr fragst. Du mußt dann ein erschrockenes Erstaunen vorspielen und dich danach erkundigen, ob du sie im Gefängnis besuchen kannst. Wir müssen auf jeden Fall wissen, ob Elisabeth etwas gefunden hat oder nicht." Er versuchte, so viel Wärme wie möglich in seine Stimme zu legen.

Heidi nickte artig und wollte wissen, ob er sie bei diesem Besuch begleite.

„Das geht nicht, mein Liebes. Du wirst einsehen, daß wir dadurch nur unangenehme Fragen auf uns laden. Jetzt können wir nicht mehr tun als abwarten. Vielleicht sogar so lange, bis Elisabeth wieder auf freiem Fuß ist."

„Und was machst du?"

Robert zögerte einen Augenblick und sagte dann väterlich: „Ich werde morgen hier ausziehen und dich in einer Woche anrufen. Bis dahin wirst du bestimmt mit Elisabeth gesprochen haben. Erst dann können wir eine neue Entscheidung treffen." Er legte behutsam den Arm um sie und führte sie zu seinem Wagen.

Sie stoppte und schaute ihn zweifelnd an: „Und wo kann ich dich erreichen?"

Er nickte nachdenklich, ehe er sagte: „Ich weiß, daß es nicht fein klingt, aber das kann ich dir nicht sagen. Du weißt, daß ich nur ein Hotel bewohne, das ich morgen wechsle. Ich kann dich nur bitten, mir zu vertrauen." Er nahm ihr Gesicht in beide Hände. „Bringst du das fertig? Kannst du mir so viel Vertrauen schenken, daß ich mich nicht aus dem Staub mache?"

Heidi zuckte mit den Schultern. „Was bleibt mir schon anderes übrig." Es klang resigniert.

Er versprach ihr fest, daß er nicht davonlaufen würde, vermied es aber, seinen Flug nach London zu erwähnen. Es hätte ihr nur unnötige Angst gemacht. Vor dem Wohnheim mahnte er sie nochmals eindringlich, mindestens zwei Tage zu warten, bevor sie mit Elisabeth Kontakt aufnähme.

Alles schien sich gegen ihn verschworen zu haben. Robert war an einem Punkt angelangt, wo er glaubte, die Welt nicht mehr verstehen zu können. Wie konnte es in einem freiheitlichen Rechtsstaat passieren, daß man die eigentlich Schuldigen nicht einfach vor den Richter stellen konnte, indem man freiweg sagte, was sie getan hatten? Sicher, ein Einbruch war eine kriminelle Handlung. Was geschah aber mit den Leuten, die auf legale Weise noch viel schlimmere Verbrechen begingen wie beispielsweise einen brutalen Mord? Konnte es möglich sein, daß diese Verbrecher mit Orden und Ehrungen bedacht wurden, nur weil sie ständig mit dem Finger auf den kleinen Taschendieb zeigten?

War die Menschheit tatsächlich so weit gekommen, daß sie zwischen Gut und Böse nicht mehr unterscheiden konnte?

In dieser Nacht hatte Robert sehr schlecht geschlafen. Immer wieder hatte er sich die Frage gestellt, ob es fair sei, selbstsüchtig nach London zu fliegen, obwohl eine Verbündete von ihm durch einen dummen Zufall im Gefängnis saß. Andererseits sah er auch keine Möglichkeit, ihr irgendeine Hilfe bieten zu können.

Noch vor dem Abflug hatte er die verschiedenen Boulevard-Zeitungen durchgesehen. Natürlich stand noch nichts über den Einbruch geschrieben. Einen Augenblick lang reizte es ihn, bei Kistner anzurufen. Nur so zum Spaß. Was aber, wenn der sein Telefon überwachen ließ oder die Gespräche auf Band aufnahm?

Auch eine Voranmeldung bei Lauretta hielt er für unklug. Womöglich hätte er dort unbeliebte Rädchen ins Rollen gebracht, die bestimmt über die Münchener Ereignisse schon informiert waren. Je mehr er darüber nachdachte, desto klarer und sicherer erschien es ihm, daß eine Frau wie Lauretta bestimmt ebenso ungewollt in diese Kreise hineingeraten war wie er. Natürlich besaß sie einige Merkwürdigkeiten, aber wer hatte die nicht? Ihr wahres Wesen, so glaubte er, zeigte sich immer nur, wenn er mit ihr alleine war. Und dieses Wesen war so lieb, so nett, so wohlwollend. Nein, Lauretta war ebensowenig ein Anhänger dieser verrückten Ideen wie er. Vielleicht hatte sie sich die eigenartigen Verhaltensweisen durch die ständigen Indoktrinierungen dieser Dunkelmänner aufzwingen lassen. Robert war überzeugt, daß er es schaffen würde, alles wieder rückgängig zu machen.

Ein fast heimatliches Gefühl überkam ihn, als er mit dem Terminal-Bus zur Innenstadt fuhr. Hier war er fremd, Gast, aber trotzdem irgendwie zu Hause. Es war erst viertel nach neun, als er am West End in eines der bereitstehenden Taxis stieg und sich zur Elm Park Road fahren ließ. Knapp vierzehn Tage waren vergangen; wäre inzwischen nicht so viel geschehen, er hätte geglaubt, die Zeit sei stehengeblieben.

Mit seinem kleinen Aktenköfferchen in der Hand ging er auf den Eingang zu Laurettas Haus zu. Es war wie immer. Der Vauxhall stand parkend in der Einfahrt, und fast im ganzen Haus brannte das Licht. Für einen Moment blieb er stehen und überlegte, ob er die Klingel läuten sollte. Es schien ihm jedoch ratsamer, zuerst näher heranzugehen, um auf etwaige Veränderungen besser vorbereitet zu sein. Womöglich war Lauretta gar nicht mehr hier, durchfuhr es ihn.

Er kannte eine Stelle, mehr auf der Rückseite des Gebäudes, die man vom Nachbargelände ohne weiteres übersteigen konnte. Dorthin lenkte er seine Schritte und hielt nur einmal an, als im angrenzenden Haus ein Hund zu bellen begann. Im Nu war er über den Zaun gestiegen und schlich vorsichtig auf eines der hell erleuchteten Fenster zu. Es war die Küche, aber niemand hielt sich darin auf. Im dem Moment, wo er zum nächsten Fenster gehen wollte, öffnete sich die Küchentür, und Robert ließ sich flach auf den Boden fallen.

Da erst fiel ihm auf, daß ihn die Person in dem erleuchteten Raum nicht sehen konnte. Langsam und sachte erhob er sich, bis er voll in die Küche schauen konnte. Biggs saß am Tisch und bereitete ein Sandwich zu. Immerhin, sagte sich Robert, wenn Biggs noch da ist, dürfte nicht allzu viel geschehen sein.

Aufmerksam jedes Geräusch vermeidend schlich er sich weiter. Außer Biggs war niemand zu entdecken, und bevor er die Vorderfront erreicht hatte, kehrte er wieder um. Robert war sich unschlüssig, ob er ganz normal an der Haustüre klingeln oder sich vorher besser mit Biggs unterhalten sollte. Er entschied sich für letzteres.

Ganz zaghaft klopfte er mit den Fingernägeln auf die Fensterscheibe. Anscheinend wurde das nicht gehört, denn Biggs fuhr ungerührt in seiner Arbeit fort. Noch einmal, aber energischer, trommelte er gegen die Scheibe. Da drehte Biggs den Kopf herum und starrte ihn erschrocken mit offenem Mund an. Robert deutete ihm mit dem Finger an, still zu sein, aber das war nicht nötig, weil Biggs steif und regungslos mit weit aufgerissenen Augen auf ihn blickte.

Robert winkte ihn, herzukommen und das Fenster hochzuschieben. Wie hypnotisiert folgte Biggs seiner Aufforderung und stammelte ein erstauntes „Mr. Breuer?", als Robert durch das Fenster in den Raum kletterte.

„Ist sie da?" flüsterte Robert und legte ihm freundschaftlich die Hand auf die Schulter.

Biggs nickte. „Ja, sie ist oben." Der ungläubige Ausdruck in seinem Gesicht wich einer befriedigenden Neugier. „Warum sind Sie zurückgekommen? Was wollen Sie?"

„Zunächst möchte ich, daß Sie mir alles erzählen, was sich seit meiner Abwesenheit abgespielt hat." Robert wirkte sehr selbstsicher. Vom oberen Stockwerk konnte er leise melodische Musik hören.

Biggs blieb eine Weile vor sich hinbrütend stehen und schien sich nicht schlüssig zu sein, ob er Roberts Aufforderung nachkommen sollte. „Würden Sie so nett sein und mir sagen, was Sie hier wollen?" sagte er ohne Feindseligkeit.

„Mein Gott, Biggs, muß ich Ihnen das tatsächlich erst erklären?" Der nickte nur und sah Robert abwartend an.

„Wegen ihr!" Er drehte sich um und starrte auf das noch offenstehende Fenster. „Ich hielt die Ungewißheit nicht mehr länger aus und ...", Robert machte eine Pause. „Und weil ich doch mehr an ihr hänge, als ich glaubte." Ruckartig hatte er den Kopf gedreht und blickte fast flehentlich in Biggs Augen.

„Danke", sagte Biggs nur und bat ihn, am Tisch Platz zu nehmen. „Um ehrlich zu sein, ich bin recht froh, daß Sie wieder gekommen sind. Ich habe den Glauben, daß alles wieder in Ordnung kommt, nie aufgegeben. Wissen Sie, seit Lauretta ein kleines Mädchen war, habe ich für sie gesorgt. Sie ist mir ... nun ja, sie ist mehr als meine Arbeitgeberin – wenigstens für mich." Er goß Robert eine Tasse Tee ein und begann sein Verhältnis zu ihr zu erzählen.

Als Lauretta sieben Jahre alt war, sei er zu dem Haus Price gestoßen. Ihr Vater war ein wohlhabender Geschäftsmann, der sich als Großhändler schottischer Spirituosen im Export einen fabelhaften Ruf erworben hatte. Nach dem Krieg, die Wirtschaft hatte sich einigermaßen erholt und Lauretta war elf Jahre alt, war ihr Vater bei einem Autounfall tödlich verunglückt. Ihre Mutter, die schon lange krank war, starb kurze Zeit später. Als habe ihr Vater alles so kommen sehen, hatte er ihn, Biggs, Jahre zuvor gebeten, für immer bei Lauretta zu bleiben. Als Entgelt hatte ihr Vater eine größere Geldsumme in Aktien auf seinen Namen angelegt, durch deren Dividende er mehr als das normale Jahresgehalt hinzubekam. Lauretta war Alleinerbin und bekam einen Treuhänder, der ihre Erbschaft bis heute gewaltig steigern konnte.

„Dann mußte sie also noch nie etwas arbeiten?" warf Robert dazwischen.

Biggs wehrte ab und schüttelte vorwurfsvoll den Kopf. Als sie mit der Schule fertig war und sich nicht für ein Studium entschließen konnte, habe sie in der ersten Zeit ihren Reichtum voll genossen. Zu der Zeit habe sie auch einen jungen Mann kennengelernt, mit dem sie sich ein paar Tage später verlobt hatte. Die Enttäuschung, als sie merkte, daß er nur auf ihr Geld aus war, konnte sie lange nicht verkraften. Immer mehr habe sie sich hier in diese Villa zurückgezogen, bis er ihr eines Tages den Vorschlag machte, ein eigenes Geschäft zu eröffnen. Nur widerwillig stimmte sie zu und kaufte diesen Antiquitätenladen, in dem sie in den ersten Jahren nur mit Verlust arbeitete. So nach und nach sei ihm aufgefallen, daß sie sich merkwürdig veränderte. Obwohl er sie mehrmals versuchte, zur Rede zu stellen, gelang es ihm nicht, herauszufinden, wo und mit wem sie in ihrer freien Zeit verkehrte. Erst vor drei Jahren, sie durchlitt eine Phase tiefster Depressionen, erzählte sie ihm freiwillig alles über diese mysteriöse Gruppe. Er sei wie vor den Kopf gestoßen gewesen und habe sie mehrfach beschworen, sich von alledem zu trennen.

„Aber Sie hatten keinen Erfolg."

„Ja. Aber was noch schlimmer war, sie verlangte, daß ich mitmachen sollte." Er schüttelte verständnislos den Kopf. „Sie sah ein, daß sie mich nicht dazu bewegen konnte, und nahm mir das Versprechen ab, mit niemandem darüber zu sprechen. Ich willigte ein und hoffte nur, daß eines Tages jemand kommen würde, der ihr mehr als all das bedeuten würde." Er blickte Robert gerade in die Augen und sagte zuversichtlich: „Ich hoffe, Sie sind derjenige!"

Verlegen rührte Robert in seiner Tasse. „Und was ist inzwischen geschehen?"

„Nicht viel ... jedenfalls nichts, was Sie nicht sofort wieder in Ordnung bringen könnten."

„Aber meine Anrufe. Sie ..."

„Ach so, Sie müssen entschuldigen." Biggs lächelte. „Zuerst hatte ich Sie im Verdacht, daß Sie ein Mitglied dieser Gruppe seien. Daher mein Mißtrauen. Ich wollte Ihre Verbindung zu ihr unterbrechen. Lauretta ist seit Ihrer Abreise todunglücklich und hat mir erst gestern anvertraut, daß Sie sie am Telefon sprechen wollten. Sie erzählte mir alles und gestand, daß sie nicht in der Lage gewesen wäre, einen Ton zu sprechen."

„Ungeduldig sprang Robert auf. „Heißt das, sie liebt mich?"

„Möglich", meinte Biggs und schmunzelte. „Aber bevor ich Sie gehen lasse, müssen Sie mir Ihr Ehrenwort geben."

„Wofür?" fragte Robert verblüfft.

„Bringen Sie Lauretta aus dieser ganzen Geschichte heraus!"

„Einverstanden!" Robert drückte ihm strahlend die Hand. „Ich selbst habe es schon fast geschafft. – Und wenn ich jetzt ...", er zeigte mit dem Finger nach oben.

„Ja, ich glaube, sie wird sich freuen."

Behutsam, aber mit raschen Bewegungen verließ er die Küche und eilte die große Treppe hinauf. Die Tür zum Wohnzimmer war angelehnt, und ein schwacher Lichtstrahl schien durch den Spalt. Laute, wehmütige Musik erklang aus der Ecke des Plattenspielers, worauf Robert die Türe weiter aufmachte und leise in den Raum trat. Lauretta lag vor dem Kamin und streckte ihm den Rücken zu.

Sie schien zu träumen, da sie eine halbgerauchte Zigarette mit ausgestreckter Hand still über dem Aschenbecher hielt. Noch hatte sie ihn nicht bemerkt, und Robert blieb unschlüssig stehen, berauscht von dem Augenblick, sie wieder zu sehen.

Geschwind lief er einige Schritte auf sie zu, blieb dann aber stehen und rief ganz leise ihren Namen. Unendlich langsam drehte sie ihm das Gesicht zu, auf dem sich zunächst sprachlose Verblüffung in eine ungläubige Freude verwandelte. Als könne sie es noch immer nicht glauben, warf sie sich ganz herum, schluckte und fragte wie betäubt: „Robert?"

Der nickte nur, schlug die Augen nieder und stammelte kaum hörbar: „Ich bin froh, wieder da zu sein." An ihrem überwältigten Gesichtsausdruck konnte er ablesen, wie sehr sie mit ihrer Stimme kämpfte. „Du brauchst jetzt nichts zu sagen", kam er ihr entgegen und kniete sich vor sie hin. „Darf ich...", er streckte zaghaft die Hand nach ihr aus, „darf ich dich in meine Arme nehmen?"

Vor Überraschung gelähmt blieb sie regungslos sitzen. Ihr Mund formte sich zu einem beglückenden Lächeln, und zögernd, fast um Entschuldigung bittend, füllten sich ihre Augen mit Tränen.

Robert zog sie an sich und hielt sie minutenlang in seinen Armen fest. Ihr leichtes Lachen, unterbrochen von gelegentlichem Schluchzen, verstärkte ihre Erregung, die sich nun auf Robert übertrug. Laut lachend schauten sie einander in die Augen, bis sie – zu ihrer Fassung zurückgekehrt – seinen Mund auf ihre Lippen zog, als gelte es, ihn nie wieder auch nur für einen Zentimeter freizugeben.

„Langsam", Robert japste nach Luft. „Mein Gott, du erdrückst mich beinahe", stammelte er überglücklich. „Laß dich zuerst einmal ansehen."

Er kam jedoch nicht dazu. Lauretta warf sich übermütig auf ihn und wälzte sich wie ein ausgelassenes Kind mit ihm auf dem Boden. Erst als sie sich den Arm an einer Tischkante empfindlich anstieß, ließ sie von ihm ab und hielt ihm die schmerzende Stelle hin. Robert rieb sie zärtlich und mußte sich nun seinerseits zurückhalten, aus Freude nicht grob mit ihr umzugehen. „Hast du nicht mehr daran geglaubt, daß ich einmal wieder zurückkommen werde?" begann er milde.

„Nein", sie kuschelte sich an ihn und legte seinen Arm um sich. „Ich habe nicht daran geglaubt... und wagte sogar nicht einmal, darauf zu hoffen. Ich kann es jetzt noch kaum glauben."

„Auf was hast du dann gehofft?" wollte er, sie streichelnd, wissen.

Mit ihren Lippen auf seinem Handrücken spielend gab sie zunächst keine Antwort, sondern zuckte nur leicht mit den Schultern. Dann schaute sie ruckartig auf und sagte schwach: „Ich hoffte nur, daß die Leere, die in mir entstanden war, endlich vergehen würde – egal wie."

Robert grinste. „Glaubst du, ich reiche dafür aus?"

„Schurke!" rief sie auflachend und riß sich von ihm los, um sich dann mit beiden Händen in seine Haare zu verkrallen und seinen Kopf ganz langsam zu sich zu ziehen. Mit einem Schlag ließ sie dann los, verzog gleichmütig ihren Mund und sagte obenhin: „Du hast recht. Was beweist mir, ob du ausreichst?"

Einen Augenblick war Robert verwirrt. Als er jedoch in ihre glückstrahlenden Augen blickte, die abwartend auf ihm ruhten, beugte er sich vor und vergrub sein Gesicht liebevoll in ihren blonden Haaren.

„Robert?"

„Ja?"

„Ich habe noch ein Zimmer frei. Wenn du..."

„Nicht nötig. Ich nehme das alte."

Lauretta lachte und bedeckte sein Gesicht mit Küssen. Übermütig, voll ungezügelter Freude alberten sie miteinander herum, bis sie beide schwer schnaufend einhielten, um wieder zu sich zu kommen.

„Ich muß dir etwas gestehen", sagte sie atemlos.

„Ja?"

„Ich habe ständig gehofft, daß du zurückkommen würdest, aber ich habe nicht daran geglaubt. Obwohl ich dich vergessen wollte, mußte ich jede Sekunde an dich denken. – Meinst du, das hat geholfen?"

Robert wiegte den Kopf hin und her und meinte dann: „Ich weiß nicht. Aber ich glaube, ich hab's gespürt."

Sie küßten sich erneut und beschlossen dann, zu Biggs hinunterzugehen. „Wenn er nicht gewesen wäre", sagte sie kopfschüttelnd. „Ich weiß nicht, was mit mir geschehen wäre."

Robert erzählte ihr, daß er sich vorher mit Biggs unterhalten hatte. Ihm zustimmend nickte sie und meinte, daß er einer der wundervollsten Menschen sei, die sie je um sich gehabt hätte.

Als sie in die Küche eintraten, kam ihnen Biggs mit einem Tablett entgegen. „Ich wollte eben nach oben gehen und das hier servieren", sagte er und deutete mit dem Kopf auf eine Flasche Champagner mit zwei Gläsern.

„Lassen Sie sich nicht aufhalten", rief ihm Robert zu und trat zur Seite. „Nur sollten Sie auch zu so später Stunde nicht nachlässig sein."

„Nachlässig, Sir?"

„Ja, es fehlt ein Glas."

Mit verständnislosem Blick schaute er abwechselnd zu den beiden.

„Es stimmt", sagte Lauretta und stellte ein drittes Glas hinzu. „Würden Sie bitte mit uns auf die Zukunft anstoßen?"

Biggs blieb bolzengerade stehen, zögerte dann unsicher eine Weile und versuchte, seine überraschte Miene hinter einem erfreuten Lächeln zu verbergen. „Sehr nett... danke. Ich nehme an." Dann ging er stolz und aufrecht den beiden voran die Treppe hinauf.

Robert bestand darauf, daß der erste Toast Lauretta gewidmet wurde. Geschickt schnitt er daraufhin Biggs' langjährige Zeit im Hause Price an, worauf dieser bereitwillig einige Possen aus der Erinnerung hervorholte, deren Zeuge er bei Lauretta geworden war. Dabei hob er mehrfach hervor, mit welch unabwehrbarem Durchsetzungsvermögen sie es immer verstanden habe, ihren Willen durchzusetzen. „Nicht immer einfach für einen Mann", sagte er belehrend zu Robert. Sie lachten und scherzten, bis Biggs besorgt zur Uhr schaute und meinte, daß er unter keinen Umständen länger bleiben könnte, da sich seine Frau sonst Sorgen mache.

Als er gegangen war, fragte Robert, ob er noch eine Flasche aufmachen solle, was von Lauretta eifrig bejaht wurde.

„Müde?" fragte Lauretta, als sie Roberts Gähnen bemerkte.

„Nur ein bißchen."

„Nehmen wir die Flasche mit ins Bett?"

„Nein, sonst kommen wir aus dem Herumalbern überhaupt nicht mehr heraus." Er schenkte ihr ein zärtliches Lächeln und setzte sich zu ihr auf den Boden vor dem Kamin.

Keiner sprach ein Wort. Beide spürten, daß sie nicht länger um das eigentliche Problem herumtanzen konnten. Und keiner wagte, den Anfang zu machen. Ihr Schweigen wurde fast unerträglich, so daß Lauretta verzweifelt aufseufzte und sich anschickte, aus dem Raum zu gehen.

„Du willst ins Bett?" fragte Robert, sich ebenfalls erhebend.

Mit einem schmerzlich verlegenen Blick sagte sie entschuldigend: „Noch nicht. Ich will mir nur etwas Bequemeres anziehen."

Robert schien sich damit zu begnügen. Geduldig wanderte er in dem ihm vertrauten Raum umher und überlegte krampfhaft, wie er ohne eventuelle Verletzungen sein Hauptanliegen vorbringen konnte. Er mußte Lauretta aus allem herausreißen: Schließlich wollte er sie auf alle Zeit für sich haben.

Unmerklich war sie neben ihn getreten und umschloß sanft seine Hand. Ihre Lippen setzten zum Sprechen an, schlossen sich aber sofort wieder, wonach sie verlegen den Kopf zu Boden senkte. „Ich weiß, was du willst", begann sie gedehnt. Ruckartig hob sie den Kopf und sagte unvermittelt: „Ich wünsche mir dasselbe!"

„Oh, was meinst du damit?" Robert wirkte überrascht. Sie zögerte eine Sekunde und sprach dann mit melodischer Stimme:

„Auch ich möchte glücklich sein", und setzte schnell hinzu, „mit dir."

Statt einer Antwort fuhr er ihr sanft durch das offene Haar und hauchte ihr einen Kuß auf die Stirne. „Aber einige Dinge sollten wir vorher noch aus der Welt schaffen", meinte er dann mit leichtem Unmut. „Laß uns nicht länger darüber hinwegsehen. Wie hat die Selekta reagiert, auf dich?"

Sie schwieg. Vor sich hinbrütend stand sie stumm da, bis sie Robert leicht zu rütteln begann. „Wir wollen denselben Fehler nicht noch einmal machen. Also, bitte." Sein Ton wirkte dabei auffällig dringlich.

„So gut wie gar nicht", kam es nachdenklich zurück.

„Was heißt das?"

„Na ja, die Selekta hat sich fast nicht gerührt."

„Du meinst...", er überlegte. „Du meinst also, daß man sich nicht mit dir beschäftigt hat?"

„Ich sagte, fast", korrigierte sie ihn.

„Und wie?"

„Letzte Woche war Larsen hier."

„Was wollte der Irrendoktor?"

Lauretta lächelte geheimnisvoll vor sich hin und sagte dann belustigt: „Du wirst es kaum glauben, aber er wollte nur wissen, wie es mir geht. Allerdings hat er geahnt, daß mich Biggs bearbeitet hatte."

Robert setzte die Miene des ständig Verkannten auf und fragte bitter: „Könntest du nicht deutlicher werden, ich verstehe nicht."

„Entschuldige, Liebling", sagte sie beschwichtigend. „Als du weg warst, dachte ich, die Welt würde einstürzen. Ich war so verzweifelt wie nie zuvor und hätte mich ... na ja, auch dazu fehlte mir der Mut. Da ich keinen Ausweg sah, rief ich Biggs an. Er hatte mir schon als kleines Mädchen hilfreich zur Seite gestanden und war der einzige

Mensch, dem ich vorbehaltlos alles sagen konnte. Biggs kam sofort und hörte sich alles geduldig an. Danach fühlte ich mich wesentlich besser." Sie zog ihn zu einem der Sessel und setzte sich auf seinen Schoß. „Allerdings traute er dir nicht und riet mir, mich vorerst nicht mehr mit dir zu beschäftigen. Von deinen Telefonaten erfuhr ich nichts."

Robert schmunzelte. „Meinst du, ich könnte ihm das verzeihen?"

„Oh ja, er hat dabei nur an mich gedacht. - Und dann hat er mir so nach und nach seine Meinung über die Gruppe gesagt. Ich war zunächst schockiert, stellte dann aber mit Bestürzung fest, daß er im Grunde recht hatte."

„Einen Moment." Robert schob einen zweiten Sessel heran und setzte sich ihr gegenüber. „Ich möchte wissen, was er gesagt hat."

Lauretta erzählte ihm dann eine ähnliche, aber durchweg oberflächliche Version, wie er sie von Elisabeth schon kannte. Biggs war der Ansicht, daß die Leute durch ein geistesgestörtes Elite-Denken jeden labilen Menschen – mit genügend finanziellem Rückhalt – unter ihren Einfluß bringen wollten. Er gab zu, daß man die einzelnen Mitglieder auf legale Weise nicht belangen konnte, daß aber gerade dieser Umstand das Schrecklichste an der ganzen Unternehmung sei. Er habe sie beschworen, jeglichen Kontakt auf immer abzubrechen, ansonsten würde er seine Dienste aufgeben müssen, was er nach all dieser Zeit nur mit blutendem Herzen tun könne.

„Hast du auf ihn gehört?" drang Robert in sie.

„Was den Kontakt angeht, ja. Aber der ideelle Hintergrund läßt sich nicht so einfach beiseite schieben." Ihr Lächeln gefror auf ihrem Gesicht. „Ich möchte, aber kann nicht!"

„Okay, dann hör mir mal gut zu." Er zündete sich eine Zigarette an und lehnte sich bequem zurück. „Biggs hatte nicht unrecht. Leider ist dies nur ein ganz, ganz kleiner Teil der Geschichte."

So ausführlich wie nur möglich schilderte er ihr dann sein Zusammentreffen mit Elisabeth und was er von ihr alles erfuhr. Besonders deutlich verwies er auf die Zusammenhänge mit der Psychiatrie und das internationale Bestreben, den Menschen einzuhämmern, sie seien ein Stück Dreck: ein weiterentwickeltes Tier – aber nicht mehr.

„Aber warum gibt es dann auch einige Geistliche in der Selekta?" seufzte sie resigniert.

„Laß dich von ein paar Ausnahmen nicht in die Irre führen", belehrte er sie. „Ich kann aus persönlicher Erfahrung sagen, daß die meisten Pfarrer, gleichgültig, von welcher Konfession, liebe, nette und bewundernswerte Menschen sind. Sie stehen hinter dem, was sie sagen, und stellen Garanten für eine menschliche Zukunft dar. Aber die Kirche kann nicht verhindern, daß sich in ihrer Spitze ein Bazillus breitmacht, den zu entdecken sie nicht in der Lage ist." Und dann voller Entrüstung: „Auch wenn das letzte Beweisstück in München noch fehlt. Wer sein Einmaleins gelernt hat, sieht, was wirklich vor sich geht."

„Was für ein Beweisstück?"

Da erst fiel Robert auf, daß er bisher noch nichts von Elisabeths Verhaftung erzählt hatte. Er holte es schnell nach und bat sie zu verstehen, daß er deshalb unbedingt bald wieder nach Deutschland zurück müsse.

„Lange?" Laurettas Stimme hatte sich gesenkt, und in ihren Augen spiegelte sich eine angespannte Wachsamkeit.

„Das weiß ich noch nicht." Er zuckte bedauernd die Achseln. „Kannst du das nicht verstehen?"

Lauretta stand mit einem Ruck auf, legte die Arme um seine Schultern und drückte ihn behutsam an sich. „Oh doch", flüsterte sie ihm ins Ohr. „Ich habe die Dinge noch nie so klar gesehen wie jetzt. Ich liebe dich und möchte dir helfen."

Ein überwältigender Schauer durchlief Robert und lähmte seine Stimme. Trotzdem fühlte er sich wie befreit. Er konnte ihre letzten Worte kaum glauben und schaute sie fassungslos mit offenstehendem Mund an. „Was hast du da gesagt? Ist das wahr?"

Sie legte ihm den Finger auf die Lippen und nickte stumm. „Schon allein deshalb, weil ich es nicht ertragen könnte, dich weit weg zu wissen."

„Du würdest sogar mit nach Deutschland gehen?"
„Warum nicht? Vielleicht brauchst du mich als Kronzeugen?"
Robert lächelte und zeigte das Gesicht eines entschlossenen Mannes. „Ich bin stolz auf dich."
Er wußte, daß er sie nicht mehr zu beschwören brauchte. Er wußte, daß sie sich schon vor seinem Eintreffen entschieden hatte. Und er wußte, daß seinem heiß ersehnten Wunsch nichts mehr im Wege stand. Von jetzt an würden sie beide das gleiche Ziel verfolgen. Robert war überglücklich, daß ihr Umschwung so schnell und ganz von selbst kam; immerhin hatte er sich auf einen steinigen und mühsamen Weg vorbereitet.
„Ich denke, damit könnten wir ..."
„Morgen, Liebling. Morgen", fiel sie ihm ins Wort und drückte ihm sein Glas in die Hand. „Dieser Augenblick soll nur uns beiden gehören. Komm, laß uns darauf anstoßen."
Sie setzte nicht ab, bis ihr Glas völlig geleert war, und warf es dann mit einem befreienden Freudenschrei auf die gegenüberliegende Wand. „Zum Teufel mit der Selekta und all ihrem Mystizismus", rief sie hinterher. Sie lachte und ging drohend auf ihn zu. „Aber glaube nur nicht, daß ich mich deshalb vollkommen ändern würde. Versuche nie, mich zu zähmen, ich eigne mich nicht für die Dressur!" Provozierend stemmte sie ihre Hände in die Hüften, fuhr mit einer Hand von hinten durch ihr Haar und warf ihm einen verführerischen Blick zu.
Robert schmunzelte zufrieden und spürte, wie es ihm heiß den Rücken hinablief. Das war seine Lauretta, wie er sie liebte. Wild und doch romantisch, brutal und im selben Moment ungemein zärtlich, unschuldig wirkend und mit wenigen Gesten eine mondäne Attraktivität herauskehrend. Die ursprüngliche Faszination hatte ihn wieder voll ergriffen. Gebannt folgte er all ihren Bewegungen, die Herausforderung und Beschwichtigung gleichzeitig auszudrücken schienen.
„Auch einer wilden Katze muß man von Zeit zu Zeit die Krallen schneiden", gab er schnippisch zurück und versuchte, nach ihr zu

langen.

„Untersteh dich", drohte sie scherzhaft herablassend. „Gewöhne dich lieber rechtzeitig daran. Ich will dir gehören, ja, aber betrachte mich bitte niemals als deinen Besitz."

Geheimnisvoll lächelnd war sie langsam, Schritt für Schritt rückwärts gegangen, bis sie die Türe erreicht hatte. Dort blieb sie stehen, gab ihm mit der Hand ein Zeichen, auf seinem Platz zu bleiben, und drehte sich dann ganz allmählich. Kaum hatte sie ihm den Rücken zugewandt, ließ sie mit einem Griff ihr wallendes Abendcape von den jetzt sichtbaren nackten Schultern gleiten, eilte hinaus und schlug die Tür hinter sich zu.

Im ersten Moment wußte Robert nicht, was er tun sollte. Er lauschte, wohin sie gehen würde, konnte aber nichts hören. Mit einem Gefühl des Wohlbehagens erhob er sich und schickte sich an, ihr zu folgen.

Sorgfältig löschte er alle Lichter und trat auf den dunklen Gang hinaus. Es war stockdunkel, selbst der erwartete helle Lichtstreifen an der Tür zum Schlafzimmer fehlte. Sich in der Dunkelheit vorsichtig vorwärtstastend berührte er die Klinke und öffnete ganz langsam die Türe. Der Schein einer Kerze gab ein schwaches, gespenstisches Licht, das von einem golden glänzenden Metall reflektiert wurde. Als er näher hinsah, blieb ihm fast das Herz stehen. Hinter der Kerze stand die blankgeputzte asiatische Götterfigur, die ihn hämisch anzugrinsen schien.

„Soll das ein Scherz sein?" rief er ungehalten zu Lauretta, die in einem weißen, nahezu völlig durchsichtigen Negligé auf der Bettkante saß und unbeweglich auf die Figur starrte.

„Ich wußte noch nicht, was ich mit ihr anfangen sollte. Als Schmuckgegenstand macht sie sich nämlich recht hübsch", sagte sie ruhig und lehnte sich lässig zurück.

„Willst du sie behalten?"

„Nicht unbedingt. Sehr wertvoll ist sie ohnehin nicht. Ich überlaß es dir." Vollkommen desinteressiert ließ sie sich vollends auf den Rücken fallen und schaute gelangweilt zur Decke.

„Dann wirf sie weg."

Kaum hatte er sie dazu aufgefordert, erhob sie sich, ergriff die Figur und warf sie durch das geöffnete Fenster hinunter in den Garten. Zufrieden lächelnd drehte sie sich um und meinte: „Ich hätte es sowieso gemacht. Aber ohne dich, als Zuschauer, hätte ich nur halb soviel Spaß dabei gehabt." Sie warf die Haare in den Nacken und neigte den Kopf zur Seite. „Auf wen wartest du? Ich denke, für heute sind wir vollzählig."

„Warte nur, du Biest!" lachte Robert und wollte sie aufs Bett ziehen.

„Oh nein, nicht mit den Schuhen. Mein Herr!" protestierte sie mahnend. „Würden Sie sich bitte Ihr gutes Benehmen ins Gedächtnis rufen?"

Bereitwillig setzte sich Robert hin und flüsterte: „Selbstverständlich, Madam, aber nur so lange, bis die Garderobe ordnungsgemäß abgegeben wurde." Gerade, als er sich das Hemd über den Kopf ziehen wollte, spürte er, wie sie ihn von hinten umklammerte und ihn laut feixend in die Kissen drückte. „Nein, so warte doch", murmelte er hilflos unter seinem Hemd hervor. Mit einem Ruck wollte er sich gewaltsam von dem Kleidungsstück befreien und zerriß es dabei der Länge nach.

Den verdutzten Augenblick überbrückte Lauretta mit einem triumphierenden Lachen, griff nach einem Teil des Hemdes und schwenkte es jubilierend über ihrem Kopf. „Du hast dich ergeben! Gib zu, daß du mir die weiße Flagge zeigen wolltest!"

„Biest!" preßte er hervor und warf sich auf sie. Aber statt einer heftigen Gegenwehr, wenn auch nur im Scherz, ließ ihn Lauretta widerstandslos gewähren. Wie teilnahmslos blieb sie auf dem Rücken liegen und empfing seine Küsse, die ihr ganzes Gesicht bedeckten. Erst als Roberts Bewegungen ruhiger wurden und er leidenschaftlich seine Lippen mit den ihren verband, umarmte sie ihn und drückte ihn fest an sich. Mit seinen Fingerspitzen fuhr er sanft über ihre Wangen und vergrub seine Hände schließlich in ihrem aufgelösten Haar.

Als er sich kurz aufrichtete, um ihr zu sagen, wie glücklich er sei, sah er ihre feuchten Augen, aus denen zwei Tränen hervortraten. Gleichzeitig überzog ein freudestrahlendes, anmutiges Lächeln ihr Gesicht, das einen wohligen Schauer in ihm verursachte.

„Darf man eigentlich weinen, wenn man so glücklich ist?" flüsterte sie und tastete über seine Lippen. Auf Roberts Nicken hin schloß sie die Augen und meinte: „Kannst du verstehen, womit ich das verdient habe?"

„Laß uns nicht nach dem Grund suchen. Wir wollen das nehmen, was ist. Versuchen wir besser, das gegenseitig zu erhalten." Während dieser Worte hatte er sich herabgebeugt und fuhr mit seinen Lippen über ihr Kinn den Hals entlang. Sie schauderte und krallte sich in seine Schultern. Überaus zärtlich wanderten seine Hände ein paar Mal über den fast unsichtbaren Stoff ihren Körper hinunter, bis sie ihn mit einem fordernden Ruck an sich zog und er sich mit ihr vereinte.

Lange später, sie lagen schwitzend und erschöpft nebeneinander, langte Robert nach ihrer Hand, drückte sie und fragte in die Stille: „Ich habe noch etwas, vor dem zu fragen ich mich fürchte."

Sofort schmiegte sie sich an ihn und sagte: „Bitte nicht. Ich will nicht, daß dieser Augenblick durch irgend etwas gestört wird."

Robert blieb still und dachte nach. Die quälende Besorgnis, die in ihm aufgetreten war, ließ sich jedoch nicht abstellen. Er seufzte laut auf und nahm sie in seine Arme. „Ich muß es wissen, mein Liebes. Vielleicht ist es nur eine lächerliche Idee, aber der Gedanke daran würde auf die Dauer auch diesen Augenblick zerstören."

„Das ist dir schon gelungen", warf sie ihm vor, indem sie ihre Stimme auf ein kaum hörbares Wispern reduzierte.

„Erinnerst du dich noch an das Gargoyle, den Nachtclub?" hob er zaghaft an und fügte hinzu: „Seit damals schleppe ich eine schreckliche Idee mit mir herum."

„Ich weiß nicht, was du meinst", sagte sie leichthin, konnte aber nicht verhindern, daß er das Zucken bemerkte, das durch ihren

Körper rann. „Was soll damit sein?"

„Ich lief damals hinaus, um dich zu suchen, und wurde dabei Zeuge dieses gräßlichen Mordes. Um ehrlich zu sein, ich hatte dich von Anfang an in Verdacht. Bestärkt wurde diese Idee, als ich von der Selekta diesen verrückten Auftrag bekam." Er richtete sich auf und zwang sie, ihm ins Gesicht zu schauen. „Sag mir, war das deine Aufgabe?"

Erschrocken blickte sie ihm in die Augen, nickte kurz und schüttelte dann energisch verneinend den Kopf. „Ja und nein, aber glaube mir, ich habe sie nicht umgebracht", beschwor sie ihn flehend.

„Was heißt das?"

Lauretta druckste eine Weile verlegen herum, bevor sie gleichmütig zugab: „So etwas Ähnliches war meine Aufgabe. Aber ich hätte es nie fertiggebracht, glaube mir. Es ... es war ein Zufall ... eine günstige Gelegenheit ... ich habe nichts damit zu tun."

„Was war daran so günstig?" Roberts Stimme wirkte hart und unerbittlich.

„Warum quälst du mich damit?"

„Kannst du nicht verstehen, ich muß es einfach wissen!"

Resigniert wandte sie den Kopf ab. „Es tut mir weh, darüber zu sprechen. Seit meiner Kindheit habe ich in allen wesentlichen Punkten versagt – sogar bei der Selekta. Ich war auch dort nicht ehrlich." Sie stöhnte und atmete tief durch. „Wenn du so willst, ließ ich mir diesen Mord auf meinem Konto gutschreiben. Ich hatte wirklich nichts damit zu tun, sondern gab das nur vor. Biggs ist mein Zeuge. Ich saß die ganze Zeit bei ihm im Wagen und zitterte vor Angst. Als dann diese grausige Tat geschah, glaubte ich an eine glückliche Fügung und meldete sie beim Rudra der Selekta." Ihre Stimme war schwächer geworden, und kleinlaut fügte sie hinzu: „Es ist die Angst, immer zu versagen, die mir so wehtut, wann immer ich daran erinnert werde."

Robert stöhnte erleichtert auf. Es schien, als sei ihm eine Zentnerlast vom Herzen gefallen. Liebenswürdig streichelte er ihr über den Kopf und sagte: „Das war das Schönste, was du mir heute gesagt hast!"

„Meinst du?" sagte sie zweifelnd.

„Ja, du hast zum ersten Mal gesagt, was dich ernsthaft bedrückt. Ich danke dir." Damit zog er sie an sich und hielt sie lange ganz fest an sich gedrückt. Er genoß die Wärme ihres Körpers, der allmählich immer stärker zu vibrieren begann. „Oh, Liebling", stammelte er, „ich weiß jetzt, daß ich dich wirklich liebe."

„Wußtest du das vorher nicht?"

„Ich war mir nicht ganz sicher. Aber jetzt, da du mir dein volles Vertrauen geschenkt hast, gibt es nichts, von dem ich mehr überzeugt wäre." Er begann zu lachen und strahlte sie freudig an.

Lauretta stimmte mit ein und übersäte ihn mit Zärtlichkeiten. „Und... und du ... du verachtest mich wirklich nicht wegen dieser Schwäche?"

„Welche Schwäche, mein Liebling? Spürst du nicht, daß wir dadurch noch mehr und fester zusammengewachsen sind?"

Statt einer Antwort zog sie die Decke über sich und ihn, kuschelte sich an ihn und wisperte: „Halte mich fest, ganz fest. Ich glaube, ich muß sonst zerspringen vor Glück."

Robert tat sofort, was sie verlangte, und verweilte lange Zeit im Taumel des Glücks, der sie beide erfaßt hatte, bis sie eng umschlungen in Schlaf fielen.

Roberts Hand tastete suchend den Platz neben sich ab. Lauretta war nicht da. Er öffnete die Augen, schloß sie aber gleich darauf wieder, da ihm das blendende Tageslicht wehtat. Ein Blick auf seine Uhr zeigte ihm, daß es schon kurz vor Mittag war. Laut gähnend und immer noch müde erhob er sich und schaute zum Fenster hinaus.

Was für ein Tag mochte heute sein? In letzter Zeit hatte er sich öfter dabei ertappt, daß er jegliches Zeitgefühl - besonders für die Wochentage - verloren hatte. Unter der Dusche fiel ihm auf, daß ihn Laurettas Verschwinden in keiner Weise beunruhigte oder er sich gedrängt fühlte, nach einem Grund zu suchen. Seit gestern hatte sich ihr Verhältnis schlagartig verändert – und es war gut so.

Einigermaßen erfrischt ging er zur Küche hinab und wunderte sich, daß auch von Biggs weit und breit nichts zu sehen war. Er schaltete das Radio ein und begann sich sein Frühstück zuzubereiten. Als er fertig war und sich eben eine Zigarette anzünden wollte, hörte er, wie die Hintertüre aufging und jemand hereinkam. Es war Biggs.

„Oh, Sie sind schon auf. Warum haben Sie nicht nach mir gerufen? Ich habe nur im Garten gearbeitet", erläuterte Biggs vorwurfsvoll.

„War nicht nötig", meinte Robert abwinkend. „Ich kam auch so zurecht. – Wo ist Lauretta?"

„In ihrem Geschäft. Sie wollte Sie nicht aufwecken und bat mich, Sie nicht zu stören."

„Dann ist heute doch Samstag", murmelte Robert vor sich hin und blickte kurz zu Biggs' bestätigendem Nicken. „Was halten Sie davon, wenn ich hinfahre?"

„Ja, warum nicht?"

Biggs erkundigte sich noch, ob er ihm ein Taxi rufen solle, was Robert verneinte, da er glaubte, daß ihm ein Spaziergang ganz gut tun würde. Genüßlich sog er die frische Luft in seine Lungen und schlenderte gemütlich die von Bäumen umrahmten Straßen entlang. Er schmunzelte innerlich, als er daran dachte, wie er vorhin vergebens nach der Figur im Garten gesucht hatte. Bestimmt hatte sie Lauretta selbst entfernt.

Keine hundert Meter vor sich sah er die leuchtend rote Markise, die zu ihrem Geschäft gehörte. Kurz entschlossen lenkte er seine Schritte jedoch auf die andere Straßenseite. Es schien ihm nicht nötig, unmittelbar zu ihr zu gehen. Hier in Chelsea, mit seinen unzähligen Buch- und Antiquitätenläden, mit von Studenten übervölkerten Straßencafés, mit all den Kuriositäten, die man sonst nirgends erstehen konnte, hier gab es unheimlich viel zu entdecken.

Gut eine Stunde war er ziellos hin und hergebummelt, ohne etwas Besonderes zu suchen, ehe er es für angebracht hielt, wenigstens guten Tag zu sagen. Mit einem lauten „Hallo" betrat er ihr Geschäft und sah auch schon, wie sie ihm lächelnd entgegenkam.

Trotz einem älteren Kundenehepaar, das ihnen entrüstete Blicke zuwarf, küßten sie sich herzlich und warfen sich gegenseitig vor, den anderen um den Schlaf gebracht zu haben. Lauretta überließ die Kundschaft Tiggling und zog Robert zu sich in das kleine Büro.

„Bist du wieder unternehmungslustig?" fragte sie gutgelaunt.

Robert versicherte, daß er sich noch nie stärker gefühlt hätte als heute. Auf seine Frage, wie lange sie hier noch auszuharren hätte, meinte sie, daß sie sich sofort ins Wochenende stürzen könnten, ihre starke Kraft – Tiggling – würde gut alleine zurechtkommen.

„Weißt du was?" sagte sie außen auf der Straße. „Ich schlage Biggs vor, daß er uns nach Brighton fährt. Ich glaube kaum, daß wir dieses Jahr noch viele Sonnentage haben werden, und von einem Abend am Meer mit dir habe ich schon so lange geträumt." Sie hakte sich vergnügt bei ihm unter und zog ihn regelrecht mit sich.

„Und wenn Biggs nicht will?" warf er zweifelnd ein.

„Dann werde ich selbst fahren."

„Du meine Güte. Ich dachte, du liebst mich?"

„Aber natürlich", sei hielt ein und lachte schelmisch. „Du kennst doch das Wort: bis daß der Tod euch scheidet!"

Er ging auf ihren Scherz ein, umarmte sie und gab ihr einen flüchtigen Kuß auf die Wange. Biggs war begeistert von Laurettas Vorschlag und bereitete sofort alles vor.

Man spürte deutlich, daß der Sommer seinem Ende zuging. Zwar standen vor den Hotels am Strand noch all die Stühle und Tische, die zu einem Verweilen im Freien aufforderten, aber nur hie und da saßen ein paar Unentwegte, die dem frischen Wind trotzten und sich nicht von der behaglichen Wärme im Inneren der Lokale anziehen ließen.

Zuerst hatten Lauretta und Robert beschlossen, wie auf Guernsey, einen barfüßigen Bummel entlang des feinen Sandstrands zu machen. Als ihnen jedoch schon auf der Promenade die merkliche Kühle die Temperatur des Wassers vorhersagte, entschieden sie sich für ein gemütliches Speiselokal, von wo aus sie den trotz allem unaufhörlich pulsierenden Menschenstrom beobachten konnten. Biggs hatte sich diskret entschuldigt und wollte sie später wieder abholen.

Lauretta schien glücklich wie lange nicht zu sein. Ausführlich verlor sie sich in kleine Details, die ihre gemeinsame Zukunft betreffen würden. Das herausfordernde Lächeln, das ihre Züge für immer in Besitz genommen zu haben schien, unterstrich sie mit nachdrücklichen, aber doch nicht zu heftigen Gesten, wobei sie häufig die Spitzen ihrer Finger über seinen Handrücken gleiten ließ.

Sie hatte eben damit begonnen zu erzählen, was sie mit dem Geschäft im Sinn hatte, als sie jäh ihren Satz abbrach und Roberts Hand krampfhaft umklammerte.

„Was ist?" fragte Robert erschrocken und blickte in ihr plötzlich wie versteinertes Gesicht, das auffallend blaß wurde.

„Dort drüben", sagte sie, „halt, nicht hinschauen. Mr. Harvey, du kennst ihn vielleicht noch."

„Woher?"

„Erinnerst du dich noch an die vier Herren, die mich einmal besucht hatten? Er ist einer davon. Ich könnte schwören, er ist nicht zufällig hier." Sie bemühte sich, ihre Stimme fest wirken zu lassen.

„Wie kommst du darauf?"

Ihre Augen weiteten sich etwas, und gleichzeitig stammelte sie: „Dreh dich nicht um. Er kommt zu unserem Tisch. Bitte", sie sah ihn flehend an. „Bitte überlasse ihn mir."

Harvey war an ihren Tisch getreten, verbeugte sich höflich und meinte, daß er sich freue, sie beide hier zu sehen. Erst jetzt drehte sich Robert um und erkannte einen der vier älteren Herren wieder.

Sich etwas nach vorne zu Lauretta beugend sagte Harvey: „Meine Freunde und ich würden Ihnen gerne morgen abend für ein paar Minuten unsere Aufwartung machen. Ich hoffe nicht, daß wir sie belästigen – es dauert wirklich nur einen Augenblick."

Lauretta blieb stumm, sah ihm jedoch gerade in die Augen. „Wann werden Sie kommen?" Es klang unglaublich kühl.

„Sagen wir, sieben Uhr?" Harvey war von Laurettas Reaktion sichtlich überrascht. Etwas unbeholfen massierte er sein Kinn und suchte nervös nach ein paar überleitenden Worten, da ihn Lauretta nur mit ihren Augen fixierte. Dann sagte er gezwungen: „Ich hoffe, das ist Ihnen recht." Es schien, als würde er sich für seine Dreistigkeit entschuldigen.

Ihn nicht aus den Augen lassend nickte Lauretta ganz kurz, aber heftig und wandte sich wieder Robert zu, der die ganze Zeit so getan hatte, als nähme er von Harvey keinerlei Notiz.

Beleidigt und verärgert zugleich drehte sich Harvey um und ging grußlos zu seinem Tisch zurück.

„Was soll das bedeuten?" begann Robert.

„Ich nehme an, sie wollen mich einschüchtern", sagte Lauretta herablassend. Mit wenigen Worten erklärte sie ihm, daß Harvey zu einer Art Komitee der Selekta gehöre, das die sogenannte Öffentlichkeitsarbeit unter sich habe. Mitglieder, die abspringen wollten, würden von dieser Gruppe massiv unter Druck gesetzt. Wie das geschehe, wisse sie selbst noch nicht, man würde sie jedoch darüber bestimmt nicht lange im unklaren lassen.

„Kann ich dir helfen?" fragte Robert.

„Du hast mir schon geholfen", erwiderte sie lächelnd.

„Ich? – Wie?"

„Es genügt, daß du bei mir bist. Ich fühle mich so unglaublich stark. Deshalb möchte ich auch, daß du mich das alleine ausfechten läßt. Wenn du so willst ... ich will mich vor mir selbst beweisen." Mit hocherhobenem Kopf prostete sie in Richtung Harvey und sagte: „Schwein!"

„Wirst du sie empfangen?"

„Natürlich!" versicherte Lauretta. „Selbst wenn du und Biggs nicht im Haus wären. Dann", sie machte eine Pause, „allerdings nur notgedrungen."

Robert nickte bedächtig. Es freute ihn zu sehen, wie sich Lauretta Stück für Stück durch alles durchrang. Daß sie noch einmal umfallen würde, hielt er für ausgeschlossen. „Und von mir wollen sie nichts?" sagte er beiläufig.

„Ich glaube nicht. Wenigstens nicht in England. Als Ausländer bringst du ihnen hier zu viele Schwierigkeiten. Behörden, Auswärtiges Amt und ähnliches." Mit einer raschen Handbewegung schien sie alles vom Tisch zu wischen und schenkte ihm wieder ihr inzwischen vertraut gewordenes Lachen.

Tatsächlich brachte sie es fertig, daß sie den ganzen Abend über nie wieder dieses Thema berührten. Sie entwarf großartige Pläne, die fast nur Vergnügen zum Inhalt hatten, ging ganz flüchtig über ihre gemeinsame Arbeitsteilung hinweg – Robert sollte selbstverständlich bei ihr im Geschäft mitarbeiten – und fragte ihn dann urplötzlich, fast wie im Scherz: „Könntest du dir vorstellen, mit mir verheiratet zu sein?"

Unsicher geworden, ob sie ernst gemacht hatte, schwieg Robert eine Weile. Dann nahm er ihre Hand, berührte sie sanft mit seinen Lippen und sagte: „Warum nicht?"

Laurettas Züge hellten sich auf. Jener geheimnisvolle Schimmer trat wieder in ihre Augen: verträumt, wohlwollend, melancholisch und heiter zugleich. Sie mußte einige Male schlucken, ehe sie ihm ein leises „Danke" hinüberhauchte.

Auf der Rückfahrt sprachen sie nur wenig miteinander. Lauretta schmiegte sich an Robert und legte ihren Kopf auf seine Brust. Biggs freute sich über die spürbare Harmonie und fragte nur einmal kurz: „Hat Ihnen Brighton gefallen, Sir?"

„Ja, sehr hübsch."

Zuallererst durchfuhr ihn ein Schreck, dann wischte er sich mit den Händen über die nassen Augen und richtete sich grimmig auf. „Du bist gemein!" Verbittert langte er nach dem Handtuch, das ihm Lauretta lachend entgegenhielt, und trocknete sich damit sein Gesicht.

Sie spitzte unschuldig die Lippen und hielt noch das nasse, tropfende Tuch, das sie ihm über den Kopf gelegt hatte, und meinte: „Aber irgendwie muß ich dich doch wach bekommen. Nun steh endlich auf, die Eier sind schon fast kalt." Dabei zog sie ihm die Decke weg, noch ehe er eine Chance hatte, danach zu greifen.

Roberts Augen blitzten gereizt. Mißmutig erhob er sich, warf sich den Morgenmantel über und stolzierte hinüber zum Frühstückstisch. Immer noch halb verschlafen streckte er fordernd seine Tasse aus und wartete darauf, bis sie ihm einschenkte. Als sich nichts rührte, blickte er protestierend auf und sah Laurettas leicht lächelndes Gesicht.

„Willst du mir nicht zuerst guten Morgen sagen?" fragte sie fröhlich.

„Schönen nassen guten Morgen", brummte er und winkte mit der Tasse.

„Aber nein, ich habe es anders in Erinnerung", beharrte sie.

Sich träge dazu zwingend stand Robert auf und ging um den Tisch herum zu ihr und streckte seine Lippen einem Kuß entgegen. Statt dem erwarteten weichen Mund spürte er plötzlich, wie sich eine Hand in seine Haare verkrallte. Mit einem heftigen Schwung stieß sie sich vom Stuhl ab, umklammerte ihn gleichzeitig mit beiden Armen und wälzte sich laut auflachend mit ihm auf dem Boden. Er konnte nun nicht anders als mitmachen und fand mit einem Mal Gefallen an ihrer verrückten Idee. Sich scherzhaft balgend neckten sie einander, bis sie beide außer Atem voreinander knieten und lauthals herauslachten.

Robert rutschte näher zu ihr hin und begann langsam, ihren Morgenmantel von den Schultern zu schieben. Zärtlich küßte er ihr Wangen, Hals und Nacken und ließ seine Lippen langsam über ihre festen Brüste hinabwandern. Lauretta blieb still und fuhr ihm mit den Fingerspitzen durch die Haare. Als er sie sanft nach hinten drückte, umklammerte sie ihn leidenschaftlich und flüsterte leise, daß sie ihn nie mehr loslassen wolle.

Etliche Zeit später, er fuhr ihr liebkosend den Rücken entlang, sagte er mit mildem Tadel: „Nun dürfte auch noch der Tee kalt geworden sein."

Ihm freundlich zunickend stand sie auf und schickte sich an, in die Küche zu gehen. „Willst du dir nicht etwas überziehen?" rief er ihr nach.

„Nur wenn dich mein Anblick stört", erwiderte sie über die Schulter hinweg.

Robert schüttelte den Kopf.

Die bewundernswerte Ruhe, mit der Lauretta die Ankunft ihrer Gäste erwartete, überraschte Robert. Lange hatte er mit sich gekämpft und wollte ihr mehrmals antragen, ihn bei der Unterredung dabeisein zu lassen. Aber dann war er sich sicher, daß er ihre wieder selbst zurückgewonnene Sicherheit und Selbstachtung nicht stören durfte. Die Zeit ihrer Teilnahmslosigkeit, jenes stumme und bereitwillige Dahinsiechen, war offensichtlich vorbei. Sie hatte wieder gelernt zu hoffen, zu träumen und zu wagen. Und merkwürdigerweise hatte er von Anfang an keine Sorge um sie verspürt.

„Werden sie pünktlich sein?" fragte er halblaut.

„Natürlich."

„Du wirst es kurz machen?"

„Ja, sehr kurz", meinte sie bestimmt.

Um den äußeren Eindruck ihrer Entschlossenheit zu unterstreichen, hatte sie sich sorgfältig zurechtgemacht. Die Haare wieder einmal streng nach hinten zusammengesteckt, das Make-up so unauffällig wie möglich und ausnehmend blaß wirkend aufgetragen und ein schon nahezu gouvernantenhaftes Kostüm gewählt, das ihr eine Strenge verlieh, die jedes zutrauliche Gefühl im Keim zu ersticken schien.

Das sanfte Knirschen des Kieses unter den Rädern eines schweren Wagens ließ sie beide aufhorchen. Kurz darauf hörten sie, wie einige Türen zugeschlagen wurden, und Lauretta ging auch schon mit festem Schritt und eiskalter Miene die breite Treppe hinunter. Robert zog sich ins Schlafzimmer zurück, achtete aber darauf, daß die Türe nur angelehnt blieb. Er hörte, wie sie sich begrüßten und sie dann von Lauretta gebeten wurden, nach oben zu gehen.

Kaum hatte sich die Tür zum Wohnzimmer hinter ihnen geschlossen, hielt es Robert nicht mehr länger auf dem Bett, und er eilte, jedes Geräusch vermeidend, hinaus auf den Flur, wo er sich bemühte, nach einigen Gesprächsfetzen zu lauschen.

Aber selbst bei größter Anstrengung konnte er nichts hören. Verbittert und etwas nervös ging er hinunter ins Foyer und ließ sich in einen der dick mit Leder bezogenen Sessel fallen. Er kam nicht einmal dazu, sich eine Zigarette anzuzünden, als er oben hörte, wie mehrere Personen aus dem Wohnzimmer traten.

„Ich hoffe, Sie haben sich das gut überlegt, teure Freundin", mahnte eine verhaltene Stimme. „Sollten Sie Ihren Entschluß doch noch ändern, worauf wir alle hoffen, geben Sie uns bitte umgehend Bescheid."

„Wenn Sie mir nicht trauen", Laurettas Stimme klang scharf und schneidend, „dann wäre es besser gewesen, Sie hätten sich diesen Weg erspart."

Etwas verwundert blieben sie unten einen Moment vor Robert stehen. Harvey gab sich einen Ruck, stieß abfällig die Nasenluft aus und sagte dann: „Besonders für Sie, Sir. Überlegen Sie sich gut, wohin Sie den Fuß beim nächsten Schritt setzen." Er bemühte sich darum, bedrohlich zu wirken.

Robert sog angeekelt die Luft ein und wollte eben sagen, daß er sich diese Stelle schon ausgesucht habe und sie nicht weit unterhalb des Rückgrats sein werde, als er sich im letzten Moment bremste und überaus ruhig, aber abfällig sagte: „Achten Sie beim Hinausgehen auf die Stufen. Sie sind frisch gebohnert!" Dann sprang er auf, drehte sich um und ging ohne jedes weitere Wort nach oben.

Bald darauf kam Lauretta schmunzelnd nach und wurde von ihm sofort mit Fragen bestürmt. Statt ihm zu antworten schüttelte sie nur in einer stoischen Art ihren Kopf, wobei sie ihr geheimnisvolles Lächeln beibehielt. „Es gibt nichts zu erzählen", meinte sie gelassen.

„Aber sie wollten doch etwas", beharrte Robert.

„Möglich."

„Und?"

„Sie kamen nicht dazu."

„Was heißt das?"

„Bevor ich sie zu Wort kommen ließ, habe ich ihnen unmißverständlichklargemacht, daß für mich die Sache abgeschlossen sei. Du hättest Harvey sehen sollen", sie lachte vergnügt vor sich hin. „Als er zum Reden ansetzte, schnitt ich ihm das Wort bei offenstehendem Mund ab, reichte ihm die Hand und wünschte noch einen guten Abend."

Kopfschüttelnd meinte Robert: „Und sie ließen das so einfach geschehen?"

„Warum nicht?" Sie zog die Jacke aus und löste ihr Haar. „Im Grunde genommen sind sie jetzt genauso gelähmt wie wir. Das heißt nicht, daß sie ihre Unternehmungen einstellen, aber ein legaler Racheakt käme ihnen nicht nur ungelegen, sondern würde ihre ganzen Absichten in Gefahr bringen."

„Wie das?"

„Weil ich sie belogen habe. Ihr einziges Druckmittel wären meine ungesetzlichen Handlungen gewesen, aber gerade die habe ich Gott sei Dank nur vorgetäuscht. Außerdem sehen sie in dir als Zeugen ein weiteres Hindernis, und was könnte schlimmer sein, als sich verteidigen zu müssen?" Sie schleuderte ein Kissen auf mich. „Siehst du, so, wie du jetzt die Arme zum Schutz emporgehoben hast, so mußten wir das bislang vor der Selekta tun, ohne die Chance zu haben, selbst ein Kissen zu schleudern. Aber jetzt haben sie Angst vor Enthüllungen und stehen schon mit erhobenen Armen bereit, um jegliche Angriffe erfolgreich abzuwehren. Und in dieser Situation wäre es tödlich, die absolut funktionierende Verteidigung zu entblößen, nur um einen mehr als fragwürdigen Angriff zu starten. Da verhalten sie sich lieber ruhig und warten ab."

„Meinst du wirklich?" fragte Robert unsicher.

„Aber ja, sie haben keine andere Wahl." Sie tänzelte auf ihn zu und biß ihm scherzhaft in die Nase. „Wir haben zumindest gleichgezogen. Zwar dürfte es unmöglich sein, ihr Abwehrbollwerk zu durchbrechen, aber das sollte uns genügen."

Bei ihren letzten Worten schoß Robert die Erinnerung an Elisabeth in den Kopf. War sie in diesem Abwehrbollwerk gefangen? Mein Gott, was würde dann mit ihr geschehen? Erschrocken blickte er sie an und sagte, daß er sofort in München anrufen müßte. Lauretta wirkte konsterniert und zeigte einladend auf das Telefon.

Aufgeregt und nervös wählte er die Vermittlung und gab Heidis Nummer durch. Unruhig ging er im Zimmer auf und ab, sprach kein Wort und wartete nur ungeduldig, bis die Verbindung zustandegekommen war.

Lauretta musterte ihn sorgenvoll. Zwar konnte sie kein Wort von dem verstehen, was er in seiner Heimatsprache mit Heidi besprach, aber aufgrund seiner Reaktion konnte sie erkennen, daß es keine guten Nachrichten sein konnten.

Resigniert legte Robert den Hörer auf, drehte sich um und schaute sie mit ungläubigem Entsetzen an. Er war bleich geworden. Ganz langsam ging er zu ihr hinüber und ließ sich schwer auf einen Stuhl neben sie fallen, mit den Händen das Gesicht bedeckend.

Ohne sie anzublicken sagte er mit zittriger Stimme: „Elisabeth wurde auf Antrag ihres Vaters in eine psychiatrische Klinik zur Beobachtung eingewiesen."

VII

In den vergangenen drei Tagen hatte es Robert kaum noch in London gehalten. Immer ungeduldiger hatte er darauf gedrängt, sofort nach München zu fliegen, da er es alleine Heidi gegenüber schuldig sei, ihr seine Hilfe anzubieten. In langen Debatten hatte ihm Lauretta versucht klarzumachen, daß er so oder so nichts ausrichten könne und er besser daran täte, hier in England zu bleiben. Sosehr sie sich auch bemühte, ihn umzustimmen, er blieb bei seinem Entschluß und bat sie lediglich, ihn zu begleiten.

Bereitwillig hatte sie zugestimmt und saß nun gespannt und voll unangenehmer Erwartungen neben ihm in der Maschine. Seit dem Abflug hatten sie nur wenige Worte miteinander gewechselt. Jeder war mit seinen eigenen Gedanken beschäftigt und vermied es sorgfältig, den anderen darin zu stören.

„Willst du sie noch heute abend treffen?" fragte sie zaghaft.

„Ich will es auf jeden Fall versuchen. Du mußt aber nicht mitkommen, wenn du lieber im Hotel bleiben willst."

„Was glaubst du wohl, warum ich mitgekommen bin? Meinst du, es geht mir darum, in Deutschland alleine in einem Hotelzimmer herumzusitzen?"

„Entschuldige", sagte er beschwichtigend. „Ich bin etwas durcheinander. Wie lange fliegen wir noch?"

„Höchstens noch zwanzig Minuten."

„In einer Stunde nach der Landung könnten wir in unserem Hotel sein. Dann wäre es kurz nach neun. Ich werde dann sofort in ihrem Wohnheim anrufen und sie bitten, zu uns zu kommen."

Lauretta schwieg. Sie hatte es offenbar aufgegeben, ihm zu widersprechen oder mit eigenen Vorschlägen zu kommen. Robert war sich der angespannten Situation voll bewußt und trotzdem ohnmächtig, etwas dagegen zu unternehmen. Irgendwie bedauerte er es, aber dieses Gefühl, das er mehr und mehr Verantwortung zu nennen begann, ließ ihn nicht mehr los. Elisabeth ist in der Anstalt! Hätte er es verhindern können? War er mitschuldig?

Er wollte nichts anderes als Antworten auf diese Fragen. Fast unterwürfig wandte er sich an Lauretta: „Bereust du es, mitgekommen zu sein?"

Nach einem langen, prüfenden Blick schüttelte sie den Kopf und sagte: „Ich glaube, dich zu verstehen."

Dankbar lächelte er ihr zu und lehnte sich in seinem Sitz zurück. Er wunderte sich, wie schnell die Rollen im Leben wechseln konnten. Noch vor wenigen Tagen war er die selbstsichere, alles kontrollierende und in Ordnung bringende Person, die sich aber heute schon in die Enge getrieben fühlte und nun ihrerseits nach Trost und Beistand verlangte. Er war froh, Lauretta bei sich zu haben, und gestand es ihr auch offen ein.

Sie schenkte ihm ein freudiges Lächeln und legte ihre Hand in die seine. „Das war nett, mir das zu sagen."

Alles hatte wie geplant geklappt. Von einem Hotel im Stadtteil Solln aus rief Robert Heidi an, die versprach, umgehend mit einem Taxi zu ihm zu kommen. Von Lauretta hatte er nichts erwähnt.

Schon unten in der Rezeption hatte Robert alle Mühe, Heidis angestaute Empörung zu bremsen und ihr mahnend aufzuerlegen, daß sie bis zu seinem Zimmer still sein solle. Heidi war völlig außer sich und stammelte ständig etwas von dreckigen Verbrechern und Schweinen, die sie trachte, noch eigenhändig umzubringen.

Als ihr Blick auf Lauretta fiel, stockte sie und drehte sich entrüstet zu Robert um. „Was will die hier?"

„Darf ich vorstellen", begann er höflich. „Miss Lauretta Price. Ich habe sie aus England mitgebracht."

„England?"

„Ja, ich war die vergangenen Tage dort."

„Das sagst du mir erst jetzt?" fuhr sie ihn böse an.

„Na und, das hätte an der Situation doch auch nichts geändert. Im übrigen steht sie auf unserer Seite, spricht allerdings kein Wort Deutsch." Er deutete ihr an, sich zu setzen, und beobachtete sie eine Weile.

Heidi musterte Lauretta kritisch, schaute dann abwechselnd zu

Robert, wobei ihr wütender Gesichtsausdruck allmählich einer verwirrten Ungläubigkeit wich. „Aber was will sie hier?"

„Herrgott", brüllte Robert. „Sie ist meine Begleiterin, ist denn das so schwer zu verstehen. Nur erzähl' endlich, was geschehen ist."

Heidi rümpfte die Nase und meinte: „Du hast überhaupt keinen Grund, mich anzuschreien. Solange Elisabeth eingelocht war, vergnügst du dich in England. Findest du das toll?"

„Das geht dich einen Dreck an. Glaubst du, ich bin hierhergekommen, um mich vor dir zu rechtfertigen?" Robert wurde ernsthaft böse. „Entweder du wirst jetzt vernünftig, oder die Sache ist für mich erledigt." Er schaute auf Lauretta und zuckte entschuldigend die Achseln.

Heidi war in sich zusammengesunken und kämpfte mit den Tränen. Dann gab sie sich einen Ruck und schaute mit grimmig-fassungslosem Gesicht in Roberts Augen. „Also gut, du weißt, wo sie jetzt ist."

„Deshalb bin ich ja hier. Hast du sie schon besucht?"

„Nein, man sagte mir, ich dürfe frühestens morgen zu ihr."

„Hast du sie seit der Verhaftung noch einmal gesehen?"

Resigniert schüttelte sie den Kopf. Aufgeregt suchte sie in ihrer Tasche nach etwas und kramte schließlich ein zusammengefaltetes Papier hervor, das sie wortlos Robert reichte. Der entfaltete es und überlas schnell den darauf geschriebenen Text.

„Woher hast du das?" stammelte er erschrocken.

„Es wurde mir zugeschickt. Ich nehme an, daß sie es durch einen Mithäftling herausschmuggeln ließ."

Der Brief stammte von Elisabeth. Darin wurde gesagt, daß sie eindeutige Beweise in Kistners Wohnung gefunden habe, die die Zusammenarbeit von Haag mit einigen Psychiatern des Max-Planck-Instituts zeigen würden. Haag erhielte von ihnen Adressen von unbequemen Leuten, gegen die die Anstaltspsychiatrie noch nicht auf legalem Wege vorgehen könnte, und seine Aufgabe sei es dann, diese Leute und Gruppen in der Öffentlichkeit so zu brandmarken und zu verteufeln, bis der Gesetzgeber damit einverstanden sei, sie wenigstens zur Beobachtung in eine Anstalt einzuweisen. Ihr Vater unterstütze Haag in seinen Bemühungen, indem er danach trachte, alle nichtstaatlichen Bildungsinstitute in derselben Weise anzuprangern. Leider habe sie keine Zeit mehr gehabt, diese schriftlichen Beweisstücke mit sich zu nehmen. Unterzeichnet war das Schriftstück mit einem einfachen: Helft mir!

Sichtlich benommen umkrampfte er das Papier und starrte mit halbgeöffnetem Mund zum Fenster.

„Was ist los, Liebling?" fragte Lauretta besorgt auf englisch.

„Ich werde es dir später erklären", erwiderte er. Und zu Heidi: „Es steht allerdings kein Wort darüber, daß Haag der Kopf der Selekta ist."

„Na, wenn schon", meinte Heidi. „Ich dachte, ihr wolltet nur noch sicherstellen, daß Haag diese Verbindungen zur Psychiatrie unterhält."

„Richtig. Nun wissen wir Bescheid. Aber wem willst du das denn glaubhaft beweisen?" Robert seufzte und fügte hinzu: „Wer soll dir denn abnehmen, daß ein ordentlicher Geistlicher ein perverser Scharlatan und Verbrecher ist?"

Auch Heidi wußte darauf keine Antwort. Müde erkundigte sie sich, ob Robert morgen mit zur Anstalt gehe. Robert sagte ihr zu und meinte, daß er sich alles nochmals durch den Kopf gehen lassen wolle. Sie solle vorerst nichts alleine unternehmen. Er drückte ihr einen Fünfzig-Mark-Schein in die Hand und versprach, sie morgen abzuholen.

Nachdem sie gegangen war, übersetzte er alles, einschließlich des Briefes, für Lauretta. Als er geendet hatte, blickte er müde auf sie und bemerkte, daß sich ihre Lippen zwar öffneten, sie aber vor Entsetzen kein Wort hervorbrachte. „Ja", sagte er gedehnt. „Die Selekta ist wirklich ein Ablenkungsmanöver. Dahinter stehen die Leute, die uns das 1984 bringen wollen, und wir stehen mit gebundenen Händen da, weil es dir in einem Rechtsstaat nicht möglich ist, diese Leute vor den Richter zu bringen." Er kicherte wie irr. „Stell dir vor, noch nicht mal eine Untersuchung kannst du beantragen. Welche

Chance hast du denn gegen staatlich anerkannte Organe? Stück für Stück, in einer Art Salami-Taktik, schluckt der Moloch Staat jeden Bestandteil eines freien Landes. Und wenn du dich dagegen sträubst, erklärt man dich für verrückt. Und der Apparat, der dich für verrückt erklärt, war von Anfang an in staatlichen Händen." Wütend drückte er den Stummel seiner Zigarette aus.

„Was sollen wir jetzt tun?" stieß Lauretta hervor.

Robert schaute sie fragend an und hob die Schultern in die Höhe.

„Warten, auf morgen ... was sonst?"

„Ich meine danach?"

„Ich weiß nicht."

„Willst du hierbleiben?"

„Ich weiß es wirklich nicht."

Selten hatte er sich so deprimiert und ratlos wie in diesem Moment gefühlt. In seinem Kopf drehte sich alles, und er war nicht mehr in der Lage, einen der vielen Gedanken herauszugreifen. Müde lächelnd ging er auf Lauretta zu und legte ihr die Hände auf die Schultern.

„Ich fühle mich plötzlich sehr schlecht", sagte sie und senkte den Blick zu Boden.

Robert nickte. „Wem sagst du das?"

„Können wir gar nichts tun?"

„Es sieht zumindest nicht danach aus. Sicher, wir könnten uns aus allem heraushalten, aber..."

„Ja?"

„Auf die Dauer werden sie auch uns jagen."

„Warum?" Lauretta fuhr hoch.

„Hast du noch nichts von den modernen Datenspeicherungen gehört?"

„Nein."

„Nun, darin sind sämtliche Angaben zu deiner Person in einem riesigen Computer gespeichert. Du selbst kannst nicht bestimmen, welche Daten über dich hineinkommen und welche nicht. Und glaube mir, Leute wie Haag, Kistner, Kleinmann und der gesamte andere Klüngel haben genügend Einfluß, um die für sie wichtigen Daten, zu deinem Nachteil, einprogrammieren zu lassen."

„Aber die sind doch geschützt."

„Natürlich", Robert lachte und drehte sich um. „Vom Staat!" Ganz langsam schien auch Lauretta diesen gigantischen und von sehr langer Hand vorbereiteten Coup zu verstehen. Sie nickte bekümmert, trat vor den Spiegel und schaute mit wehmütigen Augen in ihr verzweifeltes Gesicht. „Und wir beide?" stotterte sie.

„Wir müssen noch enger zusammenstehen und dürfen die Hoffnung niemals aufgeben", sagte er tröstend und umarmte sie.

Ohne einen Laut von sich zu geben, rannen ihr die Tränen hemmungslos herunter. Blitzschnell drehte sie sich um und vergrub ihren Kopf schluchzend an seiner Brust.

Der Bau mutete schon von außen wie eine Art Festung an. Die vergeblichen Versuche, durch Blumenrabatten und wahllos ausgepflanzte Bäume etwas Freundlichkeit herbeizuzaubern, fanden ihren Gegenpart in der riesigen, überdurchschnittlich hohen Empfangshalle. Alles wirkte kalt, nüchtern, steril: desinfiziert. Vereinzelte Farbtupfer, unter Glas eingerahmt, unterstrichen die Sachlichkeit.

Durchweg ernst bis traurig dreinschauende Gesichter suchten eine Wichtigkeit vorzutäuschen, in der Freude und Heiterkeit keinen Platz haben durften. Hin und wieder huschte eine Person, ganz in Weiß, aufgeregt von einer Tür zur anderen, die flatternden Enden des Arbeitsmantels wie ein Gespenst hinter sich herziehend. Niemand wagte, ein lautes Wort zu sprechen. Wenn man sich unterhielt, dann nur im Flüsterton, wie auf dem Friedhof, wo man fürchtet, dem Toten seine Ruhe zu stören.

Roberts Absätze hallten vernehmlich auf den steinernen Fliesen, als er Heidi zum Schalter mit der Aufschrift „Anmeldung" hinterherging.

„Ich bin gespannt, ob sie Schwierigkeiten machen", murmelte er der allgemeinen Stille angepaßt und baute sich hinter Heidi auf.

Der Pförtner, oder was auch immer er sein mochte, langte zum

Telefon und fragte, ob es in Ordnung gehe, daß ein Fräulein Arendt die Patientin Kleinmann von F6 besuchen dürfe. Sie sei aber nicht alleine hier.

„Wer sind sie?" fragte er mürrisch zu Robert gewandt und hielt mit einer Hand die Sprechmuschel zu.

„Ihr Verlobter", sagte er überzeugend und zeigte auf Heidi. „Und ebenfalls ein enger Freund von Fräulein Kleinmann."

Während der Pförtner wieder ins Telefon sprach, lächelte Robert Heidi zu und war froh, daß er Lauretta gebeten hatte, nicht mitzukommen.

Ihn nochmals mit einem prüfenden Blick abschätzend nickte der Mann und sagte, daß sie zwei Stockwerke höhergehen sollten. Dort würden sie auf eine verschlossene Glastüre mit einer Klingel stoßen. Nach dem Läuten sollten sie nach Schwester Pavlowski verlangen, sie wüßte Bescheid.

Auf halber Höhe hielt Heidi kurz an und zeigte auf ihre Tasche. „Ich habe ein Tonbandgerät mitgenommen. Am besten schalte ich es jetzt schon ein."

„Was versprichst du dir denn davon?" wollte Robert wissen.

„Das weiß ich selbst noch nicht."

Schwester Pavlowski öffnete selbst und bat sie, einen Augenblick zu warten. Sie setzten sich auf eine Bank in einer Art Warteraum, dessen blankgebohnerter Boden spiegelte und einem unwillkürlich den Geruch von Wachs in die Nase drängte. Sie schauten auf einen langen Gang, zu dessen linker Seite mehrere Türen angebracht waren. Aus einer dieser Türen, ganz am Ende des Ganges, kam Schwester Pavlowski wieder heraus und ging ernsthaft-herrisch auf sie zu.

„Der Arzt hat aber nicht mehr als zehn Minuten erlaubt. Bitte halten Sie sich daran."

„Wieso so kurz?" fragte Heidi ängstlich und folgte ihr langsam, Robert im angemessenen Abstand dahinter.

„Fräulein Kleinmann geht es zur Zeit nicht besonders gut. Sie hatte wieder einen ihrer Anfälle."

„Anfälle? – Elisabeth?" Heidi wurde kalkweiß im Gesicht.

„Ich dachte, Sie kennen sie so gut", meinte die Pavlowski von oben herab. „Für uns ist das nichts Neues bei diesen Patienten."

„Was fehlt ihr denn?" Heidis Stimme zitterte.

„Na ja, psychotische Depressionen mit, glaube ich, starken katatonischen Symptomen. Sie ist jetzt schon wesentlich ruhiger, steckt aber noch mitten in der Therapie. Deshalb – bitte nur kurz." Dabei öffnete sie die Türe zu einem fensterlosen Raum und bat beide einzutreten. „Ich werde sie jetzt kommen lassen. Es macht Ihnen doch nichts aus, wenn ich dabei bin, aus Sicherheitsgründen."

Sowohl Heidi als auch Robert waren beide unfähig, auch nur ein Wort zu sagen. Erfüllt mit schrecklichen Vorahnungen schauten sich beide nur stumm an.

Dann ging die Türe auf. Von einem Pfleger geführt schlurfte eine zierliche, in ein grauweißes Sackkleid gehüllte Gestalt herein. Nur mühsam setzte sie einen Fuß vor den anderen, die Arme hingen schlaff und leblos am Körper herunter, während sie Mühe hatte, den Kopf aufrechtzuhalten. Der Pfleger führte sie zu einem Stuhl und half ihr, sich hinzusetzen. Hätte man ihr nicht den unübersehbaren Wuschelkopf gelassen, Robert hätte Elisabeth nicht wiedererkannt.

Mit einem schmerzerfüllten Aufschrei versuchte sich Heidi, auf sie zu stürzen, wurde aber von Pavlowsli energisch daran gehindert. „Wenn Sie sich nicht zusammenreißen können, brechen wir den Besuch sofort ab!" herrschte sie Heidi an.

Robert war vor Entsetzen gelähmt und unfähig, auch nur eine Bewegung zu machen. Er spürte, daß er zu zittern begann, und starrte fassungslos auf Elisabeth, die mit seltsam weit geöffneten Augen ohne Regung starr in ein großes Nichts schaute. Erst jetzt sah er, daß ihre Augen gar nicht so groß waren, nur die Pupillen schienen merkwürdig vergrößert.Er wußte, daß das auf übermäßige Drogen zurückzuführen war.

„Elisabeth! Elisabeth!" schluchzte weinerlich Heidi. „Was haben sie mit dir gemacht?"

Aber von Elisabeth kam keine Reaktion. Sie drehte nur leicht den

Kopf, den Mund halb geöffnet, und starrte unverändert ins Leere. Selbst auf Roberts Anruf blieb sie jegliche Reaktion schuldig. Heidi war in sich zusammengesunken und weinte nur noch hemmungslos.

„Was ist mit ihr?" stotterte Robert an die Pavlowski gewandt.

„Ich sagte doch, daß sie sich mitten in der Therapie befindet. Wir mußten ihr einige Medikamente geben, und ich darf Ihnen versichern, daß sie sich bereits auf dem Weg der Besserung befindet. Sie hätten sehen müssen, wie sie war, als man sie hier einlieferte."

Robert fühlte seine Sinne schwinden. Ganz langsam ging er auf Elisabeth zu und nahm eine ihrer leblos herunterhängenden Hände. „Ich bin es, Robert", sagte er leise und versuchte sie anzulächeln. „Wir sind gekommen, um zu sehen, wie es dir geht."

Aber Elisabeth schien ihn überhaupt nicht zu hören. Willenlos ruhte ihre Hand in der seinen, und sie war noch nicht einmal in der Lage, ihn anzusehen. Erschüttert ging Robert zurück zu Heidi und machte der Schwester ein Zeichen, daß sie gehen wollten.

Auf dem Gang sagte die Pavlowski: „Sie dürfen sich das nicht so zu Herzen nehmen. Es sieht schlimmer aus, als es ist. Nach einer Schockbehandlung wirken die meisten Patienten für einige Zeit verwirrt."

Roberts Kehle war zugeschnürt. Er brachte keinen Ton mehr hervor. Grußlos und ohne sich umzudrehen ging er mit Heidi, die sich schluchzend schwer auf ihn stützte, die Treppe hinab. Er glaubte, den Verstand verlieren zu müssen, und bekämpfte krampfhaft einen Schwindel, der ihn überkam. Selbst draußen, in der frischen Luft, gelang es ihm nicht, einen klaren Gedanken zu fassen. Mehrmals würgte es in ihn, und Schweißperlen traten auf seine Stirn.

Als sie auf dem Parkplatz zu Lauretta in den Wagen stiegen, hatte er sich einigermaßen wieder erholt. In knappen Worten erzählte er ihr, was sie gesehen hatten, und spürte, wie er mit Gewalt die aufkommende Tränen unterdrückte.

Die angespannte Apathie, die sich unter ihnen breitgemacht hatte, wurde von Heidis urplötzlich auftretenden Wutausbruch unterbrochen. „Ich bring sie um, die Sau! – Ich knall ihn ab wie ein dreckiges Schwein! – Diese Drecksau soll nicht nur zum Krüppel werden, sie soll langsam verrecken!"

„Reiß dich zusammen!" brüllte Robert nach hinten. „Wen meinst du überhaupt?"

„Na, wen schon, diesen Haag!" dröhnte es haßerfüllt zurück. „Elisabeth hat immer gesagt, daß man an der Spitze anfassen muß!"

Es gelang ihnen kaum, sie zu beruhigen. Immer wieder brüllte sie ihren Haß laut von sich, bis sie schließlich mit einem Weinkrampf in sich zusammenfiel.

„Was meinte die Schwester?" erkundigte sich Lauretta.

Nach einer längeren Pause fragte Robert, wie ertappt, was sie gesagt hätte, und sagte dann gedankenverloren: „Nach einer Schockbehandlung wirke der Patient verwirrt."

Der Schock, den sie alle erlitten hatten, wirkte lange nach. Stundenlang saßen sie später noch im Hotel zusammen, aber keiner war fähig, einen vernünftigen Vorschlag zu äußern, geschweige denn ein Gespräch überhaupt in Gang zu bringen. Jeder hing seinen Gedanken nach, die jedoch außer verzweifelter Entrüstung keine anderen Bilder hochkommen ließen. Selbst Heidi war außergewöhnlich ruhig geworden. Zu ruhig.

Als sie Robert, es war schon sehr spät geworden, darauf aufmerksam machte, daß sie wieder zurückmüsse, wirkte ihr Gesicht fast strahlend. Bei näherem Betrachten fiel jedoch auf, daß es nur eine von Haß und Wut unterdrückte Entschlossenheit zeigte, deren fanatische Unnachgiebigkeit die Züge des Mädchens eigenartig entstellten.

Auf Roberts Drängen hin versprach sie, nichts zu unternehmen, von dem er nicht vorher Bescheid wüßte. Er machte sich ernsthaft Sorgen um sie. Irgendwie mußte sie das gespürt haben, denn zuvorkommend versicherte sie ihm, ihn am nächsten Tag anzurufen – vom Geschäft aus. Und sie hielt Wort. Obwohl ihre Stimme älter und härter klang, glaubte er, daß sie sich einigermaßen gefangen habe. Als sie ihm dann sogar den Vorschlag machte, sich am anderen Tag zu treffen – sie würde dabei einen früheren Freund von Elisabeth mitbringen –, meinte er, vollends beruhigt sein zu können.

Für Lauretta waren die vergangenen Tage sehr strapaziös. Ziemlich gleichgültig ging sie auf alles ein, was Robert sagte oder an sie herantrug, vermied es tunlichst, die Aufmerksamkeit auf sich und ihre gemeinsame Zukunft zu lenken, und horchte nur einmal mit gespannter Wachsamkeit auf, als er davon sprach, dem allem einfach den Rücken zu kehren. Zärtlichkeiten wurden immer seltener, und niemand schien den Mut zu haben, mit kräftigen Schritten einen Weg einzuschlagen, auch wenn er falsch war, nur um dieser zerfahrenen Situation zu entrinnen.

„Denkst du manchmal noch an mich?" fragte sie in die Stille. Es war Samstag nachmittag, und beide lagen nebeneinander, mitsamt der Kleidung, auf ihrem Hotelbett und starrten die weiße Decke an.

„Natürlich, wie kommst du darauf?"

„Nur so."

„Nein. Bitte, sag es mir."

Sie machte eine Pause. „Ich habe das Gefühl, daß dir die anderen Dinge zur Zeit wichtiger sind. Nein bitte", sie kam seinem Protest zuvor und hielt ihn zurück. „Vielleicht habe ich mich falsch ausgedrückt. Ich meine nur, daß wir in den vergangenen drei Tagen so gut wie gar nicht über unsere Pläne gesprochen haben. Das soll kein Vorwurf sein, ich weiß, daß dich das Geschehene stark beschäftigt. Aber meinst du nicht, daß wir besser wieder nach vorne blicken sollten?"

Robert blieb eine Weile stumm und meinte dann tief durchatmend: „Vielleicht hast du recht." Er drehte sich zur Seite, warf ihr ein ermutigendes Lächeln zu und sagte: „Was hältst du davon, wenn wir uns heute von Heidi und jenem jungen Mann, den sie mitbringen will, verabschieden und schon morgen nach London zurückfliegen?"

„So schnell?"

„Na ja, ich glaube nicht mehr daran, daß wir noch etwas erreichen werden."

„Aber dann würde ich mich nicht verabschieden."

„Warum nicht?"

„Ich denke, es ist besser, den Kontakt stillschweigend abzubrechen. Wenn wir einfach weg sind, ganz überraschend, ohne Spur, haben wir eher eine Chance, alles zu vergessen."

Robert hob zweifelnd die Hand. „Ich glaube nicht, daß ich das jemals werde vergessen können. Aber es stimmt, sagen wir besser nichts von unserer Absicht." Liebevoll streichelte er ihre Hand und führte sie sanft zu seinem Mund. „Meinst du, wir können noch etwas schlafen? Es sind noch gut drei Stunden, bis sie kommen." Lauretta nickte leicht und schmiegte sich an ihn. Sosehr er sich auch bemühte, der Schlaf wollte sich nicht einstellen, da ihm immer wieder, wie bei einem Automaten, das Bild von Elisabeth in der Anstalt durch den Kopf schoß. Richtig glücklich mit dem Entschluß, morgen zurückzufliegen, war er nicht.

Mehr als zwei Stunden später stand er ungeduldig auf, zündete sich eine Zigarette an und lief unruhig hin und her. Er sah, daß ihn Lauretta mit geöffneten Augen beobachtete, und machte eine achselzuckende Geste, ohne Worte, verwirrt und hilflos dreinschauend. Wie eine Erlösung schien ihm der Telefonanruf der Rezeption zu sein, wo ihm mitgeteilt wurde, daß Besuch für ihn eingetroffen sei.

Martin Piller, so stellte ihm Heidi den jungen Mann vor, mochte fünfunddreißig Jahre alt sein. Er wirkte unauffällig, aber korrekt, mit zwei wachen, verhältnismäßig tief sitzenden Augen, die seinem sonst gepflegten Äußeren den Hauch einer verbissenen Härte verliehen. Er begrüßte Lauretta in deren Sprache und bedauerte, daß er unter den gegebenen Umständen ihre Bekanntschaft zu machen gezwungen sei. Robert versorgte sie alle mit Getränken und wollte dann wissen, in welcher Beziehung Piller zu Elisabeth gestanden hatte.

Piller erklärte, daß sich ihre Freundschaft nur auf die gemeinsame Idee, das angestrebte Ziel, beschränkt habe. Zwar sei sie nicht Mitglied in seinem Verband, aber sie hätte mehr dafür gearbeitet als mancher andere.

„Welcher Verband?" fragte Robert.

„Die Liga für die Menschenrechte", sagte Piller kurz und wunderte sich, daß Robert noch nie etwas davon gehört hatte.

Auf dessen immer noch verdutzt wirkendes Gesicht sagte er: „Ich weiß, man nimmt solche Vereinigungen meist nicht ernst", und fügte dann schnell hinzu, „ja, belächelt sie sogar – leider. Aber das ist mehr oder weniger das Produkt jener, gegen die wir fast aussichtslos dastehen."

„Wenigstens bisher!" warf Heidi verbittert dazwischen.

Robert wußte nicht recht, was sie damit meinte, und ließ Piller weitererzählen. Der fuhr fort und sagte, daß sich seine Liga für jegliche Verstöße gegen die in der Charta der Vereinten Nationen zugrundegelegten Menschenrechte zur Wehr setze. Dabei liege ihnen, solange er sich in den vergangenen Jahren seiner Mitarbeit erinnern könne, die Psychiatrie besonders im Magen.

„Und was dahintersteckt? Von dem mir Elisabeth erzählt hat?" Robert schaute mißtrauisch auf Piller.

„Nun, deshalb wurden wir, glaube ich, auch Freunde. Ich kann ihre Meinung nur bestätigen und weiß, daß es keine Hirngespinste sind. Zu Beginn fand ich es auch zu unglaublich, um wahr sein zu können. Aber je mehr ich mich damit beschäftigt habe, desto klarer wurde mir, daß wir alle kurz vor der Vollendung eines riesigen Coups stehen, der, wird ihm nicht rechtzeitig Einhalt geboten, den kommenden Generationen ein Schicksal bringen wird, gegen das die Schreckensherrschaft eines Dschingis Khan wie eine parlamentarische Demokratie aussieht."

„Woher wollen Sie das wissen?"

„Ich kann es Ihnen an einem Beispiel zeigen. Eines von hunderttausenden. Und daraus werden Sie sehen, daß Sie zum Schluß trotz allem mit gebundenen Händen dastehen." Piller lehnte sich zurück und wartete.

„Ja, bitte erzählen Sie", forderte Robert ihn auf.

„Haben Sie den Namen Interpol schon einmal gehört?"

„Ja."
„Und FBI?"
„Ja."
„Nun, der Watergate-Skandal hat hier eine Menge Schmutz mit nach oben gespült, der die verantwortlichen Stellen, würden sie sich ernsthaft darum kümmern, noch jahrelang in Atem halten würde. Aber ich will hier nur auf diese Fabrikation des Wahnsinns eingehen, von dem die meisten glauben, es wäre alles in Ordnung und würde nur zu unser aller Wohl geschehen." Er machte eine Pause und schien nachzudenken, wo er den richtigen Ansatzpunkt finden könnte.

„Sie müssen aber schon deutlicher werden, wenn ich eine Verbindung zwischen Interpol, FBI, Psychiatrie, ja sogar der Selekta und Elisabeth herstellen soll." Robert wurde leicht ärgerlich, da er den Eindruck gewann, einem Phantasten gegenüberzusitzen.

„Du hast keinen Grund zu motzen", ließ sich Heidi hören. „Oder willst du schon wieder nach England?" Die letzten Worte hatte sie ihm schnippisch an den Kopf geworfen.

„Bitte, bleib sachlich", beruhigte sie Piller und wandte sich wieder Robert zu. „Also von vorne. Durch das erwähnte Watergate kamen einige Namenslisten an die Öffentlichkeit; Listen von Personen und Gruppen, einige tausend, die von der dortigen Regierung generalstabsmäßig bekämpft und vernichtet werden sollten."

„Nennen Sie mir einen Namen."

„Zum Beispiel Martin Luther King."

„Der Negerführer? Wurde der nicht ermordet?"

Piller nickte und sagte: „Nun hören Sie mich doch an. Also diese Listen wurden vom FBI aufgestellt, so daß, wer auch immer die Regierung gebildet hätte, die Staatspolizei bleibt ja dieselbe, deren Liquidation hätte fortgesetzt werden können. Personen und Gruppen, die religiös, antikommunistisch, liberal und was auch immer sind, und die nicht in das geheime Endziel einzubauen sind, ja sogar störend wirken. Das FBI hat die Akten über diese Personen und Gruppen erfunden. Das heißt, die einzelnen Daten wurden durch

Bestechungen, Meineide und andere üble Tricks künstlich erschaffen, um somit aktenkundig, für eventuelle Nachfolger, einen fortwährenden Bekämpfungsgrund zu liefern."

„In wessen Auftrag?" fragte Robert zweifelnd.

„Geduld, darauf komme ich noch."

Lauretta hatte sich erhoben und deutete Robert an, daß sie es vorziehe, in den Fernsehraum zu gehen, da sie ohnehin kein Wort verstehen würde. Robert nickte zustimmend und konzentrierte sich wieder auf Piller.

„Nun das Beispiel." Piller lehnte sich zurück. „Eine relativ kleine Gruppe in den Vereinigten Staaten stand schon in den fünfziger Jahren auf dieser Liste. Das FBI gab damals Daten, die sich inzwischen als völlig falsch erwiesen haben, an Interpol weiter, wie das bei der Bekämpfung des internationalen Verbrechertums üblich ist. Von der amerikanischen Filiale wurden diese Daten an die Zentrale der Interpol in Paris geschickt, wo sie in den Archiven schlummerten, da jene Gruppe damals in Europa unbekannt war."

„Ich verstehe noch immer nicht."

„Passen Sie auf, was dann passierte. Vorausschicken muß ich, daß keine Regierung der Welt, auch wenn sie an das Interpolnetz angeschlossen ist, die Möglichkeit hat, offensichtlich falsche Daten von Interpol zurückzuverlangen oder sie zu korrigieren. Auch nicht das FBI."

„Das glaube ich nicht", protestierte Robert.

„Es verlangt auch niemand, daß du glaubst. Du sollst einfach zuhören!" warf Heidi giftig ein.

„Nun beruhigt euch doch", mahnte Piller und schaute sie abwechselnd böse an. „Sie können das selbst nachprüfen, aber gehen wir in unserem Beispiel weiter." Er nahm einen tiefen Schluck aus seinem Glas und fuhr fort: „Diese Daten ruhten also still in den Archiven in Paris. Jahre später wuchs diese Gruppe immer mehr an und wurde auch in Europa, besonders in Deutschland, ein Begriff. Im Nu fühlte sich die Psychiatrie angegriffen und suchte Zuflucht bei ihrem Dienstherrn, dem Staat."

„Warum fühlte sie sich angegriffen?"
„Weil diese Gruppe es wagte, deren Methoden bloßzustellen, die bis dahin geschickt und raffiniert vor der Öffentlichkeit verheimlicht und obendrein in ein gegensätzliches Licht gerückt wurden."
„Und dann?"
„Die Psychiatrie wollte also staatliche Schützenhilfe und wandte sich an das Amt für Familie und Gesundheit, das hatte nichts vorliegen und gab es weiter an das Gesundheitsministerium, das wiederum wandte sich an das Innenministerium, der Innenminister an das Bundeskriminalamt und dieses an Interpol."
„Die dann auch prompt in ihren Kellern diese alte Akte ausgruben."
„Richtig. Und von dort lief sie den eben geschilderten Weg, natürlich in rückwärtiger Folge. Nur ein Haken ist dabei." Piller gab sich lässig und spreizte die Ellbogen. „Normalerweise darf das Bundeskriminalamt keine Daten weitergeben, von deren Wahrheitsgehalt es sich nicht selbst überzeugt hat. Zumindest dürfen solche Daten niemals an die Öffentlichkeit gelangen. Denn sonst könnte man das Bundeskriminalamt wegen Verbreitung von Unwahrheiten belangen."
„Ja, aber das war doch in diesem Beispiel der Fall."
„Schon, aber man hat das anders gedreht. Als diese Akte, mit dem Briefkopf des Bundeskriminalamts, über Dunkelmänner an die Presse gelangte und dort veröffentlicht wurde, wobei man sich auf das BKA als Quelle berief, wurde der Tatbestand ganz einfach bestritten. Das BKA konnte nun erklären, daß es niemals einen solchen Bericht, als von ihm kommend, zur Veröffentlichung freigegeben hätte. Es hatte nämlich die von Interpol kommenden Daten ohne Überprüfung abgeschrieben und sie zur Einsichtnahme an das Innenministerium weitergeleitet. Das BKA konnte also die Urheberschaft Interpol zuschieben und kann für die gesetzlich nicht einwandfreie Weitergabe, bis hin zur Veröffentlichung, nicht verantwortlich gemacht werden."
„Aber dann müßte man Interpol verklagen", platzte Robert her-

aus.

Piller lachte und schüttelte den Kopf. „Spätestens hier fällt der Vorhang. Interpol ist eine private – das stimmt zwar nicht, aber wollen wir es vorläufig so nennen – Vereinigung. Sie ist staatenlos und kann quasi von keinem Gericht der Welt belangt werden. Sie müssen zugeben, daß zu einer solchen Planung schon außerordentlich viel Brillanz gehört."

„Und jetzt?" fragte Robert hilflos.

„Jetzt haben wir folgende groteske Situation. In der Presse dürfen diese falschen Daten veröffentlicht werden, sogar mit dem Hinweis, daß sie aus einem Schreiben des Bundeskriminalamts stammen. Das BKA hingegen darf offen und frei behaupten, daß diese Daten nicht von ihm kommen und niemals zur Veröffentlichung freigegeben wurden. Und der Bürger hat nicht die geringste Chance, gesetzlich dagegen vorzugehen. Hier kann sich der notorische Verbrecher orientieren, wie man perfekte Verbrechen kunstgerecht ausführt."

Robert stutzte, schien zu überlegen und sagte dann mit aufgeweckter Stimme: „Halt, etwas stimmt nicht. Sie haben etwas Entscheidendes übersehen."

„Was meinen Sie?" Gemeinsam mit Heidi schaute Piller neugierig auf Robert.

„Den eigentlichen Urheber der Falschinformationen."

„Das FBI?"

„Genau!"

„Ja, aber ..."

„Sie sagten doch, daß sich dessen Informationen inzwischen als vollkommen falsch und erfunden herausgestellt hätten und ..."

„Und daß selbst das FBI keine rechtliche Möglichkeit hat, diese Falschinformationen von Interpol zurückzuverlangen."

„Auch nicht die Regierung der USA?"

„Die noch viel weniger."

„Gut, aber genau da setzt der entscheidende Faktor eines freien Landes ein: die Presse!" Nachsichtig lächelnd hob Robert den Kopf und blickte sie herausfordernd an.

Piller blinzelte, kratzte sich am Kopf und starrte Robert an, als habe er ihn noch nie zuvor gesehen. „Haben Sie schon ein einziges Mal in der Presse etwas über die Zusammenhänge von Interpol mit anderen Staaten gehört?"

„Äh, nein ..."

„Haben Sie schon einmal in der Presse gelesen, an wen die Zinsen für die immer größer werdende Staatsverschuldung gezahlt werden?"

Robert blieb stumm.

„Haben Sie ... ach, was soll's", er winkte enttäuscht mit der Hand ab. „Wenn ich erst damit anfange, sitzen wir morgen früh noch da. Von solch wichtigen Dingen erfahren Sie nichts. Das soll nicht heißen, daß die Presse dumm ist. Es soll Ihnen nur eine Warnung sein, von einer sogenannten freien Presse zu reden." Er war aufgestanden und zu Heidi hinübergegangen. „Dich interessiert das im Moment nicht so sehr. Entschuldige, wir sollten wirklich mehr zur Sache und damit zu Elisabeth zurückkommen."

„Nur noch eine Frage", meldete sich Robert. „Sie versprachen, einige Namen der Leute zu nennen, die dahinter stehen."

Piller nickte. „Die Liste ist lang. Sie müßten sie bis zu ihrem Ursprung zurückverfolgen. Sagen Ihnen die Namen Warburg, J. P. Morgan oder Lord Milner etwas?"

„Nein."

„Eben, aber wenn Sie daran interessiert sind, lasse ich sie Ihnen gerne zukommen." Und an Heidi gewandt: „Hast du dir schon Gedanken gemacht, wie wir Elisabeth helfen können?"

Auf ihrem Gesicht spiegelte sich nichts als kalte Verachtung. Höhnisch zog sie den Kopf zwischen die Schultern und zischte spöttisch: „Ja – ohne euch. Das steht fest!"

„Was soll das heißen?" fuhr Robert sie an.

„So, wie ich es eben gesagt habe." Sie verlangte nach einer Zigarette und fuhr genauso hart fort: „Eure Meinungen in allen Ehren, aber das alles bleibt nur Gerede. Dadurch ändert sich für Elisabeth nichts, aber auch nicht das geringste. Der hier", damit zeigte sie auf

Robert, „denkt doch sowieso nur daran, möglichst schnell nach England ins Bett seiner Diva zu kriechen, und du, Martin", sie machte eine Pause, „du bist zu lasch für eine handfeste Aktion."

Robert konnte sich nun nicht länger beherrschen. Ziemlich aufgebracht fuhr er sie an. „Was bildest du dir eigentlich ein? Was ich privat mache, geht dich einen Dreck an! Wenn du auf meine Hilfe verzichten willst, bitte, ich kann mir gut vorstellen, mich mit angenehmeren Dingen zu beschäftigen."

„Hatte ich nicht recht?" schrie sie. „Du denkst nur ans Bumsen!"

Robert holte aus und versetzte ihr eine schallende Ohrfeige. Sofort warf sich Piller zwischen die beiden und mahnte sie eindringlich, die Ruhe zu bewahren. Heidi packte entschlossen ihre Tasche und wollte hinausgehen, wurde jedoch von Piller daran gehindert.

„Laß mich gehen!" herrschte sie ihn an.

„Hör zu", sagte er barsch. „Wir wollten jetzt gemeinsam beschließen, wie wir vorgehen. Setz dich!"

„Das könnt ihr ohne mich machen. Ich weiß, was zu tun ist!" Damit entwand sie sich seinem Griff und lief hinaus, ohne daß Piller noch eine Chance hatte, sie aufzuhalten.

„Lassen Sie sie laufen", meinte Robert wesentlich ruhiger. „Sie ist sowieso noch zu jung, um alles überblicken zu können."

„Aber wenn sie eine Dummheit macht?"

Robert winkte ab. „Junge Mädchen quasseln öfter unsinniges Zeug."

Gemeinsam berieten sie, daß es das Beste sei, zunächst einen Anwalt mit dem Fall zu beauftragen. Durch ihn wollte man herausfinden, ob es möglich war, Elisabeth aus der Anstalt wieder herauszuholen. Die Kosten dafür wollten sie je zur Hälfte selbst übernehmen. Sichtlich zufrieden mit diesem Vorschlag erkundigte sich Robert neugierig, wie Piller den Zusammenhang von Haag mit der Selekta sehe.

„Meiner Meinung nach", hob dieser an, „bestand Elisabeths Verdacht zu Recht. Ich weiß, daß Haag öffentliche Veranstaltungen macht, in denen er solche Gruppen mit Informationen, die ihm von undurchsichtigen Quellen zugespielt werden, versucht herabzusetzen und sie als gemeingefährlich hinzustellen. Das ist der eine Teil. Die Selekta dürfte sein eigener Einfall gewesen sein. In unserer Zeit, in der die akademische Titelsucht noch größer geworden ist, kommt jener Gruppe eine besondere Bedeutung zu, deren Einfluß durch die urkundliche Autorität nicht unterschätzt werden darf. Sie öffentlich zu brandmarken wäre nicht nur nutzlos, sondern hätte fatale Folgen in Bezug auf das angestrebte Endziel. Bestimmt hat auch er gesehen, daß diese sogenannte feine Gesellschaft sehr anfällig auf sexuellem Gebiet ist, und daraus eine perfekte Falle gebastelt."

„Sie meinen, Sex ist der Einstieg?"

„Genau. Der Hang zum Mystizismus kam der Etablierung der Selekta, in der sich jeder als besonders Auserwählter fühlt, sehr entgegen und konnte durch ein paar einfache Tricks zu einem Kontrollinstrument umfunktioniert werden."

„Ich sehe. Man ködert die Person mit Sex, versetzt sie dann in einen Zustand, etwas Besonderes zu sein, veranlaßt sie, Dinge zu begehen, die außerhalb des Gesetzes liegen, und schon hat man ein Druckmittel gegen sie zur Hand. Aus Angst vor einer Bloßstellung wird diese Person dann ihren gesamten Einfluß der Selekta, sprich dem Endziel, unterordnen." Er wiegte nachdenklich den Kopf und sah Piller stumm an.

„Ja, und Kleinmann, Elisabeths Vater, treibt das Spiel auf dem Bildungssektor. Allerdings mit anderen Mitteln. Zwangsweise berühren sich deren Aktivitäten, so daß sie zu einem Erfahrungsaustausch gezwungen sind."

„Aber warum hat er es veranlaßt, daß seine eigene Tochter in die Anstalt eingewiesen wurde?"

„Darauf weiß ich auch keine schlüssige Antwort. Auf jeden Fall drohte von ihr Gefahr, und woher wollen sie wissen, zu was ein Verrückter nicht alles in der Lage ist."

Sie vereinbarten, am Montag gemeinsam einen Anwalt aufzusuchen, und Robert versuchte so gut wie möglich, sein schlechtes Gewissen zu überspielen. Er war sich jetzt nicht mehr so sicher, einfach zu verschwinden.

Lauretta teilte ihm freudig mit, daß ihr das Auskunftsbüro der Lufthansa zwei Plätze für die Abendmaschine nach London zugesichert habe. Sie war schon lange vor Robert aufgestanden und hatte zu packen begonnen, noch bevor sie die Tickets bestellte.

„Warum diese Eile?" meinte er gähnend und richtete sich verschlafen im Bett auf.

„Weißt du, ich halte es hier nicht mehr aus. Alles wirkt so bedrückend. Seit unserem Aufenthalt haben wir noch keine richtig glückliche Minute miteinander verlebt. Ich kann nicht mehr und ... um ehrlich zu sein, ich will auch nicht mehr." Ihre Stimme hatte einen leise klagenden Ausdruck angenommen. Aufseufzend setzte sie sich vor den großen Toilettenspiegel und betrachtete sorgfältig ihr Gesicht. Kaum hatte sie begonnen, ihr Make-up aufzutragen, hielt sie ein, legte die Dose aus der Hand und setzte sich neben Robert auf das Bett, ohne ihn anzusehen. „Ich glaube, es ist nicht so sehr das Schreckliche, was wir gesehen und gehört haben", begann sie langsam.

„Sondern?"

„Die Hilflosigkeit. Die lähmende und erdrückende Gewißheit, daß wir trotz allem nichts dagegen tun können." Ihre traurigen Augen blieben bewegungslos auf einem unsichtbaren Punkt an der Wand hängen.

„Obwohl es so aussieht", stimmte er zu, „es will mir nicht in den Kopf, daß wir zur Untätigkeit verdammt sind. Irgendwo muß es noch einen Ausweg geben!"

Resigniert schüttelte sie den Kopf und stand auf. „Ich will nicht, daß mir dasselbe Schicksal wie Elisabeth widerfährt. Laß uns gehen – so schnell wie möglich."

„Komm – bitte", forderte er sie leise auf. „Wir dürfen den Kopf nicht hängen lassen. Und auf die Maschine müssen wir sowieso noch lange warten." Einladend deutete er auf den Platz neben ihm.

Apathisch ließ sie sich neben ihn fallen und schloß die Augen.

„Manchmal wünsche ich mir, ich würde aufwachen und feststellen, ich hätte nur geträumt."

„Auch mich?"

„Nein." Sie lächelte. „Du ausgenommen."

„Dann überprüfe schnell, ob ich nicht doch bloß ein Traum bin", schlug er ihr wohlwollend vor.

Lauretta rührte sich nicht. „Ich glaube, es ist schon so weit, daß ich dich nicht mal mehr richtig küssen kann. Nein, lache nicht. Ich mache keinen Spaß." Sie schaute ihm ernsthaft in die Augen. „Diese ganze Umgebung mit all ihren Begleiterscheinungen macht mich krank. Verzeih, aber wie sollte ich hier mit dir glücklich sein?"

Noch bevor Robert antworten konnte, wurde er vom schrillen Läuten des Telefons gestoppt. Erstaunt nahm er den Hörer ab und meldete sich. Lauretta beobachtete ihn gespannt und entnahm seinem gelegentlichen Nicken, daß er mit einer ihm bekannten Person sprach. Als er wieder aufgelegt hatte, glaubte sie zu sehen, daß er nervöser geworden war.

„Piller", sagte er und deutete auf den Hörer.

„Was wollte er?"

„Heidi ist gestern nicht in ihr Wohnheim zurückgekehrt, und auch jetzt fehlt noch jede Spur von ihr."

„Und?"

„Er will, daß ich ihm helfe, sie zu suchen. Er macht sich große Sorgen – ich auch."

„Wirst du ihm helfen?"

Statt einer Antwort blickte er sie nur stumm an. Dann rutschte er näher zu ihr hin und sagte: „Was würdest du an meiner Stelle tun?"

Lauretta wandte sich ab und sagte verbittert: „Du brauchst mir nicht mehr zu antworten. Ich sehe, daß du ihm zugesagt hast."

„Was sollte ich sonst tun?" protestierte er.

Ohne ihn weiter zu beachten setzte sie sich wieder vor den Spiegel und nahm ihre unterbrochene Tätigkeit erneut auf. Geraume Zeit später drehte sie sich um, senkte den Blick und sagte: „Ich kann dich nicht daran hindern. Auf jeden Fall werde ich heute abend nach London zurückfliegen. Ich habe nur eine Bitte." Sie hob den Kopf und schaute ihn durchdringend an.

„Ja?"

„Wenn du hinterher wieder zu mir kommen willst, dann entscheide dich vorher, ob du es für immer tust. Im anderen Fall bitte ich dich, mich zu vergessen und mir nie wieder zu begegnen." Die Entschlossenheit, mit der sie diese Worte hervorgestoßen hatte, beunruhigte Robert.

Trotz seiner Versicherungen, so schnell wie möglich nachzukommen, gelang es ihm nicht, sie freundlich zu stimmen. Frostig und kalt verabschiedete sie sich von ihm auf dem Flughafen und nickte nur leicht, als er ihr ein „Bis bald" mit auf den Weg gab.

Fieberhaft, jedoch ohne festes Ziel fuhr er mit Piller kreuz und quer durch die Stadt. Immer auf der Suche nach einer schlanken Mädchengestalt mit einem kurzen rotblonden Schopf. Ohne sich vorher abgesprochen zu haben, umkreiste Piller mehrmals das Viertel um die Feinauer Straße, wo er dann heruntershaltete und betont langsam fuhr. Auch er wußte, wo Haag wohnte, und klammerte sich, wie Robert, an den unausgesprochenen Verdacht, daß Heidi bestimmt in dessen Nähe zu finden sei. Mehr als drei Stunden hatten sie jetzt schon nach ihr gesucht und dabei auch nicht die kleine Kneipe außer Acht gelassen, in der Robert seine ersten Informationen über Haag gesammelt hatte. Aber ihr Suchen verlief ergebnislos.

„Meinen Sie, es hat überhaupt einen Sinn?" fragte Robert leicht verdrossen.

Piller schaute ihn vorwurfsvoll von der Seite an. „Sie wollen nach England, wie?"

„Na, wenn schon." Robert nickte. „Um ehrlich zu sein, ich kann Ihre Befürchtungen nicht mehr voll teilen. Zugegeben, das Schicksal von Elisabeth hat sie schockiert, aber muß man deshalb sofort an einen unüberlegten Racheakt denken? Noch dazu bei einem Mädchen wie Heidi? Bestimmt hat sie sich in ihrem Zimmer bei einer anderen Freundin versteckt, und wir vergeuden beide unnötig unsere Zeit."

Ohne ihn anzusehen sagte Piller: „Natürlich kann ich Sie nicht daran hindern wegzufahren. Aber gerade von Ihnen hätte ich eine andere Reaktion erwartet. Immerhin haben Sie selbst erfahren, wie es ist, wenn man in diese Sache hineingezogen wird. Sie können nicht einfach aussteigen und sagen ‚Es geht mich nichts an', das ist totale Verantwortungslosigkeit, und im Grunde genommen kann das keiner von uns."

„Was?"

„So tun, als ginge es ihn nichts an."

„Sollen wir vielleicht noch länger unnütz in der Stadt herumfahren?" protestierte Robert. „Wie will man unter diesen zigtausend Leuten eine bestimmte Person entdecken?"

„So hoffnungslos sehe ich es nun auch wieder nicht", erwiderte Piller verächtlich. „Immerhin wissen wir eine Menge von und über sie."

„Nur nicht, wo sie ist", setzte Robert ärgerlich hinzu.

Für eine Weile schwiegen beide, dann begann Piller: „Gut, ich mache Ihnen einen Vorschlag. Wir schauen uns heute abend noch in einigen Diskotheken um, von denen ich weiß, daß sie öfter darin verkehrt. Und morgen besuchen wir beide ihren Betrieb, um zu sehen, ob sie wenigstens zur Arbeit zurückgekommen ist. Danach können Sie von mir aus tun, was Sie wollen."

„Einverstanden", murmelte Robert und bat ihn einen Augenblick um Entschuldigung. Eigentlich wollte er nur ein paar Minuten mit sich alleine sein. Alles schien ihm unermeßlich zuwider und ekelte ihn direkt an. Als er am Telefon vorüberging, verspürte er den Wunsch, irgendjemanden anzurufen, nur so, ohne Absicht, nur, um einmal wieder mit einem Menschen zu reden, dessen einzige Sorge es war, morgen früh nicht zu verschlafen.

Als er zurückkam, legte ihm Piller den inzwischen ausgearbeiteten Marschplan vor, den sie Stück für Stück, das heißt, Lokal für Lokal, durchgehen sollten. Ohne darüber zu diskutieren, er hatte sowieso kein Ahnung, schloß sich Robert Piller an und ging mißmutig hinter ihm her.

Es war schon sehr spät, kurz vor zwölf Uhr, als sie ihren Streifgang ergebnislos abbrachen und sich für den anderen Vormittag verabredeten.

„Sind Sie immer noch von einem drohenden Unheil überzeugt?" bemerkte Robert schnippisch.

„Wenn Sie auf einen Hund ständig einschlagen, brauchen Sie sich nicht zu wundern, wenn er eines Tages zu beißen anfängt", erwiderte Piller trocken und wünschte ihm eine gute Nacht.

Robert war an einem Punkt angelangt, wo ihm so ziemlich alles gleichgültig war. Selbst der Gedanke an Lauretta, der ihn bisher immer wieder etwas aufgerichtet hatte, verlor seine Wirkung. Er grübelte lange über alles nach, kam jedoch nur zu dem Schluß, daß er sich für das derzeitige Leben absolut nicht eigne und sein einziges Ziel darin bestehen sollte, noch schneller als geplant all dem den Rücken zu kehren. Allein die Idee, man könne ihn für feige halten, hielt ihn davon zurück, München auf der Stelle zu verlassen.

Eine weitere herbe Enttäuschung erlebten sie in Heidis Betrieb, einem kleinen Friseurgeschäft unweit vom Stachus. Man habe sich auch schon gewundert, daß sie nicht erschienen sei, da sie sonst die Pünktlichkeit gepachtet habe.

Wieder auf der Straße, blickten sich Robert und Piller eine Zeitlang stumm an. Piller schien zu fragen, was er nun zu tun gedenke, während sich Robert zum ersten Mal ernsthafte Gedanken um Heidi machte.

„Ich muß zugeben", begann Robert, „so ganz wohl ist mir jetzt nicht mehr. Statt an einen Racheakt glaube ich allerdings eher daran, daß sie sich etwas angetan hat. Fahren Sie mit zu ihrem Wohnheim?"

Piller nickte und hielt ihm die Tür zu seinem Wagen auf.

Obwohl Heidi auch nicht im Wohnheim erschienen war, hatte

sich die Leiterin noch keine ernsthaften Gedanken gemacht. „Wissen Sie", belehrte sie gleichgültig, „ein solcher Fall ist hier nicht gerade die Ausnahme. Es kommt öfter vor, daß ein Mädchen einige Tage wegbleibt. Meistens haben sie irgendeinen jungen Mann kennengelernt, bleiben ein paar Tage dort oder fahren übers Wochenende nachHause, werden krank und vergessen, Bescheid zu geben. Wenn ich jedes Mal die Polizei verständigen sollte , nur weil eine der Bewohnerinnen einige Tage verschwunden ist ..."

„Sie meinen, sie könnte zu Hause sein?" fragte Piller.

„Warum nicht?"

Trotz ihrer wiederholten Beteuerungen, daß sie derartige Auskünfte niemals geben würde, gelang es Robert und Piller, die Anschrift mit Telefonnummer ihrer Eltern zu erhalten. Unmittelbar darauf erkundigten sie sich dort nach ihr. Erfolglos. Man erwartete sie erst in ungefähr zwei Wochen wieder.

„Und jetzt?" Robert schaute prüfend auf Piller.

„Sie können losfahren. Von mir aus. Ich werde alleine weitersuchen!" Damit drehte sich Piller grußlos um und stiefelte enttäuscht davon, Robert eilte ihm nach, hielt ihn an und baute sich vor ihm auf.

„Machen Sie doch keinen Quatsch. Ich werde bleiben – bis Samstag."

Piller nickte nur, nahm seinen Weg wieder auf und kümmerte sich nicht weiter um Robert, der hinter ihm herlaufend heftig auf ihn einredete und alle möglichen Vorschläge unterbreitete.

Die kommenden Tage vergingen schnell und ohne daß sie eine brauchbare Spur von Heidi entdecken konnten. Die Leiterin des Wohnheimes sagte, daß sie inzwischen eine Vermißtenanzeige bei der Polizei aufgegeben hätte. Fünf Tage seien doch mehr als gewöhnlich, und so lange würde sich eine solche Bekanntschaft normalerweise nicht hinziehen. Robert traf sich regelmäßig jeden Abend gegen achtzehn Uhr mit Piller, wo sie ihre Erfahrungen und Vorhaben untereinander austauschten. Aber in den vergangenen zwei Tagen hatten sie sich nur noch wenig zu erzählen. So auch heute, am Freitag, wo sie stumm vor sich hinstarrend einander gegenübersaßen.

„Sie fliegen morgen?" wollte Piller wissen und hob dabei leicht den Kopf, ohne jedoch jenen Vorwurf in der Stimme zu haben, den Robert vom ersten Tag an in allen seinen Sätzen zu hören geglaubt hatte.

„Ja", sagte Robert. „Obwohl ...", er zögerte.

„Sie sind sich nicht sicher?"

„Ich bin mir sicher, daß ich fliege ... aber dieses ... dieses komische Gefühl werde ich einfach nicht los." Robert sah müde aus und wischte sich abgespannt die Stirne.

„Was meinen Sie damit?" wollte Piller wissen.

„Ich kann es nicht genau beschreiben. Es ist ein Gefühl, als habe ich trotz Einsatz aller Kräfte versagt. Verstehen Sie, das nagt in einem, läßt einen so hilflos und gefesselt erscheinen, ist regelrecht deprimierend." Er starrte nach wie vor auf die Tischplatte und spielte nervös mit seiner Streichholzschachtel.

„Ich kenne das", sagte Piller und zwang ihn, ihm in die Augen zu sehen. „Seit ich mich für die Verwirklichung der Menschenrechte eingesetzt habe, war es mein ständiger Begleiter. Aber trotz aller Rückschläge, die wir täglich erleben müssen, habe ich gelernt, daß uns nur die Beharrlichkeit zum Ziele führt. Zugegeben, für Elisabeth können wir im Moment gar nichts tun. Ich fürchte, auch nicht in naher Zukunft, und wenn, dann ist es sowieso zu spät. Man hat sie auf legale Weise mental verkrüppelt. Denken wir deshalb an die vielen anderen, denen ein ähnliches Schicksal bevorsteht – und lassen Sie uns etwas dagegen tun!" Er nickte ihm aufmunternd zu und ließ den Anflug eines Lächelns über sein Gesicht huschen.

Robert schwieg. Erst geraume Zeit später fing er wieder an: „Es ist immer noch unfaßbar für mich, daß ein Pfarrer dahinterstecken soll. Ein Mann Gottes, der ..."

„Was meinten Sie zuletzt?" unterbrach ihn Piller.

„Ein Mann Gottes."

„Sie müssen endlich lernen, von Titeln, die zur Errichtung von

Autorität erschaffen wurden, Abstand zu nehmen. Natürlich stehen die meisten zu ihrem Glauben. Ich bin bestimmt kein fleißiger Kirchgänger, aber ich weiß aus sehr gut informierten Quellen, daß einige sogenannte progressive Pastoren der Evangelischen Kirche bereits öffentlich an der Existenz Gottes zu zweifeln beginnen. Haags Hintermänner haben volle Arbeit geleistet. Mit Hilfe der sich in ihrer Hand befindlichen Massenmedien peitscht man den Menschen täglich ein, daß sie nur ein Stück Dreck sind, dessen Wert sich auf ein paar Mark beläuft."

„Wobei es bei einem so geringen Betrag nicht darauf ankommt, mit Hilfe von Schocks und Drogen einen willenlosen Klumpen daraus herzustellen", vervollständigte ihn Robert. „Aber wie wird dieser Haag denn rein kirchlich aktiv?"

„Oh, er ist sehr aktiv. Sein gegenwärtiges Hobby scheint darin zu bestehen, Veranstaltungen abzuhalten, in denen er Leute wie Sie und mich verteufelt. Natürlich unter dem Deckmantel der Information und puren Nächstenliebe. Ich glaube, heute abend spricht er wieder irgendwo in einem gemieteten Saal."

„Wo?" Robert war hellwach.

„Ich weiß nicht, interessiert Sie das?"

„Vielleicht hat Heidi darauf gewartet!" stieß er hastig hervor.

„Sie meinen ... Oh, mein Gott!" Piller stand erschrocken auf und versprach, sich sofort nach Ort und Zeit von Haags Vortrag zu erkundigen.

Als er wieder zurückkam, sagte er: „Rasch! In einer Viertelstunde im Saal des Mohren-Kellers. Wir können in zehn Minuten dort sein."

Es störte sie nicht, daß sie ihren Wagen im Halteverbot abstellten. Mit eiligen Schritten liefen sie in den halbwegs voll besetzten Saal, teilten sich und suchten krampfhaft nach Heidi. Am Eingang trafen sie sich wieder und schüttelten beide verneinend den Kopf.

„Sollten wir wieder gehen?" fragte Piller.

„Nein, wenn wir schon hier sind, dann will ich mir den Kerl einmal aus der Nähe besehen", antwortete Robert und nahm auf der vor ihnen stehenden Stuhlreihe Platz.

Haag hatte schon begonnen und wetterte gegen die raffinierten Verführungen, denen sich besonders die Jugend täglich auf den Straßen ausgesetzt sehe. Seine schwammige Gestalt, mit dem inzwischen schon leicht geröteten runden Kopf, unterstützte dabei mit zahlreichen Gesten jede Silbe. Seine schrille, in hoher Tonlage und ständig heiser klingende Stimme erinnerte Robert an eine Comic-Figur aus Walt Disney. Er sprach eben davon, wie sehr sich die Kirche und die Wissenschaft immer ernster um jene Scharlatane sorge, die gegen jegliche Vernunft den Menschen in eine verhängnisvolle Abhängigkeit zu ziehen versuchten. Seine Untersuchungen in dieser Hinsicht würden bereits mehrere Bände füllen.

Scheinbar gelangweilt erhob sich ein Mädchen mit langen blonden Haaren und einem verwaschenen Jeansanzug, um sich woanders mehr Unterhaltung zu suchen. Statt dem Ausgang zuzugehen stieg sie mit langsamen, aber festen Schritten zur Rednertribüne hinauf und blieb neben Haag stehen. Der schaute irritiert zur Seite, hielt einen Augenblick ein und bat sie, sich wieder zu setzen. Fragen seien nach dem Vortrag zugelassen.

„Ich habe keine Fragen - Haag!" sagte sie laut und vernehmlich.

Erzürnt über diese Anrede drehte er sich zu ihr um und wollte sie eben anfahren, als er wie elektrisiert stehenblieb und mit geöffnetem Mund ungläubig auf sie starrte.

Das Mädchen hatte blitzschnell in ihre Handtasche gegriffen, eine Pistole hervorgeholt und sie auf ihn gerichtet. „Keine Fragen!" schrie sie hysterisch. „Nur meine Antwort auf Elisabeth - du perverse Sau!"

Noch ehe im Saal jemand begriff, was da vor sich ging, peitschten drei Schüsse hintereinander auf. Haag umklammerte seinen Leib und stürzte, den Mund immer noch weit geöffnet, lautlos nach vorne. Im Nu brach eine Panik aus, und eine um sich schlagende Menschentraube drängte sich zur Eingangstüre hinaus. Robert sah, wie sich einige Personen auf das Mädchen stürzten, das regungslos mit der Pistole in der Hand auf den vor ihr liegenden Pfarrer starrte.

In dem nachfolgenden Handgemenge zog jemand an ihren Haaren und hielt plötzlich eine lange blonde Perücke in der Hand. Es war Heidi. Robert hatte es geahnt, war aufgesprungen und wollte nach vorne eilen, wurde jedoch von Piller energisch daran gehindert.

„Bleiben Sie ruhig!" zischte er Robert zu. „Was wollen Sie hier noch machen? – Los! Raus hier!" Damit drängte er Robert zum Ausgang und zog ihn halb auf die Straße.

Außer Atem, mit vor Entsetzen weißem Gesicht stammelte Robert: „Aber wir können doch nicht ..."

„Was?" schrie Piller.

„Es war doch ..."

Mit einem Schlag verschloß ihm Piller den Mund. „Schnauze! Los, kommen Sie!" Er zwang ihn weiterzulaufen und zerrte ihn zu dem geparkten Wagen. Von weitem hörten sei die Sirenen der Unfallwagen.

In sich zusammengesunken kauerte Robert auf dem Sitz, verbarg sein Gesicht in den Händen und jammerte weinerlich: „Mein Gott, oh, mein Gott!"

Piller hatte den Wagen gestartet und fuhr los. Nach einiger Zeit drehte er sich um und sagte: „Es lag nicht an uns. Wir brauchen uns nichts vorzuwerfen. Aber wenn wir uns einmischen, bringen wir höchstens uns selbst in Gefahr. Fliegen Sie nach England, versuchen Sie das zu vergessen. Hier gibt es für uns beide nichts mehr zu tun."

„Wo leben wir denn eigentlich?" fuhr Robert wütend auf. „Ist es schon soweit, daß wir in unserem Staat die Verbrecher nicht mehr beim Namen nennen dürfen? Muß man schweigen, nur um nicht denunziert und irgendwo eingeliefert zu werden? Wo bleibt denn die Justiz?"

„Sie ist neutral und bedient sich ihrer Sachverständigen."

„Und die kommen wieder aus ... oh mein Gott, das darf nicht wahr sein!" Völlig fassungslos ließ er sich nach hinten fallen, schloß die Augen und versuchte, nichts mehr wahrzunehmen.

Obwohl Piller pausenlos auf ihn einredete, verstand er kein Wort.

Er hörte ihm nicht zu. Über allem schien sich ein Schleier aus Angst, Deprimiertheit und lähmendem Entsetzen zu senken: schleierhaft, unwirklich und doch so grausam nah und real.

Mit zittrigen Händen hielt er die Zeitung auf seinen Knien, während ihm die Stewardess eine Tasse Kaffee servierte. In großen Schlagzeilen berichtete das Boulevard-Blatt über den gestrigen Vorgang.

> PFARRER VON JUNGER FRAU NIEDERGESCHOSSEN
> Irrsinnstat einer Zwanzigjährigen
> Ist Geisteskrankheit ansteckend?

Mehrfach hatte er den Bericht gelesen und sich gewundert, daß über Heidis Schicksal nur in wenigen Zeilen berichtet wurde. Sie hatte sich im Gefängnis das Leben genommen; mit einer Rasierklinge die Pulsadern aufgeschnitten. Zu klären seien noch die Umstände, wie die Täterin in den Besitz der Klinge gekommen sei. Der Pfarrer sei mit lebensgefährlichen Verletzungen im Unterleib in eine Klinik eingeliefert worden. Über das Tatmotiv herrsche noch keine einstimmige Klarheit. Die Ermittlungen hätten ergeben, daß diese Wahnsinnstat unter Umständen mit der Einlieferung ihrer besten Freundin im Zusammenhang stehe, die Tage zuvor wegen Verdacht einer schweren Paranoia zur Behandlung in eine psychiatrische Anstalt gebracht worden wäre und der sie, zusammen mit ihrem angeblichen Verlobten, einen Besuch gemacht hätte. Um Licht in das Dunkel zu bringen, bittet die Polizei ihren damaligen Begleiter, sich zu melden. Professor Dr. Ringer, Leiter der psychiatrischen Anstalt, habe erklärt, daß sich in letzter Zeit Fälle häuften, bei denen Bekannte von Geisteskranken zu zum Teil psychotischen Handlungen neigen würden, die die Frage, ob Geisteskrankheit ansteckend ist, wieder in das Licht der wissenschaftlichen Forschung stelle. Robert hatte zunächst seinen Augen nicht getraut, als er zum ersten Mal den Artikel durchlas. Je öfter er ihn aber durchging, desto klarer wurde ihm, wie raffiniert die Maschinerie darauf reagiert hatte.

Er hatte sich soweit gefaßt und innerlich mit allem abgeschlossen. Waren zwei lebenslustige, nunmehr tote Frauen nicht genug? Wer sollte sich diesem Bollwerk aus Lügen und Machtgier entgegenstemmen? Er sah keine Möglichkeit für die vielbesungene Masse, den kleinen Mann. Im Gegenteil, sie jubelte ihrem Henker zu und zog sich selbst, Stück für Stück, die Schlinge enger um den Hals.

Merklich ruhiger geworden, ließ er sich zu Laurettas Haus fahren. Er traf jedoch nur Biggs an, der ihm erklärte, daß sie die Einladung zu einer Party angenommen habe und bestimmt erst morgen früh wieder hiersein werde.

„Wo ist das?" fragte er beunruhigt und schaute neugierig auf Biggs.

„Keine Angst, es sind nette Leute. Eine ganz andere Gesellschaft. Glauben Sie mir, die alten Zeiten sind vorbei. Wenn Sie wollen, fahre ich Sie hin."

Robert dankte ihm und bat ihn zu warten, bis er sich frischgemacht habe. Unterwegs fragte Biggs: „Haben Sie in Deutschland alles in Ordnung gebracht, was Sie wollten?"

„Ja", sagte Robert leise und gedehnt. „So könnte man es nennen." Er fühlte sich unwohl, an dieses Thema erinnert zu werden. Noch waren die Wunden zu frisch und schmerzten bei jeder Berührung.

Biggs schien verstanden zu haben und lenkte das Gespräch auf mehr belanglose Dinge. Begeistert erzählte er ihm, daß er einen Satz neuer Rosen in den Vorgarten gepflanzt habe, die sich im kommenden Frühjahr bestimmt großartig ausmachen würden. „Wir sind da", sagte er plötzlich, hielt an und deutete auf ein hellerleuchtetes Haus, das rechts von ihnen stand. „Sie haben doch nichts dagegen, wenn ich sofort wieder zurückfahre?"

„Nein, nein. Ich danke Ihnen." Damit stieg er aus und ging langsam auf das Haus zu, aus dem lärmendes Stimmengewirr und laute Musik herausdrangen. Die Haustüre war offen, so daß er unbemerkt eintreten konnte. Ein paar vorübereilende Gäste warfen ihm ein freundliches „Hey" zu, das er ebenso lächelnd zurückgab. Noch hatte er Lauretta nicht erblickt und ging um sich schauend in den Wohnraum. Da saß sie. War es ein Zufall, oder hatte sie es darauf angelegt? Sie trug wieder dieses lange, cremefarbene Kleid, dessen tiefer Ausschnitt durch eine Brosche zusammengehalten wurde. Sie mußten sich gleichzeitig erblickt haben, den Lauretta setzte sofort ihr Glas nieder und kam strahlend auf ihn zu.

Eine volle Minute blieben sie schweigend voreinander stehen und schauten sich nur in die Augen. Keiner war fähig, ein Wort der Begrüßung über die Lippen zu bringen. Sich stumm an den Händen haltend zogen sie bereits die Aufmerksamkeit der anderen Gäste auf sich. Als Robert sah, wie Laurettas glücksstrahlende Augen zu glitzern begannen, zog er sie an sich, legte seinen Arm um sie und ging mit ihr hinaus auf die Terrasse, wo sie von den neckischen Zurufen der anderen verschont blieben.

„Ich habe es gespürt und mich schon den ganzen Abend darauf gefreut", sagte sie übermütig, umklammerte ihn und bedeckte sein Gesicht mit Küssen.

Robert ließ sich treiben und genoß den Taumel des Glücks, der ihn ergriffen hatte. Er hatte noch kein Wort gesagt und hielt sie nur fest, so als wolle er sie nie mehr wieder loslassen. Lauretta fuhr ihm durch die Haare und flüsterte ihm ins Ohr: „Bleibst du jetzt für immer?"

„Ja", sagte er bestimmt und verschloß ihr mit seinen Lippen den Mund. Als er sie wieder freigab, stellte er erstaunt fest, daß er wieder richtig lachen konnte.

„Und in Deutschland?" fragte Lauretta zaghaft.

„Was?"

„Alles in Ordnung?"

„Alles in Ordnung."

Er zog ihren Kopf an seine Brust und streichelte ihre Haare. Dann sagte er nochmals „Alles in Ordnung", umarmte sie und schloß die Augen.

Plötzlich hörten sie das Trippeln kleiner Schritte und dann den erstaunten Ausruf: „Oh!"

Ein kleines Mädchen, vielleicht zehn oder zwölf Jahre alt, stand vor ihnen, musterte sie kurz und sagte dann zu Lauretta: „Hast du einen Freund?" Aus der zarten Stimme konnte man deutlich die Enttäuschung heraushören.

„Ja, das ist Robert. Mein Freund", sagte Lauretta lachend und fuhr ihr über den Kopf.

„Ist der auch reich?" fragte die Kleine neugierig.

„Warum? Bin denn ich reich?"

Das kleine Mädchen trippelte eine Weile unruhig von einem Fuß auf den anderen und meinte dann verlegen: „Ich habe gehört, daß sie gesagt haben, du seist reich."

„Vielleicht stimmt das", sagte Lauretta immer noch lachend. „Möchtest du auch einmal reich sein, wenn du groß bist?"

„Natürlich", sagte sie bestimmt. „Ich will ganz viel Geld haben."

„Wieviel denn?"

„Och, das weiß ich nicht. Auf jeden Fall will ich reich sein."

„Was glaubst du denn, wann jemand reich ist?"

Die Kleine kniff den Mund zusammen, kratzte sich am Kopf und schien ernsthaft zu überlegen. Dann strahlte sie plötzlich und sagte: „Papi hat einmal von Dr. Hansen gesagt, er könne sich einen eigenen Psychiater leisten. Und so reich will ich mindestens sein."

Lauretta und Robert schauten sich kurz an. Dann sagte er zu dem Mädchen: „Aber zuerst wirst du noch kräftig wachsen." Die Kleine nickte und hüpfte singend davon. Beide schauten sie ihr nachdenklich hinterdrein, ehe Robert meinte: „Sie ist ja noch ein Kind!"

Weinsberg, Sommer 1973